예술가를 학대하라

TORTURE THE ARTIST
by Joey Goebel

이 도서의 국립중앙도서관 출판시도서목록(CIP)은
e-CIP 홈페이지(http://www.nl.go.kr/cip.php)에서 이용하실 수 있습니다.
(CIP제어번호: CIP2008002755)

예술가를 학대하라

TORTURE ★ THE ARTIST ★

조이 고블 장편소설 ★ 최세희 옮김

문학동네

예술은 민폐를 끼치지 않으면서 다른 이에게 사랑을 선언할 때 쓸 만하다.

20세기 예술가, 에른스트 루드비히 키르히너

댄스플로어에 설 때마다 내 몸이 자랑스러워.
당신이 내세울 만한 건 뭐야? 그거, 끈팬티네?

21세기 예술가, 채드

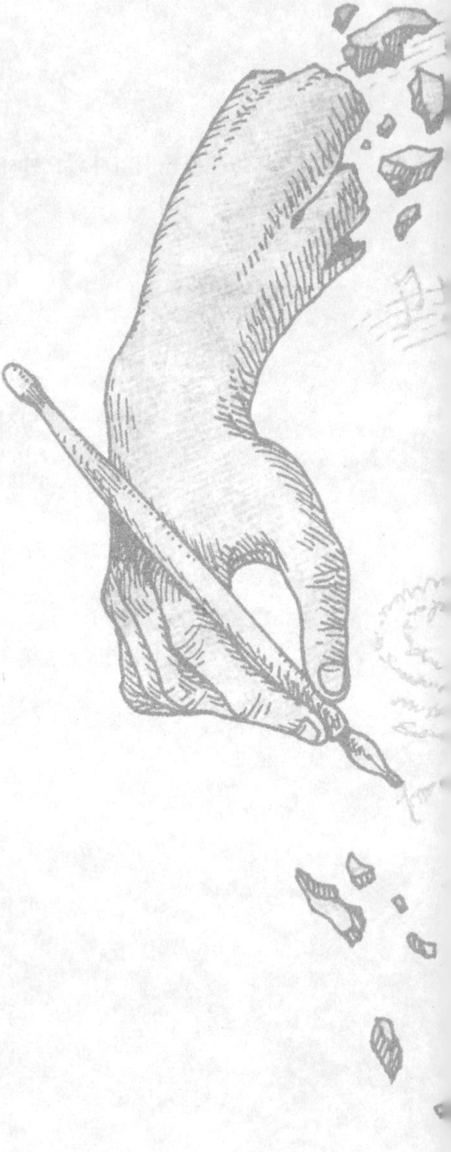

차례

1부

2부

3부

1부

I. 레이첼

1

너에게 이런 말 하는 사람이 되고 싶진 않았지만, 넌 결코 행복해질 수 없을 거야.

네게 상처를 주려는 건 아니란다. 다만 우리가 함께하기 전에 네게 정직하게 말하는 게 공정하다는 생각에서 그러는 거야. 지금부터 끝까지 이 세상 어느 누구도 네게 공정하고 정직하게 대할 사람이 단 한 명도 없을 것이라는 점을 생각하면 넌 내게 고마워해야 할 거야. 그런 이유로 지금 다시 한번 말하마. 넌 결코 행복해지지 못할 거야. 널 위해 이를 기록으로 남겨두니 얼마든지 읽으렴.

나는 네가 햇빛 좋고 상쾌한 날 밖에 나가 조용하면서도 분명하게 외치기 바란다. "나는 절대 행복해지지 못할 것이다!"라고. 열기 속에서도 차디차고 허연 입김이 나오는 걸 보며 넌 그 선언을 가슴 깊이 받아들여야 한다. 그 입김을 보고 싶지 않다면, 현자賢者처럼 위풍당당하게 말하는 것 말고는 다른 방법이 없단다. "난 결코 행복해지지 못할 것이다!"라고. 언제고 한번 해보렴.

널 생각하면 머리 위로 구름을 지고 저 혼자만 억수같은 비를 맞고 있는 만화 주인공이 떠오르는구나. 흠뻑 젖어 온몸에서 물을 뚝뚝 흘릴 뿐, 보송보송하게 말라 있을 때가 한 번도 없어 병을 달고 사는 네 모습이 눈에 훤히 보인다. 우울한 날씨 때문에 절망에 차 목놓아 울어봐도, 오히려 그 눈물이 증발해 또다른 구름을 만들어내 빗줄기만 더 굵어질 뿐이지. 넌 절대로 이길 수가 없어.

슬픈 일이지. 넌 결코 여자를 사귈 수 없을 거야. 넌 세상을 구하지 못할 거야. 진정한 사랑을 찾을 일도 결코 없을 거야. 믿을 만한 친구를 만나는 일도 절대 없을 거야. 만족을 얻는 일도 절대 없을 거야. 무언가를 넉넉하게 소유해볼 일도 절대 없을 거야. 잔디밭을 언제나 더욱 푸르러 보이게 할 순 있지. 다만 그러려면 늘 베어줘야 하는 법. 너의 낮은 길지만 즐거움 따윈 없을 거야. 너의 밤은 고독 외에는 그 어떤 것도 존재하지 않을 거야. 너는 언제나 하루하루가 더 나아지길 바라겠지만, 그런 날은 결코 오지 않을 거야. 가장 확실한 것은 네게 마음의 평화가 찾아들 날 같은 건 결코 오지 않을 거라는 사실이다.

언제고 네가 무릎을 꿇고 절규하며 네 이야기를 들어달라고 간청할 날이 오겠지. 하지만 신이라 불리는 것은 널 도울 수 없을 거고 도울 생각도 안 할 거야. 천국이란 것은 휘황찬란한 크리스털로 만들어진 메트로폴리스고, 그곳의 가장 높은 건물 안에는 시장이란 작자가 살고 있는데, 그는 손잡이 없는 문 뒤에서 거래를 하느라 언제나 정신이 없단다. 그를 만나는 것은 영원히 불가능하고, 지금 전화를 해도 받지 않을 거다. 완벽한 금발에 생식기도 다리도 없는 천사들이 함께 모여 우리를 내려다보며 손가락질하고 비웃다가 "참 불쌍하기도 하지!"라며 낄낄거리는 광경도 그려본다. 그들은 너 같은 건 걷어차버리고 말 거야.

네 기도라면 그런 천사들보다 우리가 훨씬 더 잘 들어줄 거고, 사실 그마저도 안 할 수 있단다. 우린 네 운명을 조종할 거고, 너를 예의주시할 거야. 신도, 천사도, 유령도 아닌, 바로 우리가. 남자들과 여자들. 얽히고설킨 조직망과 은밀한 지침을 지닌 우리 성인들. 과거엔 어린이였던 존재들.

네게 필요한 거라면 몰라도, 네가 원하는 것을 우리가 허용하는 일은 없을 것이다. 우린 장기적인 행복을 위해 필요한 그 무엇도 네 손에 닿지 못하도록 통제할 것이다. 혹여 모종의 실수로 네가 행복에 상응하는 어떤 감정을 느끼게 된다면, 그땐 수단과 방법을 가리지 말고 그 가치를 철저히 이용하길 바란다. 우리가 그런 널 그냥 내버려둘 리 만무하니 최대한 만끽하는 게 좋을 것이다.

다시 한번 말하지만, 미안하다. 사람들 말이 맞단다. 인생은 불공평한 것, 네겐 더더욱 그렇단다. 내가 해줄 수 있는 말이 있다면 고독과 고통 속에서 네가 창조하게 될 것이 네 절망과 우리의 잔혹함보다 오래 살아남으리라는 것뿐. 우리의 고통은 일시적이지만, 너의 작품은 영원할 것이다. 이 사실을 유념한다면 결국 우리 모두가 승리하겠지.

그러니 네가 앞으로 만나게 될 가능성이 있는 모든 사람을 대신해서 우리가 줄 그 모든 상처에 대해 미리 사과를 한다. 꼬마야, 넌 험난한 시대에 태어났단다. 주의사항을 들었다고 생각하렴.

그럼에도 불구하고,
할런

—빈센트가 일곱 살이 된 해에 쓴 편지

2

냉정한 어조로 편지를 쓰기 위해 난 고주망태가 되도록 마셨다. 새벽 두시 반 같은 우울한 시간에 그런 편지를 쓰다니, 나답지 않았다. 이런 감정 따윈 어서 빨리 털어버려야 했기에 난 앉은 자리에서 호텔 편지지에 대고 격렬하게 쏟아냈다.

이 편지는 빈센트에게 이후 나와 함께한 십오 년 세월에 대한 전

조가 되었다. 그 십오 년 동안 빈센트는 보답 없는 사랑과 병치레와 우울증과, 대개는 내가 직간접적으로 책임을 져야 할 갖가지 불행 속에서 괴로워했다. '뉴르네상스'라는 혁신적인 엔터테인먼트 기업은 나를 고용해, 빈센트가 지속적으로 걸작을 만들어내는 데 필요한 창조적 자극을 받도록 이런 고통들을 가하게 했다.

편지를 쓴 다음 날, 빈센트에게 그 편지를 큰 소리로 읽어보라고 했다. 훗날 내가 불을 지르게 될 집 거실에는 그애와 나, 그리고 훗날 내가 죽이게 될 강아지 한 마리만 있었다. 일곱 살밖에 안 됐는데도 빈센트는 '생식기' 같은 말은 물론, 모든 단어 하나 하나를 정확하게 발음하며 한 치의 실수도 없이 편지를 읽어내려갔다. 내가 술김에 휘갈겨써서 알아보기 힘든 경우에만 읽는 속도가 조금 느려질 뿐이었다.

그런 편지는 쓰는 게 아니었다. 리포비츠가 알았다면 난 당장 해고되었거나, 그보다 더 큰 처벌을 받았을 것이다. 그래도 그 편지 덕에 빈센트에게 처음부터 진실을 말해줄 수 있었다. 어떤 아이도 어른한테 그 정도로 솔직한 관계는 기대하지 못할 것이다. 내가 어릴 때 누군가 그런 편지를 내게 써줬다면 감사하게 생각했을 것이다.

그렇다고 그 편지에 쓴 경고가 정말로 빈센트의 경이로운 두뇌에 각인되었다고는 생각하지 않는다. 다 읽자마자 아이는 그 편지를 싸구려 마트에서 사온 소파에 던져버리더니 내 주위를 빙빙 돌며 바보처럼 춤을 추기 시작했다. 못된 노인네가 자기가 내뱉은 잔혹한 말을 어린애가 읽은 것에 금방이라도 눈물을 쏟을 것 같아 보였는지, 어린 마음에 사력을 다해 그를 웃기려는 것이었다. 당시 그 못된 노인네는 스물여덟 살이었다.

3

만난 지 단 하루 만에 머리에 피도 안 마른 자식 때문에 울 뻔하다니, 난 내가 바랐던 것만큼 무정한 인간은 아니었던 모양이다. 뒤돌아 생각해보니 당시 내가 즐겨 고민했던 주제는 이랬다. 둘 중 어느 쪽이 더 슬플까? 나이 많은 쪽? 과거에 보고, 가졌고, 잃었던 그 모든 것을 짊어지고 있어서? 아니면 아이들? 앞으로 보게 될, 갖게 될, 또 잃게 될 것들을 불쌍하게도 아직 알지 못하기 때문에? 그 둘보다 슬픈 건 바로 나이든 사람이나 가질 법한 우울한 혜안을 가진 어린이다. 빈센트가 내 편지를 읽었을 때 그런 생각을 했다. 하지만 난 울지 않았다.

내가 마지막으로 운 건 열여덟 살 때였다. 레이첼 행크스 때문이었다. 첫사랑이라고 생각했던 여자였다.

그녀가 가장 좋아한 밴드는 큐어였고, 가장 좋아한 티브이쇼는 〈트윈 픽스〉, 가장 좋아한 영화는 〈서바이벌 게임〉이었다.

사귄 지 여섯 달쯤 되었을 때, 나는 그녀가 다른 남자들의 성기를 빨고 있는 참혹한 광경의 목격자가 되고 말았다. 그애가 비밀리에 펠라치오를 한 것을 증거까지 대며 따지자 그녀는 그 즉시 우리 관계가 끝났음을 선언했다. 어느 정도 각오했던 상황이었지만, 마침 내가 활동했던 밴드 보칠리즘스Botchilisms도 해체한 마당이라, 그녀는 내 곁에 남아야 할 필요를 느끼지 못했다.

하지만 그때 난 해묵은 고독에 순순히 항복할 깜냥이 못 됐다. 여전히 그녀를 원했다. 그녀는 거짓말쟁이에 사기꾼이었고, 나의 어떤 것도 원하지 않았다. 그러자 그 어느 때보다 그녀가 절실해졌다. 우리는 어두워져가는 그녀의 집 거실에 앉아, 나의 빈약한 추궁과 그녀의 계산된 거부가 장방형으로 꼬리에 꼬리를 무는 추격전을 벌이면서 탈진할 때까지 이야기를 나누었다. 마침내 그녀가 말했다.

"좋아, 할런. 그 정도로 날 사랑한다면 날 위해 한번 울어봐."

"뭔 말이야?"

"날 위해 울어보라고. 내가 너한테 얼마나 중요한지를 보여줘. 날 위해 단 한 방울이라도 좋으니 눈물을 쥐어짜보라고. 그러면 영원히 네 것이 돼줄게."

그녀는 진심이었다. 무릎에 생채기가 난 어린 시절부터 그때까지 난 한 번도 운 적이 없었다. 그보다 몇 년 전 아버지가 돌아가셨을 때도 울지 않았던 나에게, 그녀는 집게손가락으로 머리칼을 비비 꼬면서 오직 그녀만을 위한 슬픔의 눈물 한 방울을 요구하고 있었다.

맞은편에 다리를 꼬고 앉아 있는 잔인한 포유류를 바라보던 나는 문득 자신이 어떻게든 울어보려고 애쓰고 있음을 발견했다. 그녀 없는 삶을 생각해보았지만 눈물이 날 정도로 슬퍼지진 않았다. 아직 우리는 헤어지지 않았다. 내겐 경험이, 이미지가, 추억이, 피하고 싶은 과거가 필요했다.

그래서 나는 크리스마스를 맞이한 양로원과 뇌사 상태로 태어난 아기들을 상상했다. 조기로 게양되어 펄럭이는 국기와 노변의 싸구려 기념비를 떠올렸다. JFK의 아들이 아버지의 관에 대고 인사하는 광경을 떠올렸다. 어린 시절 여름방학의 마지막 밤을 생각했다. 〈애정의 조건〉*의 한 장면을 떠올렸다. 데어리 퀸**에 혼자 앉아 감자튀김을 먹는 노인을 생각했다. 젊고 혈기왕성하고 너스레를 잘 떨던 시절의 아버지를 떠올렸고, 바로 노쇠해 천천히 죽어가던 당신을, 다시 젊어진 당신을 떠올렸다. 4분의 1밖에 남지 않은 병맥주를 생각했다. 나의 유년 시절을 생각했고, 특히 좋았던 시절을 생각했다. 이런 우울한 이미지들이 내 마음속에서 행진을 벌이며 지나간 끝에, 마침내 눈물 한 방울이 모여 비어져나왔다.

눈물이 내 뺨을 타고 흐르자, 첫사랑이라고 생각했던 그녀가 혀

---

* 삼십여 년에 걸친 모녀 관계를 감동적으로 그린 영화.

** 북미 지역 중심의 패스트푸드 체인.

로 눈물방울을 핥았다.

"눈물의 이런 짠 맛이 참 좋더라."

레이첼이 말했다. 그다음 날 날 버릴 거라고 생각하면서.

4

하지만 그날 난 빈센트 앞에서 끝까지 울지 않았다. 그 아이도 허락하지 않았을 것이다. 대신 그애는 날 웃겨주었다. 〈프라이스 이즈 라이트〉*에 나온 조그만 산악인처럼 요들송을 부르고, 고양이 흉내를 내며 내 다리에 얼굴을 부비는 등, 최선을 다해 날 즐겁게 해주었다. 그리고 그애는 해냈다. 나는 이내 표정을 가다듬고 자세를 추스르고는 본분을 되찾을 수 있었다.

내 본분은 빈센트의 매니저였다. 그애는 나를 한 치의 부족함 없는 전문가이자, 언제나 순종하고 신뢰해야 할 중요한 어른으로 인식해야 했다. 나는 아버지가 옛날에 입던 팔꿈치에 패치를 댄 스포츠코트, 맨 위 단추를 잠그지 않은 흰 드레스셔츠, 늘 목 주변에 헐렁하게 걸쳐놓다시피 매는 어두운 색의 넥타이, 회색 바지, 거의 닦아본 적이 없는 검정 윙팁구두로 내 역할을 강조했다. 이 모든

* 미국 NBC 사의 쇼 프로그램.

것이 다 병신 같은 비즈니스에 지나지 않았지만, 그래도 난 지적이고 세련되고 전문적인 분위기를 풍길 필요가 있었다.

스물여덟 살이 되어서도 구겨진 청바지와 티셔츠를 입는 게 더 좋았다. 하지만 이 일을 하면서는 번지르르하고, 사근사근하면서도 빈틈없이 우아해 보이도록 노력했다. M자 형으로 빠르게 넓어지는 내 이마는 한 올 흐트러짐 없이 매끈하게 빗어넘긴 갈색 머리카락 때문에 더 눈에 띄었고, 그래서 내 패션에서 가장 중요한 역할을 했다. 뚜렷한 이목구비에 독일 혈통 특유의 각진 얼굴형인 나는 언제나 깔끔하게 면도한 모습을 고수했다. 툭 튀어나온 귀와 휘어진 콧대 때문에 난 못생긴 조지 클루니처럼 보였다. 잘 봐준다고 해도 잘생긴 듯 못생긴 얼굴이었지만, 개성 강한 얼굴이라는 말은 들을 수 있을 정도로 보이려고 노력했다.

하지만 빈센트가 상관하지 않았기 때문에 내 생김새는 중요하지 않았다. 빈센트는 옷차림새도 전혀 신경쓰지 않았다. 엉망으로 다듬은 머리에 단정치 못한 옷차림의 일곱 살 소년은 앞으로도 절대 변하지 않을 것이었다.

"빈센트, 내가 편지에 한 말이 무슨 뜻인지 알겠어?"

"네."

다시 소파로 와 앉은 아이는 〈오즈의 마법사〉에 나오는 토토와 똑같이 생긴 갈색 테리어 강아지를 안아들면서 말했다.

"내가 뭐라고 말하는 건데?"

"모두가 못되게 굴 거고, 그래서 난 슬퍼질 거라고요."

"그래, 자, 난 널 도와 네가 위대한 작가가 되게 하고, 네 작품을 모두에게 알릴 수 있거든? 하지만 지금 분명히 말해두는데 그건 네게 힘든 일이 될 거야. 장담하는데 절대 쉽지 않을 거야."

강아지의 배를 쓰다듬어주던 빈센트가 나를 보고 고개를 끄덕였다. 언젠가 이 아이는 이 강아지에 관한 노래를 만들어 성공하겠지만, 세상 사람들은 그게 그저 사랑 노래라고만 생각할 것이다.

"그러니까 잘 들어."

나는 계속해서 말했다.

"내가 너를 가만히 좀 내버려둬줬으면 좋겠다 싶으면, 언제든 말만 해. 언제든 당장 떠나버리라고 말해, 그럼 떠날게. 그럼 넌 나 없이 행복하고 단순하게 살 수 있어."

그는 계속 강아지의 배를 쓰다듬어주고 있었다.

"그래, 내가 널 그냥 놔뒀으면 좋겠니?"

한참 말없이 있다 내가 그렇게 물었다.

"아뇨."

"왜?"

"나한테 잘해주니까."

"아냐, 안 그렇다니까. 지금 편지 읽었잖아. 그건 기분 좋은 편지가 아니었잖아, 그렇지?"

"근데 지금까지 나한테 편지 써준 사람은 아무도 없었는데."

"음, 나한테 편지 써준 사람도 한 명도 없어. 내가 알기론 요새 편지 쓰는 사람은 나 하나밖에 없을걸."

"왜요?"

빈센트가 물었다.

"이메일 때문이야, 진심으로 걱정해주는 사람은 존재하지 않아."

"난 이메일도 받아본 적이 없는데요?"

"그렇게 아쉬워하지 않아도 돼. 난 이메일을 싫어하거든. 이젠 이메일을 쓰지 않는단다."

"왜요?"

"이유야 많지. 내가 정말 질렸던 게, 오십 개의 읽지 않은 메시지가 있는데 그 중에서 마흔아홉 개가 스팸메일이라는 것이고, 그것도 아주 지저분한 내용으로 가득 차 있다는 거였어. 그건 그렇다 치고, 정말 내가 널 괴롭혀도 괜찮겠어?"

네 개의 강아지 눈망울이 나를 쳐다보았다. 빈센트는 늘 그런 표정이었다. 슬프고 근심어린 표정. 앞으로 그는 평생 사람들에게 "괜찮니, 빈센트?" 란 말을 듣겠지만, 그의 대답은 언제나 "왜 물어보시죠?" 일 것이다.

"왜, 날 안 좋아하세요?"

그가 되물었다.

"당연히 좋아하지. 넌 씨팔, 아니, 그러니까 나의 최고의 스타인걸."

빈센트가 웃음을 터뜨리더니 강아지의 두 귀를 막았다. 장례식장에 가서야 그간 죽음에 대해 얼마나 많이 떠들어댔는지 깨달았던 때와 마찬가지로, 나는 어린아이와 마주하고 나서야 비로소 나란 인간이 얼마나 천박해질 수 있는지를 깨달았다.

"중요한 건 빈센트, 네가 똑똑하다는 사실이야. 그래서 난 네가 재능을 남김없이 발휘해 사람들을 더 바보로 만드는 게 아니라, 즐겁게 해주는 것으로 그들에게 도움이 되는 걸 꼭 보고 싶어. 바로 그게 뉴르네상스가 하는 일이야. 하지만 그러려면, 네 재능을 최대한으로 발휘하려면, 앞으로 인생의 재미는 거의 다 포기해야 돼. 특히 네 쪽에서 말이야."

"하지만 나 좋아하는 거 맞죠?"

"그럼, 난 널 정말 좋아해. 그래서 이런 이야기를 하는 거고, 이러면 안 되는데도 네게 선택의 기회를 주고 있는 거야. 그러니까 나 좀 가만 놔둬요라고 말해줘, 그럼 그렇게 할게."

"괜찮아요, 나. 결국 행복해질지 누가 알아요."

"그렇지 않을 거야."

"그럴 거예요."

"실제로 그렇게 될 수 없다는 걸 내가 알아."

"될 수 있어요."

"못 돼."

"돼요!"

"못 돼."

"돼."

이 실랑이는 내가 단념할 때까지 계속 됐다.

"그래, 그래, 빈센트. 네가 이겼다."

'다 네가 자초한 거야' 라고 말할까 생각해보았지만 관두기로 했다. 대신 나는 말했다.

"저 늙은 괴물 같은 텔레비전이라도 보면서, 놈이 얼마나 형편없는 물건인지 알아볼까?"

그애가 일어나 리모컨을 가지러 간 사이에 나는 그애에게 준 편지를 빼내어 내 코트 주머니에 쑤셔넣었다.

내가 가장 좋아하는 밴드는 데드 밀크맨*이고, 가장 좋아하는 티브이쇼는 〈새터데이 나이트 라이브 쇼〉, 가장 좋아하는 영화는 〈펀치 드렁크 러브〉이다.

빈센트가 텔레비전을 켰을 때 난 손을 뻗어 리모컨을 달라고 했다.

"그리고, 야, 또 누가 아냐?"

내가 말했다.

"네가 맞을지 말이야. 내가 틀렸다는 걸 증명하고 네가 남들처럼 행복해질지도 모르지."

---

* 필라델피아 출신의 언더그라운드 펑크 밴드로 세태에 대한 신랄한 풍자를 담은 노래를 부른다.

그것이 내가 빈센트에게 처음으로 거짓말을 한 순간이었고, 그와 더불어 젊은 창작인의 음험한 후원자이자 그의 현재와 미래 사이에 다정한 척 끼어드는 잔혹한 훼방꾼이라는 내 흉측한 이력도 시작되었다. 이 거짓말을 거쳐, 나는 훗날 그의 술잔에 몰래 섞게 될, 독약 버금가게 해로운 무언가를 주입했다. 나는 이 아비 없는, 운명의 먹이가 된 아이에게 희망이라는 허깨비를 가져도 된다고 허락했을 뿐 아니라, 그러면서 파렴치하게도 그 아이의 눈을 똑바로 보기까지 했던 것이다.

II. 베로니카

5

한 주의 어느 날 밤이건 어느 특별한 순간이건 상관없이, 언제나 적어도 열두 명은 될 사랑에 굶주린 남자들의 마음속에 그녀의 모습이 자리하고 있었다. 매혹적인 그녀의 모습을 지울 수 없었던 그들은 그저 전화기만 뚫어져라 바라볼 수밖에 없을 정도로 정염에 겨운 의지 박약아로 전락하고 말았다. 내가 그 심정을 아는 건 나 역시 그들 중 한 명이었기 때문이다.

별 볼일 없는 그런 동네에서 어떻게 그런 절세미녀가 나올 수 있단 말인가, 나로선 죽었다 깨어나도 모를 일이었다. 어쨌거나 그녀는 침침한 촌구석의 유전자풀에서 우아한 자태로 떠올랐고, 그녀를 바라보는 모든 이들의 가슴을 찢어놓았다.

그녀는 이름마저 그런 추잡한 동네에 어울리지 않게 아름다워서, 일리노이 남부의 작은 동네인 크램든의 추레한 남성 주민들이 하루가 멀다 하고 입에 올린다는 것이 과분할 정도로 우아하고 관능적으로 들렸다.

"베로니카. 베로니카. 베로니카."

그 이름은 그들의 마음속에서 꿈처럼 떠돌았고, 잠시나마 노동에 찌든 육체의 고통을 잊게 해주었다. 난 그들이 다만 그 이름을 듣고 싶은 마음에 혼잣말로라도 되뇌어보는 모습을 상상해본다.

"베로니카, 베로우니카아아."

그녀의 생김새는 어느 누구나 꿈꿨을 바로 그런 모습으로, 너무 크지도 너무 풍만하지도 않았고, 단 한군데도 빠짐없이 완벽한 균형을 이루고 있었다. 육감적인 입술은 완벽 그 자체였다. 마력적인 그녀의 미소 너머엔 충치 같은 건 단 한 개도 없을 것 같았다. 그 크림빛 피부에 여드름 같은 건 흔적조차 보이지 않았다. 완벽하게 화장을 했지만 그녀에겐 추호도 필요가 없는 것이었다.

그녀의 낭창낭창한 몸매를 바라보는 건 고통이었다. 그녀가 움직이는 모습을 바라보는 건 하나의 특권이었다. 그녀의 매혹적인 자태를 구경할 때마다 시도 때도 없이 마음속으로 '젠장'이란 말을 떠올리던 남자들의 입 밖으로 터져나오는 신음 소리가 들렸다. 그녀의 키는 153센티미터 정도밖에 안 됐지만, 그녀의 육체는 필요한 부위마다 고혹적인 곡선을 그리며 빛이라도 뿜을 것 같은 팽팽한 살갗에 감싸여 있었다.

그녀의 아름다움은 도를 넘어선 것이었다. 그것은 그 어떤 자극에도 요지부동한 남자라도 발기하게 만들 정도로 완전한 권력이었다. 모두 그녀를 소유하지 않으면 직성이 풀리지 않았다. 모두가 은밀하게 그녀를 탐했고, 여자들까지도 모종의 방식으로 그녀를 욕망했다. 몇몇은 어떤 대가도 마다않고 그녀를 갖고자 했다. 그들의 정욕에 찬 시선은 그녀의 아름다움에 권위를 부여했고, 그들의 탐욕에 찬 눈동자는 한 줄기 욕구불만의 광선이 되어 그녀의 하얀 살갗을 뚫고 장기까지 파고들어갔다.

그녀는 스물두 살이었고, 다섯번째 아이를 임신한 지 삼 개월째였다. 그녀는 태어나지도 않은 아이가 죽을 수도 있을 거란 희망으로 저지른 음주의 황홀경에 빠져 있었다. 그녀는 임신하고 싶지 않았다. 아이의 탄생에 고통을 겪을 만한 가치가 있다고 생각하지 않았고, 또다시 분만의 과정을 겪고 싶지 않았다. 세번째로 아이를 낳은 후 생긴 합병증 때문에 아이를 낳을 때마다 더욱 고통스러웠다. 의사들은 그녀의 몸에서 빈센트를 빼내느라 고역을 치렀다.

6

1990년대에 인터내셔널 유나이티드 인터넷 회사와 글로브 터너 엔터테인먼트 주식회사가 등장하면서, IUI-글로브터너는 세계 최고의 소득액을 기록하는 미디어 기업이 되었다. IUI는 두 개의 막강한 컴퓨터 회사가 합병해 탄생한 회사였고, 글로브터너 사는 두 미디어 기업이 낳은 결과물이었다. 신 세계화의 물결 속에서 소규모 회사는 살아남을 수 없게 된 가운데, IUI-글로브터너는 우리의 소비자들이 의지할 수밖에 없는 통합형 기업 판게아로 부상했다. 대기중의 탄소 이산화물이 모든 곳에 존재하면서도 어디에서도 볼 수 없는 것처럼, IUI-글로브터너는 우리 스스로도 인지하지 못하는 새에 지원을 해주는 미디어 왕국이 되었다.

일정 시점에 이르자 IUI-글로브터너는 최상위 경쟁 그룹들보다 50퍼센트 많은 수익을 내기 시작했다. 모든 영역을 망라한 그 왕국엔 세계 최고 규모의 출판사들과 역시 최고 규모의 레코드 회사를 비롯해, 거의 대부분의 뉴스 채널을 포함해 전체의 과반수를 차지하는 케이블티브이 채널, 모든 네트워크에서 방송되는 티브이쇼와 천이백 개 이상의 라디오 방송국, 백 개가 넘는 공연장, 인기 있는 비디오게임 시스템이 존재했다. 그곳의 존재감은 국가 정부에서도 느낄 정도여서, 국회만 보더라도 IUI-글로브터너의 이익을 대변하는 의원이 민주당과 공화당 모두에 존재할 정도였다.

IUI-글로브터너가 수천만에 달하는 고용주들과 피고용인들에 의해 굴러가는 어마어마한 자본 기계임에도, 그것이 현재 규모의 영리 회사로 성장하게 된 동력이 단 한 명의 힘이었다는 건 과언이 아니다. 회사 초창기 포스터 리포비츠라는 머리 좋은 약탈자의 왕은 세계적 규모의 위성 제국을 건설하는 꿈을 품었고, 세기말에 이르러 그 꿈을 이루었다.

빈센트가 태어난 무렵, IUI-글로브터너에 대한 리포비츠의 운영권은 너무나 막강해져서 그를 해고하는 것은 불가능한 일이 되었다. 회사가 전세계적인 과점寡占 기업이 된 덕에 그는 한 인간이 가질 수 있는 모든 권력을 손에 넣게 되었다. 그는 수개월 전에 미리 약속을 잡아두지 않으면 절대로 접근할 수 없었고, 벽에 플라즈마 텔레비전이 걸려 있는 어마어마하게 넓은 사무실에서 기획을 했고, 자신이 원하는 건 무엇이든 할 수 있었다.

그러나 칠십 세 생일을 맞이한 해에 암세포가 내장을 갉아먹어들어가면서부터, 그는 1천 달러짜리 지폐와 고급 창녀와, 그의 회계업무에 대한 교활한 연방수사와, 주주의 소송분쟁과, 경쟁자를 상대로 한 사기행위와 잔인한 살육으로 점철된 자신의 지난날을 다른 눈으로 보기 시작했다. 자신의 어마어마한 사업 목록을 하나하나 기록해나가면서, 그는 자신이 본 모든 것을 혐오하고 자신이 남길 유산이 걱정되기 시작했다. '뉴르네상스(IUI-글로브터너)'에 대한 복안은 이런 우려와 죄의식과 혐오에서 탄생하게 된 것이다.

7

내가 빈센트를 처음 만났을 때 그에겐 세 명의 형제자매가 있었다. 그들은 검댕으로 뒤덮인 지붕 아래 함께 살았고, 개가 물어뜯어놓은 장난감을 가지고 놀면서 아이들이 직접 꺼낼 수 있게 엄마가 맨 아래 선반에 놓아둔 땅콩버터를 먹으며 지냈다.

빈센트의 형은 딜런이었다. 딜런의 아버지는 베로니카가 열세 살 때 만난 스무 살의 남자로 마약 밀매를 했던 것 같다.

제2의 정자 기증자는 그 동네 고등학교의 럭비 스타이거나 그의 제일 친한 친구 중 하나였다. 빈센트라는 이름의 병약한 아기는 태어난 지 이 주를 넘기지 못하고 죽었다.

제3의 정자 기증자의 신원은 밝혀지지 않았지만, 베로니카는 그와의 사이에서 낳은 아이가 열다섯 살에 '인생이 불쌍해서 몸 한번 준' 결과라는 식의 가설을 내세웠다. 그 아이도 병약했지만 용케 살아남았고, 베로니카는 또 한번 빈센트라는 이름을 지어주었다.

제4의 정자 기증자는 돈이 많았던 것으로 짐작되는 외과의사로, 다른 여자의 남편이자 두 아이의 아버지이기도 했다. 이타주의적이었던 그 기증자는 친절하게도 열여덟 살의 베로니카와 그와의 사이에서 갓 태어난 딸 사라에게 훗날 내가 불태워 없애게 될 작은 집을 사주었고, 빈센트도 그 집에서 함께 살게 되었다.

제5의 정자 기증자는 우리말을 유창하게 하는 서른다섯 살의 떠돌이 이민자라고 짐작되는데, 급작스럽게 그 도시를 떠나기 전에 베로니카와 결혼했다. 그가 베로니카에게 준 것은 세번째 아들 벤과 '자푸쉬콘부틈'이란 이름뿐이었다.

그렇게 해서 그녀는 베로니카 자푸쉬콘부틈이 되었다.

8

수십여 년에 걸친 탐욕스럽고 사악한 비즈니스 행각은 리포비츠가 참회하는 것의 극히 일부분에 지나지 않았다. 늙고 병약해지고 현명함이 더해진 그가 통렬하게 자책한 것은 자신의 탐욕과 더불어 오직 돈벌이라는 목적에서 영원히 혹세무민하는 무가치한 것들을 만들어냈다는 점이었다.

예를 들어, IUI-글로브터너 소유의 영화사가 한 해 벌어들이는 수익의 65퍼센트 이상은 6, 7월 두 달 동안 개봉된 단 세 편의 영화에서 나왔다. 세 영화 모두 이따금씩 등장하는 대사를 빼고 나면 호화찬란한 특수효과를 쥐어바른 것들이었다. 장기간 연재한 만화를 원작으로 한 〈데스 2〉, 1970년대 영화의 미래파적인 버전으로 버트 레이놀즈의 역을 애쉬튼 커처가 받아 연기한 〈스모키 앤드 더 밴디트 2069〉, 섹시한 뱀파이어가 익스트림 스포츠에 열광한다는 내용의 〈익스트리머 3〉가 그것들이었다.

뉴르네상스의 천재들이 시장에 투입되기 몇 년 전까지, 리포비츠가 텔레비전에 대해 느끼는 감정도 자부심과는 전혀 거리가 멀었다. 티브이 화면은 리얼리티쇼에 장악 당했다. 리얼리티쇼는 작가도 배우도 필요없었기 때문에 값싸게 제작되었다. 내용은 자주 부도덕하고 저열하고 변태적이었지만, 내 경우를 말하자면, 즐겨보는 편이었다. 내게 리얼리티쇼는 굳이 젊은 친구들과 어울리지 않고도 그들의 행동과 반응을 볼 수 있는 기회가 되었다. 그러나 내가 아무리 그들을 조롱한다 해도 그들이 내게 말대꾸할 수 없다는 점을 빼면 리얼리티쇼의 가치는 전무하다시피 했다.

엠파이어 텔레비전(IUI-글로브터너)에서는 어마어마하게 큰 젖가슴으로 인기를 얻고 (지금은 사망한) 백 살의 억만장자와 결혼해 부를 거머쥔 흉측한 부자 스타의 이야기에 뒤이어 또다른 쇼를 제작했다. 또다른 쇼는 미인이라 정평이 난 열두 명의 레즈비언들이 한 침실에서 사는 내용이었다. 실제 대본이 필요한 쇼들 중에서도 언급할 만한 가치가 있는 것은 거의 없었다. 대개의 쇼들은 시즌의 반도 못 채우고 단명했다. 방송사들은 텔레비전 화면에 쇼 하나를 던진 후, 삼사 주 이상 못 버티면 프로그램의 질을 불문하고 곧장 폐기 처분했다.

하지만 그 어떤 것도 IUI-글로브터너가 수년간 관리해온 라디오만큼 천박하진 않았다. 늘 수준 낮은 록음악은 너무도 천편일률적이어서, 오직 한 밴드만 존재한다고 생각될 정도로 과잉 출력된 사운드에, 철자법이 틀리게 표기된 이름, 음산한 창법과 칙칙한 멜로디에 이따금씩 랩을 곁들인 스타일로 일관했다. 균질 우유처럼 천편일률적인 랩은 젊은 층에서 압도적인 인기를 끌었다. 여성을 물화하고 약물과 폭력적인 죽음을 찬양하는, 마초연하는 이들을 위한 시장이 있다는 사실이 밝혀진 셈이었다.

팝 라디오는 불구 상태였다. 앞서 말한 밋밋하고 바보 같은 록이나 랩그룹 음악이 나오진 않았지만, 그 대안이랍시고 나온 게 몸서리쳐지는 머저리 보이밴드나 옷을 거의 걸치지 않은 제제벨* 따위였는데, 양쪽 다 악기를 만지지도 작곡을 하지도 못했다. 이런 행태는 주로 터너 사 소유의 레코드 레이블에서 저질렀는데, 자극적인 댄스 스텝으로 딸리는 음악적 재능을 보완하는 게 전부였다. 이젠 알앤비도 팝과 다르지 않았다. 컨트리도 마찬가지였다.

일반 대중은 대량 생산과 방송전파를 거쳐오는 것이라면 똥 덩어리라고 해도 마다않고 받아들일 준비가 되어 있는 듯했다. 수십 년 전부터 현대 메인스트림의 물밑에는 뛰어난 아티스트가 존재했지만, 리포비츠는 개념 없는 일반인들이 그들을 발견하지 못할 수도 있음을 알았다. 그가 대중에게 예술을 전수해야 했다. 대중이 훌륭한 작품이라 믿고 있는 헛된 엔터테인먼트를 다른 것으로 바꿔야 했다.

---

* 윌리엄 와일러 감독의 1938년 작 영화 〈제제벨〉의 여주인공. 베티 데이비스가 연기한 이 캐릭터는 고집 세고 제멋대로인 미국 남부의 영양이다.

그가 가장 좋아하는 뮤지션은 엑토르 베를리오즈였고, 가장 좋아하는 티브이쇼는 〈올 인 더 패밀리〉*, 가장 좋아하는 영화는 〈달콤한 인생〉이었다.

리포비츠의 바람은 죽기 전에 주류 엔터테인먼트의 가치 체계가 상업이 아닌 예술로 전복되는 모습을 보는 것이었다. 암은 서서히 진행되고 있으니 그에 맞춰 그 목표도 찬찬히 이뤄나갈 수 있을 듯했다. 그는 몇 년 동안 휘하의 젊은 신입사원들을 교육하고 관리하는 것으로나마 예술을 육성하고 싶었다. 리포비츠에겐 병세 악화를 늦출 수 있는 최신의 실험적 치료를 감당할 돈이 얼마든지 있었고, 이는 충분한 시간이 필요한 그에게 도움이 되었다. 이것은 빈센트가 실연조차 당해보지 않았던 때의 이야기이다.

9

빈센트는 여섯 살의 나이에 인디애나 주 코코모에 있는 뉴르네상스 아카데미에 참여할 수 있는 457명 중 한 명이 되었다. 모든 아이들은 생활비가 포함된 전액 장학금을 받았다. 다음과 같은 광

* 1971년부터 1979년까지 미국 CBS에서 방영된 시트콤. 인종문제, 동성애, 여성해방, 성폭력 등, 티브이 드라마의 금기 소재를 시도한 혁신적인 드라마로 평가 받았다.

고를 본 수천 명의 부모들이 뉴르네상스로 수신자 부담 장거리전화를 걸었다.

자녀를 가진 부모님께 알립니다.

귀하의 자녀(5세 이상 12세 미만)가 특별한 예술적 재능을 보입니까?
귀하의 자녀가 문학, 음악을 비롯해 다른 창조적 분야에 대한
귀한 재능을 타고 났습니까?
그렇다면 귀하의 자녀는 대중문화를
발전시키고자 하는 우리에게 큰 도움이 될 것입니다.

지금 전화하십시오! 1.800.555.4297

IUI-글로브터너 사가 발행하는 총 1535개의 잡지에 육 개월 동안 전면으로 실렸던 광고다. 베로니카는 『내셔널 인트루더』의 광고를 보고 전화했다. 접수원은 그녀에게 뉴르네상스가 예술적 재능을 타고난 아이들을 위한 특별 교육기관을 설립중이며, 국내 최고의 예술과 엔터테인먼트 전문가들이 교육을 담당할 거라고 설명해주었다.

빈센트가 자격 요건에 부응하고 문학과 음악 양쪽에 재능이 있다는 사실을 확인한 후, 접수원은 빈센트와 직접 통화를 했다. 모

든 아이들에겐 '나는 ________하기 때문에 글을 씁니다'라는 문장의 빈칸을 채우라는 단순한 질문 하나만이 주어졌다.

접수원은 빈센트의 대답을 받아적었다.

"나는…… 세상이 틀렸기 때문에 글을 씁니다."

그런 후 접수원은 베로니카의 집에 빈센트의 작문 샘플을 요구하는 응시원서를 보냈다.

10

세계의 지배자

빈센트 씀

아주 옛날에 아무도 모르게 이 세상을 지배하는 어린 소년이 살았다. 그는 몸이 너무 아파서 다른 건 아무것도 할 수 없었다. 그가 아픈 건 틀림없이 먼지를 마시고, 쓰레기를 먹고, 화장실에서 목욕을 했기 때문이었다. 그의 몸엔 곰팡이 균이 기어다니고 있었다. 그는 집밖으로는 나가지 않고 행성을 다스렸다. 그는 침대에 누워 펜과 종이만 가지고 지구를 조종했다.

그의 엄마도 그 사실을 몰랐다. 엄마는 담배 피우는 것만 좋아했다. 얼마나 많이 피워대는지 담뱃재로 자유의 여신상을 만들 수 있을 정도였다.

소년의 이름은 '말고달고'였다. 어느 날, 말고달고의 엄마는 커튼 뒤에 숨어 있다가 자기 자식이 지구를 다스린다는 사실을 알게 되었다. 그녀는 사람들에게 전화를 걸어 그 사실을 이야기했고, 아들에게 엄마의 행성을 만들어준다면 그의 꿈이 실현될 거라고 말했다.

다음 날 아침, 말고달고가 잠에서 깨어보니 그는 모든 대륙을 합친 것보다 더 큰 집 안에 있었다. 그때 세 명의 사람이 그에게 다가왔다. 그들은 "선생님, 당신은 지구의 지배자입니다. 우리의 문제를 해결해주세요"라고 말했다. 첫번째 문제는 말고달고의 집이 너무 무거워서 지구가 돌지 못한다는 것이었다. 그래서 그는 집을 부숴 보통 크기로 만들었다. 두번째 문제는 그의 장난감이 너무 높이 쌓여 있어 태양을 가린다는 것이었다. 그래서 그는 열한 개의 장난감만을 남기고 나머지는 전부 치워버렸다. 집이 커지기 전에 가지고 있던 장난감들이었다. 세번째 문제는 어떤 사람들이 그의 돈이 너무 많아서 움직일 수 없다는 것이었다. 그가 돈을 치워버리자 그에겐 10달러만 남게 되었다. 그전부터 갖고 있던 10달러였다.

이건 말도 안 돼! 말고달고는 이제 지구의 지배자가 아니었다. 그저 평범한 한 남자일 뿐. 잠깐만. 이거 진짜 멋진데! 다행히, 이젠 아무도 그에게 와서 문제를 떠맡기지 않게 되었다. 불행히도 몇 명의 사람이 와서 그의 머리를 단두대 아래에 밀어넣고 그를 죽여버렸다. 다행히, 그는 그저 평범한 남자였기 때문에 어느 누구도 그를 걱정하지 않았다. 불행히도, 그는 생각을 할 수도, 글을 쓸 수도, 핥을 수도 없게 되었다. 다행히, 그는 이제 두통에 시달리지 않게 되었다.

끝

—베로니카가 뉴르네상스에 보낸 작문 샘플

11

포스터 리포비츠는 할리우드와 뉴욕의 영향권에서 멀다는 이점이 있다는 이유로 인디애나 북동부 중심가에 있는 작은 대학가에 뉴르네상스 아카데미를 짓고 싶어했다. 그러면 뉴르네상스가 미중서부 지방의 매체의 눈에 띌 일도 없을 것이고, 따라서 모종의 해프닝이나 트렌드에 포섭되는 일도 줄일 수 있을 것이었다.

뉴르네상스 아카데미는 기다란 2층짜리 갈색 벽돌 건물이었다. 건물 뒤 들판을 건너면 커다란 학생 기숙사 두 동이 나오는데, 각각 남자용과 여자용이었다. 그 앞에는 표지판은커녕 이렇다 할 표시 하나 없었고, 심지어 깃대 하나 서 있지 않았다. 고속도로를 달리며 그곳을 지나치는 사람들 중 굳이 그 건물을 쳐다보는 이는 아무도 없었다. 그 덕에 그곳은 서류 업무와 시시콜콜한 대화 말고는 별 다른 일 없는 보통 사무실처럼 보였다.

건물 로비 벽과 바닥은 흰 대리석이었고, 천정엔 금색 페인트가 칠해져 있었다. 널찍한 교실은 윤기가 흐르는 목재 마루가 깔려 있었고, 벽에는 고대에서 현대에 이르는 미술 작품들이 걸려 있었다. 교실 앞 벽에는 거대한 컴퓨터 스크린이 설치되어 있었다. 이 스크린은 최신식 칠판 기능을 하는 것 말고도 영화와 티브이쇼를 시청하고, 슬라이드쇼를 진행하는 데 쓰였다. 모든 교실이 구식 시설과도 완벽하게 호환 가능한 최신식 기술로 잘 정비되어 있었다.

체육관이나 강당은 없었다. 저학년 학생들의 경우 쉬는 시간에 밖에 나갈 수 있었지만, 의무사항은 아니었다. 전 과목 중 하나만 뺀 나머지가 모두 선택이었다. 필수과목인 '기초'는 덧셈, 뺄셈, 곱셈, 나누기, 웅변을 비롯해 정규 교과과정의 기초단계를 가르치는 것이었다. 수학 과목은 없었다. 포스터 리포비츠가 이 학교의 정식 학교 인증을 받아내는 데 성공한 건 놀라운 일이었다. 경비가 만만찮게 들었다는 말도 돌았다.

아카데미에서 학년은 '해年'라고 말했다. 학생들은 몇 해건 상관없이 이수하기만 하면 더 다니지 않아도 되었다. 교사들이 보기에 졸업할 준비가 된 것 같은 학생들은 그때부터 자신이 선택한 엔터테인먼트 분야에서 활동을 펼칠 채비를 하게 된다. 학급이 연령군에 따라 나뉜다는 점을 제외하면 이 학교에서 강제적인 것은 없었다. 학생들은 오로지 자신의 장기를 완전히 숙련하기 위해 그곳에 존재했고, 각자 깜냥껏 선대의 창작자에 대해 배웠다.

빈센트는 훗날 이 학교를 배경으로 〈실연의 학교Heartbreak Academy〉*라는 영화 시나리오를 쓰게 된다. 그가 십대 때 학교에서 교우관계 때문에 힘들었던 경험을 다룬 영화로, 이 작품은 존 휴즈의 〈식스틴 캔들스〉와 〈브렉퍼스트 클럽〉의 뒤를 잇는 걸작 청춘영화로 사랑받게 되었다.

방대한 관심 분야 때문에 빈센트의 수업 일정은 뉴르네상스의 다른 학생들보다 더 복잡했다. 우리가 그를 선택한 또다른 이유이기도 한 바, 그는 모든 분야에서 두각을 드러냈고 수업 일정도 음악, 영화, 텔레비전 어느 한 쪽에만 집중할 수 없었다. 다음은 그의 '첫번째 해' 수업시간표다.

10:00~10:50 록큰롤의 역사
11:00~11:50 미국 소설 걸작선
12:00~12:50 점심식사 / 쉬는 시간
13:00~13:50 기초
14:00~14:50 작문 1
15:00~15:50 시트콤
16:00~16:50 졸작 영화

* 엘비스 프레슬리의 히트곡 〈실연의 호텔Heartbreak Hotel〉을 응용한 제목.

'기초'는 유일한 필수과목이라는 점 말고도 강의 개요나 참고서가 없다는 점에서 유별났다. 각 기초과목 교사들은 매해 말 각 학생에 대한 행동유형 연구 보고서를 제출해야 했다. 학생들은 자신의 행동이 문서로 기록되고 있다는 사실을 알지 못했고, 교사들 역시 왜 그런 문서 작업을 해야 하는지 알지 못했다.

12

본 학생은 동년배에 비해 기이할 정도로 지적인 소양을 갖췄다. 의심할 여지없는 천재. 탁월한 수준의 작문 실력. 소스라칠 정도로 빼어난 상상력과 창조력. 나이보다 앞선 지적 능력. 빠르고 열성적인 수업 태도. 성장과정에 자주 해가 될 정도로 학급 최고의 학구열을 보여주고 있다.

본 학생은 사회화 면에선 완전한 실패작이다. 형편없는 옷차림, 헝클어진 머리, 병약한 인상. 두드러진 지적 우수함과 자폐적인 성향 때문에 동급생들에게 인기가 없다. 자존감의 부족은 가난에서 비롯한 것으로 짐작된다. 외출하는 대신 실내에서 독서하는 쪽을 선호한다. 따돌림과 소외의 대상. 숫기 없는 성격. 불안해 보이는 행동과 작고 깡마른 체구 때문에 괴롭힘을 당하면 속수무책으로 당한다. 동급생들은 툭하면 그를 때려 책을 빼앗고, 그의 이름을 노랫말로 지어부르며 놀려댄다. 놀림을 당할 때마다 등을 돌리거나 숨어서 혼자 울 때도 있다. 글을 쓰는 것으로 자기만의 환상의 세계를 만들어내는 듯하다.

탁월한 자질과 매우 근면한 태도 때문에 수업중에 가끔 보이는 불복종적인 태도를 간과하게 된다. 사려 깊고 예의 바르지만, 지시사항이나 교사의 판단에 의문을 제기할 때가 있다. 흠잡을 데 없는 실력으로 나날이 발전하고 있다. 가장 빈번하게 저지르는 실수는 과제물에 자기 이름을 적는 걸 잊어버리는 것.

병적으로 민감하다는 말이 본 학생을 가장 잘 설명해줄 수 있을 것 같다. 그의 글을 보면 알 수 있는데, 명예로운 일이기도 하지만, 또래 아동의 평균 능력을 고려하면 우려되는 점도 있다.

전반적으로 본 학생은 창작자로서는 범상치 않은 미래가 보장된다고 할 수 있지만, 사회의 일원으로서 살아가기에는 문제가 있다고 판단된다. 파괴적인 인간이 될 가능성도 있다. 매우 서글픈 경우에 그렇다.

—빈센트에 대한 뉴르네상스 아카데미의 사례연구
일 년 관찰 후 작성

13

여름 아카데미가 첫번째 해의 모든 수업과정을 마치고 잠시 문을 닫았을 때, 457건에 달하는 사례연구서가 페덱스를 통해 영화배우 스티븐 실베인에게 전달되었다. 실베인은 그 모든 연구서를 공들여 읽었다. 그는 수백 개의 연구서를 마흔 개로 추렸고, 이 마흔 개의 연구서가 다시 페덱스를 거쳐 포스터 리포비츠에게 배달되었다.

로스앤젤레스의 IUI-글로브터너 건물 35층에 있는 넓은 사무실에서 리포비츠는 어마어마하게 큰 책상 뒤에 앉아 마흔 개의 사례연구서 하나하나를 분석했다. 그리고 최종적으로 일곱 개를 추려냈다. 일곱 개의 사례연구서를 비롯해 이메일 주소와 전화번호 목록이 페덱스를 통해 내게 배달되었고, 나는 일곱 쌍의 부모를 인터뷰해 우리 강령에 가장 부합하는 단 한 명의 학생을 찾아내야 했다. 그 부모 중 하나가 베로니카였다.

여보세요?
안녕하세요. 베로니카 자푸쉬콘부틈 씨 계십니까?
누구세요?
뉴르네상스에서 일하는 할런 아이플러라고 합니다.
음. 무슨 일이시죠?

저희는 장래가 촉망되는 학생들을 선정해 매니저를 지정하고 있는데요, 빈센트가 그 중 한 명으로 뽑혔습니다.

저기, 매니저라니 무슨 뜻인가요?

네, 회사 소속 천재들의 이력을 관리해줄 사람을 두는 것으로, 매니저가 아이들이 창조적 활동에만 집중할 수 있게 도울 겁니다.

그러니까, 일을 처리해주는 사람을 말씀하는 건가요?

그렇습니다. 네, 다시 말씀드려서 저희 소속 에이전트가 그 일을 돕게 되는 거죠. 전 빈센트를 관리하는 일에 지대한 관심을 가지고 있습니다. 빈센트가 하는 말을 듣다보니 장래가 정말 기대되더군요.

전엔 누구의 매니저를 맡으셨는데요?

네, 사실 한 번도 없습니다. 사실 뉴르네상스의 기획은 이전엔 한 번도 존재하지 않은 새로운 영역을 개척하는……

하지만 비니가 그렇게 대단한 아이라면, 매니저도 대단한 사람이 해야 하는 거 아닌가요?

네, 스티븐 실베인과 함께 일하고 있는 사람이라고 말씀드리면 어떠실지 모르겠습니다만.

아.

어쨌든, 빈센트에 대해 좀더 잘 알기 위해서 몇 가지 질문을 드려도 될는지요.

그러세요.

빈센트의 역사에 대해 간단하게라도 말씀해줄 수 있나요?

뭐야, 갠 이제 겨우 일곱 살이에요. 뭐 할 말이 있겠어요?

중요한 몇 가지만이라도 말씀해주세요.

음, 알았어요…… 난 사실 그애를 정말 낳고 싶지 않았어요. 그 애는 두번째, 아니다, 첫번째 빈센트까지 치면 세번째 애예요.

첫번째 빈센트요?

네. 지금 빈센트 전에 빈센트란 아이가 또 있었어요. 이 주인가 밖에 못 살고 죽었지만.

빈센트는 그와 이름이 똑같은 죽은 형이 있었다는 걸 알고 있나요?

아, 그럼요. 늘 꼬치꼬치 캐묻고 난리도 아니에요.

좋습니다. 왜 두 번이나 빈센트란 이름을 지으셨나요.

그냥 그 이름이 너무 좋았어요. 다 독 팩이 부른 노래에서 땄어요. 〈빈센트〉란 노래였죠.

멋지군요. 반 고흐에 대한 노래죠.

어디요?

반 고흐. 화가예요.

아아, 그런 말은 한 번도 못 들어봤는데. 그냥 그 노래의 비트가 좋았어요.

사실, 다 독 팩의 곡은 노에프엑스* 노래의 샘플링인데요, 노에프엑스의 노래도 돈 맥클린**의 오리지널을 리메이크한 거지만요.

음악 정말 많이 아시네요.

감사합니다. 이 일을 하기 전에 음반 평론을 썼거든요. 빈센트의 중간 이름은 뭔가요? 여기 안 씌어 있어서요.

없어요. 사라 미셸이 태어나기 전까진 중간 이름 같은 건 안 지어줬어요.

빈센트를 낳으면서 고생 많이 하셨다면서요?

맞아요. 낳는 데만 하루 종일 걸렸지만, 의사들이 잘 꺼냈어요. 그래도 애가 죽을 거라고 생각했어요. 태어나면서부터 지금까지 늘 골골대요.

어디가 아픈데요?

아, 그게 말이죠. 그렇게 아팠던 적은 한 번도 없었어요, 생각해보니 그러네. 그 말을 한 것도 까먹었네.

자푸쉬콘부틈 씨. 저희가 건강 문제 때문에 빈센트를 저버릴 일은 없을 겁니다. 제 질문에 솔직하게 대답해주시면 감사하겠습니다. 어머니께도 좋을 겁니다.

아, 그러니까, 그애는 약하고, 병치레도 많고, 체구도 작은 애라고 말하죠, 그럼.(웃음)

지금까지 어디가 아팠죠?

숨을 잘 못 쉬어요. 심각한 알레르기가 있는 게 분명해요. 그리

---

* NOFX, 캘리포니아의 펑크록 밴드.

** 1970년대 미국의 유명 포크 싱어송라이터.

고 너무 작죠, 애가.

시력은 어떤가요?

모르겠는데요.

그밖에 다른 문제는 없나요?

없어요. 한번은 온몸을 뒤덮을 정도로 두드러기가 난 적도 있어요. 의사 말론 먹고 있던 코데인에 알레르기가 생겨서라고 하더군요.

코데인 알레르기. 좋습니다. 계속 말씀해주세요.

음, 글쎄요, 모르겠는데요. 말할 게 한두 가지여야 말이죠. 얼마 전에 혼자서 글을 깨쳤어요. 내 생각엔 내 전 남자친구들이 도와줬지 싶어요. 애가 너무 아파서 밖에 나가놀지도 못할 때 연필하고 종이를 줬더니 그 자리에서 꼼짝도 안 하고 몇 시간이고 계속해서 끼적이더라고요. 그러다가 광고를 본 거고 걔가 당신네 학교로 간 거고, 그게 지금까지 그애가 살면서 일어났던 일 중에서 제일 엄청난 일이에요. 그쪽 분들이 아이의 역사에 뭔가 보태줄 수 있지 않을까요?

그애의 인생에 또다른 중요한 사건이 있었나요?

아니, 내가 아는 한은 없어요.

빈센트의 아버님은요?

그 사람에 대해서라면 뭘 말해야 할지 모르겠네요.

빈센트가 조금이라도 아버지에 대해 아는 게 있나요?

흥, 천만에요. 나도 그 사람을 잘 모르는데 무슨.

빈센트에게 양아버지가 있나요?

있었어요. 그래도 기억은 못 해요. 머쉬타키랑은 사귀기 무섭게 헤어졌으니까.

빈센트와 어머니의 관계에 대해서 말씀해주실 수 있나요?

무슨 뜻이죠?

빈센트와 가깝게 지내시죠?

네, 우린 아주 친해요. 애가 넷이나 있고, 곧 하나 더 낳을 거예요. 다른 애들하고 똑같이 대해주고 있어요.

자주 싸우나요?

별로요.

어머니의 양육 방식이 엄격한 편인가요, 아니면 관대한 편인가요?

엄격해요. 갠 내가 시키는 대로 또 뭐 그렇게 해요.

또 뭐 그렇게란 말씀은?

뭐 그렇게, 그런 거 있잖아요.

어떤 일을 하시죠?

주부이자 엄마죠.

가족 분들 중에 정신병력이 있는 분이 계신가요?

모르겠어요. 우리 엄마가 양극성 장애가 틀림없다고 생각하는데, 저랑 엄마는 워낙 닮은 데가 없어요.

가족 분들 중에 자살한 분은 없으신가요?

있어요. 아주 어렸을 때 우리 아버지가 자살했어요. 우리 아버지 어렸을 적에 할아버지도 자살한 것 같아요.

동성애의 경우는 어떤가요?

없는 것 같아요.

빈센트가 어머니의 옷을 입거나 화장한 적이 있나요?

내 아들은 호모가 아니에요!

좋습니다! 이걸로 됐어요!

제 말 못 믿겠거든, 내가 보는 잡지 한번 와서 봐요. 걔가 하도 뽀뽀를 하고 침을 흘려서 사진 속 여자들이란 여자들 입술 부분이 죄다 퍼렇게 변했어요. 어렸을 때부터 벌써 여자라면 사족을 못 썼어요. 그 정도만 말하죠.

좋습니다. 다음번 질문에 어느 정도 답이 될 것 같네요.

뭔데요?

빈센트가 여자에 관심이 많은가요?

말도 마세요. 글쓰는 것과 작곡하는 것 빼고 진짜로 좋아하는 게 있다면 그것밖에 없을 거예요.

좋습니다. 빈센트의 사교적인 면에서 뭔가 발견하신 건 없나요?

아, 사교적인 면이란 건 눈곱만큼도 없는 애예요.

혼자 있는 걸 좋아한다는 걸 아셨는지요?

아, 그럼요. 제 형제들하고도 같이 안 놀고 지켜보기만 하던 앤데요. 주로 강아지하고 잘 놀죠.

좋습니다. 오늘은 이 정도로만 질문 드리죠. 시간 내주셔서 감사합니다.

그 아이의 매니저가 되실 건가요, 아니면?

우리에겐 완벽한 아이인 것 같습니다만, 우선 어머님과 아이를 먼저 만나봐야죠. 먼저 댁으로 찾아뵙고 아이의 작품 견본 몇 개를 얻었으면 하는데요. 그리고 혈액과 대변 샘플도 필요합니다.

좀 이상하네요.

네, 이렇게 말씀드리고 싶네요. 전 그저 그런 매니저가 되고 싶지 않습니다. 다행히 아드님이 그저 그런 아이가 아니기 때문에 그런 일은 일어나지 않을 것 같네요. 그리고 자푸쉬콘부틈 씨, 확실히 해야 할 건 그 아이가 어머님이 말씀하신 것과 다르지 않아야 한다는 겁니다. 그래야 우리가 제대로 아이를 맡을 수 있을 테니까요.

베로니카라 부르세요. 그래, 언제쯤 오실 건가요?

14

빈센트가 유년시절을 보낸 일리노이 주 크램든에 있는 집은 중서부 지역에선 '부니즈'*라 알려진, 주변과는 통 어울리지 않는 외곽 깊숙이 위치해 있었다. 훗날 난 그애가 살았던 곳이 시 외곽에서 너무 멀리 떨어진 곳이라 시간을 거꾸로 거슬러올라가는 여행 끝에 그곳에 도착했다고 농을 떨었는데, 어느 정도는 사실이었다. 차를 몰고 터무니없이 좁다란 시골 길로 접어들면 들수록 나는 점점 더 깊은 과거로 접어들고 있었다. 10마일을 들어서자 인간이 만든 건축물들이 옥수수 밭과 소 떼와 산림에 자리를 내어주면서 자연은 자신의 권위를 되찾기 시작했다. 20마일에 접어들자 문명은 더 존재하지 않았고, 내 검정색 링컨 타운카가 헤집고 들어서고 있는 주변 경관은 선사시대의 것이라고 해도 무방할 정도였다. 그 길어귀 끝에 있던 빈센트 집을 떠올리면, 그 집 앞마당에 놓인 지저분한 고무수영장이, 대망을 품은 정신지체의 피조물이 역사에 길이 남을 부패사업을 시작하고자 일찍이 기어나온 성지聖地처럼 생각된다.

내가 처음으로 그의 집 앞 쇄석도로에 차를 세웠을 때는 빈센트가 뉴르네상스 아카데미에서 첫 해를 보낸 후의 여름으로, 그 이틀날 예의 우울한 편지를 써서 머리에 피도 안 마른 애한테 보여줄 정도로 내 마음이 여렸던 시절이었다. 어린아이 셋이 고무풀장에서 놀고 있었다. 한 명은 갈색, 두번째는 흰색, 세번째는 베이지에 가까운 피부색이었다. IUI-글로브터너 사에서 내준 차에서 내가 내리자, 아이들은 놀던 것을 멈추고 멍한 눈으로 나를 쳐다보았다.

---

* 촌구석, 정글이란 뜻의 속어.

"안녕, 뭐 하고 노는 거니?"

벌써부터 눈으로는 나의 천재 소년을 찾으며 내가 물었다.

"아무것도 안 해요."

꼬마 여자애가 내게 물을 튀기며 말했다. 그러자 다른 두 남자애들도 따라했다. 나는 웃음을 터뜨렸다.

"분명 너희 중에 빈센트는 없는 거지, 그치?"

"당연히 없지!"

갈색 피부의 남자애가 소리쳤다.

"그 새낀 계집애예요. 근데 걘 왜 찾는데요?"

"안 가르쳐줘."

난 음흉하게 말했다.

"그래도 너희들 빈센트한테 잘해줘야 한다."

"왜요?"

여자애가 물었다.

"니네 인생을 다 합친 것보다 걔 인생이 더 중요해질지 모르니까."

그러자 갈색 피부의 남자애가 풀장에서 뛰쳐나오더니 호스를 잡고 외쳤다.

"아스타 라 비스타, 베이비!*"

그러고는 내게 물을 뿌려댔다. 다른 두 애들은 좋아서 난리를 쳤

* 스페인어로 작별인사를 뜻한다. 〈터미네이터 2〉에서 쓰인 후 유행어가 되었다.

고, 나는 가만히 서 있다가 호스를 빼앗고 말했다.

"이 바보같은 놈들아."

내가 흰 판잣집 쪽으로 걸어가 초인종을 누를 때까지도 아이는 계속해서 내 등에 대고 열심히 물을 뿌렸다.

베로니카가 문을 열었다. 아이가 물 뿌리기를 멈췄지만 난 알아차리지 못했다. 그애의 엄마라는 여자의 몸을 단 한 군데도 빼놓지 않고 소유하는 환상에 사로잡혔던 것이다.

내가 베로니카를 만났을 때 그녀의 눈부신 아름다움은 절정에 달해 있어, 누구라도 그녀를 힐끗 쳐다만 봐도 상사병에 걸릴 정도였다. 난 당장 은퇴해 남은 평생 입술을 잘근잘근 씹으며 그녀의 벗은 몸을 상상하며 보낼 채비를 마쳤다. 그것만으로도 족했다. 손가락 하나 대지 않고 보기만 할 작정이었다. 외로울 때를 대비해 그녀를 아껴둘 것이다. 그림의 떡인 그녀를 손에 넣으려다 백이면 백 실패해 궁상을 떠는 병신이 되기보다는 매혹적인 거리를 유지하는 게 더 나았다.

내가 특히 사랑한 것은 그녀의 눈썹이었다. 섬세하게 활 모양으로 휜 가느다란 눈썹은 마치 그림 같았다. 그녀의 눈 색깔은 기억나지 않는다.

그녀는 밥먹듯 머리 모양과 색깔을 바꿨기 때문에 어느 한 모습만 이야기하는 것은 의미가 없다. 물론 어떤 모습이건 나는 찬사를 바쳐 마지않았겠지만. 그녀의 진짜 머리색은 추측하는 수밖에 없었지만, 나는 그날 본 헝클어진 검은 머리를 가장 좋아했다.

"딜런, 이 자식!"

그녀가 소리쳤다.

"당장 아저씨한테 잘못했다고 해, 안 그럼 오늘 밤엔 쇼핑 카트에서 잘 줄 알아."

"잘못했어요."

"괜찮아."

내가 대답했다.

죄악이라는 생각이 들 정도로 완벽한 베로니카의 엉덩이를 보며 고약한 냄새가 나는 집 안으로 들어섰다. 그녀는 짧은 데님 반바지에 남성용 민소매 티셔츠를 입고 있었다.

"좀 봐요. 완전히 다 젖었네."

젖은 건 옷만이 아니란 생각이 들었다.

"괜찮습니다. 사실은 시원했어요. 날씨가 무척 덥거든요."

집 안도 바깥 못지않게 더웠다. 어디선가 여름날 몸이 달아오른 어린애의 땀 냄새가 풍겨왔다.

"비니! 오셨다!"

슬픔에 잠긴 어린 목동 같이 생긴 빈센트가 머리에 수건을 두르고 수줍은 듯 발을 질질 끌면서 나왔다. 청바지에 흰 속셔츠를 입은 아이는 확실히 또래보다 왜소했다.

"안녕, 빈센트. 만나서 영광이다. 내가 할런 아이플러야."

"안녕하세요. 회사에서도 아저씨로 결정했군요, 그렇죠?"

아이가 수건을 벗자 물에 젖은 검은 머리칼이 드러났다. 그애는 내게 수건을 주었다.

"아, 괜찮아. 고맙다."

"아저씨한테 새 수건이랑 내 방 바닥에 있는 제프 옷 갖다드려."

베로니카가 명령했다.

"그러실 필요 없어요."

내가 말했다.

"아뇨. 가구가 죄다 젖어버려서 안 돼요."

빈센트는 시키는 대로 했다.

"빈센트는 평소에 밖에 잘 안 나가는 편인데도 선생님이 오신다니까 하루 종일 밖에서 기다렸어요."

베로니카가 말했다.

"마른 옷 가져오라니까 겨우 안으로 들어오더라고요."

"늦어서 죄송합니다. 세인트루이스에서 여기로 오는 도중에 학생 한 명을 더 만나느라고요."

그녀가 대답하지 않는 바람에 어색한 침묵이 흘렀고, 나는 괜히 카펫에 관심이 생긴 척했다.

빈센트가 새 수건과 옷 몇 벌을 들고 돌아왔다.

"재네들 일은 죄송해요."

그애가 말했다.

"아, 괜찮아. 그래도 나중에 복수해주자꾸나."

"아저씨 옷 갈아입게 목욕탕으로 안내해드려."

베로니카가 말했다.

몇 분 지나서 나는 커다란 야구선수 셔츠와 너무 커서 통자루처럼 보이는 바지를 입은 모습으로 돌아왔다. 거기에 윙팁구두를 신는 건 어울리지 않았지만 어쨌거나 신었다.

베로니카와 빈센트가 자리에 앉았다. 베로니카는 다리를 꼬았고 빈센트는 내 모습을 보고 웃음을 참고 있었다. 내가 먼저 웃자 그제야 아이도 웃음을 터뜨렸다.

"왜 그래? 뭐가 웃겨?"

베로니카가 물었다.

"저렇게 입으니까 할런 아저씨, 웃긴 것 같아요."

빈센트가 말했다.

"안 그래!"

베로니카가 꾸짖었다.

"그리고 아이플러 선생님이라고 불러야지."

화를 내자 그녀는 훨씬 더 섹시했다.

"그래도 엄마, 이 분도 아이플러 선생님이라고 부르는 게 분명 싫을 거예요. 그렇게 늙지도 않았는데, 그러니까 남들이 늙게 보면 싫을 거예요."

"아 그래? 흠, 아이플러 선생님, 어떤 호칭이 좋으세요?"

"할런이 좋습니다. 전 제 성이 참 싫거든요."

"그럼 그렇게 하시던가요. 괜찮으면 앉으세요, 할런."

그녀가 말했다. 안락의자에 앉은 나는 베로니카의 풍만한 가슴골이 흔들리는 걸 보고 그녀가 떨고 있음을 눈치챘다.

"자, 그럼 어쩔까요?"

그녀가 비좁은 거실을 쏘아보며 물었다.

"음, 어머님과 저는 이미 전화상으로 얘기를 했으니 이제 빈센트하고만 얘기했으면 하는데요, 괜찮으시다면."

베로니카는 말이 끝나기가 무섭게 소파에서 벌떡 일어섰다.

"침실에 있을 테니 필요하면 부르세요."

그녀는 내 눈을 똑바로 쳐다보며 말했고, 난 그 한마디에 그녀의 인생의 목표가 집약되어 있음을 알아차렸다. 빈센트는 제 엄마가 가슴을 출렁이며 침실로 뛰어가는 것을 멍하니 바라보는 나를 주시했다.

그러고는 날 보고 싱긋 웃었다. 그 아이는 그때 이미 눈치를 챘던 것 같다. 그때부터 세상을 움직이는 것이 무엇인지를 다 알고 있었던 모양이다. 그러지 못할 것도 없지 않나. 짐승이라면 그런 이치는 일곱 살이 되기도 전에 통달하는 법이니까.

15

베로니카가 자리를 비우고 나서야 비로소 나는 주변에 신경을 쓸 수 있었다. 벽이 온통 브래드 피트나 톰 크루즈 등등, 잡지에서 오려낸 사진들로 뒤덮여 있는 것이 눈에 들어왔다. 사진들이 붙어 있지 않은 곳엔 오래전에 테이프를 붙였다 뗀 자국들이 있었다. 싸구려 소파 뒤 벽은 '안나 니콜 스미스*, 가슴 터지다' 같이 울긋불긋한 저질 헤드라인이 실린 타블로이드 신문 1면으로 도배가 되어 있었다. 갈색 플러시 천 카펫은 맥주캔들과 담뱃재로 어지러웠다. 엄청나게 큰 화면의 텔레비전이 거실의 반을 차지했다.

"엄마가 준 이 옷은 뭐니?"

내 질문에 빈센트가 웃음을 터뜨렸다.

"엄마의 바보 애인들 옷이에요."

"엄마한테 애인이 있어?"

"네, 아주 많아요."

"엄마 애인 중에 마음에 드는 사람 있어?"

"없어요. 근데 그 사람들도 다 저를 안 좋아해요."

"왜 안 좋아하는데?"

---

* 『플레이보이』 지 모델이자 게스 청바지 모델로 63살의 나이차가 나는 억만장자 하워드 마셜과 결혼해 악명이 높았다. 2007년 약물중독으로 사망해 다시 한번 세간의 화제가 됐다.

"몰라요. 그 사람들이야 엄마 때문에 여기 오는 거지, 나 때문은 아니잖아요. 나한텐 말도 안 걸어요."

"전부 다 머저리들 아니야?"

빈센트가 킥킥거렸다. 훗날 그는 이 시절 이야기들을 소재로 시트콤을 쓰게 된다. 〈엄마의 남자들〉이라는 드라마로, 한 이혼녀가 매주 새 남자를 만나 사는 이야기였다. 매주 남자 주인공들이 바뀌기 때문에 이 시트콤은 몇 시즌을 거치면서도 참신함을 잃지 않고 인기를 끌었다.

토토처럼 생긴 테리어 종 강아지 한 마리가 달려들어오더니 소파 위로 뛰어올라 빈센트의 무릎에 앉았다.

"강아지 귀엽네. 이름이 뭐야?"

"위노나."

"안녕, 위노나. 반갑다. 털 뭉치 친구."

나는 가성으로 말했다. 개는 눈을 동그랗게 뜨고 나를 바라보며 화답하듯 짖고는 빈센트의 무릎에 머리를 기댔다.

"그래, 내가 왜 여기 왔는지 엄마가 말씀해주셨니?"

"엄마는 아저씨가 내 매니저가 될 거고, 제가 글을 쓰면 그걸로 돈을 벌어서 우리 가족이 부자가 되게 해줄 거라고 말했어요."

"맞아, 믿을지 모르겠다만 나한테 돈은 그렇게 중요하지 않거든. 그저 미래에 네 작품을 모든 사람들에게 보여주고, 그 작품들이 빛을 볼 수 있다면 행복할 거야. 뉴르네상스의 목표는 말이야,

너도 선생님한테 들었겠지만, 우리의 목표는 너희가 우리에게 훌륭한 작품을 주면 그걸로 지금 이 세상의 쓰레기들을 치우는 거야. 그러니까 매니저로서 내가 앞으로 할 일은 네가 글만 쓸 수 있도록 돕고, 그래서 네가 계속 걸작을 만들어내게 하는 거야."

"왜요?"

"왜라니, 뭐가?"

"왜 제가 글만 썼으면 좋겠어요?"

"글쓰는 것 좋아하지 않아?"

"그렇기는 한데, 근데 왜 나예요?"

"뉴르네상스에서 일하는 우리가 보기에 너는 가능성이 풍부하거든. 네가 정말 가능성이 많다는 걸 알게 됐거든. 그래서 네 인생의 초창기부터, 아니 진로가 시작되기 전에 네 안내자가 되고 싶은 거야. 네 작품이 될 수 있는 한 좋은 작품이 되길 바라니까. 이렇게 말하면 알아듣겠니?"

"네. 하지만 그래서 어떻게 되는데요?"

"무슨 말이니?"

"그런 걸 아저씨가 다 어떻게 할 건데요?"

"음, 아저씨가 네 매니저가 되면 넌 다시 아카데미로 돌아가 가을학기를 보낼 거야. 작년처럼 난 가끔씩만 네 작품을 보러 너한테 갈 거야. 또, 네가 어떻게 지내는지, 도움이 필요한 건 아닌지 전화도 할 거고, 몇 년 지나서 영화 시나리오 쓰는 거랑 작곡이랑 기술

같은 걸 배우게 되면 넌 본격적으로 작품을 쓰기 시작할 거고 우린 그걸 팔 거야. 난 이 모든 과정이 진행되는 동안 네 옆에 있을 거야. 그러니 내가 널 시시콜콜하게 귀찮게 해도 괜찮겠니?"

"네. 난 좋을 것 같아요."

"그러니까 너도 원하는 바라고 생각해도 될까?"

"네."

"뭐든 물어볼 거 있으면 물어봐."

"취미가 뭐예요?"

나는 웃었다.

"나한테 취미라는 게 있을지 모르겠다만…… 음악 듣는 거 좋아해. 기타 치는 것도 좋아하고. 또 독서도 좋아해. 그러고 보니 꽤 되네. 왜?"

"그냥 궁금해서요."

"좋아. 뭐 또 물어볼 건?"

"지금 당장은 없어요."

"자, 내가 매니저가 되는 걸 허락했으니 이걸로 우리 이야기는 끝난 걸로 봐도 되겠지?"

"네."

"엄마 좀 불러올래?"

빈센트는 위노나를 소파에 두고 닫혀 있는 엄마의 침실 문 쪽으로 달려갔다. 그가 문을 두드렸다.

"엄마?"

"왜!"

"할런 아저씨가 할 말이 있대요."

"이리 오시라고 해!"

나는 키드 록*의 포스터가 붙은 침실 문 쪽으로 걸어갔다.

"자푸쉬콘부틈 씨, 서명하실 서류가 좀 있어서요."

"들어오세요!"

팔꿈치로 문을 슬쩍 밀고 들어가보니 베로니카는 매끈하고 새하얀 두 다리를 두 팔로 끌어안고 침대 위에 앉아 앞뒤로 몸을 흔들며 담배를 피우고 있었다. 침실은 지저분했고, 그녀는 땀을 흘리고 있었다.

"뭐가 필요하시죠?"

그녀가 떨리는 목소리로 물었다.

"몇몇 서류에 서명을 좀 해주세요. 허락하신다면 제가 빈센트의 매니저가 되고 싶습니다."

"네, 좋아요, 이리 가져오세요."

"실은 서류가 밖의 제 차 안에 있습니다. 서류 절차 이전에 몇 가지에 대해서 말씀드리고 싶은 게 있는데요."

"지금 당장은 힘들거든요."

---

* 1980년대 말부터 지금까지 활동하고 있는 미국 록 뮤지션.

입에서 담배연기를 내뿜으며 그녀가 말했다.

"괜찮습니다. 저기 빈센에 있는 호텔 이코노미 인에 예약을 했거든요. 오늘밤부터 내일까지 있을 겁니다."

"지금 당장 결정할 수가 없다고요."

그녀가 말했다.

"전혀 문제될 것 없습니다. 괜찮으세요?"

"네, 괜찮아요. 왜 물어보시는데요? 난 그냥 그러니까, 뭐랄까, 암튼 걱정하실 것 없어요."

"알겠습니다. 제가 내일 전화를 드리면 어떨까요, 아니면, 다른 곳에서 만나뵙고 이야기를 나눠도 좋습니다. 그래도 괜찮을까요?"

"네, 나중에 전화주세요."

"알겠습니다. 오늘밤 늦게 전화드리죠. 방문을 허락해주셔서 감사합니다."

"별 말씀을. 문 좀 닫아주시겠어요?"

그녀는 여전히 몸을 앞뒤로 흔들고 있었다. 나는 등뒤로 방문을 닫았다. 복도에서 빈센트가 나를 올려다보았다.

"엄마 괜찮으신 거니?"

"네."

그가 말했다.

"애가 생겼을 때마다 저러세요."

16

언제나 호텔방만큼 시적인 곳도 없다고 생각했다. 어떤 이들에게 호텔은 하룻밤 묵는 집, 노정에 지쳐 노곤노곤해진 뼈마디를 추스를 수 있는 주간州間 고속도로 바로 옆의 오아시스, 빈번한 방종을 목적으로 한 장소다. 또 어떤 이들에게 호텔은 성인들의 놀이터, 죄악의 은신처, 추억이 존재하지 않는 밀실이다. 호텔은 유흥과 가족의 화합을 거쳐 생이 충만해지는 곳이 될 수도 있지만, 대책 없이 사람을 고독하고 불안하게 만드는 곳이 될 수도 있다. 저녁 무렵 호텔방의 분위기는 몇 명이 묵고 있느냐에 따라 달라진다. 혼자라면 아까 말한 고독과 불안을 느낄 것이다.

크램든에 있는 세 주류 판매점 중 한 곳에서 5등급품의 메이커스 마크* 한 병을 산 후, 나는 인디애나 주 빈센에서 가장 가까운 호텔에 체크인했다. 나는 다른 여섯 후보자의 부모들에게 전화를 걸어 다른 학생을 관리하기로 결정했다고 통보했다. 이상적인 아이를 찾아냈다는 소식을 전하기 위해 스티븐 실베인에게 전화를 걸었지만 그는 부재중이었다. 얼음통에 얼음을 재우고 위스키를 마신 다음, 이코노미 인 로고가 찍힌 투명 플라스틱 컵에 담긴 물도 마셨다. 통 입맛이 없었다. 해가 질 때까지 텔레비전을 보면서

* 미국 켄터키 주의 특산품이자 고급 수제 버번위스키.

내내 베로니카 생각만 했다. 그리고 마침내 그녀에게 마음을 정리할 시간을 충분히 줬다는 결론에 이르렀다.

"베로니카?"

"네."

"할런입니다."

"아 네, 할런."

"네. 어떠세요. 만나실 수 있을까요?"

"아, 네. 좀 있다 전화 걸어도 될까요, 자기?"

"아, 어, 네. 고맙습니다. 그런데 제가 말씀드리려는 이야기 말인데요, 정말 중요한 이야기입니다."

"좋아요. 다시 전화드릴게요. 지금 친구가 와 있어서요."

"제 전화번호를 알려드릴까요?"

"발신자 번호 확인했어요. 끊어야 돼요. 다시 전화드릴게요."

그때 난 고독과 불안을 느꼈다. 디지털시계와 전화를 노려보고, 복도에서 묵직하게 여닫히는 문소리를 들으며, 나의 임무와 빈센트에 관해 생각하는 가운데, 결국 모든 생각이 베로니카로 귀결되었다.

자정녘 오래전 『피플』 지가 '현존하는 가장 섹시한 남자'로 선정한 스티븐 실베인에게 다시 한번 전화를 걸었지만 그는 여전히 부재중이었다. 그때까지 난 위스키를 스트레이트로 마시고 있었기 때문에, 흐릿해진 시야에 들어온 디지털시계의 빨간색 숫자들이 끝도 없이 아래로 흘러내리는 것처럼 보였다.

한시쯤, 호텔방 문을 두드리는 소리가 들렸다.

그녀는 몸에 달라붙는 청바지와, 마찬가지로 몸에 달라붙는 붉은 티셔츠를 입고 있었다. 나는 침대에 앉아 있었다. 그녀가 의자에 앉았다.

"불쑥 찾아온 거, 이해해주세요. 친구가 갈 생각을 안 하기에, 네 맘대로 해, 그러곤 거기에 내버려두고 그냥 와버렸어요."

"물론 괜찮습니다. 자푸쉬콘부틈 여사."

"으, 부탁인데요, 베로니카라고 불러주세요. 그 이름 진짜 싫어하거든요. 바꿀까 심각하게 고민중이에요."

"그러시죠. 저도 바꿨는걸요."

"진짜요? 전엔 뭐였는데요?"

"아이플러도프. 도프를 빼버렸어요."

베로니카의 웃는 모습을 보자 그녀와 결혼하고 싶어졌다.

"결혼 전 이름이 스피네티였어요. 근데 그 이름도 싫었어요. 썬더하트나 뭐 그런 이름이면 좋을 텐데."

그녀의 입술이 내 방 안에 있었다. 그녀의 몸은 이제 내 머릿속에만 있지 않았다.

"그건 그렇고 빈센트에 대해선 어떻게 생각하세요?"

그녀가 물었다.

"빈센트요? 아! 정말 반했어요. 정말 조숙하더군요. 감탄에 감탄을 거듭할밖에요."

"그 아이도 당신을 좋아해요. 가신 후에 당신 얘길 하면서 날 한시도 가만 놔두지 않더라니까요. 그 아이가 그렇게 기분 좋아하는 일은 거의 없어요."

"그러게요. 좀 울적한 성격의 아이라는 건 저도 눈치챘어요."

"말도 마세요. 진짜 어느 정도인지는 짐작도 못 하실걸요? 가끔도가 지나칠 정도로 우울해할 땐 나도 어떻게 해야 하나 감이 안 잡힌다고요. 뜬금없이 그래요. 그러니까 한번은, 안드레가 민트초콜릿칩 아이스크림을 사왔어요. 그래 애들한테 한 그릇씩 나눠줬는데 빈센트만 안 먹지 뭐예요. 그래서, 넌 왜 안 먹니, 그러니까 갑자기 울음을 터뜨리더니 방을 나가버리더라고요."

"왜 울었던 거죠?"

"걔 말론 그 연쇄살인범 생각이 나서 그랬대요. 왜, 이 근방에서 얼마 전에 전기의자 신세가 된 그 끔찍한 연쇄살인범 있잖아요, 창녀들만 골라 죽였던."

"네."

"빈센트 말론 민트초콜릿칩이 그 사람이 전기의자에서 사형당하기 전에 마지막으로 먹은 거였대요. 그래서 내가 '그래서 뭐?' 라고 했죠? 그랬더니 걔 말이 '그 살인범은 어렸을 때 민트초콜릿칩 아이스크림을 좋아했을 거예요, 언제나 아이스크림을 저녁으로 먹고 싶었을 건데 그 사람 엄마가 허락을 안 했을 거예요, 그런데 그의 마지막 저녁식사로 아이스크림을 먹은 거잖아요. 금방 죽을 거니까 상관없다고 생각하면서 말이에요'라는 거예요."

"정말 섬세하네요."

"네. 뭐 하나를 그냥 넘어가질 못하고 빌빌거려요. 그 정도로 숙맥이라니까요."

베로니카는 호텔방 구석구석을 둘러보았다.

"어머, 전에 이 방에 와봤던 것 같아요. 어머나! 그 위스키 저도 좀 마셔도 될까요?"

나는 태어나지 않은 아이한테 괜찮은 건지를 물어보려다가 이내 아무 말 않기로 마음먹고 그녀에게 한잔 따라주었다.

"말씀드리죠. 전 정말로 빈센트의 매니저가 되고 싶습니다. 그 점에 대해선 의심할 여지가 없습니다. 하지만 그에 관해 몇 가지 더 드릴 말씀이 있어요."

그녀는 거침없이 위스키를 들이켰다.

"우리, 뉴르네상스죠, 우리 회사 방침을 어머니도 들어주셨으면 하는데요."

"말씀하세요."

"미친 소리처럼 들리겠지만, 결단코 진지하게 말씀드리는 겁니다."

"괜찮으니까 말씀하시라고요."

"좋습니다. 상황이, 그러니까, 예술이 고통에서 비롯된다는 개념을 아시나요?"

"아뇨."

"좋아요. 예술이 탄생한 이래로, 인간이 창조를 하게 된 이래로, 예술이 탄생할 때, 특히 위대한 예술은 예술가가 감내하는 일종의 고통에서 비롯되어야 한다는 개념이 있습니다. 그 고통은 아마도 모종의 상실이나 실연의 아픔이나 혹은 건강의 악화 같은 게 되겠죠. 중요한 건 그런 고통이 영감을 불러일으킨다는 것입니다. 예술가에겐 자양분이죠."

"커트 코베인*처럼?"

"그렇죠. 그러니까 뉴르네상스가 어떤 일을 하는 곳인지 감이 잡히시죠?"

"반 이상은요."

컵을 입에서 떼지 않은 채로 그녀가 대답했다.

"우린 말하자면 과거 예술가들을 후원하던 패트론 같은 존재들이죠. 그리고 뉴르네상스의 설립자는 사실상 배후 조종이 가능한 엄청난 권력자인데요, 그는 여기에서 한 걸음 더 나아가 생각했습니다. 극비리에 부쳐지고 있는 사안인데, 간단하게 말씀드리면, 그게 이 시점에서 가능한지 모르지만, 에에…… 다 털어놓고 솔직하

---

* 1990년대 초반 미국 얼터너티브록 붐을 이끈 밴드 너바나의 리더. 청년세대의 소외와 분노를 대변해 폭발적인 인기를 끌었으나 약물중독과 매스미디어에 대한 부담감을 이유로 자살했다.

게 말씀드리면—"

"한 잔 더 마셔도 될까요?"

"그럼요."

난 그녀에게 한 잔 더 타주었다. 내 건 더블로 탔다.

17

"우린 당신 아들의 인생을 비밀리에 조종해서 빈센트를 고통에 빠뜨리고, 그것으로 그애가 지속적인 창조적 자극을 받아 위대한 예술작품을 만들어내길 원합니다."

"흐음."

"그런 겁니다."

"그리고 그애는 그 사실에 대해 절대 알지 못한다는 건가요?"

"당신이 빈센트에게 말하기 전까지는. 이 지구상에서 그 사실을 아는 건 당신과 나 그리고 오직 몇몇 사람뿐입니다. 일을 제대로 하려면 그렇게 해야만 합니다."

그녀는 단숨에 위스키를 들이켜더니 어깨까지 내려오는 머리칼을 만지작거리다 얼굴에 흩어진 머리카락을 뒤로 쓸어넘겼다.

"어떻게 생각하세요?"

내가 물었다.

"좀 바보 같아 보이는데요. 걔한테 뭘 어쩌실 건데요?"

"저도 아직 잘 모르겠습니다. 그애를 자극할 수 있는 거라면 다 되지 않을까요? 예를 들어 그애가 좀더 나이를 먹으면 우린 그애가 절대로 여자친구를 못 사귀게 만들 겁니다. 우리가 최우선으로 생각하는 것이 그애를 고독 속에서 지내게 하는 겁니다. 전 빈센트의 작품을 위해 고독은 필수라고 보는데, 고독하면 괴롭기도 하지만, 고독은 또 창조의 과정에 필요한 시간과 환경을 마련해주거든요. 제 말 이해하겠어요?"

"뭐가 어쨌건, 그애는 여자친구 같은 건 원하지 않아요. 댁들이 오히려 그애에게 선심쓰는 게 될걸요."

"그 말이 맞을 수도 있겠군요. 하지만, 굳이 대답을 드린다면 구체적으로 그애한테 어떻게 할지는 우리도 알 수 없다는 겁니다. 이런 종류의 계획에 청사진 같은 게 있을 리 만무하니까요. 혹여 우리가 빈센트에게 신체적인 상해를 가하거나 위험에 빠뜨리는 일은 없을 겁니다. 장담하건대, 우리에게 아드님을 믿고 맡기셔도 됩니다. 궂은일은 제가 도맡아 처리하면서 동시에 빈센트의 경력을 관리할 테니까요. 하지만 이 일을 제대로 하려면 당신의 철저한 협조가 필요합니다."

"내가 뭘 하면 되는데요?"

"단도직입적으로 말씀드리죠. 제가 빈센트에게 거짓말하는 걸 도와주셔야 합니다. 이 말이 얼마나 무서운 말인지는 저도 압니다.

하지만 우리는 목적이 수단을 정당화한다고 믿습니다. 우린 빈센트가 세계에 크게 이바지하고 많은 사람을 행복하게 해주리라고 생각하는데요, 그러려면 어머니와 제가 계속해서 그 아이를 뒷바라지해줘야 합니다. 또하나, 이에 동의할 경우 향후 우리가 체결하게 될 계약에 따라 적정 비율의 금전적 대가를 받으시게 될 겁니다."

"얼마나요?"

"대략 한 달에 2천5백 달러요."

베로니카는 두번째 잔을 마저 비우고 얼음을 와삭와삭 씹었다.

"네, 못 할 것도 없죠. 그렇게 하죠."

그녀가 말했다.

"지금 당장 결정할 필요는 없습니다. 이 문제에 대해선 얼마든지 충분한 시간을 두고 생각해도 돼요."

"내가 보기엔, 어떻게 해도 빈센트에겐 안 좋은 일이 일어나게 돼 있어요. 재수 없는 일은 누구한테나 다 일어나는 것 아니에요? 당신이 재수 없는 일의 원인이 된다고 해도 상관없어요. 당신이 아니더라도 다른 누군가가, 당신보다 더 악질적인 인간이 할 수도 있잖아요. 어떻게 해도 안 좋은 일은 일어날 수밖에 없으니, 당신이라도 거기서 득을 보는 게 좋죠, 안 그래요?"

"저 역시 덜도 말고 더도 말고 딱 그렇게 생각했습니다. 그게 현재 제가 하고 있는 일에 대해 가장 좋은 명분이 될 거라는 걸 깨달았거든요. 하지만 베로니카, 이 모든 게 옳은 일이라는 생각은 전혀 들지 않아요."

"그래도 이 일로 나쁜 것보단 좋은 걸 더 많이 얻을 수 있는 방법이 생길 것 같은데요."

베로니카가 말했다.

"뭐, 그러기만 바랄 뿐이죠. 그럼에도 이 일에 대해서 확신하고 있는 건가요? 시간을 더 두고 봐도 돼요."

"시간 같은 건 더 필요없어요. 하자니까요. 하지만 너무 심하게 안 좋아질 경우, 개를 그만 괴롭혀도 되죠?"

"당연하죠. 애한테 너무 심하다 싶을 땐 바로 손을 떼도 돼요. 도가 지나쳤다 싶을 땐 우리 쪽에서 먼저 끝낼 수도 있고요."

"그럼 뭐 사인하거나 그래야 하나?"

18

새벽 두시경 이코노미 인에서 빈센트의 운명은 봉인되었다. 나는 베로니카에게 내가 그의 매니저가 된다는 것과 더불어 우리의 프로젝트에 관해 그녀의 동의를 구하는 것, 마지막으로 상술上述한 프로젝트에 대해 함구할 것을 서약한다는 조항이 실린 모든 계약서를 건네주었다.

모든 계약서에 서명한 후 그녀가 말했다.

"말이죠, 그 아이에게 이것저것 겪게 하는 게 상처가 되진 않을 거예요. 지금까지도 그런 건 쉽게 견뎠거든요. 내가 그애 나이였을 때, 우리 아빤 이미 자살했고 엄마는 내게 신경도 안 썼죠. 신경 쓴답시고 옆에 있으면 고래고래 소리만 질러댔고."

"참 힘들었겠어요."

내가 말하자, 그녀는 자신의 인생역정에 대해 줄줄이 늘어놓기 시작하더니, 그녀의 뱃속에서 온갖 화학작용을 일으키며 자라고 있는 아기를 포함해 그녀가 낳은 모든 아이들 이야기까지 늘어놓았다. 그녀가 이야기를 다 끝냈을 즈음 나는 원 없이 그녀를 구경한 뒤였다.

"그럼, 베로니카, 여기까지 와줘서 정말 고마워요. 또 우리가 이 일을 할 수 있도록 허락해준 것도 정말 감사합니다."

나는 계약서를 가리키며 말했다.

"그럼 이 사실을 공식화할 겸 악수라도 해야 하지 않겠어요?"

그녀가 물었다.

"그래야겠죠."

그녀는 일어서서 내게 손을 내밀었다. 그녀의 손은 뜨거웠다. 내가 악수를 하자, 그녀는 손가락 두 개를 내 손바닥에 비벼댔다. 그녀는 한쪽 무릎을 세워 침대에 다리를 걸쳤다.

"있잖아요, 이렇게 엄청난 일은, 공식화하려면 말이죠, 그냥 악수만 하고 끝내면 안 되는 거예요."

"어."

그녀는 날 침대 머리맡으로 밀어붙이더니 내 무릎 위에 올라앉았다. 나는 천천히 그녀의 허벅지를 쓰다듬었다. 그녀가 윗도리를 벗고 등을 뒤로 젖히자, 그녀의 검정색 브래지어와 그것이 떠받치고 있는 풍만한 가슴에 내 얼굴이 파묻혔다. 그녀는 머리를 마구 저으며 머리칼을 헝클어뜨렸다. 난 이미 욕망으로 발기한 상태였다.

"날 원하나요?"

그녀가 속삭였다.

"보면 몰라요?"

내가 말했다. 그녀는 내게 부드럽게 키스하면서 리듬을 맞추듯 자신의 사타구니를 내 사타구니에 비벼대기 시작했다. 그녀에게선 베이포럽* 향과 위스키 맛이 났다.

그녀가 다시 한번 등을 뒤로 젖히더니 잘 그을린 양팔을 뒤로 돌려 브래지어를 벗었다. 위스키로 흐려진 내 시야 속 그녀의 몸은 아래로 흘러내리고 있었지만, 일순간이나마 그녀의 섹시하고 충혈된 눈동자를 제대로 볼 수 있었다. 그 두 눈은 마치 두개골 안으로 돌아갈 것만 같았다.

"저리 가요."

내가 말했다.

---

* 일시적 호흡곤란, 감기 치료용 연고로 가슴에 바른다.

내게 몸을 비벼대던 그녀가 갑자기 동작을 멈추고, 그녀의 양팔이 스르르 아래로 떨어졌다.

"네?"

"내게서 떨어져요. 집에 가서 애들을 돌봐야죠."

"다 자고 있어요. 괜찮아요."

그녀가 양 허벅지로 내 몸을 꽉 죄어왔다. 난 그녀를 밀쳐냈다.

"저리 가라니까요, 베로니카!"

그녀는 믿기지 않는 듯 웃음을 터뜨렸다.

"그러시던지."

그녀는 내 몸에서 내려가 셔츠를 걸쳤다. 난 자리에서 일어섰다.

"호모예요, 뭐예요?"

"아뇨. 난 호모가 아니에요."

"날 갖고 싶지 않아요?"

순수한 열망에 찬 표정으로 그녀가 물었다. 그녀의 눈썹은 연민의 정을 불러일으킬 정도로 아래로 쳐져 있었다.

"그래요, 당신을 갖고 싶어요."

그녀가 불현듯 두 팔로 날 안더니 한쪽 다리를 들어 내 허벅지를 감았다. 그리고 온 힘을 다해 내게 키스했다.

난 그녀의 혀에서 내 혀를 떼어내고, 그녀를 밀치며 소리쳤다.

"진짜라니까, 꺼져버리라고!"

"그러시던가."

그녀는 그렇게 말한 후 떠났다.

난 남은 위스키를 마저 비웠다. 그리고 나 대신 다른 사람에게 이 일을 시키라고 부탁하려고 실직 배우 스티븐 실베인에게 전화를 걸었지만, 그는 여전히 부재중이었다. 나는 자리에 앉아 술에 취해 엉망진창인 필체로 빈센트에게, 아까 이야기한 그 편지를 썼다. 여전히 발기한 채로.

III. 위노나

19

열다섯 살의 베로니카가 '아기 3호' 빈센트를 몸 밖으로 쥐어짜내느라 고생하는 동안, 나는 대학의 마지막 학기를 끝내려고 발버둥치는 중이었다. 주변 인간들과 어울리는 게 질색이었던 나는 학교가 늘 지긋지긋했다. 몇 줄로 늘어선 책상에 뜨뜻한 몸뚱이를 서로 부대껴가며 붙어앉아, 머리통은 일제히 한 방향으로 향한 채 비슷비슷한 생각만 하는 분위기가 싫었다. 같은 반 인간들을 혐오해 마지않았음에도 난 굳이 애쓰지 않고도 잘 지내는 편이었다. 그런데도 십육 년에 달하는 교육과정의 끝인 졸업반 봄학기에 퇴학을 당했으니 기가 막힐 노릇이었다.

그 학기에 난 스물한 살이 되었고, 술을 배우게 되면서 학교 다니기가 훨씬 더 수월해졌다. 취한 채로 수업에 들어가는 습관이 생졌고, 학교의 베이지색 벽에 갇혀 지내는 시간의 질을 심오하게 향상시키는 법을 배웠다. 지난 사 년 동안, 나는 늘 교실 벽의 한쪽 벽에 바짝 붙어앉아 말없이 필기하는 척하며, 동급생들에 관한 지저분한 이야기들을 써댔다. '공동작업'이란 말만 나와도 식겁했던 나는 유치하고 현학적인 과제를 위해 파트너를 고르거나 특정 그룹에 끼는 대신, 아무 생각 없이 교실을 나섰다가 수업이 끝날 즈음이 되어서야 돌아왔다. 하지만 술로 두뇌를 코팅한 덕에 수업은 전보다 참을 만했다. 잠자코 있었지만 사실은 될 대로 되란 심정이었다. 그런 후에야 비로소 마음이 편해졌다.

술 덕분에 기숙사 생활도 좀더 견딜 만해졌다. 난 전보다 더 자주 외출했고, 다른 사람들과 어울려 술을 마시기까지 했다. 평소엔 그들의 방에서 흘러나오는 음악만 들어도 한심한 마음이 들어 방 밖을 나가지 않았다. 하지만 일단 술이 들어가면, 용케도 얼마간은 그런 음악을 참을 수 있었다.

그 마지막 학기에는 번번이 숙취에 시달리는 통에 오전 수업엔 거의 나가지 못했다. 교실의 밝은 불빛 때문에 취기가 가시지 않은 눈은 언제나 쓰라렸다. 가장 끔찍한 장소는 불빛이 아주 밝은 곳, 긴 튜브 형의 형광등이 있는 곳이라는 걸 새삼 깨닫게 되었다. 교실, 병원, 진료실, 작업장, 공공장소 등등, 내가 끔찍해하는 조명이 다 그랬다. 그런 조명 아래에선 생긴 것도 이상하게 보여서 얼굴의 기미 하나도 도드라져 보인다. 그런 조명은 "봐요! 여기 있어요!

이게 당신의 현실이에요! 보라니까요!" 하고 악을 써댄다. 그런 조명 아래에선 그늘도 생기지 않는다. 모든 것이 더할 나위 없이 환하게 빛나기 때문에 피할 방도가 없다. 난 결국 수업시간에 선글라스를 쓰기 시작했다.

내가 퇴학을 당한 건 마침내 한 선생이 내가 술에 취해 수업시간에 들어온다는 것을 발견하면서였다. 그는 라스푸틴*에 관한 찬사를 늘어놓으면서 그를 암살하는 것이 얼마나 힘든 일이었는지를 한창 설명하던 중이었는데, 정작 난 전혀 상관없는, 당시 내 딴엔 꽤나 심원하게 여기던 생각에 빠져 있었다. 그 생각을 모두에게 들려줘야만 했다.

"제가 지금 뭘 깨달았는지 아세요?"

난 모두가 고개를 돌려 뒤쪽 구석 벽에 붙어앉은 날 쳐다보지 않을 수 없을 정도로 큰 소리로 말했다. 그게 그 학기를 통틀어 강의실에서 내가 세번째로 한 말이었을 것이다. 수업시간에 자청해서 말을 하는 건 어디까지나 농담을 던지기 위해서였지만, 사실 유머를 과시할 기회가 거의 없었던 것이다.

"뭐라고?"

선생이 대답했다.

---

* 러시아의 성직자로 농민들 사이에서 성자라는 평판을 얻고, 혈우병을 앓고 있던 황태자를 기도로 고쳐 황후의 총애를 받았다. 이후 방종한 태도와 생활 때문에 귀족의 미움을 받아 암살당했다.

“이 교실의 모두에게 정말로 엄청나게 끔찍한 일이 방금 일어났어요.”

모든 시선이 내게 쏠려 있는 게 좋았다. 모두 겁에 질린 표정이었다. 모두 무슨 말을 해야 할지 난감해하는 것 같아서 난 계속해서 말했다.

“아니, 진짜로요. 이곳의 모든 분들이 머릿속으론 이 말할 수 없는…… 사태에 대해 생각한다는 거죠. 이 사태란 여러분의 오늘을 있게끔 해주었는데도 정작 여러분은 단 한 번도 입밖으로 꺼내본 적이 없는 그런 건데요. 뭐라고 말해야 하나, 그렇지, 여러분 혹시 똥누기 전에, 한동안 그걸 뱃속에 담고 걸어다녔구나 생각한 적 있나요? 그런 거예요. 그런데도 우린 전부 그냥…… 우리 몸 안에 그런 게 있지도 않은 것처럼, 우리에게 어떤 일도 일어나지 않은 것처럼 변기 위에 앉아 있죠. 우린 지금 모든 게 다 괜찮고 정상인 것처럼 이 책상에 앉아 있는 거라고요. 제 말 이해하시는 분?”

나 말고도 학생들 몇 명이 급작스레 웃음을 터뜨렸다.

“도대체 하려는 얘기가 뭔가?”

평범한, 중년의 교수가 물었다.

“압니다. 그게 다예요. 뭔 할 얘기가 있겠어요?”

내가 웅얼대며 말했다.

“제가 생각할 수 있는 단 한 가지는 그 끔찍한 것, 똥이죠, 똥을 눌 때, 그 상황이 말이 되게 해야 한다는 겁니다. 그 상황을 활용해야 해요. 그렇지 않으면 말이 안 되게 되니까. 그러니까, 변기에 앉아 있을 때—"

"난 자네에게 교실에서 나가라고 말할 참이네만."

"좋아요. 미안합니다."

나는 비틀거리면서 교실문 밖을 나섰고 다시는 그 수업에 들어갈 수 없었다. 정확히 바로 그 순간에 빈센트가 울부짖으며 엄마의 피범벅이 된 자궁 밖으로 나온 거라고, 나는 작정하고 믿어버렸다.

20

스티븐 실베인은 슬리퍼 히트*를 기록한 로맨틱 코미디 영화 〈진실한 사랑〉으로 대중을 사로잡았다. 모든 장면에 웃옷을 걸치지 않은 모습으로 등장한 실베인은 늘씬한 근육질의 몸과 무뚝뚝하니 수려한 용모와 세련되면서도 음울한 태도로 삽시간에 여성 인구의 주목을 받았다. 그가 그 역할을 따낸 건 로스앤젤레스의 체육관에서 스쿼트스러스트**를 하는 그의 모습을 본 영화감독의 눈에 든 덕분이었다.

* 처음엔 시장에서 전혀 주목을 받지 못하다가 점진적으로 인기를 끌어모으면서 빅히트를 거두는 미디어 문화를 일컫는 말.

** 바닥에 손을 짚고 엎드렸다가 다시 똑바로 일어서기를 연속적으로 하는 운동.

〈진실한 사랑〉에서 작지만 섹시한 역할을 맡은 후 그는 점점 더 많이, 더 중요한 역할을 맡게 되었다. 그는 시리즈 재난영화인 〈카타스트로피카〉의 수많은 주인공 중의 하나를 연기했다. 재난영화의 최고봉이라는 과대 광고로 치장한 〈카타스트로피카〉는 유성우가 대서양에 떨어진 후, 뉴욕 시에서 지진, 허리케인, 토네이도, 쓰나미, 대홍수, 화재 같은 천재지변이 한꺼번에 일어난다는 내용의 영화였다. 영화에서 예수를 상징하는 수많은 인물 중 실베인이 연기한 조니란 인물은, 불 폭풍우에서 뉴욕을 구원하기 위해 일신을 희생하는 역이었다. 영화는 박스오피스 기록을 박살내다시피 했다.

실베인의 차기 대 히트작은 성심리性心理 스릴러영화인 〈증명 불가능한 열정〉으로 그의 첫 공동주연작이었다. 서른세 살의 나이로 이십대 초보 경찰 역할을 맡은 실베인은 배우 커트 러셀과 함께 손을 잡았다. 러셀은 냉담하지만 사려 깊은 베테랑 경찰로, 젊은 파트너에게 법과 사랑과 인생에 대해 조언을 해주는 역할이었다. 흥행 성적은 신통치 않았지만 〈증명 불가능한 열정〉은 실베인과 '데드라인 픽처스(IUI-글로브터너)'의 사장 밥 쿤츠와일러가 인연을 맺는 데 일조했다.

포스터 리포비츠의 주문에 따라 쿤츠와일러는 실베인에게 〈블러드 러스트〉의 주연을 맡겼고, 이는 실베인 최초의 주연작이 되었다. 〈블러드 러스트〉로 실베인은 남녀 공히 숭배하는 진정한 액션 영웅이 되었다. 더 잃을 것도 없는 주도면밀한 경찰 조니 레인으로

분한 실베인은 〈블러드 러스트〉를 자신의 스포츠 지향주의와 무술, 거칠지만 매혹적인 팔방미인을 연기할 능력의 전시장으로 활용했다. 수많은 관객이 매 장면마다 조니에게 환호를 보내며 주먹질, 발길질, 총질, 폭탄 폭발 전에 내뱉는 짤막한 농담이자 인구에 회자될 명대사가 나오길 기다렸다.

"넌 형편없는 초고草稿였다. 내가 널 교정해준다고 생각해라." (탕!)

21

난 진정으로 아들을 아껴주는 모친을 둔 행운아였다. 그런 내가 퇴학을 당하자 어머니는 나뿐만 아니라, 간단없이 무관용 정책을 적용하는 대학에도 분노했다. 내가 세인트루이스 교외의 무사태평한 집으로 돌아왔을 때 어머니는 조건 없는 사랑으로 나를 환대해주었다. 하지만 내가 내 밴드와 캘리포니아에 잠정적으로 머물기로 다음번 행보를 하자, 어머니는 내게 이후에 돌아와도 집은 존재하지 않을 거라고 말했다.

그전까지만 해도 어머니는 나의 음악 활동을 늘 지지해주었다. 로스앤젤레스로 가기 전에 어머니는 내가 기타를 치고 노래하는 것을 건강한 형태의 도피주의로 생각했는데, 그건 내가 원하던 바이기도 했다. 열세 살부터 열여덟 살이 될 때까지 내가 밴드 보칠리즘스의 리더로 활동할 때 당신은 내가 평일에 이틀 동안 연습하고 주말이 되면 대개 근교의 초라한 클럽이나 주차장의 노숙자 보호시설이나 해외전쟁 재향군인협회 본부 같은 곳에서 열리는 공연에 나가는 것을 허락해주었다. 뿐만 아니라 내가 두번째 밴드인 덤스트럭 저거넛Dumbstruck Juggernaut을 시작할 때도 격려를 해주었다. 내가 대학생활을 끔찍해한다는 것과 음악만이 날 행복하게 해주는 유일한 것임을 알고 있었기 때문이다.

하지만 그런 중에 내 교육의 길이 끊겨버리고, 역사 교사라는 예비 경력마저 물 건너가게 된 것이다. 밴드생활을 하는 나를 더는 귀엽게 봐줄 수 없게 된 어머니는 음악 때문에 내 인생이 거덜났다고 생각했다. 결국 당신이 옳았다. 세인트루이스에 계신 훌륭한 어머니와 정 많은 형을 떠나 로스앤젤레스로 가서 무지개를 좇는 짓 같은 건 하지 말았어야 했다. 어머니는 어느 누구도 그럴 수 없을 만큼 내게 잘해주었는데도 난 덤스트럭 저거넛이 대도시에 진출만 하면 근사한 레코드 계약을 따낼 거라고 생각했고, 부자 스타가 되어 당신의 체면을 세워드리면 내가 저지른 모든 과오를 보상하고 내가 겪은 곤경도 헛된 것이 아니게 될 것이라고, 그때부턴 만사가 잘 풀릴 거라고만 생각했던 것이다.

22

〈블러드 러스트 1〉이 극장가를 강타할 무렵, 할리우드의 패륜아 실베인의 실생활에 대한 소문은 이미 날 대로 난 뒤였다. 무분별한 파티와 파파라치와의 몸싸움, 동료 스타들과의 끝도 없는 연애사건으로 악명을 떨친 그는 자진해서 과대홍보를 쏟아내는 1인 마케팅 부서나 다름없었다. 여기에 한 술 더 떠 새롭게 축적한 부는 과거 코카인에 손댔던 버릇을 아예 라이프스타일로 바꿔주었고, 그 때문에 그는 함께 연기한 여자 스타들의 몸속을 들락날락하는 것만큼이나 자주 갱생원을 들락거렸다.

"자, 자, 자, 폭탄 투하!" (우르릉 쾅쾅!)

〈블러드 러스트〉 시리즈 세 편을 더 찍고 〈진실한 사랑 2: 런던에서 길을 잃다〉를 찍은 후 실베인은 2차세계대전 영화 〈바다에서 빛나는 대양으로〉에서 주연을 맡아 모르핀에 중독된 하사관 잭 슬레이트를 연기했고, 생전 처음 평론가들의 호평을 받았다. 그런 후 오랫동안 갱생원에 있다 나와 마지못해 〈블러드 러스트〉의 다섯번째 편이자 마지막 회를 계약했다. 영화 〈블러드 러스트 5: 최후의 권리〉 촬영은 기괴한 폭격 장면에서 실베인의 신체의 일부가 절단이 나면서 중단되었다.

"선택권 같은 건 없어." (콰르르르르쾅쾅!)

폭발하는 다이너마이트 공장 사이를 모페드*를 타고 돌진하면서 조니와 여주인공이 섹스를 하는 장면에서 사고가 터졌다. 난잡한 액션 시퀀스 중간에 조니가 여주인공과 몸을 섞는 것은 〈블러드 러스트〉의 트레이드마크였고, 실베인은 스턴트를 쓰는 대신 자신이 직접 하기를 고집했는데, 특히나 섹스신 중에 벌어지는 이 스턴트의 경우가 그랬다.

"똥차 주제에 끝내주는데!" (콰쾅!)

자동차사고와 다중 충돌로 실베인은 몸 우반신이 숯덩이가 된 채 산산조각이 나고 말았다. 성기를 잃었다는 타블로이드의 낭설은 사실이 아니었고, 그 낭설만큼 회자된 건 아니었지만 오른 다리를 잃었다는 루머는 사실이었다. 그 사고 후 실베인은 이전에 약속했던 〈마이애미 바이스〉를 원작으로 한 영화의 주연을 뺏겼다. 실베인의 의족은 바지를 입으면 멀쩡했고 상처 역시 셔츠로 가리면 보이지 않았지만, 어느 날부터인가 그의 에이전트는 시나리오를 받아볼 수 없게 되었다. 그리고 어느 날 갑자기 그의 에이전트 쪽에서도 전화를 하지 않게 되었다. 마흔한 살의 나이에 스티븐 실베인의 인생은 막을 고했다.

이는 실베인이 〈카타스트로피카 2: 창세기〉에 초청받지 못했을 때 빼아프리만큼 명백해졌다. 그가 맡은 역할이 〈카타스트로피카〉 첫 편에서 죽었다는 점을 들면 그럴 법도 했다. 문제는 〈카타스트

---

* 스쿠터나 저동력 모터사이클 같은 이륜자동차.

로피카 2〉가 그 전편에 해당되는 이야기라는 것이었다.

"잘 가라, 이 개새끼들아." (콰르르 빵!)

23

이제야 비로소 나는 밴드와 함께 로스앤젤레스로 순례를 떠난 게 얼마나 바보짓이었는지를 안다. 하지만 그땐 그게 옳다고 생각했다. 집에 있는 게 편하지 않았다. 주州 최고의 사립대학에서 퇴학당하고 어머니한테 빌붙어산다는 생각에 괴로웠다. 어머니는 내가 전액 장학금을 받고 그 학교에 입학한 것을 너무나 자랑스러워했다. 한번은 당신의 친구분들한테 고등학교 시절 군복무 직업적성검사의 내 성적이 너무나 출중해 FBI가 집으로 전화를 한 사실을 자랑한 적도 있다. 그랬던 분이 이야기중에 내 이름이 나오는 것조차 꺼리게 된 것이었다.

어머니는 내가 한때는 영리하고 신중한 사람이었다는 걸 알고 있었다. 옛날의 난 안전벨트를 하지 않으면 벌거벗기라도 한 것처럼 생각했다. 누가 재채기라도 하면 건강 조심하란 말을 해야 직성이 풀렸다. 밴드 초창기에 다른 애들은 술에 취해 연습을 하는 동안에도 난 사과주스만 홀짝거렸다. 범생이 타입이었고 생각이 너무 많았다. 악의가 없었고 학구적이었다. 사리판단을 할 줄 알았다.

음악이 날 바보로 만들었다. 차츰차츰 그렇게 됐지만 피할 길이 없었다. 공연 전날이 되면 너무 흥분한 나머지 잠을 못 잤고, 잠을 자기 위해 엄청난 양의 나이퀼*을 집어삼켰지만 약에 취해 해롱거리는 게 더없이 좋은 기분에 도리어 잠을 자지 않게 되었고, 결국 다음 날엔 한 잠도 못 잔 탓에 엄마의 다이어트 약**을 먹어야 했다. 공연 직전엔 너무 긴장해 아무것도 먹을 수 없는 상태가 되었고, 긴장을 가라앉히기 위해 술을 한잔 마셨지만 빈속에 마신 탓에 두 배는 취한 것 같았다. 다들 술 마시는 걸 좋아해 저녁을 부러 건너뛰는 생활 속에서 나날이 멍청해지는 가운데, 무대 위에서 나는 일취월장했다. 설령 내가 신고 있던 척 테일러*** 밑창에 당시 흡입하던 본드를 발라 무대에 붙이는 한이 있더라도 영원히 무대에 두 발을 붙인 채 살고 싶었다. 박수와 관심의 대상이 되는 걸 보람으로 느꼈고, 한번 시작한 책을 굳이 끝까지 읽을 필요는 없다고 생각하게 되었다. 그렇게 난 음악 때문에 바보가 되었다.

내 아둔함은 캘리포니아에서 극에 달했다. 로스앤젤레스에서 지낸 이 년은 내게 커다랗고 멍청한 오점에 지나지 않았다. 말할 것도 못 되지만 밴드의 노력에도 레코드 계약 같은 건 이루어지지 않았다. 두 달 예정의 투어까지 떠나봤지만, 우리 수준의 밴드들에겐

---

* 가정용 감기약의 일종으로, 항히스타민 성분과 최면성분 때문에 밤에 복용한다.
** 다이어트 약에는 불면증의 부작용이 있다.
*** 세계적인 명성을 누리고 있는 운동화 브랜드.

십중팔구 고통만을 안겨주는 진퇴양난에 처하게 될 뿐이었다. 투어에 성공하려면 유명 밴드여야 했고, 유명 밴드가 되려면 투어에서 성공을 해야 했다.

끝도 없이 거절당하는 것도, 빈궁한 생활도 지겨워진 우리는 미주리로 되돌아갔다. 난 밴드 드러머네 집에서 얹혀살면서 세인트루이스의 음악잡지 『볼륨 매거진』에 음반 리뷰를 쓰는 것으로 연명했다. 나는 뮤지션으로서 결코 성공할 수 없으리라는 사실을 참담한 마음으로 인정하면서 소소한 잡문에, 훗날 나를 유명하진 않지만 보다 중대한 일을 하게 될 신세기 연예계 거물로 만들어주게 될 집필작업에 몰두하게 되었다. 그래봤자 무명인 건 마찬가지였지만.

24

[음반 리뷰]

디프레이브드, 〈올웨이즈 앤드 네버〉, 콘티넨털 레코딩

디프레이브드 같은 밴드를 호평하겠답시고 잉크를 낭비하다니 가슴이 다 미어진다. 이 정도로 소중한 지면이라면 차라리 여자 가슴 사진으로 채우는 쪽이 더 낫지 않을까 싶다. 혹독하게 비판해야 마땅함에도, 이 혐오를 언어적 체험으로 표출하지 않는다면 죄악이 될 것이다.

필자는 대중에게 대량생산되어 방출된다는 사실은 차치하더라도, 실제로 레코딩이 될 정도로 이런 앨범에 신심을 가진 이들이 많다는 점에 새삼 감탄하는 중이다. 물론, 이런 밴드를 배출한 이 나라가 별 볼일 없는 것엔 쌍수를 들어 환영하고, 조금이라도 독창적인 것은 종류를 불문하고 상종도 하지 않는다는 사실을 생각하면 디프레이브드의 미래가 밝다는 데엔 의심할 여지가 없겠다. 이 나라의 청중이란 엔터테인먼트에 관련된 것이라면 닥치는 대로 주워섬기는 족속이니, 디프레이브드의 무미 무취한 평균치 사운드는 미국 내에서 틀림없이 성공할 것이다. 텔레비전에 나오면 무조건 좋은 것이니까. 맞았나?

틀렸다, 바보. 이렇게 철두철미하게 밋밋하고 진부한 내용이 콤팩트디스크 제조공정을 거쳐 수십만 달러를 뿌려가며 발매되는 것과 퀄리티는 전혀 별개의 문제다. 디프레이브드 같은 밴드(와 기타 등등 무수한 밴드)들, 더 구체적으로 말해 이런 밴드들이 들끓도록 허용한 비즈니스맨들은 전부가 다다익선에 미친 족속들이다.

그들이 하는 일이라곤 물불 가리지 않고 쉽게 팔아 리스크를 최소화하는 것뿐이고, 그들의 신조는 '보신保身과 이윤'이 되겠다. 그리고 요즘 들어 쏟아져나오는 음악도 지루하기 그지없는 것들로 판단컨대 인디 레이블도 똑같은 족속이다.

필자는 〈올웨이즈 앤드 네버〉의 발매를 결정한 회의과정을 눈앞에 훤히 그려볼 수 있을 정도다.

레이블 대표이사: 그러니까 이 뻔하디 뻔한 노이즈에, 다른 밴드 보컬 여덟 명의 창법을 노골적으로 베껴먹어서 전혀 구분이 안 가는 목소리로 부른 이 맹하고 듣자마자 잊어버릴 멜로디의 조합을 음반으로 내자는 거지요?

디프레이브드의 바보: 네.

레이블 대표이사: 좋아! 안 될 거 뭐 있나? 판 찍자고!

본 앨범의 실제 음악에 대해 설명하지 않았다는 걸 필자도 알고 있으나 들을 만한 게 전무하다는 점에서 하지 않으련다. 이른바 모던록에 해당하는 이 스타일은 계속해서 두들겨맞고 가죽이 벗겨지고 조각조각 잘려 접시에 담겨 먹힌 후 소화가 되고 난 다음에도 다시 게워내져 또다시 먹히는 중이다. 굳이 두 번 들을 필요 없다. 여러분은 이 음악을 들어본 적이 있고, 그들의 뮤직비디오도 본 적이 있다. 그럼에도 여러분은 여전히, 다른 사람들과 마찬가지로 이 처참한 기성품을 구입할 것이다.

이 모든 정황이 필자를 슬프게 한다.

—『볼륨 매거진』에 기고한 대표적인 음반 리뷰

25

『볼륨 매거진』의 담당 에디터는 내게 그런 식으로 리뷰를 쓰지 말라고, 특히 콘티넨털 레코딩에서 발매된 음반에 대해 그토록 원한에 사무친 리뷰를 써선 안 된다고 주의를 주었다. 콘티넨털은 IUI-글로브터너를 모회사로 둔 곳으로, 『볼륨 매거진』 역시 글로브 소유의 잡지사였다. 난 담당 에디터에게 개성과 독창성을 갖춘, 평균 이상의 앨범을 준다면 그 즉시 신랄한 태도를 접겠다고 했다. 그러나 그런 앨범은 단 한 번도 받지 못한 채 결국 해고되었다.

저축에 뛰어난 수완을 발휘한 덕에 『볼륨 매거진』을 그만둔 후 수 개월간 실직 상태가 계속 되었음에도 난 무사태평하게 지낼 수 있었다. 구두쇠여서 돈을 모을 수 있었던 것은 아니었다. 과소비란 걸 일체 하지 않았을 뿐이다. 갖고 싶은 레코드란 레코드는 다 가지고 있었고, 돈 주고 살 만하다고 생각한 건 책뿐이었다.

하지만 적극적으로 살고 있다고는 할 수 없었다. 일주일 중 가장 좋은 때는 룸메이트의 여자친구 엉덩이를 주무를 때였다. 그 두 병신은 나와 함께 거나하게 취해 〈코넌 오브라이언 쇼〉*를 보다가 느닷없이 섹스를 했다. 놈의 면상에 제 면상을 파묻고 있느라, 여자는 제 몸을 더듬는 게 놈의 손이라고 생각했지 소파 건너편에서 뻗

* 미국 NBC에서 코미디 작가이자 티브이 작가인 코넌 오브라이언이 진행하는 토크쇼.

은 내 손이라고는 꿈에도 생각지 못했다.

행복에 겨워 달아오른 그것들과 어울리는 건 궁둥짝을 움켜쥐는 걸 빼곤 지긋지긋했다. 그들도 내가 나가주기를 바라는 걸 알고 있었다. 하지만 수입도 의지할 친구도 없는 상황에서 무작정 나갈 수는 없었다. 난 책과 음악을 빌미로 연인들 사이에 끼어 있었다. 좌절감에 시달리며 한 치 앞도 볼 수 없는 가운데 수중의 돈마저 서서히 떨어져가고 있었다. 그 전화가 왔을 때 난 응할 수밖에 없었다.

26

말씀하세요.

여보세요. 할런 아이플러 씨 계십니까?

전데요.

안녕하세요. 저는 리처드 레스닉입니다. 뉴르네상스를 대표해서 전화드렸습니다. 우리는—

돈 없어요. 명단에서 제 이름 빼주시고, 지옥에나 가세요.

잠깐만요! 끊지 마세요, 아이플러 씨. 선생님의 돈이 탐나서도, 뭔가를 팔려는 것도 절대 아닙니다. 우리 회사에서 일해주십사 하고 전화드렸습니다.

제가 왜요?

선생님의 글이 좋습니다.

제가 쓴 음반 리뷰를 말씀하시는 거예요?

네.

전화하시는 데가 어디라고요?

뉴르네상스라는 곳입니다. 엔터테인먼트 산업의 질적 향상에 앞장서는 새로운 단체입니다.

어떻게 그런 걸 다 계획했대요그래?

먼저 학교를 세울 겁니다. 비범한 창의력을 가진 영재들을 위한 특수학교죠. 그리고 그들이 내일의 창작자가 될 수 있도록 육성해낼 겁니다.

내일의 창작자요?

네. 리뷰를 읽으면서 선생님이 요즘의 창작자들을 못 미더워하신다는 걸 알았습니다.

제대로 짚으셨네요.

한번 만나주시겠습니까?

잘 모르겠어요. 내가 무슨 일을 하게 되는 건데요?

우리도 아직 잘 모릅니다. 영재들과 함께 일하게 될 거란 것 정도밖에는.

애들을 좋아하긴 하죠.

좋습니다. 선생님 같은 분을 찾고 있었습니다. 쓰신 글로 판단하건대, 뉴르네상스와 똑같은 태도를 가진 분이라 그런 태도를 좋은 방향으로 활용하고 싶습니다.

관련 논문이나 글 좀 보내주겠어요?

아뇨. 그럴 수가 없는 게, 우린 팸플릿이나 그 밖의 다른 어떤 것도 제작할 계획이 없습니다. 우리 쪽에서 세인트루이스로 사람을 한 명 보낼까 하는데요, 어떠세요?

괜찮은 것 같네요.

언제 선생님에게 사람을 보내는 게 좋을까요?

언제든 괜찮아요. 별다른 일을 하고 있진 않아서.

잘됐네요. 그럼 선생님이 함께 일하게 될 에이전트에게 얘기해 비행기 편으로 언제 선생님이 계신 곳에 가볼 수 있는지 알아보겠습니다. 그건 그렇고, 궁금해하실 것 같아 말씀드리면 선생님의 에이전트는 스티븐 실베인입니다.

액션스타 말씀인가요?

네.

(웃음)

—빈센트를 만나기 일 년 전,

뉴르네상스 직원과 처음으로 통화한 내용

27

램버트 세인트루이스 국제공항 터미널에서 스티븐 실베인이 부자연스러운 모습으로 걸어나왔을 때, 난 순간 그를 알아보지 못했다. 예전에 풍성했던 검은 머리칼은 다 빠지고, 정수리에 한 움큼 정도 듬성듬성 솟은 몇 올만이 남아 있었다. 그의 얼굴은 약간 부어 있었고, 대머리가 되어가고 있었다. 빨래판 같았던 그의 배는 아무렇게나 드리워진 푸른 하와이언 셔츠 아래로 두둑하니 튀어나와 있었다. 그는 셔츠에 검정 슈트를 걸쳐입고, 파일럿 선글라스를 쓰고, 맨발에 최신 모델의 나이키 테니스화를 신고 있었다.

실베인이 걸어오는 방향을 향해 서 있던 나는 눈 위까지 헝클어진 머리칼에 찢어진 청바지 차림이었다. 나보단 똑똑하게 생긴 사람을 예상했던 건지 그는 나를 지나쳐가려고 했다.

"실베인 씨세요?"

내가 물었다.

"찔리는데."

"할런 아이플러입니다."

"아, 그래요. 그렇군, 안녕하쇼."

우린 악수를 했다.

"제 차림새가 이렇습니다. 안녕하세요."

"술 한잔 했음 좋겠는데. 한잔합시다."

내가 오는 길이 어땠는지 묻기도 전에 한 젊은 여자가 비명을 지르며 그에게 달려들었다.

"스티븐, 난 당신의 열성팬이에요!"

"나한텐 너무 앙증맞은 아가씬데."

그 유명한, 냉정하고 무뚝뚝한 말투로 그가 말했다.

"아악! 그 말 해주세요! 저한테 그 말, '똥차 주제에 끝내주는데' 해주실 수 있어요?"

"못 할 것 있나."

실베인은 획하니 고개를 숙이더니 무대예술의 뮤즈라도 부르는 듯 잠시 가만히 있었다. 그러고는 갑자기 고개를 들고 강렬한 표정을 지어 보이며 소리쳤다.

"고물차 주제에 끝내주는데!"

"아니, '똥차'였는데. '똥차'였어요."

여자가 적잖이 실망한 투로 말했다.

"고물차로 바꿨다오."

실베인이 의기양양하게 말했다.

"나중에 봅시다."

얼마 안 있어 또다른 젊은 여자가 비명을 지르며 달려들었다.

"저 당신의 열성팬이에요. 한번 안아봐도 될까요?"

"그럼, 어서 와서 이 기름진 후장 좀 보듬어줘요."

여자가 실베인을 끌어안았을 때 언뜻 그가 여자의 머리 냄새를 맡는 것이 보였다.

"고마워요."

여자가 말했다.

"아니, 내가 고맙지. 이젠 착하게 굴어야지?"

인파로 북적대는 공항을 걸어나오는 동안 사람들이 끝도 없이 길을 막고 사인해달라, 사진 찍어달라, 안아달라, 명대사를 읊어달라며 달려드는 통에 술집까지 가는 데 족히 삼십 분은 걸렸다. 그는 그들의 요청을 다 들어주었다.

"진짜 잘 참고 대해주시네요."

내가 말했다.

"그게, 전엔 그렇지도 않았다오."

그가 가장 좋아하는 밴드는 롤링 스톤스였고, 티브이쇼는 〈할리우드 E!뉴스〉, 제일 좋아하는 영화는 〈브레이브 하트〉였다.

마침내 치어스 바에 도착하자, 실베인은 구석 쪽 칸막이 방을 택한 후 그의 관객들을 등 뒤로 한 채 자리에 앉았다.

"그래. 할런 아이플러라고."

"네, 접니다."

"선생이 쓴 글 나부랭이는 잘 읽었소이다."

"네?"

"그래. 선생 글을 한 뭉텅이는 받아 읽었기 때문에 내가 뭘 해야 하는지 잘 알고 있어요. 내 보기에 선생은 내 영화를 싫어할 것 같아, 안 그래?"

"재미있게 봤어요."

"아이플러 씨, 솔직하게 까놓고 말하는데 나도 내 영화가 싫거든."

능숙하게 담뱃불을 붙이며 그가 말했다.

"단 한 구석도 마음에 드는 데가 없어."

"네? 제 리뷰가요?"

"아니, 내 영화."

웨이트리스가 다가왔다.

"안녕하세요. 뭘 갖다드릴까요?"

"메이커스랑 물 주세요."

내가 말했다.

"드워즈 온더록스."

"어머! 스티븐 실베인 씨 아니세요?"

"찔리는데."

"무슨 일이 있으셨던 거예요?"

실베인은 바를 찾은 독신 남자들이 으레 그러듯 눈을 가느다랗게 뜨면서 깊게 담배를 빨았다.

"재수 옴 붙었지, 에이즈에 걸렸지 뭐야. 그나저나 우리 자기 일 끝나고 뭐 해? 내가 엘 카미노* 태워줄까?"

---

* 시보레에서 나오는 픽업 트럭형 자동차.

"아, 저, 주문하신 술 바로 가지고 올게요."

"백이면 백 먹혀든다니까."

그가 말했다.

"멋진데요."

난 진심으로 감탄했다.

"이딴 이야긴 그만하고. 일에 관해 물어볼 게 많을 텐데, 안 그래요?"

"네."

"그래서 내가 온 거요. 뭐든 물어봐요."

"어떻게 당신 같은 분이 뉴르네상스 사업에 뛰어들게 되었는지 좀 궁금하군요."

"그러게 말이야. 도대체 기생오라비 액션히어로가 왜 이런 숭고한 일에 끼어들었냐 이거지?"

"그런 뜻은 아닌데요."

"됐어. 세상이 다 그렇게 생각하는데 뭘."

실베인이 오른발을 들어 내가 앉은 쪽 옆에 올려놓았다.

"의족이 필요하세요?"

내가 물었다.

"그럼. 필요하다마다, 변통아. 내 다리 한번 만져보라고."

"다리까지 만져보고 싶지는 않은데요, 실베인 씨."

"그냥 부드럽게 애무해줘. 그리고 스티브라고 불러요."

내가 고개를 젓자 그는 바지자락을 걷어올리고 황갈색 의족을 보여주었다. 웨이트리스가 아무 말 없이 술을 가져왔다.

"〈블러드 러스트 5〉. 섹스신. 모터사이클."

그는 다리를 다시 자기 쪽으로 끌어당겼다.

"무슨 일이 있었나요?"

내가 물었다.

"헤더 그레이엄*이 모터사이클을 운전하는 동안 그 여자랑 한판 하라는 거야. 근데 폭탄이 엉뚱한 때에 터지면서 모터사이클을 뒤흔드는 바람에 내가 거꾸로 날아 모터사이클 앞으로 떨어졌어. 그런데 헤더가 모터사이클로 내 다리를 깔아뭉개는 바람에 옴짝달싹 못하는데, 그때 또 폭탄이 두 번이나 터지면서 사람 하나 잡은 거야. 구구절절한 것 각설하고, 괴사가 와서 결국 잘라내버렸어."

"끔찍하네요. 헤더 그레이엄이 엄청 힘들어했겠어요."

"그렇지. 하지만 그 여자 잘못인가. 난 그 영화 찍고 싶지도 않았어. 스튜디오에서 찍으라고 닦달했지. 그렇건 저렇건, 포스터 리포비츠 입장에서야 모든 게 다 자기 책임이라고 생각하지 않았겠어? 그딴 쓰레기 영화를 찍으라고 사람 괴롭히고, 병신 같은 스턴트 하라고 시켜서 한 사람 병신 만들고, 병신 됐다고 아무 데서도 안 써주니, 찔린 거지. 그래서, 얼마 안 된 일인데, 리포비츠가 자기 집

---

* 〈트윈 픽스〉〈부기나이트〉〈오스틴 파워〉에 출연한 미국 영화배우.

으로 날 초대해서는 이 중대한 에이전트 일을 맡기고 싶다고 말하더라고. 이제야 사람 대접 제대로 해주겠다는 건데, 다시 약 근처에는 얼씬거리지도 않으면 내가 하고 싶을 때까지 이 일을 해도 좋다고 하더라고. 그런 사연으로 내가 뉴르네상스에서 일하게 된 거라오."

"포스터 리포비츠 씨가 누구죠?"

"대단한 걸."

실베인이 말했다.

"딴 것들은 내 자지가 진짜 없어졌냐고 물어는 봐도 정작 그 질문은 안 하더만……"

28

"내 생식기는 터럭 한 올까지 멀쩡하다고."

실베인이 말했다.

"다행이네요."

내가 말했다.

"웃긴 얘기 하나 해줄까, 사실은 내 홍보 담당이 그 루머를 퍼뜨렸어."

"왜요?"

"내가 다리병신이 됐다는 루머를 잠재우려고. 아무튼 간에, 포스터 리포비츠가 누구냐. 그 사람을 아는 사람이 아무도 없다는 게 진짜 웃기는 일이야. 그는 형씨가 보고 듣는 모든 것을 말 그대로 죄다 손에 쥐고 흔드는 사람이거든. IUI-글로브터너에 대해선 들어본 적 있지?"

"물론이죠."

"리포비츠가 거기 사장이야. 그러니까 그 사람이 IUI 인터넷 회사에, 터너 브라더스, 영화 쪽 터너 브라더스 알지? 음악 쪽하고 그 자회사들 전부하고 또 그 자회사들의 자회사들까지 죄다 주무르고 있다는 말이야. 내가 빼먹은 게 뭐지? 아, 그래, 글로브북스랑 거기서 나오는 모든 출판물도. 하지만 현재는 뉴르네상스를 굴리고 있지. 말하자면 뉴르네상스는 그 사람의 자부심과 기쁨의 원천이야."

"잠깐만요, 제가 글을 썼던 잡지사가 글로브 소유였는데요."

"그래서 우리가 형씨를 알게 된 것 아뇨."

"그쪽 분들이 날 그렇게 특별하게 봤다면 왜 날 해고한 거죠?"

"리포비츠는 형씨가 해고당한 건 알지도 못할걸. 저 높은 곳에 계신 몸이라 맨 밑바닥에서 일어나는 일은 알지도 못한다고. 당연한 것 아냐?"

실베인이 손짓하자 웨이트리스가 술을 두 잔 더 들고 왔다.

"어쨌거나, 음반 리뷰 얘긴 그만합시다. 이제 형씨는 대중에게 품질 좋은 건더기를 안겨주는 실질적인 역할을 하게 될 거요. 우리 쪽에선 형씨가 그 일에 완벽하게 들어맞는다고 생각해. 정확하게 리포비츠가 찾고 있는 건데."

"그분이 뭘 찾고 있는데요?"

"지금 세상 돌아가고 있는 꼴에 화가 나 있고, 그래서 뭔가 조처를 취할 능력이 되는 사람. 보니까 요즘 음악판 때문에 머리끝까지 화가 나 있는 것 같던데, 맞지?"

"네. 난 재능 없는 천치들이 성공하는 걸 볼 때마다 열 받아요."

"영화와 티브이에 대해서도 똑같이 생각해?"

"어떤 면에서 음악보다 더하죠."

"형씨가 쓴 글도 그렇고, 형씨가 열여섯 살 때 FBI가 스카우트하려고 했다는 것만 봐도, 형씨가 얼마나 똑똑한지 알고 있어. 진짜 대단해."

"어떻게 그런 걸 다 알죠?"

"우린 모든 걸 다 알고 있어, 아이플러도프 씨. 졸업반 때 무단 결석하는 버릇이 있었지? 이웃집 개를 팔아먹은 것도 알아. 리포비츠에겐 거물 친구들이 많거든. 비즈니스적인 관계라고 해야겠지. 그 사람은 원하기만 하면 언제고 어떤 것이든 알아낼 수 있다오."

"틀렸는데요. 내가 이웃집 애완동물을 팔아먹은 건 한두 번이 아니라 엄청 많아요. 그때 딱 한 번 붙잡혔던 거예요."

"재미있네. 저질러놓고 아직까지 안 들킨 게 있으면 말해보쇼."

"왜요?"

"지금 일종의 면접을 하는 거거든. 그래서 알아야 할 필요가 있어."

"음, 대학 다닐 때 다른 학생들의 교재를 훔쳐서 서점에 팔았어요. 개네들은 수업시간에 '책이 없어지는 바람에 과제를 못 했어'라고 말하고. 하하."

"성격이 좀 비뚤어진 데가 있군?"

"네. 그래도 좋은 면도 있어요. 엄마한테 돈 달라고 하기 싫어서 그랬던 거예요. 어머닌 당신 사정만으로도 힘드셨던 때라서요."

"변통아, 취직할 수도 있었잖아."

"사람들이랑 어울리는 걸 싫어해서요."

"거짓말하는 재주는 있나?"

"왜요? 그 일 하려면 거짓말을 해야 하나요?"

"그렇다면 안 하려고?"

난 낭패감에 젖어 한숨을 내쉬었다.

"몰라요. 지금 정확하게 어떤 상황에 대해 말하시는 건지 얘기해 주세요."

"그래, 맞는 말이야. 좋아. 호텔에 가서 본사에 전화 한 통 때립시다."

실베인은 잔을 마저 비우고 방을 나오면서 1백 달러짜리 지폐를 테이블 위에 던졌다.

"웨이트리스한테 다 주시게요?"

"에이즈 얘기가 마음에 걸리네. 어차피 회사 돈이거든. 이런 것도 뉴르네상스 사업에 대해 형씨가 알아야 할 중요 사항이야. 회사 입장에선 돈을 노리는 게 아니거든, 돈 주머니야 어마어마한 걸로 이미 차고 있으니까. 이 일을 하게 되면 평생 놀고먹을 수 있을 거야. 록스타가 된다고 해도 그만큼은 못 벌걸. 그건 그렇고, 당신 앨범도 들어봤어. 당신 밴드 진짜 잘하던데. 지금쯤 돈 좀 긁어모았어야 하는데 말이야."

"하지만 난 돈 때문에 음악을 한 게 아니에요."

내가 말했다.

"물론 아니겠지. 그럼 뭐 하러 한 거요?"

"사람들에게 즐거움을 주고 싶었어요. 사람들과 어울리는 게 불편하지 않은 때는 공연할 때뿐이였어요."

"우리가 임자를 제대로 만났군."

29

실베인은 방에서 전화를 할 동안 나에게 옴니 머제스틱 호텔 로비에서 기다려달라고 말했다. 그가 다시 내려오기까지 이십 분 동안 난 자리에 앉아 오가는 사람들을 구경하고 있었다.

"내 방으로 갑시다."

그가 말했다.

"이 얘긴 아무도 없는 데서 해야 해서."

"왜요?"

"방금 형씨 업무상의 기밀사항을 얘기해도 좋다고 허락받았어, 변통아. 그래서 그런 거야."

우린 엘리베이터로 걸어들어갔다.

"근데 계속해서 날 뭐라고 부르는 거죠?"

내가 물었다.

"변통."

"똥통이랑 비슷한 말인가요?"

"그렇지."

"왜 변통이라고 하죠?"

"이 일 시작하면서 옛날에 놀던 물에서 완전히 손 씻었어. 리포비츠가 잔머리 굴리게 만들더라고. 나한테 뉴르네상스가 섹스, 마약, 폭력, 신성모독 같은 걸로 돈 벌 일은 없다고 말하더군. 진정한 독창성을 추구하는 곳이라는 거야. 뉴르네상스는 진심으로 작가의 재능을 키우기 위한 곳이란 거지, 그게 바로 모든 것의 시작이기 때문에. 그리고 그 모든 게 말발에서 시작되는 거야. 그 사실을 명심하고 나서 요샌 욕도 덜 하고 말도 좀더 똑똑하게 하고 있어. 그래서 더는 '똥'이란 말을 안 써. '변便'이라고 하지."

실베인은 묵고 있는 스위트룸에 '변통'을 앉히고는 예술을 위해 예술가를 비밀리에 조종한다는 웃기지도 않는 사안에 대해 차근차근 설명해주었다. 그는 앞으로 나와 리포비츠 사이에서 자신이 어떻게 중재할 것인지, 또 에이전트로서 날 도와 어떻게 고통받는 예술가의 작품을 대중에게 선보이게 될지에 대해서도 설명했다. 그의 말에 난 불신과 실소로 대답을 대신했다. 대개는 실소로 일관했는데, 너무 웃어서 눈물이 다 날 정도였다.

"이봐,"

실베인이 말했다.

"이 계획은 듣는 것처럼 정신나간 짓거리가 아니야. 미국 정부가 피델 카스트로에게 변태적인 고문을 가했던 것 알아? 폭발성 시가로 그의 수염을 몽땅 빠지게 하려고 했어."

"그게 지금 이거랑 무슨 상관인데요?"

"내 말은, 우리가 저지르려고 하는 이 미친 짓거리를 예전 사람들은 훨씬 더 큰 뜻을 품고 저질렀다는 말이야. 셜리 템플*이 키가 더 클까봐 영화사에서 호르몬 주사를 맞게 한 건 알아? 나중엔 걔가 작아 보이게 키 큰 배우를 쓰고 세팅 가구도 더 큰 걸 썼다고."

"그래서요?"

"연예산업에서 어린애와 애가 처한 환경을 조작하는 게 어제오늘 일이 아니란 소리야. 아주 옛날로 가야지. 대부분의 클래식 작

---

* 1930년대 미국 공황기 시절 할리우드 최고의 아역스타이자 박스오피스 스타.

곡가들은 신동이었잖아. 걔들의 부모와 후원자들이 그 어린 것들을 착취했지. 그래, 하지만 그래서 그 사람들은 영원불멸의 아름다운 음악을 이 세상에 남겨주었다고. 그래, 자넨 영원불멸의 아름다운 음악을 이 세상에 물려준다는데 그걸 거부할 테야?"

"그럴 것 같은데요."

30

아이플러 씨에게

안녕하십니까. 저는 혁신적인 후원 조직을 통해 미국을 지성적으로 부활시키고자 하는 사업체인, 선생님께서 뉴르네상스라고 알고 있는 곳에서 일하는 사람입니다. 실베인 씨가 세인트루이스를 떠나면서 선생님께서 폐사의 제안을 아직 수락하지 않으셨다고 통보를 해왔습니다. 충분히 이해할 수 있는 바입니다. 저도 폐사의 기획이 비정통적이고 괴이하고 또, 이렇게 말씀드려도 될지 모르지만, 일면 부도덕하다는 점은 인식하고 있습니다. 그럼에도 그것은 이 땅의 문화의 흐름을 바꾸는 데 폐사가 가져야 할 중대한 대의이자 필수적인 한 걸음이 될 것입니다. 상투적인 표현에 대해 양해를 구하면서 말씀드리자면, 목적이 수단을 정당화한다고 봅니다.

본론에 들어가기 전에, 선생님께서 음악산업 분야에서 보여준 탁월한 활동에 대한 소견을 말씀드려도 될지요. 선생님의 글은 재기발랄한 독설이었고, 더 중요한 점은 그 지적한 바가 정확했다는 겁니다. 저는 선생님께서 쓴 독설적인 리뷰들을 더 읽어보았고, 비록 그 글들이 지적하는 수많은 앨범에 책임을 져야 할 입장임에도 선생님의 견해에 전적으로 동의하게 되었습니다. 그 글에서 선생님은 저로선 도저히 불가능한 통찰력을 보여주었습니다. 저는 작가와 작가의 글에 무한한 존경심을 갖고 있기 때문에, 더욱더 선생님의 매력적인 가능성을 엿볼 수 있었습니다. 무언가를 배울 때가 한참 지난 나이임에도 이런 가르침을 주셔서 감사합니다, 아이플러 선생님. 내 나이 이제 칠십이니 뒤늦게 지적 결핍을 보상한다고 해도 수십 년은 늦은 셈이지요.

이 나라도 마찬가지죠! 확신컨대 선생님께선 엔터테인먼트 산업이 몰락할 위기에 처해 있다는 것을 인식하셨습니다. 그 몰락에 일조했음을 후회막급의 심정으로 인정하는 사람으로서, 저는 책임지고 엔터테인먼트를 재건해 자부심을 느껴도 될 만큼의 경지로 끌어올리고 싶습니다.

수십 년간 폐사는 비난받아 마땅하지만 팽창적인 흥행 이론, 즉 이윤율을 높이려면 생산물의 수준은 저하시켜야 한다는 원칙을 실행에 옮겼습니다. 사유를 촉발하는 훌륭한 작품들 대신 주로 대중에게 저열한 언동과 섹스와 폭력으로 점철된 무의미한 생산물을 제공하는 쪽을 선택했습니다. "예술가들이 독창성을 살려야 할 곳에서

성性을 강조하고 있다"고, 오늘날의 뮤직비디오와 히트 영화와 티브이쇼에 대해 언급한 이는 크리슈나무르티였죠.

수준이 낮아진 엔터테인먼트 때문에 이 나라의 공동체적 지식이 점차 축소되는 건지, 아니면 다만 대중이 지적으로 태만해졌기 때문에 그런 오락을 제공하게 된 건지, 저는 잘 모르겠습니다. 어떤 경우건 저는 대중에게 양질의, 유의미한 작품을 보여주는 역할을 수행하고자 합니다. 그것이 대중에게 어떤 영향을 끼칠지 지켜보고자 합니다.

제 회사의 영향력은 절대적이기 때문에 앞서 말한 대중은 이런 양질의, 유의미한 작품들을 싫더라도 보고 듣게 될 것입니다. 대중 엔터테인먼트의 재건은 마찬가지로 소멸하고 있는 제도, 즉 교육을 쇄신하는 것으로 시작될 것입니다. 뉴르네상스 아카데미는 올해 가을에 개교할 예정으로, 엄선된 재능 있는 교관들이 신동 중에서도 최상위권에 속하는 학생들을 양육하고 훈련할 것입니다. 채 여물지 않은 재능이 철저히 정련되고 완전해지면, 그들은 현대 주류 문화 중에서도 주요 분야인 영화, 티브이, 음악을 위한 새로운 작품을 창작하게 될 것입니다. 우리 입장에선 문학, 희곡, 회화보다 이 분야들이 훨씬 더 막강한 영향력이 있다고 주목하고 있습니다.

뉴르네상스 예술가들의 창작품은 제가 장담하건대 온전히 대중에게 전달될 것입니다. 지금쯤이면 선생님께서도 IUI-글로브터너의 CEO로서 제가 가진 영향력에 대해 알고 계시겠지요. 화술과 인맥, 사업을 확실하게 성공으로 이끄는 능력과 더불어 자소유의 뉴스채널과 잡지사를 갖추고 세계 미디어를 주무를 수 있는 극소수 중 일인으로서, 전 뉴르네상스가 제 사명이라고 생각합니다.

선생님께선 물을지도 모르겠습니다. 오늘날의 청중이 양질의 영화나 티브이프로그램이나 음악을 애써 접하도록 어떤 방법을 사용할 것이냐고. 제가 생각하는 해결책은 간단합니다. 대중이 열광하는 스타들을 미끼로 이용하는 것입니다. 미국의 전형적인 후원자들이 예술적 경계를 확장하는 독창적이고 창조적인 작품에 흥미를 가질 거라고 생각하진 않지만, 멜 깁슨이라면 남녀 불문하고 흥미를 가질 것입니다. 뉴르네상스 천재들의 진심 어린 말 한마디가 할리우드 스타들과 매력적인 뮤지션들의 육체를 빌려 전달될 겁니다. 이 스타들 다수는 오늘날의 화려한 위치에 서게 해준 사람에게 선의의 빚을 지고 있기 때문에 협조해올 것이 확실합니다. 한편, 그들과 달리 뉴르네상스 소속 천재들은 세상에 알려져서는 안 됩니다.

현대 제도의 대부분이 그렇듯, 연예계 역시 비즈니스와 테크놀로지에 의존하고 있습니다. 이와 함께 20세기는 대량 생산, 신종 광고 테크닉, 인터넷은 물론이요, 에이전트, 매니저, 홍보 담당을 비롯해 기타 추종자 등등의 혁신을 목격했습니다. 저는 엔터테인먼트가 의지하고 있는 비즈니스와 기술적 요소를 지배하고 있지만, 정작 예술은 그 때문에 고통받고 있습니다.

외람되지만 엔터테인먼트가 예술을 죽였다는 제언을 드려도 될는지요? 연예계의 가해자들은 십중팔구 진정한 예술가가 아니라 섹스

심벌입니다. 그게 우리가 안고 있는 근본적인 문제입니다. 우리에겐 예술이 아닌 엔터테인먼트와, 예술가가 아닌 명예와 재물과 쾌락을 좇는 얼굴 반반한 것들만 있습니다. 이윤은 최대화되고, 고통은 최소화되어야 합니다.

저는 어떤 대가를 치르더라도 예술을 복권시키고 싶습니다. 적어도 엔터테인먼트의 예술적 측면이라도 부각시키고 싶습니다. 이는 동시대의 주요 인물들에겐 결여된 예술혼이라는 것을 소환함을 의미합니다. 이는 진정한 예술가를 발굴해 그가 예술의 길을 걷도록 해줌을 의미합니다. 선생님께서 함께 가셔야 할 길이기도 합니다.

저는 작품성을 위해 예술가의 삶을 용의주도하게 관리함으로써 최고의 예술가를 탄생시킬 수 있다고 믿어 의심치 않습니다. 우리의 프로젝트가 성공할 경우 저는 이 혁신적 접근법을 예술적 커리어를 쌓는 보편적 방식으로 만들 계획을 가지고 있습니다.

고통받는 예술가라는 개념은 작금의 시대엔 생소하게 여겨지는 면이 없지 않지요. 오늘날의 예술가들은 성공하고 나면 부와 명예와 사랑을 누리게 되고, 이는 결국 그들의 예리한 독창적 감각을 무뎌지게 합니다. 대다수의 예술가들은 애초부터 그런 독창성을 갖고 있지도 못하기에, 설령 그들이 모종의 고통을 경험한다고 해도 아전인수가 되기 십상입니다. 보통 연예인들도 알코올중독, 약물남용, 간통-결혼, 과도한 성적 취향과 우울증을 겪기 마련입니다. 우울증 외에도 그들의 문제는 쾌락주의적 생활상에 있습니다. 그 가운데 진정한 고통이 주는 선물은 찾아볼 수 없습니다. 다시 말씀드리건대, 그 고연봉 파티 중독자들에게 모든 것은 쾌락을 좇기 위한 것에 지나지 않습니다.

우리는 우리를 즐겁게 해준답시고 문화의 수준을 하향평준화한 쾌락주의 백만장자들과는 완전히 반대쪽에 서 있는 인물들을 발굴해 계발할 겁니다. 예술가들이 돈이나 명성, 섹스라는 보상이 아니라 상실을 경험하도록 자극할 겁니다. 우리는 베풀지 않을 겁니다. 박탈할 겁니다.

엔터테이너들에겐 과거의 원형적 예술가가 필요합니다. 고뇌하고, 소외되어 있고, 사랑받지 못하고, 희망이 없고, 자신의 슬픈 존재를 정당화할 창조적 능력을 갖춘 예술가가 말입니다. 그는 탐욕에 눈이 멀어 허겁지겁 삶을 연명하고 있는 오늘날의 '예술가'란 족속들에겐 생소할, '고통 없이 이득도 없다'란 옛 경구를 따르며 살 것입니다.

따라서, 뉴르네상스는 세상의 고통을 떠맡아 그것을 걸작으로 만들 외로운 영혼을 필요로 합니다. 그 영혼은 보답 없는 사랑과 신경쇠약과 과로와 소외와 유배와 부박함과 질환과 정신병의 희생양이 된 스스로를 발견하게 되겠지만, 그 어떤 것도 헛되이 겪는 법은 없을 겁니다.

그리고 선생님도 아시겠지만 그런 사람들 중엔 우연히 위대한 예술가의 반열에 오르게 된 불운한 경우도 있습니다. 도스토옙스키,

졸라, 키츠, 콜리지, 브라우닝, 포, 디킨슨, 툴루즈 로트레크, 릴케, 카프카, 울프, 조이스, 만, 로웰, 플라스, 로빈슨, 라드너, 로렌스, 파운드, 툴, 베를리오즈, 베토벤, 슈만, 반 고흐, 뭉크, 로스코 같은 이름이 바로 떠오르는군요. 진정한 예술가라면 제가 제시하는 것처럼 '실험'을 빌리지 않고도 자신을 고통에 내어줄 줄 압니다. 그런 인물을 찾아낼 경우, 우리가 나서는 것은 과유불급이 될 것입니다.

어쨌거나 우리는 고통받는 예술가로 살 수밖에 없는 운명을 안은 이들을 고를 것이고, 선생님은 그때 개입하셔서 그의 인생이 맨 밑바닥에 이르도록 해야 합니다. 제가 선생님께 부탁드리는 것은 어디까지나 인간적이고 유익한 취지에 따라 우리 '르네상스맨'에게 건설적 고통을 심어주십사 하는 것뿐입니다. 그러기 위해선 세 가지 실행해야 할 사항이 있습니다. 1) 예술가를 끊임없이 고독하게 할 것. 2) 예술가에게 끝없는 창조적 자극을 줄 것. 3) 예술가가 계속 창작을 하도록 관리할 것, 이상입니다. 구체적인 사항은 함께 일해나가면서 말씀드리겠습니다.

그리고 분명히 말씀드리건대, 우리 중 어느 누구도 이 프로젝트를 개인적 이익을 위해 이용할 수는 없습니다. 선생님께선 이 프로젝트에 대해 그 어떤 공적인 발언도 해서는 안 됩니다. 우리와 일하게 될 경우 함구 서약서를 써야 합니다.

마지막으로 강조드리고 싶은 것은, 선생님께서 예술가에게 가할 그 모든 과오는 결국 다른 식으로 그에게 도움이 될 거라는 사실입니다. 우리는 예술가에게 의식주를 보장합니다. 그는 늘 선생님을 곁에 두고 자신의 고통을 터놓고 이야기하고 또 자신의 길을 인도받게 됩니다. 그는 시가를 따질 수 없을 정도로 귀한 교육을 무상 제공받게 됩니다. 또한 우리의 감독하에서 그가 죽는 일 같은 건 발생하지 않을 겁니다. 이 모든 사항은 다른 상황에서라면 불가능할 수도 있는 점들을 보증해주는 것입니다. 다른 고통받는 예술가들과 달리 우리의 예술가는 자신의 작품이 대중과 소통하는 것을 보게 될 겁니다. 자신의 재능을 세상과 나누면서 그는 분명 크나큰 기쁨을 맛볼 것입니다. 선생님께선 그가 자신의 상황에 자만하거나 태만해지지 않도록 통제해주셔야 합니다.

선생님께서 대학에서 퇴학당하기 전까지 역사학을 전공했다는 말을 들었습니다. 그래서 마지막으로 잘 생각해보시라 한 가지 이야기를 덧붙이겠습니다. 만약 아돌프 히틀러가 자신이 진정으로 원하는 바를 이룰 수 있도록 모든 걸 지원받았다면 어떻게 됐을까요? 아, 예술이 할 수 있는 바는 이루어지고, 살상과 파괴는 한 명의 훌륭한 에이전트나 매니저가 진즉에 막을 수도 있었겠지요.

장담하건대, 저는 보다 나은 세상을 위해 이 모든 것에 뛰어들려는 겁니다. 절 도와주시면 감사하겠습니다.

진심을 담아서,

포스터 리포비츠

추신. 본 프로젝트에 일조해주십사, 죽어가는 한 노인네가 청한 소원을 부득이 거절하시겠다면, 본 프로젝트에 대해 절대 함구하기를 권고합니다. 돌이킬 수 없는 조처가 불가피할 것입니다.

—포스터 리포비츠가 나에게 보내온 편지

31

나는 실베인에게 전화를 걸어 일하겠다고 말했다. 이런 별난 기회를 잡지 않는다면 세속적인 일로 평범한 삶을 꾸리는 것 외엔 내게 달리 방도가 없다는 걸 알았기 때문이다. 내 존재가 지급 만기일로 점철된 채 전락하는 걸 보고 싶진 않았다. 하루가 멀다 하고 이력서 쓰는 것도 지겨웠다. 무언가 중요한 일을 하고 싶었던 차에 리포비츠의 편지를 받아보니 그의 제안을 딱히 거절할 필요가 있나 싶었다. 윤리적인 문제는 차치하고라도.

난 실베인에게 이 일을 하긴 하되 한 가지만큼은 확실히 짚고 넘어가자고 말했다. 어린애에게 그런 짓을 하겠다고 한 데는 나 역시 그런 경험을 했기 때문이라는 사실이었다. 내 뜻을 이해시키기 위해 난 경찰들이 훈련과정중에 앞으로 검거하게 될 대상에게 자신이 어떤 고통을 가하는지를 알기 위해 직접 최루탄을 맞아보는 과정이 있다는 이야기를 했다.

실베인은 이 계획을 알고 있는 다른 세 사람인 리포비츠, 리처드 레스닉, 드류 프롬프츠에게 이 말을 전했다. 레스닉은 리포비츠 밑에서 오랫동안 일한 변호사이자 백만장자로, 역시 엔터테인먼트 산업에 환멸을 느끼던 중이었다. 프롬프츠는 IUI-글로브터너의 마케팅 이사로, 리포비츠가 친히 뉴르네상스의 부사장으로 선택한 사람이었다. 그 셋 모두 내 뜻을 이해해주었다.

위노나에겐 안된 일이었다. 나도 한때 개를 키운 적이 있었다. 결국 차에 치여 죽었지만.

32

어린 시절에 관한 오래된 기억 중 하나는 가족 여행 중에 차창 밖을 바라보면서 죽음에 관해 곰곰이 생각했던 것이다. 엄마아빠와 형, 나까지 모두 구겨지다시피 차에 끼어앉아 디즈니월드를 향해 주간고속도로를 질주하고 있던 그때, 난 우리 식구 중 하나가 혹은 식구 모두가 죽으면 어떨까 상상했다. 누군가 "할런, 왜 통 말이 없니?" 하고 물어봤을 정도로 그 생각에서 좀체 헤어날 수가 없었다. 난 자처해서 슬픔에 빠졌다.

내게 죽음은 말할 수도 없을 정도로 중대한 사안이었다. 죽음을 피할 길은 어디에도 없었다. 죽음은 어떤 것보다, 어떤 사유보다, 인생을 두 배로 곱한 것보다 더 중요했다. 동물은 물론 인간의 모든 행위는 간접적으로 죽음의 통제를 받는다. 죽음이 시공간에 부과하는 한계 때문에 가엾게도 모든 존재는 물리적 세계의 극히 일부만 맛볼 수 있다. 죽음을 정당화한답시고 종교가 생겨났고, 내세에 대해 사기를 치기 시작했다. 그러나 궁극적인 한계이긴 하지만 동시에 죽음은 궁극의 동기를 부여해주기도 한다.

그래서 난 빈센트가 나만큼 죽음을 심각하게 생각하지 않는다는 걸 알고 걱정이 됐다. 그는 죽음이 아무것도 아니라는 식으로 굴었다. 〈블러드 러스트〉의 작가들처럼 그 역시 죽음을 희롱했다.

빈센트가 뉴르네상스 아카데미에서 두번째 해를 시작할 무렵, 난 세인트루이스에서 코코모에 있는 그의 담당교사들과 지속적으로 연락하면서 일주일에 한 번씩 그애와 전화 통화를 했고, 그 비용을 회사 측에 청구하는 것으로 소일했다. 그가 무엇을 배우고 있는지, 어떤 글을 쓰고 있는지, 특히 사생활은 어떤지 알기 위해 그와 대화를 했다. 빈센트의 작문선생은 그가 이미 고도로 숙련된 실력을 갖추었고, 상징주의와 아이러니에 대해서도 깊이 이해하고 있다고 말했다. 정작 정신이 번쩍 들었던 건 빈센트가 언제나 발랄한 아이러니의 기법으로 주인공들을 죽이면서 소설을 끝맺는다는 말을 들었을 때였다.

그가 쓴 글 중에 말을 할 줄 아는 연필이 납중독으로 죽는다는 내용의 소설이 있었다. 또다른 소설은 추수감사절 날에 굶어죽는 칠면조 이야기였다. 크리스마스가 다가오자 빈센트는 남자 트리 장식이 트리 꼭대기의 천사가 있는 곳까지 진급하고 싶은 마음에 머리를 길게 기른다는 내용의 소설을 썼다. 그러나 정작 여자처럼 보인다는 이유로 강등되자 그는 자살하고, 죽은 후 '머저리 큐피드'라는 천사가 된다.

상사들을 대신해 내게 지시사항을 전달하면서 스티븐은 내게 누누이 말했다. 절대 보편의 진리를 빈센트에게 가르치는 것이 그의 이력과 미래의 청중에겐 하등 좋을 게 없다고.

33

"어떤 식으로 할 건데요?"

지난번에 마지막으로 만난 후 무사히 뱃속의 태아를 지운 베로니카가 물었다. 그녀는 이제 금발을 짧게 자른 모습이었다.

나는 외투 주머니에서 가루가 잔뜩 든 작고 흰 봉투를 꺼내 보이며 말했다.

"비소삼산화물입니다."

"그게 뭔데요?"

"쥐약이에요. 이 방법이 제일 깔끔할 것 같아요."

"개가 아픈 건 싫어요."

베로니카가 말했다.

"밥에 잘 섞어서 줄게요. 원하시면 직접 해도 돼요."

"미쳤어요? 그런데 크리스마스가 코앞에 닥친 지금 꼭 해야 하나요? 휴가를 완전히 잡치게 될 텐데."

"지금 해야 돼요. 빈센트가 제일 먼저 봐야 하는데, 두 시간 뒤면 학교에서 오잖아요. 그리고 크리스마스라는 게 전반적으로 더 효과가 있을 거예요. 그렇게 생각 안 하나요?"

"난 당최 아무것도 모르겠어요."

"죄송해요, 하지만 저도 명령을 받은 입장이라서요. 협조해주겠다고 약속했잖아요, 베로니카."

나는 액션영화가 으레 그렇듯 관객들의 지갑을 열려고 개 한 마리의 목숨을 위험에 빠뜨리는 저질스러운 방식을 떠올렸다. 오십 명의 사람들이 기관총에 맞아 실감나게 죽어나가고, 직원들이 득시글대는 건물 한 채가 통째로 날아가는 장면이 나오는 건 괜찮지만, 귀여운 강아지 한 마리가 죽는 것을 견딜 수 있는 사람은 단 한 명도 없다. 그래서 열에 아홉은, 개를 살려 관객들을 안심시킨다.

"알았어요. 이게 개 밥그릇이에요."

베로니카가 내게 그릇을 건넸고 난 재빨리 가루약을 알포*에 섞었다. 칼과 포크로 고기사료를 세심하게 뒤섞고 나자 한 덩어리의 갈색 독약이 되었다.

"위노나, 이리 온!"

34

위노나는 잔망스레 왔다갔다하며 입맛을 다셨다. 베로니카는 보고 싶지 않다며 아이들을 데리고 월마트로 가버렸다.

"빈센트가 집에 오면 누구든 대화할 사람이 필요할걸요."

내가 베로니카에게 말했다.

"당신이 해요."

베로니카가 말했다.

"나중에 할게요. 개가 집에 왔을 때 제가 있으면 안 돼요. 똑똑한 애라서 눈치챌지도 몰라요."

"어찌 됐건, 난 여기 죽치고 앉아 그런 걸 구경하고 싶지는 않아요. 애들도 마찬가지고."

"네, 알았어요."

베로니카가 강아지를 들어올리더니 가슴에 안았다.

"사랑한다, 위노나 내 새끼. 미안해."

---

* 개 사료 브랜드.

그녀는 개한테 입을 맞춘 후 다시 내려놓았다.

"나중에 봐요, 할런. 빈센트가 올 테니 문은 잠그지 말고 가세요."

"알았어요. 이 일은 죄송하게 됐어요."

"제때 제때 입금해주시는 것 잊지 말란 말 말곤 할 말이 없네요."

나는 부엌의 끈적끈적한 리놀륨 바닥에 그릇을 내려놓았다. 위노나가 고맙다는 듯 커다란 눈으로 날 올려다보더니 게걸스레 최후의 저녁식사를 하기 시작했다. 아사 직전이었던 것처럼.

신이라 부르는 종자가 어떻게 생겨먹은지는 모르지만, 내 상상 속에서의 그는 동일한 양의 온기와 한기를 뿜어내는, 빛으로 된 구체球體다. 줄어드는 갈색 덩어리를 보면서 나는 그 완전한 형태의 구체가 내게서 점점 멀어져가는 광경을 그리고 있었다. 그것은 점점 더 작아져 한 개의 점이, 더 작아져 한 개의 얼룩이 되었고, 이윽고 내 시야에서 사라져버렸다.

나는 위노나가 경기를 일으키다 두 눈동자를 희번덕이는 모습을 지켜보면서 맥없이 쓰러지기까지 기다렸다. 그리고 모든 것이 끝났을 때 위노나의 축 늘어진 몸을 크리스마스트리 아래에 내려놓은 후, 잊지 않고 빈센트를 위해 현관문을 열어놓은 채 떠났다.

IV. 브리트니

35

빈센트가 아카데미의 세번째 해를 마친 그해 여름, 베로니카는 이 세상에 다섯번째 아이를 선사했다. 브리트니란 이름의 여자아이는 무뇌아였다. 아홉 살이 된 빈센트는 습작을 착실히 한 덕에 꼼꼼한 논리의 영화비평과 비틀스의 음악을 곡별로 분석할 수 있게 되었다.

당시에도 난 계속해서 일주일 간격으로 빈센트와 전화로 대화를 나누었다. 애견의 죽음 이후 그의 생활은 평탄하게 흘러가는 편이었지만, 8월의 어느 날 오후 그의 엄마가 바닥에 쓰러져 경련을 일으켰다는 전화가 왔다. 911 응급구조요원들이 그녀를 곧바로 병원으로 데려갔다. 내가 전화를 했을 때, 빈센트는 그의 형제들과 마찬가지로 엄마를 보지 못한 지 사흘째였다. 그들은 코티지치즈와

프루트롤업*으로 연명하고 있었다.

크램든 병원 측과 통화하고 나서야 나는 베로니카가 출산중에 문제가 있었고 태아도 건강한 상태가 아니어서 중태에 빠졌다는 사실을 알게 되었다. 난 비행기로 인디애나 주 에반스빌로 가서, 렌터카로 크램든까지 가 베로니카의 아이들을 데리고 나왔고, 버거킹에서 요기를 하게 한 후 다 함께 병원으로 갔다. 누구든 그들을 챙겨줘야 했다. 또 빈센트가 병원에 좀더 있을 필요가 있다는 생각도 들었다.

"아저씨가 포스터 리포비츠예요?"

병원으로 아이들을 데리고 가는 길에 빈센트의 여동생 사라가 느닷없이 비명을 지르듯 물었다.

"아니. 아저씨는 할런 아이플러야. 빈센트의 매니저란다. 아저씨가 세 번이나 이야기 해줬잖니? 그런데 포스터 리포비츠란 이름은 어떻게 아니?"

"재는 몰라요."

열한 살 정도 된 걸로 아는 첫째 딜런이 말했다.

"내가 '그 사람이 엄마하고 빈센트의 두목인데, 먹고살려고 사람 죽이는 일을 한다' 고 말한 적이 있는데 그걸 주워듣고 저러는 거예요."

* 미국 제너럴 밀스 사에서 만든 과일향 젤리.

"어디서 그런 말을 들었니?"

내가 너털웃음을 터뜨리며 물었다.

"엄마가 슈퍼마켓에서 사온 잡지를 보고 알았어요. 거기 보니까 포스터 리포비츠가 깡패들이랑 잘 아는 사이라 자기 마음대로 안 되면 그 깡패들을 시켜서 다 죽여버린대요. 근데, 그 사람은 너무 멀리 있어서 아무도 못 잡는대요."

"슈퍼마켓 잡지에 있는 말은 다 거짓말이야."

내가 말했다.

"난 본 대로 말하는 건데요?"

딜런이 말했다.

"근데 아저씬 도대체 누구래요?"

"할런 아이플러라니까!"

난 애들의 입을 다물게 할 요량으로 음악을 틀었다. 빈센트 형제들의 멍청함에 고개를 절레절레 저었다. 문득 마약을 손에 넣으려고 자기 자궁을 시험관 취급하는 베로니카의 버릇이 떠올랐다. 빈센트를 보며 난 생각했다. 너도 참…… 구사일생의 기적이다.

내가 음악을 틀자 빈센트의 형제자매들은 우는소리로 불평불만을 늘어놓았다.

"조용!"

난 그들에게 말했다.

"너희는 이런 식으로라도 음악을 들을 필요가 있어요."

"지금 나오는 게 뭔데요?"

딜런이 물었다.

"프랭크 블랙*."

"들어본 적도 없어."

그애가 있는 대로 경멸감을 드러내며 말했다.

"그럴 만도 하지. 이 사람은 라디오에도, 텔레비전에도 안 나오거든."

"후져서 그렇지." 딜런이 말했다. "잘 못 하니까 라디오에도 못 나오는 거 아니에요?"

"아니. 그 반대야. 너무 잘해서 못 나오는 거야. 라디오에 나올 정도로 망가지지 않았거든."

"96번 채널 틀어줘요. 디프레이브드 음악 틀어주는 덴데."

"네. 틀어줘요!"

베로니카의 표본 중 최근 것인 네 살배기 벤이 따라했다.

어이없어하는 빈센트의 표정을 보고 난 싱긋 웃었다. 그러고는 딜런과, 딜런에 합세해 악담을 퍼붓는 벤의 목소리가 들리지 않을 때까지 계속 볼륨을 높였다.

* 미국 싱어송라이터. 1990년대 얼터너티브 록 음악의 부흥에 절대적인 예술적 영감을 불어넣은 밴드 픽시스의 리더이기도 했다.

36

뉴르네상스의 최고위층인 두 남자에 관해서라면 나도 약간이나마 알고 있다. 둘 다 나로선 결코 만날 일 없는 수수께끼 같은 인물들이었다. 십대 때 세인트루이스 공립 도서관에서 일 년 동안 일하면서 도서관장을 한 번도 본 적이 없었던 걸 생각하면, 그 아무리 열성 직원이라 해도 뉴르네상스 같은 엄청난 기업의 CEO나 VIP와 악수 한번 하기도 어려운 건 당연했다.

실베인과 이야기한 후, 인터넷 검색으로 나는 극히 제한적이나마 포스터 리포비츠의 전력에 관한 최소한의 정보를 얻게 되었다. 그래서 그가 자기 이름값으론 단돈 5센트도 벌지 못했던 십대 시절에 당돌하게도 글로브북스의 우편실 업무에 응시했다는 사실을 알게 되었다. 이와 함께 수십 년에 걸친 부단한 노동과 연구가 시작되었고, 보다 먼 훗날의 일이지만 그는 출세를 위해서라면 조직 내 사람들의 머리를 밟고 올라서는 배신도 마다 않으며 맹렬한 기세로 최고의 자리를 차지했다. 그러나 그를 좋아하는 사람들이건 싫어하는 사람들이건 그를 존경했고, 그런 것들은 타블로이드식 전설로 이어졌다. 그에겐 엔터테인먼트가 세상에 주는 의미를 감지하는 놀라운 감각이 있었고, 그는 자신에게 문화를 향상시킬 힘이 있다고 확신했다. 나는 선의의 차원에서 내 일을 해나가기 위해 그를 믿기로 했다.

부사장인 드류 프롬프츠에 대해 내가 알고 있는 것은 삼십대라는 것, 그리고 실베인의 말을 빌리면 '진짜 수완이 좋은 사람'이라는 것뿐이었다. 뉴르네상스의 선생들 몇 명이 그의 이름을 언급하면서 그가 양질의 대중문화를 위해 헌신적으로 일할 뿐만 아니라, 얼마나 눈부신 미남인지 이야기해줬다. 그는 하버드 출신으로, 처음에는 인디 레코드 레이블에서 홍보직으로 일한 것으로 알고 있다. 그는 훗날 IUI-글로브터너의 마케팅 이사가 되면서 상대적으로 수월하게 리포비츠의 오른팔 자리를 차지하게 된 것 같다.

37

"아버님 되세요?"

의사가 물었다.

"아뇨. 전 가족의 친구인데요. 애들 엄마는 좀 괜찮은 건지, 어떤가요?"

"산모는 괜찮습니다만, 안타깝게도 따님은 그렇지 못할 것 같습니다."

그는 베로니카가 메타암페타민을 지속적으로 과용했기 때문에 조산하게 된 거라고 설명해주었다. 태어난 아기는 심각한 뇌손상을 입었고, 미발육 상태로 각종 질병을 안고 있었다. 친어미조차 사랑할 수 없는 그런 얼굴이 머릿속에 떠올랐다.

대기실로 돌아가보니 빈센트는 얌전히 앉아 있는데, 다른 형제자매들은 『하이라이츠』에서 『보그』까지 그곳에 있던 잡지들을 닥치는 대로 찢어발겨놓고 있었다. 빈센트의 여동생 사라는 말 그대로 『엔터테인먼트 위클리』를 우걱우걱 씹어먹는 통에 거의 질식할 지경이었다.

"죽는 건가요?"

내가 옆에 앉자 빈센트가 물었다. 그는 말을 할 때 정면을 똑바로 응시했다.

"너희 엄마? 아니면 애기?"

"엄마요."

"아니. 지금은 많이 괜찮아지셨어. 다 나으실 거야."

"애기는요?"

"운이 좋으면 죽을 거야. 건강 상태가 아주 안 좋아."

"그래도 죽지 않았으면 좋겠어요."

"그래, 나도 죽는 걸 바라는 건 아니야. 하지만 산다고 해도 살 가치가 있는 삶은 되지 못할 거야. 팔도 없고 다리도 없어, 빈센트."

"그래도 멋진 인생을 살 수 있을 거예요. 제가 이다음에 부자가 되면 그애에게 필요한 모든 걸 해줄 거니까요. 엄마가 그랬어요, 내가 만든 영화랑 노래가 팔리면 가족 모두에게 크고 멋진 집을 사줘야 한다고."

아무래도 빈센트는 인생을 무가치하게만 여기다가, 엄마 덕에 사용가치 면에선 쓸 만한 거라고 생각하게 된 것 같았다. 날 때부터 부자로 태어나길 바라는 종류의 사고방식이라면 나도 일찍부터 잘 알고 있었다. 조만간 이 문제에 대한 빈센트의 사고방식을 조정할 필요가 있었다.

"커다란 집을 갖는다고 그애의 삶이 더 나아지는 건 아니야."

내가 말했다.

"그애의 뇌가 머리 밖으로 다 비어져나온 마당에."

그애는 슬픈 눈으로 내 눈 깊은 곳을 들여다보았다. 예전의 그 크고 슬펐던 눈망울은 하나도 변하지 않았다.

"그래도 내 동생이에요."

"알아. 나도 알아. 네가 그애의 멋진 오빠가 되어줄 거라는 걸 내가 왜 모르겠니. 그렇다고 해도 그애가 죽는다면 받아들여야 돼. 그 슬픔을 작품에 활용할 수 있어. 위노나가 죽었을 때 내가 했던 말 기억하지?"

"죽을 만큼의 시련은 우리를 더 강하게 만들어줄 뿐이다."*

"맞아. 특히 너한테 해당하는 말이야. 넌 작가니까."

빈센트의 형제들은 씨름질이 한창이었다. 여동생은 펜을 목구멍에 집어넣고 있었다. 빈센트는 괴로운 듯 끈 풀린 자기 테니스화만

* 니체가 한 말.

내려다보고 있었다.

"왜 그래, 못난아."

내가 물었다.

"위노나 얘길 꺼내는 바람에 또 생각났잖아요. 보고 싶어요."

"미안하다."

빈센트가 죽은 강아지를 발견한 지 일 년 반이 지났다.

"위노나가 죽었을 때 엄마가 뭐라고 했는지 알아요?"

빈센트가 물었다.

"아니."

"위노나가 죽었다고 걱정하지 말래요. 만약 위노나가 다른 애의 개였다면, 벤 애플렉처럼 학교에서 제일 인기 있는 애의 개였다면, 위노나는 나보다 그런 애들을 더 좋아했을 거래요."

"너희 엄마는 바보야. 위노나는 그런 애들은 거들떠보지도 않았을 거야. 그런 애들은 네가 위노나에게 해준 것의 반도 못 해줬을걸. 그런데다가 너랑 위노나는 많은 추억을 함께했잖니."

"난 엄마 말이 맞다고 생각했는데요. 만약 위노나 주인이 진짜 잘생기고 야구도 정말 잘하는 애였으면 나보다 더 좋아하지 않았겠어요? 할 수 있다면 주인을 바꿨을걸요?"

"같은 이야기를 해볼까?"

내가 말했다.

"넌 엄마한테 착한 아들이니?"

"네. 그렇다고 생각해요."

"그렇다면 엄마는 다른 애들을 더 좋아하지는 않을 거야. 그런 걸 표현하는 분은 아니지만, 엄마는 널 사랑하고, 널 다른 어느 누구와도 바꾸지 않을 거야."

"내가 팔이 없고 다리가 없다고 해도요?"

"당연하지."

38

난 오랜 후에야 포스터 리포비츠가 드류 프롬프츠를 기꺼이 끌어들인 이유를 추론해낼 수 있었다. 그의 업무방식에 어느 정도 적응이 되자, 연예계에서 대중을 상대로 별 볼일 없는 상품을 파는 데 그만큼 수완이 좋은 사람이 단 한 명도 없다는 사실을 알게 된 것이었다. 크리스티나 고메즈나, 나의 친애하는 밴드 디프레이브드처럼 오늘날 가장 무능한 몇몇 연예인들의 성공 뒤엔 그가 존재했다. 일부 연예인들이 유명세를 위해 자신의 영혼을 판다고 생각했는데, 그걸 사는 사람이 누군지 비로소 알게 된 셈이었다.

리포비츠가 프롬프츠를 뉴르네상스의 책임자로 결정한 건 향후 이 신설 사업체가 험난한 세일즈를 감행할 때 필요한, 대중이 확실히 신뢰할 수 있는 사람이 그라고 생각했기 때문이다. 프롬프츠는 자기 손바닥 보듯 훤히 꿰뚫고 있는 마케팅으로 확신을 심어줄 것이고, 이제는 세상을 하향평준화하는 데 일조하는 게 아니라 고품격의 엔터테인먼트를 마케팅할 것이다. 프롬프츠를 고용함으로써 리포비츠 역시 자신의 대의명분에 필요한 자산을 확보할 뿐만 아니라 경쟁자들의 세를 누를 수 있었다.

실베인 말로는 프롬프츠는 뉴르네상스에서 일할 기회를 얻고는 열광해 마지않았다. 고급 예술의 진가를 아는 지성인으로서 그는, 비문투성이에 여자 엉덩이만 잔뜩 등장하는 수백만 달러짜리 상품의 마케팅에 진력이 나 있던 터였다. 그는 뉴르네상스 같은 존재가 나타나기를 기다렸고, 또 자신의 경력에 보다 고차원적인 목표를 부여하고 싶었기에, 회사의 대다수 직원들과 마찬가지로 갱생의 기회를 갖게 된 것에 감사했다.

39

베로니카가 나만 만나고 싶어한다는 말에 빈센트의 상심은 눈에 보일 정도였다. 추레하게 생긴 간호사를 따라 병실로 들어가보니 핏기 없이 녹초가 되었어도 여전히 고혹적인 그녀가 누워 있었다. 그때 베로니카는 군데군데를 밝게 염색한 긴 갈색머리를 하고 있었다.

"안녕?"

그녀가 신음하듯 인사했다.

"안녕, 베로니카. 좀 어때요?"

"약만 준다면 얼마든지 버틸 수 있어요."

그녀의 목소리는 절박하고 불안정했고, 어디에 둘지 몰라 방을 이리저리 둘러보는 시선은 어쩐지 섬뜩했다.

"아이들 데려왔어요. 다들 엄마 때문에 걱정하고 있어요. 어쨌거나, 적어도 한 아이는요."

"브리트니는 봤어요?"

"누구요?"

"아기 말이에요."

"아뇨."

그녀는 내 눈을 응시하려고 애를 쓰다가 시큼한 감기약 시럽이라도 삼킨 것처럼 고개를 저었다.

"얼마나 못생겼던지. 토하는 줄 알았어요. 여기 사람들이 애를 보여주었는데, 눈물이 다 나더라니까요. 안고 싶지도 않았어요. 그런 앨 내 자식이라고는 못 해요. 쳐다보기도 싫고 손도 대기 싫어요. 그런 애는 필요없어요. 너무 못생겼어. 내 딸이 아니었으면 좋겠어."

"그러게, 임신중에는 약을 하지 말았어야죠."

"알아요. 하지만 난 그애가 살 거라고 생각하지 않았어요."

"지금 상태로선 못 살지도 모르죠."

난 그녀를 위로했다.

"어쩌죠? 그게, 갠 사람같이 생기지도 않았는데."

"당신이 만들어낸 괴물이에요."

"닥쳐! 못된 자식 같으니라고."

"미안해요. 뭐라고 말해줘야 할지 모르겠네요, 베로니카. 당신은 한 아이의 삶을, 태어나기도 전에 망쳐버렸어요. 내게서 동정을 구할 수는 없을 거예요."

"아, 이봐요. 당신의 동정 따윈 필요 없어요. 코미디 드라마에서나 나올 말만 지껄이고 있네."

"그럼 왜 저를 보자고 한 거죠?"

내가 물었다.

"몰라요. 아, 맞다, 여기 있는 동안 물어보고 싶은 게 있어서요. 이리 와요."

그녀가 집게손가락으로 침대를 가리켰다. 그녀는 팔뚝으로 몸을 지탱하면서 섹시한 표정을 지어 보였다.

"왜 나랑 안 하는 거죠?"

그녀는 약에 취해 사뭇 애원조였다.

"네?"

"호텔에서 왜 나랑 안 한 거냐고요."

난 웃음을 터뜨렸지만 그녀가 너무 진지하고, 또 진지한 대답을 원하는 것을 알고 웃음을 그쳤다.

"옳지 않다고 생각했으니까요."

내가 대답했다.

"왜요?"

"이유는 많아요. 우선 당신은 빈센트의 엄마예요."

"그래서?"

"그런 건 왜 묻는 거죠?"

"어느 누구도 날 거절한 적이 없으니까."

"또다른 이유가 바로 그거예요. 가서 애들을 데려올게요."

"싫어요!"

"며칠 동안 못 봤잖아요."

"보고 싶지 않아요! 걔네들이 날 보는 게 싫어요! 지금 이 모든 게 다 싫어요!"

그녀는 양 주먹으로 병원 침대를 두들겨댔다.

"좀 진정하시죠?"

"내 뱃속에서 어떤 게 나왔는지 못 봤잖아요! 역겨웠다고요! 정말 기분 더러웠어요! 여기서 벗어나고 싶어요! 여기서 벗어나고 싶다고, 이 인간아! 토할 것 같아!"

테디베어가 그려진 셔츠 차림의 통통한 금발 간호사가 뛰어들어왔다.

"무슨 일이죠?"

여자가 물었다.

"히스테리를 일으켰어요."

내가 대답했다.

"꺼져! 꺼져버려어엇! 다 재수없어!"

베로니카가 울부짖었다.

"병실에서 나가주셔야겠는데요."

주사를 놓을 준비를 하면서 간호사가 말했다.

"안 돼, 안 돼, 안 돼, 안 돼, 안 돼, 안 돼!"

베로니카가 속사포를 쏟아내듯 말했다.

"그 사람 내보내지 말아요. 나 괜찮아요. 이제 착하게 굴게요. 잘할게요."

"어쨌든 주사 맞을 시간이 됐어요."

"놔주세요. 하지만 저 사람은 있으라고 하세요."

베로니카는 고분고분하게 진정제를 맞았다.

"있어도 되죠?"

유혹적으로 입술을 내밀면서 그녀가 물었다.

"좋아요. 오 분 드릴게요. 안정을 취하셔야죠. 아까처럼 환자 분을 흥분하게 하면 안 돼요."

병실을 나가면서 간호사가 나에게 말했다.

"이사 가고 싶어요."

이제 진정이 되어 우울해진 베로니카가 말했다.

"지금요?"

"네. 캘리포니아로 가고 싶어요."

"왜 그럴까요? 맞춰볼까요? 배우가 되고 싶어서 그러죠. 아니면 변호사의 직원이라도?"

"다시 시작하고 싶어요. 더는 여기 살고 싶지 않아요. 날 그리로 데려가주면, 빈센트한텐 안 좋은 일이 되니까 결국 당신한테도 좋은 거죠. 그앤 절대로 극복 못 할 테니까."

"다른 아이들은 어쩌고요?"

"걔들이 뭐요?"

"함께 데려가실 건가요?"

"네. 이사하는 것부터 다 비용을 대주신다면."

난 오 초 동안 생각했다.

"너무 많은데요." 내가 말했다. "약에 취해 그런 말을 하는 거라고 생각해두죠."

"내가 말하는 거예요. 약이 무슨 말을 해요."

"주무세요. 그리고 아이들 키우는 걸 감사하게 여겨요."

"나 감사하게 생각하고 있어요. 생각해보세요. 캘리포니아. 새로운 출발. 제 아킬레스건에 사인해주실래요, 미스 베로니카? 네, 그러죠."

잠에 빠졌는데도 그녀는 말을 멈추지 않았다. 엉망으로 노래를 부르고 헛소리를 늘어놓는 걸 보니 악몽에 시달리는 모양이었다.

40

"진심으로 그런 말을 한 걸까?"

실베인이 물었다.

"그런 것 같아요."

병원에서 베로니카의 집으로 돌아온 후 나는 실베인에게 전화를 걸었다. 빈센트와 다른 아이들은 바깥에서 놀고 있었다.

"창녀예요."

난 계속해서 말했다.

"창녀들은, 특히 소도시 창녀들은 뉴욕이나 로스앤젤레스 같은 대도시만 가면 만사가 잘 풀릴 거라고 생각하는 경향이 있어요."

"맞아."

실베인이 말했다.

"내 고향이 위스콘신이거든."

"그 여잔 자기가 뭘 원하는지도 몰라요. 아니, 정정할게요. 그 여잔 자기 과거를 백지 상태로 돌리고 싶어해요. 배우가 되어서 유명해질 거라고 생각하고 있을걸요. 다시 말하지만, 창녀도 그런 창녀는 없을 거예요. 그런 부류가 무슨 생각을 하는지 알아요. 그 여잔 유명인이 되고 싶은 거고, 하다못해 유명인이랑 잠이라도 자고 싶은 거예요. 제 딴엔 무명의 신세로 비참해지느니 차라리 유명인이 되어 비참해지는 게 낫다고 생각하고 있을 거예요."

"아니면 무명이라도 행복해지고 싶던가."

실베인이 말했다.

"바로 맞췄어요. 제가 뭔 말 하는지 제대로 짚으셨네요."

"날 뭘로 보고, 당연한 거 아냐? 변통아."

"그래, 어떻게 생각하세요? 우리가 건드려선 안 되는 문제죠, 그렇죠?"

"모르겠네. 우리가 실질적으로 무언가 해줄 수도 있는 문제라고 생각하는데. 꼭 써먹어야 할 좋은 기회인 것 같기도 하고."

"전 그 여자의 삶을 구제하는 건 빈센트에게 호의를 베푸는 거라고 생각하는데요. 제 생각엔, 그 여자를 그냥 내버려두는 게 그애를 더 자극하게 될 것 같아요."

"이렇게 하지. 프롬프츠에게 얘기하고 어떻게 나오는지 보자고."

그즈음 드류 프롬프츠는 우리의 프로젝트에서 실질적인 역할을 하고 있었다.

"좋아요."

내가 말했다.

"이제 가야겠어요."

"그래, 나도. 한 시간 후에 주디스 라이트랑 데이트가 있어."

내가 전화를 끊었을 때 빈센트가 들어왔다. 그는 심란한 표정으로 바닥에 드러누웠다. 그러더니 천정을 바라보며 머리 속을 후벼팠다.

"왜 그래, 꼬맹아."

"몰라요."

그의 대답은 퉁명스러웠다. 평소 기 한번 못 펴고 사는 애답지 않았다. 잠깐이지만 편집증적이 된 나는 혹시 그애가 전화로 실베인과 나의 통화 내용을 들은 건가 싶어졌다. 그애는 너무나 예민해서 머릿속으로 사람들이 휴대전화로 하는 말도 다 들을 수 있는지도 모른다. 어쩌면 우리의 프로젝트에 투입된 지 이 년 만에 우리에 대해 다 알아차렸는지도 모르고.

"사실, 잘 알아요. 내가 재네들이랑 놀고 싶지 않아한다는 걸."

다행히 그애의 대답은 날 안심시켜주었다.

"나도 너랑 똑같았었어."

내가 말했다.

"크면서 동네 애들하곤 절대 같이 안 놀았어. 학교에서는 쉬는 시간이 싫었고. 넌 행운이야. 지금 있는 학교에선 네가 원하지 않으면 쉬는 시간을 안 가져도 되잖아. 그룹학습 같은 것도 안 해도 되고. 그 학교는 개인성을 권장하니까."

"애들은 밖에서 노는 게 그렇게도 좋은가봐요. 난 아닌데. 밖에 나가는 거 하나도 안 좋아요."

"나도 그래. 내가 좋아하는 건 전부 안에서 하는 거야. 책, 음악, 영화, 텔레비전, 내가 필요로 하는 건 전부 다. 밖에서 하는 건 전부 병균을 옮기는 미친 짓거리일 뿐이야."

"그래요. 나도 안에서 지내는 게 더 좋아요."

빈센트가 말했다.

"이다음에 전 크고 좋은 집에서 살 거예요. 바깥에 나가고 싶단 생각이 안 드는 집이면 진짜 멋질 거예요."

"멋지네. 하지만, 우린 그런 식으로 살면 안 된단다."

"햇빛도 싫어요."

빈센트가 말했다.

"왜?"

"해는 똑바로 쳐다볼 수 없잖아요. 난 달이 더 좋아요. 달은 쳐다볼 수 있으니까."

"달 속에 있는 사람이 슬픈 얼굴을 하고 있다는 걸 눈치챈 적 있니?"

내가 물었다.

"아뇨."

"다음번에 달을 보면 지금 내가 한 말을 생각해봐, 알았지? 슬퍼서 얼굴은 일그러지고 눈은 아래만 내려다보고 있지."

"알았어요. 근데 할런 아저씨."

"왜?"

"또 하나, 해는 살을 태우지만, 달은 살을 안 태워요."

난 웃었다.

"맞는 말이네."

난 맞장구쳐주었다.

"맞다. 닐 암스트롱이 정예 멤버가 아니었기 때문에 달에 처음으로 발을 내딛게 됐다는 것 알고 있니?"

"아뇨."

"다른 우주비행사들은 사고가 생겼을 때 어떻게 돌아와야 하는지 알고 있었어. 근데 암스트롱은 몰랐거든. 그는 죽어도 상관이 없었던 거야."

"그래도 그 사람은 달에 발을 내디딘 첫번째 인간이죠."

"맞아. 근데 그 유명한 말도 알고 있지? '인간에겐 작은 한 걸음이지만, 인류에겐 위대한 도약이다.'"

"네."

"그런데 말이 꼬여서 잘못 나온 말이었어. 원래 그가 하려던 말은 '한 남자에겐 보잘 것 없는 한 걸음'이었거든. 결국 그는 쓸데없는 말을 한 건데 아무도 그걸 몰랐어."

"이런 얘길 왜 해주는 거예요?"

그애가 물었다.

"왜 얘기하냐고? 전부 사실이니까. 넌 모든 문제의 진실을 알아야 한다고 생각하니까. 너도 네가 진실을 알아야 한다고 생각하지 않니?"

"네. 하지만 진실은 언제나 흉한 것 같아요."

"그렇지. 진실은 흉해. 이런 말로 널 실망시키려는 건 아닌데, 네가 보는 모든 사람들은 남녀노소 할 것 없이, 잘나봤자 한 꺼풀 벗기면 다 해골바가지에 지나지 않아. 그런데 해골이 얼마나 흉하니. 꺼멓게 뻥 뚫린 눈구멍에, 짐승이나 다름없는 주둥이에, 부잡스럽게 움직여대는 꼬락서니는 어떻고. 길거리에서 그런 걸 본다고 상상해봐. 걸어다니는 해골들, 어딜 가나 있어. 거기에 고깃덩어리, 살점, 뇌가 붙어 있지만 그런 거 다 빼면 남는 건 뼈다귀뿐이야. 생각하면 정말 소름 끼치지 않니?"

빈센트는 고개를 끄덕였다.

"네 주변의 세상을 둘러봐. 어떤 사람들은 '아, 그래도 세상은 정말 아름다워요. 대지 본연의 광채를 봐요. 나무와 물과 풀을 봐요'라고 떠들어댈지도 모르지. 그런데 땅 밑에 정작 뭐가 있을지 생각해본 적 있니?"

"없어요."

"시체야. 수십억에 달하는 시체들. 아니, 조兆에 가까울걸. 시체들은 그냥 사라지는 게 아니잖니. 우리 발아래에 엄연히 존재하고 있어. 썩어문드러져가는 몸으로 말이야. 해골은 더 많을 거고. 그게 뭐가 아름답다는 걸까?"

"모르겠어요."

그는 자리에서 일어나 창밖에 있는 두 개의 흙더미를 바라보았다. 그중 하나에 그의 개 위노나가 묻혀 있었다. 다른 흙더미 밑엔 그가 아테나라고 이름 붙여준 스컹크가 묻혀 있었다. 위노나가 죽은 후 그는 그 스컹크와 친구가 되어 길들이려고 했지만, 엄마의 남자친구가 총으로 쏴 죽여버렸다.

"모든 것의 저변은 다 흉해."

내가 말했다.

"그걸 잊어선 안 돼."

"저 좀 일어날게요."

빈센트는 창문에서 돌아서더니 자기 침실로 갔다. 그의 얼굴은 열쇠를 어디에 뒀는지 기억이 나지 않는 어른처럼 수심에 차 골똘히 생각하는 표정이었다.

방문 틈새로 보니 그는 베개에 얼굴을 묻고 누워 있었다. 좀더 긍정적인 이론으로 아이의 기를 세워줄까 고민했다. 그에게 아름다우면서도 순수한 것들, 추악함을 드러내는 것으로 진실을 알려주는 작품들을 거쳐 이 세상에 대안을 창조해줄 예술가로서의 능력이 있다는 말을 해줄까 고민했다. 예술가란 시간에 역행해, 슬프고 덧없이 퇴행하는 존재에 의미를 부여해주는 구원자라는 내 지론을 이야기해줄까 고민했다. 대신 난 거실로 되돌아가 대형 스크린 텔레비전을 켜고 호평을 받은 〈섹스 앤드 더 시티〉의 한 에피소드를 보았다. 한 장면에서 주인공이 생면부지의 남자와 섹스를 하면서 저도 모르게 방귀를 뀌었다.

41

그다음 날 실베인은 전화로 베로니카를 캘리포니아에 보내선 안 된다고 했다. 프롬프츠는 우리의 계획을 듣고 쌍수를 들어 환영했다. 그런데 정작 리포비츠는 얘길 듣고 너무 가혹하다는 이유로 허락하지 않았다. 베로니카는 기쁠 때나 슬플 때나 빈센트의 인생과 함께해야 하고, 그렇게 우리의 대의명분에 일조해야 한다는 것이었다.

같은 날, 베로니카는 퇴원했다. 그녀는 밤늦게 애들이 잠이 든 후에야 집에 왔다. 그때 난 이틀째 애들을 돌보고 있던 터였다. 그녀가 스피커의 베이스음이 쿵쾅거리는 차를 타고 돌아왔을 때, 난 정말 예상대로 형편없는지 확인할 겸 디브이디로 〈블러드 러스트 4〉를 보던 중이었다. 과연 형편없었다.

베로니카가 판잣집에 들어섰을 때 나는 브리트니를 볼 거라고 예상했지만, 대신 그녀의 새 남자친구인 칼과 마주치게 되었다. 마리화나에 취한 눈에, '애버크롬비피치' 셔츠와 배기바지를 입고 보석을 주렁주렁 찬 차림새에, 짧게 쳐서 탈색한 머리를 한 남자였다.

그가 가장 좋아하는 뮤지션은 에미넴이었고, 가장 좋아하는 티브이쇼는 〈더맨쇼〉[*], 가장 좋아하는 영화는 〈프라이데이〉[**]였다.

"뭐요?"

그가 심문조로 물었다.

"이렇게 만나봬서 얼마나 반가운지 모르겠네요그래."

나는 유들유들하게 대답했다.

"내가 일전에 얘기한 우리 아들 매니저." 베로니카가 말했다. "날 할리우드로 데려가줄 거야."

"그래?"

스무 살이나 됐을까 싶은 터프가이는 재빨리 고개를 끄덕이고는 아까보단 조금 누그러진 어조로 말했다.

"아기는 어디 있죠?"

내가 물었다.

"병원에서 온갖 잡동사니를 몸에 붙이고 있어요. 한동안은 그렇게 놔둔대요."

"으, 끔찍해!"

갱스터 자식이 몸서리를 치며 말했다.

"아버님 되십니까?"

내가 물었다.

"내가? 미쳤어요?"

"그래 나 이사 가는 건 도와줄 건가요?"

---

* 노골적인 성적 농담과 남성편향적인 시각으로 악명이 높은 코미디쇼.

** F. 게리 그레이 감독의 작품으로 아이스 큐브, 크리스 터커 등이 주연을 맡은 흑인 힙합 코미디.

베로니카가 물었다.

"그런 문제를 이런 식으로 공공연하게 논할 건 아닌 것 같은데요."

나는 서그 라이프* 쪽으로 고개를 돌리며 말했다.

"뭐래?"

그가 물었다.

베로니카가 내 옆에 앉았다. 눈을 보니 그녀도 마리화나에 취해 있었다.

"카일, 나가 있어."

그녀가 말했다.

"좋아, 근데 한 대 더 펴줘야겠어."

나가면서 그가 말했다.

"아주 멋진 청년을 낚으셨네요. 우리 카일 군과는 아직 아기 소식은 없고?"

"입 닥쳐요. 여기서 벗어나는 건 도와줄 건가요?"

"정말 진지하게 생각하고 있는 건가요?"

"네."

"캘리포니아에 간다고 칩시다. 거기에서 뭘 하려고요?"

"늘 배우가 되고 싶었어요."

"당연히 그랬겠죠. 그런데, 설교를 늘어놓고 싶은 마음은 없지

* 미국 힙합 뮤지션 투팍 샤쿠르의 그룹 이름으로, 본래 '서그Thug'란 힙합 용어로 게토의 삶을 일컫는다.

만, 나의 어머니는 어떤 경우에도 자신이 살고 있는 곳에서 성공하는 것만큼 훌륭한 인생도 없다고 말씀하셨거든요. 저도 캘리포니아로 도망쳐본 경험이 있지만, 모든 게 더 나빠지기만 했어요."

"나도 몰라요. 그냥 거기 가기만 하면 행복해질 것 같아요. 난 늘 저 『내셔널 인트루더』 같은 잡지에 나온 사진들처럼, 자기 모습이 카메라에 담기는지도 모르는 유명한 사람들처럼, 나도 거기에 있는 걸 상상했어요. 왜 스타 커플들 있잖아요. 주로 야채 가게 주차장에서, 운동복 차림의 부잣집 애들처럼 재킷을 아무렇게나 허리에 질끈 묶고, 항상 선글라스를 쓰고, 또 물을 마시고 있는 그런 장면 말이에요. 너무 행복해 보여요."

그녀가 가장 좋아하는 뮤지션은 저스틴 팀버레이크, 가장 좋아하는 티브이쇼는 〈윌 앤드 그레이스〉, 가장 좋아하는 영화는 〈타이타닉〉이었다.

"그런 건 여기에서도 할 수 있어요."

내가 말했다.

"스타들처럼 사이언톨로지를 믿을 수도 있고요."

"과학*은 질색이에요. 날 도와줄 건가요 말 건가요?"

"못 해요. 우린 할 수 없어요."

"왜요?"

---

* SF작가 로버트 허바드가 창시한 종교 사이언톨로지를 과학science으로 잘못 알고 한 말.

"앞으로도 당신이 필요하니까요. 게다가, 우린 한 소년에게서 엄마를 빼앗는 짓은 할 수 없어요. 당신이 아무리 어머니 자격이 없는 사람이라고 해도."

"일 년 내내 학교서 사는 애잖아요."

"그렇대도 다른 애들은 어쩌고요. 아무것도 아니라는 듯이 애들을 집에서 내몰아 국토를 횡단하게 한다고요? 한 아이는 아직도 병원에 있는데, 진짜 대단하십니다."

"어쨌든 우린 당장 이사할 거예요."

"잘되길 빌어요. 그렇다면 우린 이제 당신에게 돈을 줄 수 없어요."

"깬다, 깨. 아, 이런. 약발 확 오르네."

42

그날 밤 세인트루이스로 돌아가는 비행기 안에서 나는 헤드폰을 끼지 않고 기내 영화를 볼 수 있었다. 그다음 주에, 여느 때와 다름없이 빈센트에게 전화를 걸었더니, 수화기 너머로 웬 낯선 목소리가 들렸다.

"뭐요."

래퍼처럼 차갑고 거친 목소리였다.

"빈센트 좀 바꿔주시겠어요?"

"갠 이제 여기 없어."

"아, 베로니카 좀 바꿔주세요."

"그 여자도 없어. 누구요?"

"할런 아이플러입니다. 베로니카 아들의 매니저예요."

"이 개새끼야!"

욕설과 숨을 몰아쉬는 소리가 한꺼번에 들려왔다.

"어이쿠! 혹시 제가 한 말 때문에 그러시는 건가요?"

"어이쿠! 혹시 제가 한 말 때문에 그러시는 건가요?"

그는 내 말을 따라하며 날 조롱하고 있었다.

물론 머리 스타일과 옷은 물론 처세방식까지, 랩 뮤직비디오에서 본 대로 따라하는 것으로 자신의 정체성을 전적으로 과시하는 작자의 입에서 나온 말이었다. 우리가 하는 일이 언젠가 그런 놈한테도 도움이 되길 바랄 뿐이었다.

"네가 한 짓 때문에 그러는 거야, 개년아."

그가 말했다.

"지금 통화하시는 분은 혹시 베로니카의 여성 혐오자 애인이신가요?"

"전에 봤잖아, 이년아."

"아, 그렇군요. 그렇다면 그 카일이란 작자?"

"크, 크위크다, 이 개새끼야."

"으음, 크, 크워크 씨. 본인 생각에 제가 도대체 뭔 짓을 저질렀다는 거죠?"

"내가 아는 건 네놈이 그 여잘 할리우드로 데려다준다고 말한 다음에 베로니카가 사라져버렸다는 것뿐이야. 일주일 전에 없어졌는데 나한테도, 애새끼들한테도, 아무한테도 간다는 말 한마디 없었다고."

"애들은 지금 어디 있죠?"

"짜바리들이 와서 데려갔다. 너 걔한테 뭔 짓 한 거야? 쿨하지 않아."

"전 아무 짓도 안 했는데요. 이사 가는 걸 도와줄 수 없다는 말은 했죠. 전 그 문제와는 아무 상관이 없어요."

"니기미."

"어딜 가야 빈센트를 찾을 수 있는지 아세요?"

"몰라."

"저기요. 그애와 얘기를 해야 하거든요. 내가—"

그는 전화를 끊었다.

43

나중에 빈센트는 내가 일리노이로 떠난 지 이틀째 되던 날 아침에 엄마가 사라진 것을 알았다고 말했다. 더불어 엄마의 옷가지와 화장품과 머리염색약도 함께 사라져버렸다. 며칠이 지나 돌아온 건 베로니카의 남자친구뿐이었다. 그는 그 집에서 마리화나 피우는 걸 좋아했다. 그런 후 얼마 지나지 않아 병원 의사가 전화로 브리트니의 사망소식을 알려왔다. 엄마가 영원히 떠나버렸다는 딜런의 말을 듣고 의사는 경찰에 신고했고, 경찰은 사회복지협회에 연락을 했고, 사회복지협회는 자푸쉬콘부톰 가의 아이들을 위탁가정에 보냈다. 아이들에겐 의지할 친척이 없었다. 베로니카의 어머니도 오래전 그 도시를 떠나고 없었다.

리포비츠가 프롬프츠에게, 프롬프츠는 실베인에게, 실베인이 나에게 지시한 대로 나는 빈센트의 담당 경찰에게 그가 일주일 후에는 학교로 돌아가야 하고 계약상 우리가 그애를 돌볼 의무가 있다고 말했다. 그들에게 필요한 서류를 보여주는 것으로 나는 빈센트를 위탁가정에서 데려올 수 있었다. 뇌물용 돈을 쓰지 않고도 일을 처리할 수 있었다니 운이 좋았다.

"형이랑 동생은 어떻게 되는 거예요?"

차에 타자 빈센트가 물었다.

"위탁가정에 얼마간 있을 것 같은데. 운이 좋으면 다른 부모들을 만나겠지."

"다시 만날 수 있을까요?"

"네가 그들을 찾아나서면 어려울 것 있겠니. 정말 다시 보고 싶어질 것 같니?"

"나처럼 잘 살지 알고 싶어요. 전 최소한 좋은 사람들이랑 지내잖아요."

"참 착하네. 난 걔네들 별로 보고 싶을 것 같지 않은데."

빈센트는 그의 형제자매를 그리워한 나머지 훗날 그들을 소재로 한 티브이쇼와 영화를 만들었다.

좁은 시골길을 따라 차를 운전해 마지막으로 빈센트가 유년을 보낸 집으로 갔다. 그는 아홉 살까지 모아놓은 자기 물건들을 가져오고 싶어했다. 코코모의 뉴르네상스에 있는, 새로 살게 될 작은 학생용 아파트로 가져갈 생각이었다.

"할 말이 있다. 앞으로 엄마하고 얘길 하고 싶다든가 그 밖에 다른 할 얘기가 있으면 나한테 하렴."

"그렇게 할 이야기가 있을 것 같지 않은데요."

그가 말했다.

"엄만 떠나버린 사람이잖아요."

"엄마가 왜 떠났는지 아니?"

"엄만 우릴 사랑하지 않았어요. 늘 그런 생각이 들었어요."

"그래서 슬프니?"

"당연히 슬프죠. 엄마가 우릴 싫어하는 건데."

"미안하다. 네 엄마한테 너 같은 자식은 과분해. 그런 엄마 밑에서 어떻게 너처럼 반듯한 애가 있을 수 있는지 모르겠다."

"아저씨가 날 도와줬으니까요."

"내가 무슨."

"진짜예요. 아저씨가 내게 미래를 열어줬어요. 아저씨가 아니었다면, 그리고 아저씨가 준 기회가 없었다면 엄만 이만큼도 함께 있어주지 않았을 것 같아요. 전 행운아예요."

"그런 말 마. 넌 행운아가 아니야. 네 인생은 완전히 엉망이야."

"언제고 더 나빠질 수도 있어요."

"아, 그렇겠지. 그리고 이건 운이 좋냐 아니냐의 문제가 아니야. 넌 우리가 준 기회를 누릴 자격을 가졌어. 파멜라 앤더슨처럼 축구 경기 때 점보트론*에 타고 있는 게 눈에 띄어 인생이 트인 사람들, 그런 사람들더러 운이 좋다고 하는 거야. 타고난 외모를 잘 가꾼 영화 스타들한테나 운이 좋다고 하는 거라고. 넌 운이 좋은 게 아니야. 그러니까 다시는 내 앞에서 운이 좋았다는 말은 하지 마."

"알았어요."

마침내 길 끝까지 갔지만, 그곳엔 빈센트가 별로 놀길 좋아한 적이 없던 마당과 바람 빠진 고무 풀장, 동물의 무덤 말고는 아무것도 없었다. 그의 집은 알아볼 수도 없는 시커먼 쓰레기 한 줌으로 변해버렸고, 이제 빈센트에겐 돌아올 곳조차 남아 있지 않게 되었다.

---

* 도로 따위에 자리를 잡고 광고를 내보내는 대형 광고차.

44

"전 한 번도 불 같은 건 질러본 적이 없는데요."

빈센트를 구하러 가기 전 날, 난 실베인과 전화로 이야기를 나누었다.

"적어도 그렇게 큰 불은요."

"별거 있어, 대장? 그냥 주변에 석유 좀 뿌리고 성냥불만 붙이면 끝나는 거야. 바보라도 할 수 있어. 불 지른 바보들이 어디 한둘이야?"

"그러다 잡히기라도 하면?"

"그 집 근방에 다른 집은 하나도 없다면서? 그렇지?"

"네."

"그럼 걱정 안 해도 돼. 식은 죽 먹기야."

"그래도 그게 그런 게 아닌데…… 집을 깡그리 다 태워본 적 있어요?"

"나 참. 서너 채는 태워봤다."

"서너 채?"

"그래. 〈블러드 러스트 2〉에서, 또 〈블러드 러스트 3〉에서, 생각해보니 그러네."

"그거야 말도 안 되는 영화에서였죠."

"이봐. 그분이 집을 태워버리라고 했으면 태우는 게 좋아. 돈도 많이 받고 있겠다. 걔 사건 이후로 한 건도 못 터뜨렸겠다."

그의 말이 맞았다. 나는 정말 많은 돈을 받고 있었다. 얼마 안 있으면 엄마에게 당신이 꿈꾸던 집을 사드릴 수 있을 것이다. 또 어릴 때부터 꿈꿨던 대로 호텔방에서 살아도 될 만큼의 돈을 벌게 되었다. 일주일 내내 나만을 위한 룸서비스와 청소부가 있다는 생각만으로도 행복했다. 난 세인트루이스 유니온 스테이션에 있는 하얏트 호텔에 묵으면서 유료 티브이 영화와 개인용 바까지 즐길 수 있는 금전적 여유를 누리고 있었다.

"이런 걸 왜 해야 하는지 전 정말 모르겠는데요."

내가 말했다.

"상징적인 거야, 이 친구야. 집마저 없어지면 걔한테 남는 게 뭐가 있어. 고향도, 엄마도, 가족도, 아무것도 없잖아. 자기 머리통 하나만 남지. 그게 우리가 원하는 거야. 걔와 걔의 생각만 남는 거, 알았어? 그리고 이제부터 일 년 내내 캠퍼스에서 살아야 하니까, 더 철저히 지켜볼 수 있을 거고."

"걔 엄마 애인이 거기서 살고 있을지도 모르는데요. 그 사람한텐 어떻게 해야 돼요? 집에 불 지르는 동안 어디 가 있으라고 해요?"

"아이플러, 이 친구야, 아직도 뭔 말 하는지 모르겠어?"

"모르겠는데요. 가르쳐주세요."

"자넨 우리처럼 생각을 안 해. 애인 같은 건 중요하지 않아. 그딴 개 쓰레기 같은 놈한텐 딱 5백 달러만 주면 돼, 아니 그 정도도 필요없을 거야. 그 자식이 거기 있으면 집을 사겠다고 말해. 토지 및 가옥을 내주는 조건으로 바로 웃돈을 얹어줘. 자넬 봤다는 얘길 입 밖에 꺼내지 않겠다는 조건으로 또 돈을 얹어주고. 어떤 대가를 치르더라도 괜찮아. 우리한테 언제 돈이 중요했어? 하지만 딴 인간들한텐 중대사안이지. 우리가 이 프로젝트를 굴리면서 못 할 게 없는게 다 그 덕이라고."

"그 사람이 돈을 안 받겠다면요?"

"받겠다고 할 때까지 액수를 올려."

"말은 참 쉽게 하시네요."

"날 믿어. 그 정도로 쉬울 거야."

정작 사태는 그의 말보다 더 쉽게 풀렸다. 카일도 없었을뿐더러, 집 안 가재도구를 비롯해 대형 스크린 텔레비전까지 다 없어졌으니 말이다. 집 자체와 빈센트가 가져가고 싶어했던 기념품, 장난감, 책 정도 말고는 불에 태울 것도 별로 없었다.

휘발유를 사는 건 어쩐지 꼴이 우스울 것 같아 대신 5파인트의 위스키를 샀다. 집이 너무 작아 3파인트 정도로도 충분했다. 바닥에 위스키를 뿌리고, 더덕더덕 타블로이드 지가 붙어 있어 꽤 재미났던 벽에도 위스키를 뿌렸다. 그리고 문을 열어둔 채로 밖으로 나간 다음 성냥개비 몇 개에 불을 붙여 던지고 불이 골고루 번질 때까지 기다렸다가, 새로 뽑은 사브 자동차를 타고 얼른 그 자리를 떠났다.

45

다음 날 아침, 빈센트의 집 앞에서 사뭇 경악하는 척한 후에, 빈센트가 그 잔해 앞에서 혼자 있고 싶어할 거라고 생각한 나는 차에 들어가 있겠다고 했다. 그는 폐허의 주변을 오가며 건질 만한 것이 있나 찾아보았지만 아무것도 없었다. 난 타고난 방화범이었다.

그는 위노나가 썩어가고 있을 흙 둔덕 앞에 멈춰서더니 고개를 숙였다. 그리고 사랑했던 스컹크 아테나가 잠들어 있는 자리를 쓰다듬고 나서야 차에 올라탔다. 내가 다시 자갈길 쪽으로 운전해 나가는 동안 그는 잿더미가 된 집을 바라보았다. 분명히 말하건대, 나는 그 정도의 화재는 한 번도 겪어본 적이 없다. 내 행위를 정당화한답시고, 나는 캘리포니아로 도망친 것 때문에 엄마가 내 유년의 집에서 살지 못하게 했던 기억을 되새겼다.

"저런 건 그냥 물건에 지나지 않아."

속력을 높여 시내로 돌아가면서 내가 말했다. 빈센트는 대답하지 않았다. 그냥 자기 머리 속을 만지작거릴 뿐이었다.

"그냥 물건이라고," 난 계속해서 말했다. "그런 건 중요하지 않아. 너나 가족이 집 안에 있었던 것도 아니잖아."

"잘 설명은 못 하겠는데 집이 왜 타버렸는지 알 것 같아요. 불을 지른 사람도 집에 아무도 없다는 걸 알았던 거예요."

"어, 누군가 일부러 불을 지른 것 같아?"

"당연하죠. 가구랑 텔레비전이랑 다 없어졌어요. 누군가가 뭔가를 노린 거예요. 아저씨가 그랬어요?"

"나?"

"네. 그랬으면 말해줘요."

"빈센트, 내가 미쳤다고 너희 집을 태우겠니?"

"저도 몰라요, 하지만 사방에서 위스키 냄새가 나던데, 뒷자리에 위스키가 두 병이나 있네요."

"내가 술 좋아하는 거 알면서 그러니."

"타버린 집 주변에서 가끔 아저씨한테서 나던 냄새가 나더라고요."

"야야, 빈센트. 난 너희 집에 불 안 질렀어."

"맹세해요?"

"맹세해. 누군가 고의적으로 집에 불을 낸 거라면 카일 놈이나 엄마의 다른 애인 중 하나일 거야. 그 외에 다른 사람이 너희 집에 온 적 없잖아, 그렇지?"

"그래요. 그럼 경찰에 알려야 할까요?"

"아니. 그래봤자 뭐가 달라지겠니. 이제 넌 코코모에서 살 건데. 네 형제자매들은 위탁가정에서 살 거고. 이 문제로 경찰에 전화해봤자 아무것도 아닌 일로 골칫거리만 잔뜩 생길거야."

"하지만 만약 엄마가 집으로 돌아오겠다고 마음 먹으면 어떻게 해요? 그럼 엄만 어디로 가요?"

"엄마가 돌아올 거란 생각은 전혀 안 드는데."

"왜 그렇게 말하세요?"

"나도 몰라."

"알면서 그러네요. 뭔가 나한테 숨기는 것 있죠."

"알았다. 네 말이 맞아. 내가 말 안 했다. 그날 병원에서 엄마가 나만 보겠다고 한 거 기억하니?"

"네. 엄마가 난 보고 싶어하지 않는 것 같아서 화가 났어요."

"그게, 네 엄마 말이 여길 정말 떠나고 싶다고 했어."

"엄마가 어디로 가고 싶다는 말은 했어요?"

"아니."

나는 거짓말을 했다.

"왜 우릴 버리고 싶대요?"

"왜 그런지 내가 얘기해줄게. 내 말 한 마디도 놓치지 말고 잘 들어. 그리고 내가 너에게 왜 이런 이야기를 하는지 절대 잊으면 안 돼, 아주 중요한 이야기니까. 알았지?"

"알았어요."

"네 엄마는 이기주의자라서 널 버린 거야. 일반적으로 인간을 단 한 마디로 표현하면 그거야. 이기주의. 네 엄마는 자기가 불행하다고 생각했고, 기형아를 낳자 더 심해졌어. 이기적인 사람들은 불행해지는 걸 싫어해. 이기적인 사람들은 행복해질 수 있다면, 자기 주변 사람들에 대한 책임이나 의무감은커녕 도의까지도 눈 하나 깜짝 않고 내다버리는 사람들이야. 네 엄마는 도망치기만 하면 행복해질 거라고 생각했고, 그래서 도망친 거야. 엄밀하게 말해 자기가 원하는 대로 한 거지. 너 쾌락주의자가 뭔지 알아?"

"아뇨."

"쾌락주의자는 무작정 재미만 보고 싶어하는 사람을 말해. 그런 사람들은 쾌락을 좇고 고통을 피하는 데 평생을 바치는 사람들이지. 네 엄마가 쾌락주의자야. 네 엄만 쾌락만 원해. 네 엄마가 원하는 건 섹스와 파티와 명성과 돈뿐이야. 그런 게 사실 재미는 있지. 엄마한테 너나 네 형제자매들은 근본적으로 장애야. 걸어다니고 말하는 장애. 그래도 네 경우는 이다음에 돈을 벌어다줄 테니 좀 다르지 않을까 생각했는데 아무래도 참을 수가 없었나보다. 사실 그것까지도 쾌락주의자다운 거야. 나약하고 의지박약하니까."

빈센트는 수심이 가득한 표정으로 앞만 똑바로 보고 있었다.

"뭐 더 물어볼 것 없니?"

내가 물었다.

"지금은 없어요."

"넌 그런 사람들과는 다르다는 걸 잊지 마. 넌 이기주의자는 되지 않을 거야. 줄창 파티만 하려고 도망치는 짓은 하지 않을 거야. 넌 네게 던져진 손실을 오히려 활용할 거야. 엄마는 떠나고, 동생도 죽고, 집도 다 타버렸으니, 넌 그 엄청나게 많은 손실을 활용하게 된 거 아니니?"

"그런 게 거래라는 거고, 그렇게 생각하면 속고 있다는 생각밖에 안 들어요."

빈센트가 말했다.

"속았다고 생각하지 마. 언젠가 넌 네 작품으로 수많은 사람들을 행복하게 해줄 거야. 그러니까 기억해, 죽을 만큼의 시련은……"

"죽을 만큼의 시련은 우리를 자살하고 싶게 할 뿐이다."

그때가 빈센트에게 '비애'가 존재한다는 사실이 의심의 여지 없이 명백해진 최초의 순간이었다. 모든 위인에겐 '비애'가 존재한다. 그러나 이전의 모든 고통받은 영혼들과 달리, 이 비애에 찬 젊은이 곁엔 헌신적인 매니저와 그가 겪을 고통을 절대 헛되이 하지 않을 몇몇 공모자가 있었다. 다른 모든 아이들과 마찬가지로 그의 앞에도 생의 가장 힘든 날들이 도사리고 있었지만, 그는 적어도 그의 경력을 지원해줄 값비싼 가족을 새로 얻게 되었다. 내가 말하는 '가족'이란 말은 문자 그대로의 가족을 의미한다. 베로니카가 사라진 후 우리의 계약 약관 중 한 항목이 발효되었기 때문이다. 약관에 의하면 모친 부재시 뉴르네상스가 사실상의 보호자가 된다.

계약서에 명시된 대로 말하면, 상기 예술가의 양육권은 이제 완전히 우리의 소관이다.

2부

V. 대프니

46

난 내가 감시촬영 당할 때를 눈치채고, 변기청정제에도 동정심을 느낄 정도로 섬세한 남자다. 적어도 순도 백 퍼센트의 사랑을 성분으로 한 수제 콘택트렌즈를 끼고 있는 한, 내게도 자존이란 건 있다. 렌즈의 인공적인 시력을 빌려 나는 모든 여자애들이 옷 속에 입은 프로이트적인 슬립과, 달빛 반짝이는 마천루 두 개를 브래지어 끈으로 감아놓은 것을 볼 수 있다. 또 그들이 내가 아닌 다른 누구를 보는지도 볼 수 있다. 그들이 보는 건 살면서 걱정이라곤 단 한 번도 해본 적이 없는 미소년이다. 그는 한 손으로 벨트 버클을 만지작거리며 다른 손으론 남들과 팔씨름을 벌이고 결국 상대를 숯덩어리 신세로 만들어버린다. 그도, 그녀도 내게 잘보일 기회 같은 건 결코 주지 않지만, 나는 그들이 서로 손을 잡고 내 머릿속을 얼마든지 휘젓고 다니게 해준다. 한구석 벽에 등을 기대고 서서 행여 그녀를 품에 안기라도 하면 그 즉시 세계의 종말을 끌어안는 것 같으리라. 기쁠 때나 슬플 때나 내겐 언어밖에 없어 그것들을 총이나 돈 대신이라 생각해 보려 하지만, 도면 위 가상 활주로에서나 자폭 미션을 안전하게 착륙시키는 과대망상에 빠진 항공 관제사마냥 미래의 나는 너무 빨리 세는 머리로 번다한 생각이나 하면서 엄청난 업적을 이루어도 정작 이름 한번 제대로 알리지 못한 채 조로할 거란 생각을 떨쳐버릴 수가 없다.

—빈센트가 열여섯 살 때 쓴 글의 견본. 후에 그는 이 내용으로 노래를 만들어 채드라는 가수에게 부르게 했고 공전의 히트를 기록했다.

47

빈센트가 천애고아에 집도 없는 신세가 된 후 몇 년 동안, 그의 창작열을 부추기기 위해 고통을 가하는 사기꾼은 할 일이 거의 없었다. 오만방자한 매춘부인 자연의 여신은 당신의 스페셜 브랜드를 십분 발휘해 빈센트의 몸과 머리에 참혹한 파멸을 가했고, 그는 사춘기의 생리적 고통과 성장기의 민감한 감수성의 변화에 여지없이 무릎을 꿇었다.

나는 빈센트의 십대 초반 내내 절친한 친구이자 동기 부여자가 되었다. 그 목적에 내가 더 잘 부합하게 된 건 상사들이 내가 회사 최고의 블루칩과 한 동네에 살아야 한다고 결정한 후부터였다. 나는 '코코모 데이즈 인' 근처에 살면서 정기적으로 빈센트를 방문해 그와 그의 작품을 점검했다.

빈센트의 글쓰기 실력은 꾸준히 발전했다. 이제 그는 별다른 노력 없이도 영화와 텔레비전 방송에 적합한 글을 쓸 수 있었고, 대사도 능숙하게 뽑아낼 수 있게 되었다. 그가 열 살부터 열다섯 살까지 쓴 몇몇 작품은 당시 주류의 어떤 것보다 훨씬 훌륭했지만, 난 아직 그의 최고 작품은 나오지 않았다고 생각했다.

놀랄 것도 없이, 빈센트가 가장 좋아하게 된 음악은 소녀들의 웃음소리였다. 하지만 여전히 또래보다 작은 체구에 날이 갈수록 점점 더 어눌해지는 그는 같은 반 여자애와 데이트를 할 용기가 없었고, 그럴 재간도 없었다. 그보다는 방 건너편에 있는 여자애들을 동경하며 보나마나 그들에게 딱지맞을 거라고 생각하는 쪽을 더 편해했다. 그리고 실제로도 생각과 다르지 않았을 것이다.

그가 열네 살인가 열다섯 살이 되던 해에 빈센트에게 행복한 날이 어떤 날일까 물어본 적이 있다. 그는 전에도 같은 질문을 수없이 받은 사람처럼 구구절절 대답했다.

"평온한 마음으로 잠에서 깰 거예요. 첫번째 수업시간에 예쁜 소녀 세 명이 나를 미소로 맞아줄 거고요. 그들은 '안녕' 하며 내 이름을 불러줄 거예요. 그런 다음 바른 선생님이 비디오를 켤 거고, 반 전체가 그 비디오를 봐야 하니까 아무도 말을 하면 안 되겠죠. 수업이 끝난 후 내가 제일 좋아하는 여자애가 내게 바보처럼 꼬리칠 거예요. 난 멋지게 행동하면서도 그애를 웃게 만들 거예요. 터먼 선생님 수업 때도 상황은 실제와 같지만, 유머 감각을 발휘할 완벽한 기회가 온다는 점에서 다르겠죠. 그래서 난 반의 모든 애들을 웃게 할 거예요. 수업이 끝나면 내가 제일 좋아하는 여자애가 또 내 주변을 얼쩡대며 같이 점심을 먹겠냐고 물어볼 거예요. 우린 어떻게든 학교에서 탈출해 치크필라*에 가서 밥을 먹겠죠. 그리고 나머지 수업도 다 빼먹고 걔네 집에 가서 텔레비전을 볼 거예요. 거지 같은 드라마와 토크쇼를 훔보면서요. 나중에 난 집에 가서 나 자신도 마음에 들어할 작품을 쓰고, 그날 밤엔 꿈도 꾸지 않고 푹 잘 거예요. 악몽 따윈 꾸지 않고."

이미 열여섯 살 때 빈센트는 학교에서 자처해 더더욱 괴롭고 외로운 신세가 되었다. 친한 친구도 없었고, 그나마 어렸을 때 있었던 얼마 안 되는 친구들마저 서먹서먹해졌다. 그는 지독하게 내향적이었고, 학교에 있는 동안엔 때로 자기 목소리를 잊어버릴 정도라고 말했다. 난 자주 그에게 물어보았다.

"오늘 학교에서 뭘 배웠니?"

---

* 미국의 치킨 샌드위치 식당.

그는 웃으면서 대답했다.

"스스로를 증오하는 법."

빈센트가 예술가가 갖추어야 할 완벽한 사회적 위치에 자리매김했다고 믿은 나는 그에게 친구를 사귀라거나 집에서 나가 놀라는 말을 하지 않았다. 대신 그에게 일렉트릭 기타와 앰프를 사주고 연주하는 법을 가르쳐주었다. 그리고 사는 이야기를 노래로 만들어보라고 권했다. 앞으로도 몇 년간은 자신의 고독 속에 갇혀 있어야 할 터였기에 그 안에서 보다 편안하고 생산적으로 지내길 바라서였다.

"봐, 고독과 고혹은 자음 하나 차이야."

그가 침울해 있던 어느 날 내가 그에게 말했다.

"왕당王黨과 왕따도 글자 하나 차이죠."

그가 되쏘아붙였다.

"그렇게 말하지 말고 내 말 믿으라니까. 혼자 있는 게 더 나아."

"항상 그렇게 말하죠, 할런. 왜 늘 그렇게 말하는 거예요?"

"그게 진실이니까. 내 말을 듣는 게 좋을 거야. 왜 그런지 알아?"

"왜죠?"

"천재와 천치는 글자 한 개 차이니까."

내 기억에 우리는 정말로 그런 대화를 나눴다. 어쩌면 우리 둘의 관계를 바탕으로 그가 썼던 영화 시나리오에 나온 대사일지도 모른다.

어느 쪽인지 확신은 할 수 없다.

48

십대시절의 빈센트를 생각할 때마다 내 마음에 떠오르는 이미지가 있다. 목재바닥에 창문도 하나 없어 21인치 텔레비전에서 흘러나오는 빛 말고는 완전히 컴컴한 비좁은 방. 텔레비전이 발산하는 영광의 빛 속에 잠겨 있는 건 충혈된 크고 둥근 눈, 2대 8 가르마를 타 이마에서 물결치는 떡진 검은 머리칼, 피골이 상접해 빈사상태에 빠진 몸뚱어리 하나. 그는 십대 중반부터 성년 초까지 내내 입은 옷차림을 한 채 너덜너덜해진 소파에 누워 있다. 심하게 구겨진 흰 드레스셔츠, 검정색 내의, 짙은 회색 바지, 한때는 하얗던 양말. 나을 길 없는 알레르기 탓에 툭하면 코를 킁킁거리며 기침을 한다. 그는 케이블티브이의 총 70개 채널을 건성건성 건너뛰며 텔레비전 광선으로 태닝을 하지만, 그의 얼굴은 군데군데 박힌 여드름 때문에 흉하게 번들거리는 쪽에 가깝다. 그 이미지를 생각하면 금요일과 토요일 밤이 연상된다.

"지금 이 순간, 꼭 게으른 미국인의 표상이 된 것 같지 않니?"

나는 텔레비전 빛에 비쳐 흐늘흐늘해 보이는 그 몸뚱어리를 보며 물었다.

"한 주 내내 글만 쓴 것 아시잖아요."

평소와 다름없이 그가 힘은 없지만 따뜻한 목소리로 말했다.

"완전히 녹초가 된 것 같아요. 제가 이런 식으로 주말을 보내고 싶으니 좀 즐길 수 있게 내버려두세요."

"그럴게. 그런데 정말 재미있냐? 텔레비전 틀어봤자 쓰레기밖에 볼 게 없잖아. 토요일 밤은 더 심하지."

"쓰레기를 보고 배워야 쓰레기를 만들지 않을 수 있다고 제게 직접 가르쳐주시지 않았나요? 제 교육의 근간이 그것 아니었나요?"

"그래, 알았다. 잘나셨어요. 난 그냥 이러는 게 건강한 것 같지 않아서 그러는 거야. 텔레비전 화면이 너와 세상을 이어주는 단 하나의 창문이 된 것 같아. 작가한테 그건 좋지 않아."

빈센트는 지친 한숨을 내쉬었다.

"하지만 손 하나 까딱하기 싫은걸요. 나가고 싶은 생각도 안 들어요."

"왜?"

"몰라요."

"뭐가 문제야?"

"몰라요."

"믿거나 말거나 이해한다. 네 나이 때 나도 그랬어."

"저도 제가 텔레비전이나 보며 누워 있는 낙오자란 거 알아요. 하지만 그게 편한걸요. 어둠 속에서 빛나는 텔레비전을 보면 어쩐지 집에 온 것 같은 그런 기분이 들어요."

"집이 그립니?"

"하나쯤 있었으면 좋겠어요."

그를 편안하게 해주고 싶었지만 어떻게 해야 할지 알 수 없었다. '곧 다 좋아질 거야'라든가, 그 비슷한 말도 나오지 않았다. 그래서 아무 말 없이 그가 텔레비전 채널을 이리저리 돌려가며 보는 걸 지켜보았다. 그리고 그가 여자들이 등장하는 쇼에서 리모컨을 멈춘다는 걸 알아차렸다. 그 채널에 고정할 때도 있고 아닐 때도 있었지만, 이성을 볼 때마다 그는 잠시 멈췄다.

"왕가슴을 찾아 헤매는 거냐?"

내가 물었다.

"아뇨. 그냥 여자들요."

그는 MTV에서 비키니만 걸치고 춤을 추는 매력적인 젊은 여자를 보고 있었다.

"텔레비전에 나오는 여자들을, 그 여자들 몰래 볼 수 있다는 게 좋아요. 원하는 대로 실컷 봐도 그쪽에선 날 볼 수 없으니까."

"볼 수 있다고 해도 안 볼걸. 일단 화면에 등장하는 데 성공하면 반대쪽에 자기가 두고 온 것에 대해선 신경도 안 쓰기 마련이니까. 잘해봤자 일방적인 관계일 뿐이야."

"그래요. 텔레비전의 여자애들이 나한테 신경이나 쓰겠어요?"

"걔넨 누구라도 신경 안 써."

빈센트는 '그런게 진실 아니겠어요?' 라고 말하듯 천천히 고개를 끄덕였다.

"네가 보낸 시선에 답을 보내온 여자애들은 없니?"

내가 물었다.

"여자애들이 뭐라구요?"

"학교 여자애들 중에서 좋아하는 애 있어?"

"물론이죠."

"누구야?"

"아무한테도 말하면 안 돼요, 알았죠?"

"내가 누구한테 얘길 하겠냐?"

"좋아요. 요새 좋아하는 애는 대프니란 애예요."

"어떤 애야?"

"저도 잘 모르겠어요. 이번 학기에 처음 같은 반이 됐어요. 이국적인 데가 있고, 정말 매력적이에요. 남들도 그렇게 생각하는지는 모르지만 제 생각엔 학교에서 제일 예쁜 애 같아요."

"〈히호우〉*에 나오는 여자들보다 더 끝내줘?"

내가 물었다. 빈센트는 콧구멍으로 바람이 새는 듯한 맥없는 웃음을 터뜨렸다.

"그렇다고 말할래요. '우주선 1천 대를 발진시킬 수 있을 만한'**

---

* 1980년대에 장수했던 버라이어티쇼 프로그램.

** 팝밴드 브레드의 히트곡 〈이프If〉의 가사를 부분 인용한 것.

얼굴이라고 말하죠. 옷 입는 스타일도 마음에 들어요."

"직접 얘긴 해봤니?"

"네. 어제 도서관에서 제 바로 옆에 앉았는걸요. 기분이 끝내줬어요."

"네 옆 자리에 앉았다고?"

"네."

"징조가 좋은데?"

"알아요, 하지만 그런 것을 맹신하지는 않을래요. 그애가 날 좋아한다는 건 너무 좋아서 사실이라고 할 수 없으니까.* 여자애들에 대해선 희망을 갖지 않으려고 해요. 아무것에도 희망을 갖지 않으려고 애쓰고 있어요."

바로 다음 날 밤에 대프니가 빈센트에게 전화를 했으니, 그의 심장이 무사하기를 바랄 밖에.

49

밝혀진 대로, 대프니 설리번은 자처해 또래로부터 거리를 둔 채 관심 없다는 듯 아무렇게나 옷을 입는 빈센트의 모습에 매료된 게

* 〈당신에게서 눈을 뗄 수 없어요Can't Take My Eyes off You〉의 가사를 부분 인용한 것.

틀림없었다. 빈센트에게 호기심이 생긴 대프니는 사회적 부적응에 지나지 않는 그의 행동까지 초연함과 신비로 읽었다. 처음 그의 이름을 불렀을 때만 해도 그랬다고 그녀는 그에게 말했다.

그 한 통의 전화로 나는 전에는 단 한 번도 본 적이 없는, 행복에 빠진 빈센트를 보았다. 그는 들뜬 모습을 감추지 못했고, 우스꽝스러운 어조로 나를 '할머니'라고 부르는 등, 자신이 내키면 얼마든지 발랄한 사람이 될 수 있다는 걸 보여주었다.

"지금의 기분을 기억해야 돼."

대프니가 전화를 걸었다는 말을 듣고서 내가 그에게 말했다.

"그 기분을 만끽해. 있는 대로 단물을 빨아들여. 그런 기분은 자주 찾아오지 않으니까."

새로운 관계에 들뜬 기분을 맛본 지도 어언 몇 백 년은 지난 것 같았다. 그때 내 나이는 서른일곱 살이었고, 몇 해가 지나도록 데이트를 할 만한 사람 하나 생기지 않았다. 하지만 새롭게 사람을 만날 때의 기분이 어떤지는 잘 알고 있었다. 그 시절 그녀들이 처음으로 내게 전화를 걸었던 순간에 듣고 있던 음악까지도 기억하고 있다. 레코드 계약에 실패할 때마다 난 그 음악들을 다시 들었다.

난 빈센트에게 글을 써야 한다고 말했다. 소유하기 직전 여자가 사정거리 안에 있을 때 예술적 감성이 평소보다 더 무르익는다는 것을 경험으로 알고 있기 때문이었다. 난 그가 사랑 때문에 침을 질질 흘릴 거라는 걸 알았고, 그래서 사랑의 뮤즈가 무언가를 줄

때까지 호소하지만 말고 펜을 들어 열망을 표하라고 충고했다.

그녀는 그에게 가슴 절절한 노래 몇 곡을 하사했고, 그 중 한 곡은 전국 방방곡곡의 스테레오 스피커에서 울려퍼져야 마땅할 정도로 근사했다. 〈너만을 위해〉라는 노래는 그때까지 빈센트가 작곡한 노래 중 가장 뛰어났다. 노래는 느릿느릿하고 슬픈 잔향을 남기는 멜로디였다. 마치 로맨스란 결국 파국으로 끝날 수밖에 없다는 것을 이미 알고 있기라도 한 것처럼. 다음은 노래의 후렴부다.

> 난 언제나 우리에게 보름달만 뜨게 하는 능력을 갖게 됐어요
> 난 언제나 우리 앞의 신호등은 파란 불만 들어오게 했지요
> 난 당신이 늘 미소짓고 있는지 여러 번 전화를 했었죠
> 난 우리가 함께 발을 디딘 공간을 보존해두었어요
> 난 당신만을 위해 모든 걸 바쳤어요,
> 그러니 나와 함께 가지 않을래요?

빈센트는 직접 기타를 치고 노래도 불러 녹음한 후, 쭈뼛쭈뼛 내게 테이프를 넘겼다. 그는 훌륭한 연주자가 될 실력을 갖췄지만, 직접 노래를 부르거나 연주하는 것은 한사코 거부했다. 물론 이는 소속 아티스트에게 특혜는 물론이요 거추장스러운 명성도 허해서는 안 된다는 뉴르네상스 측의 입장과는 무관한 얘기였다.

빈센트의 집이 불에 타 없어진 지 일 년이 되었을 때, 뉴르네상

스 측의 특권은 상대적으로 위축된 상태였다. 포스터 리포비츠는 건강 악화를 이유로 IUI-글로브터너 기업의 CEO 자리에서 은퇴했다. 스티븐 실베인은 그 때문에 우리가 목표를 달성하지 못하는 일은 절대 없을 거라고 장담했다. 리포비츠는 수십 년의 세월 동안 연예계에서 수십 명의 막강한 동맹을 만들어놓았기 때문에 은퇴 후에도 그의 이름만 대면 중요한 연줄을 댈 수가 있다는 것이었다.

게다가 리포비츠가 IUI-글로브터너에서 은퇴한 것은 긍정적인 결과를 가져왔다. 그는 이제 뉴르네상스에만 집중할 수 있었고, 그 안에서는 계속해서 CEO로 남게 되었다. 또 리포비츠는 은퇴와 동시에 뉴르네상스를 IUI-글로브터너 왕국과는 그 어떤 공식적 제휴 관계도 없는 독립 회사임을 선언했다.

난 회사에 대해 전에 없는 신념을 갖게 되었다. 〈너만을 위해〉를 들으며 전율을 느끼기가 무섭게 난 자랑스러운 빈센트의 테이프를 로스앤젤레스의 실베인에게 페덱스로 보냈다.

50

몇 차례에 걸친 한밤의 통화 끝에 대프니는 빈센트에게 '나가서 놀자'고 말했고, 그의 인생 최초의 데이트가 이루어졌다. 작곡한 노래의 저작료로 내가 사전에 준 쥐꼬리만큼의 선금 덕에 빈센트는 데이트 비용을 부담할 수 있었다. 난 그가 대프니를 데리러 갈 수 있도록 나의 새 볼보 자동차를 빌려주었다. 얼마 전 그는 운전면허증을 땄지만 그때까지도 활용할 기회가 거의 없었다.

"하나도 빼놓지 않고 다 이야기해줘."

내가 말했다.

"놀랄 정도로 잘 풀렸어요. 안 좋은 일은 한 번도 안 일어났으니까."

빈센트가 소파에 앉아 텔레비전을 끄고 스테레오를 켜면서 말했다. 당시 그는 내가 소개해준 클래시*에 한창 열광하고 있었다.

"어디로 갔는데?"

"그앨 데리고 저녁을 먹으러 와플 앤드 스테이크로 갔거든요. 거기 드나드는 한심한 애들 쳐다보는 거 좋아하잖아요, 제가. 오늘은 둘이서 비웃어줬죠. 물론 걔네들도 분명히 내 바보 같은 옷차림을 보면서 웃긴다고 생각했을 거예요."

평소 외출할 때 늘 걸치는 검은 멜빵을 말하는 것 같았다.

"그런 다음엔?"

"그다음엔 극장에 갔어요."

"무슨 영화 봤니?"

"할리 베리의 신작요."

---

* 1970년대 말부터 80년대 중반까지 활동한 영국 펑크 록밴드.

"형편없었어?"

"형편없었어요, 하지만 지금 제가 쓰고 있는 영화 시나리오의 주인공으로 할리 베리가 괜찮겠던데요."

"그런 다음엔 뭐 했어?"

"그런 다음에 집에 와서 새벽 두시까지 얘기했어요."

"키스했어?"

"걔가 나한테 했어요. 전 좀 떨었는데 걔가 다 알아서 하더라고요. 좋았어요. 존 휴즈 영화에 나오는 어색한 러브신 같았는데 그래도 좋았어요."

빈센트는 새삼 행복한 미소를 지어 보였다. 그의 가느다랗고 거무죽죽한 입술은 부드럽고 연약해 보였고, 입술이 곡선을 그리며 치켜올라갈 때 얼굴 위쪽이 미소 근육 때문에 아래로 처졌다. 긴 눈썹이 완벽한 대각선을 그리면서 그의 파리하고 긴 얼굴을 더욱 강조했다.

"아참, 할런?"

"응?"

"자기가 사랑에 빠졌는지 아닌지를 어떻게 알아요?"

그가 수줍어하며 물었다. 그의 얼굴이 붉어졌다. 그는 안색이 워낙 창백해서 뺨을 붉히면 감출 수가 없었고 가끔은 여자애처럼 장밋빛으로 물들기도 했다.

"나 같은 사람한테 물어보면 안 돼. 난 그런 건 있지도 않다고 생각하니까."

"슬프다."

"그렇지도 않아. 그 덕에 곤경을 면한 적이 많아."

"하지만 그건 일종의 좋은 곤경이잖아요. 위험을 무릅쓰고 택할 만하다고요. 사랑하고 싶지 않으세요?"

"전혀."

"전 하고 싶어요. 대프니와 함께 도망칠 수 있다면 지도에 다트를 던져 정해야 한다고 해도 상관없어요."

"너 진짜 로맨틱한 애구나. 이런 말해서 미안하지만, 조만간 어떤 인간이고 결국 섹스와 쇼핑에만 관심을 가질 뿐이라는 걸 깨닫게 될 거다."

"대프니는 아니에요. 걘 달라요. 저 같은 사람에게 관심을 가진 걸 보면 분명 남다른 친구라구요."

"그건 맞다."

"오늘 또 와도 되냐고 진즉에 물어보더라고요."

그가 그녀에게 푹 빠지는 건 허할 수 있었다. 그런데 그녀도 그에게 푹 빠진 것 같았다. 안 될 말이었다.

51

난 내 계획을 실베인과 상의했고, 그는 프롬프츠와 리포비츠에게서 허락을 받아냈다. 첫번째 계획이 잘되어서 두번째 계획에 의지하지 않게 되기를 바랐다. 첫번째 계획은 대프니의 사교상의 전력을 연구해 빈센트에게 더 불미스러운 살을 붙여 말하는 것이었다. 점심식사 시간에 헤픈 과거가 들통난 애인들에게 결국 채여서 가슴앓이 했던 고등학교 시절의 기억이 떠올랐다. 대프니가 빈센트의 학교에서 가장 예쁜 애라면, 그애의 윤리상의 이력은 완전히 너덜너덜할 것임은 불보듯 뻔했다.

또 나는 대프니가 미모로 명성이 자자하다면, 그애를 모르는 학생은 없을 것이고 그만큼 그녀의 뒤를 캐는 게 더 쉬울 거라는 가설을 세웠다. 가설은 정확했다. 단 한 번, 잠깐 대화를 한 것만으로도 대프니의 문란함이 드러났으니까.

나는 방과 후 뉴르네상스 아카데미의 카페테리아에서 어슬렁거리고 돌아다니면서 대략 열여섯 살쯤 돼 보이는 학생들을 찾았다. 처음 눈에 들어온 테이블에 두 십대 소년이 앉아 있었다. 한 명은 머리를 길게 기른 네오히피였고, 다른 하나는 프레피* 스타일이었다.

* 부자집 출신의 사립 고등학교 학생.

"학생들, 잠깐 실례 좀 할게. 너희들 혹시 대프니 설리번이란 애 아니?"

"아 네, 저희 둘 다 대프니를 알죠."

긴 머리 소년이 장난기 어린 표정으로 웃더니 말했다.

"너희 친구야?"

"아뇨, 친구는 무슨……"

다른 소년이 대답했다.

"몇 가지 물어봐도 괜찮겠니?"

"뭘요?"

히피가 물었다.

"아, 미안. 난 캐러웨이라고 해. 새로 부임해온 상담원이거든. 대프니의 담당 선생들이 그애가 몇 가지 문제적인 행동을 한다고 말해서, 직접 그애를 만나기 전에 내 나름대로 그애에 대한 신상정보를 작성하려고 하거든. 그래서 그애 친구들을 인터뷰할까 하고. 여기 좀 앉아도 될까?"

"네."

그들이 대답했다. 난 자리에 앉아 아버지의 오래된 스포츠코트 주머니에서 수첩과 펜을 꺼냈다.

"설리번 양에 대해 너희가 알고 있는 건 어떤 것이라도 좋으니 이야기해줄래?"

"걔 진짜 끝내주는 '선수'예요."

프레피가 말했다.

"맞아요."

히피도 맞장구쳤다.

"명물이에요."

"진짜?"

"진짜요."

히피가 말했다.

"쉬는 시간에 어느 때고 복도 아무 데나 가보세요. 걔랑 잔 남자애들 대여섯은 만날 수 있을 거예요. 여자애도 한두 명 될걸요. 괴물 같은 애예요."

"아저씨도 말만 하면 자줄 거예요."

프레피가 말했다.

"내 결혼생활은 문제없단다," 내가 말했다. "더 이야기해줄래?"

"삼십대 아저씨들이랑 자려고 주말마다 학교 밖에서 지냈던 애죠."

프레피가 말했다.

"몸 팔아 약을 해요."

히피가 말했다.

"걔 나이가, 그러니까, 열네 살 때 그랬어요."

"한번은 파티에서 계속 침실에 있으면서 남자애들을 줄줄이 받은 적도 있어요."

프레피가 말했다.

"밤새도록 방에서 나오지도 않더라고요."

"말도 안 돼. 뉴르네상스 애들이 이 정도로 막 나가는 줄은 몰랐다."

"그런 애들 거의 없어요." 히피가 말했다. "걘 이 학교 학생이 아니라, 아저씨들하고 하니까요. 그래도 극소수이긴 하지만, 하룻밤 상대로 학교 애들을 만신창이로 만든 적은 있어요."

"다른 이야기는 뭐 더 해줄 것 없니?"

"아뇨, 별로 없는데요." 히피가 말했다. "잘나가는 '선수'라는 거, 그리고 파티걸이란 이미지가 걔한텐 굉장히 중요한 문제 같아요. 그것 빼면 걘 시체예요."

난 펜과 수첩을 코트 주머니에 집어넣었다.

"신사분들, 시간 내주고 도와줘서 정말 고마워요."

"뭘요, 선생님."

히피가 말했다.

난 식당 테이블에서 일어섰다.

"아, 그냥 궁금해서 물어보는 건데, 빈센트 자푸쉬콘부틈이란 학생에 대해서 뭐 알고 있는 것 있니?"

"몰라요, 그런 애."

"이름도 들어본 적 없어요."

52

나는 뉴르네상스 학생들 중 남학생 한 명, 여학생 몇몇과 인터뷰를 두 번 더 했다. 그리고 모두에게서 똑같은 증언을 들은 후 대프니 설리번이 성적으로 문란하고 육체적으로 무절제하며 윤리의식은 결여되었음을 공식 선언할 수 있었다. 난 이렇다 할 특징 없이 잘 정돈된 빈센트의 아파트로 찾아가 그에게 앉아보라고 했다. 그러고는 학교에서 교직원 몇 명과 이야기를 나누다 대프니의 이름이 나왔다며, 그가 사랑에 빠진 여자애의 과외 활동의 모든 것을 자세히 이야기해주었다.

"그 이야긴 이미 다 알고 있는데요."

내가 무책임하게 진실을 다 쏟아내고 나자 그가 주장했다.

"정말로 다 알았다고?"

"걔 뒤가 좀 수상쩍었어요. 그 소문도 다 들었고. 학교는 좁고, 걔는 정말 유명하고. 하지만 극복했어요, 신경 안 써요."

"여자친구가 창녀인데도 신경 안 쓴다고?"

"창녀였죠. 부탁인데 걜 그런 식으로 말하지 마세요."

"미안. 하지만 난 네가 그런 여자애랑 사귀는 것보다는 더 똑똑하게 굴 줄 알았다."

"그런 여자애라니 무슨 뜻이죠?"

"파티나 좋아하고 만나는 사람 가리지 않고 자는 그런 애. 난 네가 워낙에 사랑의 가치를 높이 평가한다고 생각했어. 그런데 넌 전혀 그렇지 않은 애랑 만나고 있구나. 그애한테 넌 그냥 또다른 온기 있는 몸뚱이에 지나지 않아."

"그런데 아니거든요. 전 아직 걔랑 안 잤어요."

"성병에 걸리지 않으려면 지금 상태를 유지하는 게 좋을 거야."

"부탁인데 더는 걔에 대해 그런 식으로 말하지 마세요. 걔 말은 그렇게 지낼 수밖에 없었던 게, 어느 누구도 자기한테 기회를 주지 않아서였대요. 이제 걔도 진심으로 대해주고 정말로 사랑해줄 사람을 만난 거라고요."

"넌 어떻게 그런 애를 사랑할 수 있니? 내가 장담하는데 걘 아무렇지도 않게 네게 상처를 줄 거야. 그런 여자에 대해선 내가 좀 알아. 그런 애들은 자신의 나쁜 행동을 정당화한답시고 환경 탓을 하지만, 진짜 고통이 어떤 건지 전혀 모르기 때문에 아무런 후회 없이 다른 사람들에게 쉽게 상처를 주는 거야. 이 남자 저 남자 전전하면서 함부로 몸을 굴린다고. 왜 그런 여자에게 네 사랑을 허비하는 거니?"

"나 같은 사람이 우리 엄마 같은 창녀에게 사랑을 허비했다면 엄마가 우릴 버리지 않았을지도 모르니까요."

빈센트가 자기 엄마를 입에 올린 건 몇 년 만이었다. 나는 고개를 숙이고 그가 더 말하기를 기다렸다.

"전 사람들이 변할 수 있다는 걸 믿어야만 해요. 내가 틀릴 수도 있어요, 지금도 틀렸는지 몰라요, 하지만 전 모든 것을 납득하기 위해서라도 그 사실을 믿어야만 한다고요. 그렇지 않다면 글을 쓰는 것은 아무런 의미도 없게 될 거예요, 뉴르네상스 같은 것도 아무런 의미가 없을 거라고요."

"알았다. 빈센트, 하지만 난 경고했다. 넌 십중팔구 걔 때문에 엄청나게 망가질 거야. 대프니 같은 애는 인간이라고 할 수 없어. 그런 부류는 그냥 커다란 살덩어리에 감싸여 있는 질이나 음경에 지나지 않아, 그냥 어쩌다가 살덩어리가 모여 인간이 된 거라고."

"그런 식으로 말하지 말라고 제가 분명히 말했죠."

그의 얼굴이 경직되더니 벌겋게 달아올랐다.

"난 그저 널 지켜주려는 것뿐이야."

"알겠어요. 하지만 어째서 제가 인생에서 처음으로 행복해지려는 걸 막는 거죠?"

"이유는 말 못 하겠다. 그냥 못 하겠어."

난 웃음을 터뜨리며 말했다.

"그렇다면 저 좀 그냥 내버려두시죠."

그가 자리에서 일어나 문을 열어주었고, 우리는 인사도 하지 않고 헤어졌다. 난 내 초소형 휴대전화로 대프니에게 전화를 걸었다.

53

그날 밤 스티븐 실베인이 내 호텔방으로 전화를 걸어, 크리스티나 고메즈가 〈너만을 위해〉를 자기 앨범에 넣는 데 진지한 관심을 보인다는 놀라운 소식을 전해주었다. 당시 고메즈는 언제 어디를 가도 눈에 띄는 어마어마한 스타였다. 그보다 일 년 전 앨범 〈열정〉으로 미국 최고의 앨범 판매량을 기록했고, 동시에 영화 〈하나를 알기 위해 필요한 하나〉에 출연해 미국 최고의 블록버스터를 기록한 여자였다. 라틴 아메리카 출신의 이 요부는 그 자신이 하나의 엄연한 산업으로, 자기 소유의 패션라인과 향수, 레코드 레이블, 영화 제작사, 레스토랑을 거느리고 있었다. 그녀와 친한 수많은 기업가 스타들처럼 그녀 역시 진정한 '르네상스 맨'이었다.

연예계 내의 무소불위의 권력은 물론, 전형적인 할리우드식 행태 때문에 오래전부터 고메즈를 경멸했던 나는 실베인의 뉴스가 반갑지 않았다. 그 여잔 스물다섯의 나이에 이미 두 번이나 결혼했지만, 어느 쪽도 육 개월을 채 넘기지 못했다. 신경증적인 연애사건 덕에 타블로이드 잡지계에선 단골손님이기도 했다. 그런 주제에 제 딴엔 자칭 '디바'라고 당당하게 떠벌이고 다녔다.

내 눈에 고메즈에게 결국 남는 건 그녀에게 명성을 안겨다준 복근뿐이었다. 트레이드마크가 되다시피 한 골반바지와 배꼽 피어싱을 고수하며 과시하는 그녀의 사람됨보다 멋지게 그을린 복근에 더 많은 로열티를 줘야 마땅했다. 복근 열풍은 최신 틴팝 붐에 일조하며 등장했다. 동년배 스타들과 마찬가지로 고메즈 역시 이십대가 되면서 '아티스트로 성장'하고 싶은 욕구에 사로잡혔지만, 그 결과 단순히 옷은 더 벗고 섹스에 대한 노래를 더 많이 부르게 되었을 뿐이었다.

크리스티나 고메즈를 혐오하긴 했지만, 나는 뉴르네상스의 실력을 시험해보기 위한 실험쥐로 그 여자가 이상적이라는 결론을 내렸다. 내가 아는 한, 이는 뉴르네상스의 아티스트가 지금까지 체결한 가장 주목할 만한 계약이 될 것이다. 그때까지 약 열두 건의 뉴르네상스 프로젝트가 구체화되었지만 대개가 결정적 영향을 미치는 데는 실패했다. 몇몇 소속 아티스트가 탁월한 프로듀서 및 에이전트와 함께 작업중이었지만, 어느 누구도 고메즈에 필적하진 못했다.

음악 저작권자로서 빈센트의 데모테이프를 들고 투자자를 물색하고 다니던 실베인은 전에 두 번 잔 적이 있는 여자가 고메즈의 홍보 담당이 되었다는 사실을 알게 되었다. 이를 계기로 만남을 꾀한 실베인은 그녀에게 테이프를 건네주었고 그 여자는 고메즈에게 테이프를 들려주었다. 마침 고메즈는 차기 앨범의 신곡을 물색중이었는데, 앨범은 이후의 출연한 신작 영화에 맞추어 낼 예정이었고, 영화는 그 이후의 세번째 결혼식에 맞추어 발표할 예정이었다.

54

대프니는 금발 머리에, 가슴이 컸고 맵시도 좋았다. 또 예술적인 감각을 타고났다고 할 수 있을 만큼 반은 고전적이고 반은 헤픈, 독특한 패션 센스까지 갖추고 있었다. 처음 만났을 때 그녀는 몸에 딱 붙는 코듀로이 바지에 형광 빛이 도는 초록 블라우스를 입고 있었다. 그애가 눈부시게 아름다운 여자라는 걸 인정하지 않을 수 없었다.

그 전날 그애에게 전화를 건 나는 그애의 경력에 관심이 있는 매니저라고 소개하면서 약속을 잡았다. 내 이름은 잭 버든이라고 했다. 그애는 데니스 식당에서 보자는 내 제안에 좋다고 했고, 우리는 만나서 커피를 시켰다.

"어디서 많이 뵌 분 같아요."

담뱃불을 붙이며 그애가 말했다.

"지금 내가?"

"네. 전 잘생긴 얼굴은 안 잊어버리거든요."

"사실은 네가 지금 만나고 있는 남자애가 내 사진을 보여준 게 아닐까 싶은데? 난 빈센트의 매니저거든."

"당신이 할런이군요!"

"그래요. 할런 아이플러."

"근데 이름이 잭이라고 하지 않았었나요?"

"거짓말이었어. 빈센트가 우리가 만나는 걸 모르길 바라거든. 그가 묻거든, 오늘 만난 사람이 잭이라고 말해줬으면 좋겠는데."

"걘 늘 당신에 대해 이야기를 하는걸요. 당신을 숭배해요."

"웃기는 이야기네."

"아니, 진짜예요. 걔는 당신을 사랑해요."

"잘 들어, 그런 말 같은 건 안 해도 돼. 난 네 매니저가 되는 일엔 관심이 없어. 그 말도 거짓말이었고."

"그렇다면 전 가야겠네요."

그애가 재빨리 자리에서 일어나 나가려고 했다.

"하지만 아주 짭짤한 흥정을 제시하려고 해."

그애가 멈춰섰다.

"뉴르네상스의 학생들은 돈 때문에 온 게 아니에요. 처음부터 선생님들이 그렇게 가르치거든요."

"얘야, 그런 건 나중에 써먹으렴. 난 너에 대해 다 알고 있어. 넌 뉴르네상스엔 맞지 않아. 넌 유명하니까."

"입 다물어요. 이게 다 무슨 소리죠?"

"빈센트에 대해 이야기하는 거야."

"걔가 뭐 어쨌다고요?"

"걜 사랑하니?"

"그 정도는 아니에요."

"그래, 걘 널 사랑하는 것 같던데."

"멋지군요."

"더는 걔를 만나지 말아줬음 좋겠다. 그애에겐 아무 말 하지 말고 어떤 식으로건 절대 연락하지 마. 그렇게 해주면 너에게 다달이 돈을 줄게. 만약 빈센트나 다른 누구한테 이 얘길 하고 그게 내 귀에까지 들어오면, 넌 더 돈을 받지 못할뿐더러 네가 곧 체결하게 될 계약 건까지 전부 잃게 될 거야."

"걔한테 왜 이런 짓을 하는 거죠?"

"그애의 작품을 위해서야. 그애가 너 때문에 글쓸 시간을 허비할까 걱정되거든. 매니저들은 가끔 이런 일들을 하지."

"하지만 아무 이유도 없이 걜 떼어낼 수는 없어요."

"아. 전에는 남자애들한테 한 번도 그런 짓을 한 적이 없다 이 말이니?"

그애는 오직 여자들만 지을 수 있는 못된 표정, 성욕과 잔인성으로 달아오른 시선으로 마주한 사람을 그 즉시 후회막급하게 할 그런 표정을 지었다.

그애가 제일 좋아하는 밴드는 피쉬*였고, 가장 좋아하는 티브이쇼는 〈휠 오브 포춘〉**, 가장 좋아하는 영화는 〈브렉퍼스트 클럽〉이었다.

---

* 1980년대부터 활동해오고 있는 퓨전 사이키델릭 밴드로, 여러 장르를 교차하는 스타일과 끝없는 즉흥연주로 유명하다.

** 단어 퍼즐 게임을 하는 티브이쇼.

"자, 생각해보렴. 너 진심으로 빈센트와 함께할 생각이었니?"

"아, 알았어요. 난 그냥 걔 하고 싶은 대로 놔둘 생각이었어요. 갠 정말 착하고 다정해요. 친구로서 그앨 원해요. 우리의 우정을 깨는 그런 관계는 싫어요."

"그렇겠지. 그렇다면 넌 어차피 생각하고 있던 일로 돈을 받게 되는 거야."

"말씀하시는 돈의 액수가 얼마나 되는데요?"

"매달 2천5백 달러. 진짜 불로소득 아니니?"

"얼마 동안이나 주실 건데요?"

"이 년. 그때쯤이면 너도 아카데미를 떠날 거고, 빈센트와는 서로 다른 길을 걷게 되겠지."

"이래야 하는지 통 모르겠네요."

"대프니, 그냥 그 돈으로 네가 갈 수 있는 곳이나 잘 생각하렴. 몇 달 후면 넌 지금 이 생활에서 벗어날 수 있어. 세계 어디라도 비행기를 타고 갈 수 있다고. 어디에 있건 돈을 보내줄게. 넌 안정된 삶을 살 수 있을 거야."

확실한 흥정을 위해 난 외국 여행이라는 묘수를 던진 셈이었다. 소싯적 내가 만났던 문란한 여자들은 외국에서 살 수 있는 기회라면 물불 가리지 않는 것 같았다.

"좀 생각해보고 말씀드리면 안 될까요?"

"안 돼."

"왜요?"

"오늘 이 계약서에 서명도 안 하고, 네가 빈센트에게 아무 말하지 않을 거라고 어떻게 보장하지?"

"아."

"이렇게 하자, 대프니. 난 화장실에 좀 가야겠다. 혼자 있을 시간을 충분히 줄 테니 여기 앉아서 생각을 정리해봐."

"좋아요."

난 테이블 위에 있는 그애의 자동차 열쇠를 낚아챘다.

"만에 하나 모르는 일이라서."

난 열쇠를 흔들어 보이며 말했다.

데니스 식당 주변을 돌아다니다 정확히 오 분 후에 자리로 돌아가자 대프니는 필요한 서류에 서명을 하는 데 동의했다. 그애는 재빨리 서명을 하더니 담배를 비벼끄고는 고개도 안 들고 자리에서 일어섰다.

"이제 가도 되죠?"

"그럼. 다음주에 첫 입금액을 받을 수 있을 거야. 도와줘서 정말 고맙다."

"커피 잘 마셨어요."

"아, 그리고 이 얘긴 여기서 한 게 마지막이라는 것, 명심해야 돼. 알았지?"

"알았어요."

"다른 어느 누구한테라도 이야기했다간, 그냥 하는 말이 아니야, 우린 알아내게 돼 있어."

"이 문제에 대해 아무한테도 얘기하지 않겠어요."

"좋아. 그럼 잘 가라."

"안녕히 계세요."

식당 입구에서 돈을 지불하려고 줄을 서 있던 나는 밖으로 나가는 대프니에게 소리쳤다.

"얘, 대프니! 한 가지 더!"

"뭐요?"

그애가 내 쪽으로 걸어왔다.

"너 정말 빈센트에게 반했던 거야?"

"네. 진짜로, 정말로요."

"딴 여자애들은 모르는 어떤 걸 그애한테서 본 건지 물어봐도 될까?"

대프니는 망설이다가 얼굴 위로 흩어진 머리칼을 뒤로 넘기며 말했다.

"그애가 특별하다는 걸 알 수 있었어요. 그게 다예요."

"걔는 정말 특별한 애야. 그런 애를 안 걸 행운으로 생각해라."

"왜 아니겠어요."

그애가 우리의 계약서 사본을 흔들어 보이면서 말했다.

55

보기만 해도 빈센트의 머릿속은 온통 대프니 생각뿐이라는 걸 알 수 있었다. 그는 퉁명스럽고, 무기력했고, 어둠 속에서 텔레비전을 볼 때도 어딘지 먼 곳을 응시하는 것처럼 보였다. 대프니가 전화를 하지 않고, 수업 중에 그와 눈을 마주치는 일이 없고, 수업이 끝난 후 복도에서도 그와 나란히 걷지 않게 된 지 일주일이 좀 안 된 때였다. 그리고 이틀 후, 빈센트는 사물함 앞에 있던 그애를 구석 쪽으로 몰고 가 문제가 뭐냐고 물었다. 그녀는 걱정 말라고, 전화하겠다고 말했다. 문제의 전화는 한 번도 오지 않았고, 그 주가 끝날 무렵 빈센트는 대프니가 방과 후에 다른 남자애와 딱 붙어 가는 것을 보았다.

"왜 그렇게 우울해하는지 안다."

토요일 밤에 그의 집을 찾은 내가 말했다.

"말하고 싶으면 나한테 말 해."

"그 문제에 대해선 말하고 싶지 않아요."

그가 우물거리며 말했다.

"괜찮아. 이해해."

"어떻게 그렇게 매정할 수가 있죠?"

그가 불쑥 내뱉었다.

"낸들 알겠니."

내가 말했다.

"하지만 이런 일엔 익숙해지는 게 좋아. 걔로 끝나지 않을 일이니까."

"모든 게 정말 순조롭게 흘러갔어요. 난 우리가 낳을 아이들 이름까지 지으려고 했어요. '푸자' 나 '브램프턴' 같은 이름을 같이 지어주자고 생각했는데. 그런데 걔가 갑자기 연락을 끊어버린 거예요."

"걔가 널 꼬드긴 거야. 사람들이 원래 다 그래. 나도 수없이 겪은 일이야."

"저번 주만 해도 이번 주말에 자기 아파트로 초대하겠다고 말했어요. 걔네 아파트엔 한 번도 간 적이 없었거든요. 그런데 이젠 내 전화도 받질 않아요."

"너, 전화했었니?"

빈센트는 얼굴을 붉혔다.

"노력도 안 해보고 포기하긴 싫었어요. 오후에 걔 자동응답기에 재미있는 메시지를 남겼어요. 그러기 전에 연습 삼아 글로도 썼던 건데. 그런데도 전화가 없어요."

나 역시 여자에 대해 포기하기 전에 똑같이 했던 게 기억났다. 나도 성심이 담겨 있지만 절박하지 않은 투의 전화메시지를 글로 써본 적이 몇 번 있다. 여자한테 말만 하려고 하면 혀가 얼어붙은 듯 떨어지지 않아서, 글을 써놓고 크게 읽으며 연습했다. 내 딴엔 그녀가 나에게 다시 전화할 생각이 없다 해도 내 메시지가 개성 있고 재미있으면 분명 마음을 바꿀 거라고 생각했었다. 메시지를 남긴 후 나는 화장실을 다녀올 때마다 전화통을 붙잡고 착신자 이름을 확인했다.

"지금 네가 무슨 말 할 건지 맞춰볼까?"

내가 물었다.

"뭔데요?"

"여전히 그애가 전화를 걸어와 이 밤 네 기분을 완전히 바꿔줄 거라고 생각하지. 지금이라도 당장 그애가 남은 밤의 고통에서 해방시켜줄 거라고."

"잠깐 그런 생각을 하긴 했어요."

그가 한숨을 내쉬었다.

"걘 전화 안 할 거다. 바쁘신 몸이니까. 바쁘신 것들은 늘 엄청난 스케줄에 시달리기 마련이거든."

그는 아무 말 하지 않았고, 한동안 완전히 얼이 빠진 것처럼 무심코 머리 속을 긁어대기만 했다.

"결국 걔 응답기 속의 내 목소리만이 걔네 집에 존재할 유일한 내 분신이란 생각만 했어요."

빈센트가 말했다.

"내 목소린 지금 거기에 있는데, 정작 난 여기 이 소파에 누워 있군요."

"야, 그 말 하니까 생각나는데, 어제 실베인이랑 통화를 했거든. 크리스티나 고메즈가 네 노래를 취입하려고 벌써부터 사람들을 물색중이란다. 곧 녹음에 들어갈 거래."

"잘됐네요. 일이 이렇게 돼서 미안해요."

"뭐가?"

"대프니에 대해 당신이 한 말이 맞았어요. 미안해요."

"사과할 필요 없어. 나도 겪어봐서 알았던 거야. 하지만 그때 난 기타와 펜을 집어들고 내 머릿속에 있는 걸 남김없이 쏟아냈지. 갠 가치도 없는 여자야. 하지만 네가 이 경험을 가지고 노래를 만들어내지 못하면, 걔가 이기는 거야."

"알아요. 하지만 오늘밤은 그냥 이렇게 누워 있고 싶어요."

"너한테 뭐라고 그러는 게 아니야. 오늘밤은 마음 편히 푹 쉬어. 하지만 내일은 작곡을 하는 거다, 내 말 듣고 있니?"

그는 고개를 끄덕이더니 바닥에 있던 리모컨을 힘겹게 집어들었다. 젖 먹던 힘까지 다 쏟아낼 것 같은 궁상맞은 한숨을 내쉬면서. 그가 채널을 이리저리 바꾸는 동안 몇 명의 여자들이 나왔다. 크리스티나 고메즈는 두 개의 채널에 동시에 등장했다.

"저 여자 참 예쁘네요."

그가 말했다.

"그냥 이렇게 텔레비전에 나오는 여자들하고나 지내는 게 더 낫겠어요."

56

한 달이 지났고, 빈센트는 뉴르네상스 아카데미에서의 아홉번째 해를 거의 다 마쳤다. 빈센트를 담당하는 한 여선생이 나에게 학교 연말 댄스파티 때 빈센트의 샤프롱이 되어달라고 부탁했다. 난 빈센트에게 혼자서 버티긴 싫으니 같이 가자고 설득했다. 우린 둘 다 학교 댄스파티 같은 덴 가본 적이 없었다.

빈센트와 나는 댄스 플로어에서 멀리 떨어진 벽에 등을 기대고 서서 정장과 드레스를 입은 십대들이 춤추는 것을 구경했다. 사람들은 춤을 출 때, 특히 남자애들이 빠른 속도로 춤을 출 때 정말 바보 같다는 생각이 들었다.

"봐, 그렇게 나쁘진 않지, 안 그래?"

내가 물었다.

"왜 아니겠어요. 여기 있는 게 지긋지긋해요."

"왜?"

"저 행복한 커플들을 보라고요."

"하지만 걔넨 너처럼 글을 쓰지 못하잖니."

빈센트가 실연을 당한 후, 리포비츠의 이른바 실험이란 것이 효과가 있다는 사실이 입증되었다. 모종의 새롭고 확연한 고통을 겪으며 빈센트의 예술적 능력은 양적으로 증가했을 뿐만 아니라, 수준면에서도 탁월해졌다. 그는 한 달 만에 앨범 한 장을 다 채울 정도의 음악을 만들었고, 그 중엔 그의 최고라 할 만한 뛰어난 가사들이 포함되어 있었다. 한편, 파리까지 송금하는 신세가 되었지만, 대프니에겐 꾸준히 돈을 보내고 있었다.

"재들을 보라고요," 빈센트가 말했다. "전부 제 짝을 찾았어요. 저렇게 쉽게 만나는데. 왜 나한텐 그런 일이 안 일어나는 거죠?"

"나도 혼자서 똑같은 질문을 수없이, 끝도 없이 했었어."

참 이상하지만, 사실 그때 이미 난 필생의 사랑을 만나게 될 길목에 서 있었다.

"사랑해본 적 있어요, 할런?"

"당연히 있지."

"몇 번이나요?"

"세 번. 하지만 셋 다 나한테 사랑으로 보답해주지는 않더구나."

그녀는 세상 어딘가에서 온전히 건강하게 살아 있는 존재로, 내게 곧 사랑으로 보답할 참이었다.

"무반응이란 말이 싫어요. 진짜 듣기 싫은 말이에요."

빈센트가 말했다.

"임질보단 낫지 않니? 넌 어때? 몇 번이나 사랑을 해봤어?"

"두 번 정도."

"누구?"

"대프니인 것 같고, 그다음에, 이 얘긴 어느 누구한테도 안 한 건데, 뭐랄까요, 좀 구질구질해서…… 어렸을 적에 제 사촌이었어요."

"걘다."

"알아요. 그땐 다른 대안은 생각도 못 했어요. 그래도 전 여전히 걔가 대프니보다 더 낫다고 생각해요."

"그래. 대프니는 지금쯤 프랑스의 반은 돌았을 거다."

"걔가 프랑스에 있는 건 어떻게 알았어요?"

"아, 걔 담당 선생 한 분이 얘기해주더라. 그래 달리 맘에 둔 애는 없니?"

"없어요. 아직은 또다른 상처를 극복할 준비가 안 됐어요. 그런데다, 그런 사람 없어도 좋은 글을 많이 썼잖아요. 엄마랑 대프니만 가지고도 쓸 게 많아요."

"상처에 익숙해져야 돼. 세상엔 잔인하고 아무 생각도 없는 사람들이 얼마나 많은데."

"알아요."

"네가 안다는 거 알아. 넌 항상 알고 있었어. 야, 뉴르네상스의 첫 인터뷰한 것 기억나니?"

"아뇨."

"음, 너한테 '난 ____ 때문에 글을 씁니다' 란 문장을 완성하라고 했잖아. 네가 창조적인지, 합당한 맥락에서 창조적인지를 알아보려고 그랬어. 네가 빈칸에 뭐라고 썼는지 기억 안 나?"

"안 나요."

"'나는 당신들이 틀렸기 때문에 글을 씁니다' 라고 했어. 정말 멋지다고 생각했어."

"이제는 '나는 그녀가 떠났기 때문에 글을 씁니다'라고 해야겠네요."

난 웃었다.

"역시 천재라니까. 잠깐 기다려줄래?"

"네."

난 코트 주머니에서 크리스티나 고메즈의 신곡 데모시디를 꺼내어 이십 달러와 함께 디제이에게 건네주었다. 그런 후, 장식 뒤로 숨어서 〈너만을 위해〉가 흘러나오는 동안 빈센트를 지켜보았다. 고메즈 버전의 노래는 깜짝 놀랄 만큼 귀에 잘 감기고, 아름다웠다. 부드럽고, 로맨틱하고, 몽환적이었고, 현악 파트와도 완벽하게 잘 어울렸다.

빈센트는 미소를 짓더니 두리번거리며 나를 찾았다. 그가 날 못 찾는 게 안쓰러워서 나는 장식을 걷고 나가 손을 흔들었다. 내가 바보처럼 춤을 추어 보이자 그도 따라했다. 난 술이라도 한잔 마시고 싶다는 시늉을 해 보이면서도 계속해서 건너편에 있는 그를 주시했다.

내가 사준 정장을 입은 그는 세련됐지만 특징이 없는 모습으로 댄스플로어 주변을 왔다갔다했다. 호주머니에 두 손을 꽂고 천천히 오가는 그는 내 눈에는 자부심에 가득 찬 표정으로 미소를 짓고 있었다. 그러나 그의 시선이 느릿느릿 춤을 추는 연인들에 가닿았을 때 미소는 사라져버렸다. 연인들이 그의 노래에 완전히 취해 서로를 끌어안은 채 귓속말을 나누면서 우아하게 움직이는 가운데, 빈센트는 그 모든 그림 같은 광경을 바라보는 것 말고는 뭘 해야 할지 모르는 채 뒤켠에 우두커니 서 있을 뿐이었다. 그 음악이 포함된 사운드트랙은 두 달 후 전국 순위 1위를 차지하게 되었다.

VI. 카리

57

크리스티나 고메즈의 싱글이 예술과 상업 양면에서 성공을 거둔 후 리포비츠 씨는 더 많은 빈센트의 음악을 발표하고 싶어했다. 대프니와 내 덕에 빈센트는 테이프에 녹음해둔 음악이 더 있었는데, 나로선 한 곡 한 곡이 너무나 탁월해서 라디오라는 맥 빠진 소재의 일부가 되는 게 상상도 하기 싫었지만, 그럼에도 그것이 우리의 목표였다.

상사들은 빈센트의 음악을 수십 명의 다른 가수들에게 분배하는 것보다 소수의 가수들에게만 주기로 결정했다. 그 결정은 히트 싱글 지향적인 음반업계의 상황을 반영한 것이었다. 보통의 메인스트림 앨범은 한 곡 정도만 들을 만했고, 나머지는 트랙을 채우기 위해 존재한다고 해도 과언이 아니었다. 우리는 빈센트 자푸쉬콘부틈이 만든 음악을 앨범 한 장당 하나씩만 수록해 소수의 가수들에게 장기 히트를 기록할 앨범을 만들 작정이었다. 그것이 청중에게도 공정한 처사가 될 것이었다.

우리의 계획을 실현하는 데의 난점은 투자 가치가 있는 소수의 가수 혹은 밴드를 선택하는 일이었다. 그래서 회의 끝에 내가 여름 동안 로스앤젤레스에 남아 스티븐 실베인과 함께 빈센트의 음악에 가장 잘 맞는 상대를 섭외하기로 했다. 이십 년 전 로스앤젤레스에 머물렀을 때와 달리 난 레코드 계약을 따낸답시고 몇 날 밤을 아무도 신경쓰지 않는 음악을 연주하며 허송세월할 필요가 없었다. 남의 집 거실 바닥에서 새우잠을 잘 필요도 없었다. 이번엔 내가 계약을 결정할 것이었다.

한편 빈센트는 코코모에 남아, 돈 없이 지내는 것에 지친 나머지 여름 동안 일을 하겠다고 결심하게 되었다. 물론 뉴르네상스 학생으로서 생활비를 받고 있긴 했지만 그에겐 자기 소유의 자금은 단 한 푼도 없었고, 가을 전까진 크리스티나 고메즈의 히트 싱글 로열티도 기대할 수 없었다.

그가 일하겠다고 했을 때 나는 기뻤다. 일자리를 얻는 것 역시 그가 경험해야 할 존재적 중대사라고 판단했기 때문이다.

내가 르네상스 할리우드 호텔에서 묵기로 결정했을 때, 빈센트는 자신의 아파트 근처에 있는 크로거 슈퍼마켓에 일자리를 얻었다. 그는 사람들이랑 부딪칠 일이 거의 없을 거란 계산에서 재고

정리와 운반 일을 택했다. 대신 그 일은 다른 직원들과의 협업을 요했고, 그런 경위로 그는 닐 엘거트라는 열여덟 살의 직원과 친해졌다. 닐이 리플레이스먼츠*에 대해 이야기한 것을 계기로 둘 사이엔 신뢰가 싹텄다. 그들은 당대의 인기 뮤지션이나 배우에 대한 혐오뿐만 아니라 음악적 취향까지 공유했다.

공립 고등학교를 다니고 있지만 같은 학교 아이들과는 어울리지 않았던 닐은, 몸을 사리지 않고 싸우지 않는 성격이었다면 분명 놀림감이 됐을 짧은 스포츠머리였다. 가난한 학생이었지만 머리가 나쁘진 않았고, 학교의 과외 활동에 참여하지 않고 집에서 기타 치는 걸 더 좋아했다. 내가 캘리포니아에서 빈센트를 위해 여러 사람들을 만나고 다니는 동안 닐은 그에게 좋은 친구가 되어주었다.

58

로스앤젤레스에 도착한 첫 날 실베인이 호텔 바bar로 날 찾아왔다. 우린 스카치위스키를 몇 잔 마시면서 빈센트의 음악에 대해 논의했다. 가능하면 악기를 연주할 줄 아는 젊은 남자 신인들에게 그의 음악을 줘야 한다는 결론이 나왔다. 앨범을 한 번도 내본 적이

* 1970년대 말부터 지금까지 활동해오고 있는 미국의 얼터너티브 록밴드.

없는 뮤지션 쪽이 논리에 맞을 것 같았다. 확고한 명성을 쌓은 가수가 갑자기 창조적이고 독창적인 음악을 연주하는 건 무리였다. 평론가들은 크리스티나 고메즈가 〈너만을 위해〉로 급작스레 발전한 것에 황당해했다. 앨범의 다른 수록곡들이 본래의 그녀다운 저급한 섹스 타령 일색이라는 걸 생각하면 무리도 아니었다. 물론, 앨범 해설지에 〈너만을 위해(자푸쉬콘부틈)〉이라고 씌어 있는 걸 알아보는 사람은 아무도 없었다.

실베인과 나는 빈센트의 성이 너무 길고 또 회의 때 언급하기에도 이상하니, 좀더 짧고 이국적인 냄새가 덜한 쪽이 우리의 목적을 알리는 데 좋을 것이라고 의견을 모았다. 실베인은 이미 마음속으로 '자블론스키'란 이름을 점찍어둔 터였다. 이런 저런 이름들을 들먹이다가 난 이런 문제라면 빈센트한테 직접 물어야 한다고 판단했다.

우린 그후 빈센트의 데모를 적임자에게 전달하는 계획을 짰다. 우리가 생각한 첫번째 단계는 직접 술집이나 클럽을 돌아다니면서 완벽한 가수를 찾아내는 것이었다. 하지만 그러려면 한 가지 문제점이 있었다. 빈센트의 음악을 부를 이상적인 뮤지션이라면 상업적인 사운드를 기피할 뿐만 아니라 정신적으로도 빈센트와 비슷한 부류일 것이다. 역설적이지만 그런 사람들이라면 분명히 다른 사람이 작곡한 노래를 레코딩하라는 제안을 불쾌하게 받아들일 것이다. 그런 이유로 우린 다른 방법을 택했고, 그의 데모테이프를 들고 여러 레코드 회사를 찾아가서 잘 봐달라고 부탁하면, 그쪽에서 소속 뮤지션들 중 적절한 재원을 적어도 한두 명쯤은 소개해줄 거라고 생각했다.

결국 실베인이 데모를 프롬프츠에게 넘기고, 프롬프츠가 이를 리포비츠에게 넘기는 것으로 결론이 났다. 리포비츠는 전에 재직한 터너 브라더스 레코드레이블의 모든 지사장들에게 데모테이프의 사본을 쭉 돌릴 것이다. 그런 후 누가 됐건 우린 그 노래를 가장 잘 부를 사람과 만나게 될 것이다. 실베인은 내게 정장이나 한 벌 사두라고 말했다.

59

호텔방에 돌아와 혼자 한잔 더 할 채비를 갖춘 후 나는 빈센트에게 전화를 걸어 성을 어떻게 바꾸고 싶냐고 물었다.

"꼭 바꿔야 돼요?"

그가 물었다. 목소리만 들어도 코가 막힌 게 느껴졌다.

"법적으로 바꿀 필요는 없고, 우리 생각엔 그러는 게 네 경력상 좋을 것 같다."

"성이 뭐가 됐건 무슨 차이가 있어요?"

"별로 없지. 그냥 아무 생각 말고 바꿔버리지?"

"우리 엄마는 어쩌고요?"

"네 엄마가 뭐? 사실 네 엄마 이름도 아니잖아. 한 달 만에 엄마를 버린 외국 남자의 이름이잖니."

"그렇다 해도 제가 이름을 바꾸면 제가 곡을 만든 걸 엄마가 알 길이 없잖아요?"

"빈센트, 세상 사람들이 작곡가한테는 관심이 없다는 걸 너도 알면서 그러니. 사람들은 좋으면 그걸로 끝이야. 정말 네 엄마가 누가 그 음악을 만들었는지 알아볼 거라고 생각하니?"

"저한테 그런 걸 기대했던 분이니까 그럴 수도 있죠."

"좋아. 그럼 그냥 자푸쉬콘부틈으로 하자고?"

빈센트의 한숨 소리가 전국을 진동시켰다.

"휴, 당신한텐 대들기 싫어요." 그가 말했다. "어떻게 바꿨으면 좋겠어요?"

"네가 원하는 거면 다 좋아. 네가 정 싫으면 안 바꿔도 돼."

"아뇨, 괜찮아요. 당신 말이 맞아요. 뭐 좋은 생각이 있어요?"

"바사리, 어떠니?"

내가 제안했다.

"됐어요. 두운법頭韻法을 쓸 거면 비스코시티*는 어때요?"

"끔찍해."

---

* 끈적한 성질, 점액성이라는 뜻.

"전 아름다운 말이라고 생각하는데. 야, 닐. 내 성을 바꾸려고 하는데 뭐가 좋을 것 같아? ……닐은 바스 데프런스가 어떠냐는데요."

"닐이란 친구 아직 철이 안 났구나. 그 친구랑 뭐 하고 있는 거야?"

"그냥 농담한 거래요. 뭐 다른 거 떠오르는 것 없어요?"

"몰라. 자블론스키?"

이런 대화가 오고간 지 한 시간이 지나서야 그애 엄마의 처녀적 성인 '스피네티'로 결정이 됐다.

60

그로부터 한 주가 지났을 때, 프롬프츠는 실베인에게 모든 레이블 중역들에게 데모를 전달했고 그들이 만장일치로 결정했다는 소식을 전해왔다. 그들 중 어느 누구도 음악에는 전혀 관심을 기울이지 않았다. 모두가 이구동성으로 음악은 의심할 여지없이 탁월하지만 시장에 내놓기엔 너무 난해하다고 말했다. 실망감으로 초조해진 리포비츠는 터너 브라더스 사의 가장 큰 자회사인 콘티넨털 레코드의 최고 우두머리에게 직접 전화를 걸어 작곡자의 저작권자인 나와 실베인을 만나달라고 부탁했다. 나보다 협상에 더 능한 실베인이 공동 저작권자로 임명되었다.

그날 오후에 약속이 잡혔다. 실베인과 난 콘티넨털 타워의 삭막하게 생긴 수많은 대기실 중에서도 내가 싫어하는 플래티넘 앨범들 수백 장이 걸려 있는 방에 앉아 있었다. 우리 둘 다 정장을 입고 있었다. 새로 산 내 정장은 전에 입었던 것과 마찬가지로 내 야윈 체구에 딱 맞게 재단된 것이었다.

하지만 이번엔 팔꿈치 부분에 천을 덧대지 않았고, 바지도 재킷에 맞춰 입었다. 늘 그렇듯이 난 셔츠의 맨 위 단추를 풀고 넥타이는 헐겁게 매고, 여기저기 긁힌 자국이 있는 검정 윙팁구두를 그대로 신고 있었다.

"그래 여기 사람들은 뉴르네상스에 대해 조금이라도 알고 있는 거예요?"

내가 실베인에게 물었다.

"모를 것 같은데. 지금까지 극히 비밀리에 진행해왔잖아. 하지만 슬슬 우리 애들이 물건을 뽑아내기 시작했으니 간부들이 전혀 눈치 못 채게 할 수는 없겠지."

"그럼 이 사람들에게 뭐라고 말해야 하죠?"

"별 말 하지 마. 인디애나나 뭐 그런 데 있는 매니지먼트 회사에서 왔다고 해. 우리에 대해 너무 구체적으로 말해주지 말고. 안 그럼 식겁할걸."

"말하면 안 되는 게 또 뭐가 있어요?"

"염려놓으라니까."

우린 부름을 받고 검정색 일색으로 꾸며진 넓고 호화로운 사무실로 갔고, 거기에서 나이부터 체격까지 제각각인 잘 차려입은 백인 남자 넷과 악수를 했다. 그들이 스티븐 실베인 같은 스타 배우가 왜 와 있는지 의아해해서, 그는 논의중인 작곡가의 음악을 관리하는 뉴르네상스의 매니지먼트 회사에서 일하고 있다고 설명해야 했다.

"죄송합니다만, 한 가지 부탁드리지 않을 수 없군요. 그 대사 한 번 읊어주실 수 있으세요?" 젊은 축에 속하는 남자가 말했다. "'똥차 주제에 끝내주는데!' 있잖아요."

실베인이 돌아서더니 자세를 가다듬었다. 그러고는 몸을 빙그르르 돌리면서 우렁차게 대사를 읊었다.

"똥차 주제에 끝내주는데!"

나를 제외한 나머지 모두가 웃음을 터뜨리며 박수를 쳤다. 우리는 커피를 정중히 사양하고 긴 유리 테이블 주변에 모여앉았다. 모든 시선이 나를 향했다.

"그래 아이플러 씨, 관리하고 있는 분들 중 제가 들어봤음직한 분이 또 있나요?"

그들 중 가장 나이가 많은, 구릿빛 피부에 눈부신 백발의 신사가 물었다.

"제 고객은 단 한 명, 빈센트 스피네티뿐입니다."

"고객이 단 한 명이라고요?"

"단 한 명이요."

"그전에는 누가 있었나요?"

다른 사람이 물었다.

"없었어요. 빈센트와 함께 일한 지 올해로 구 년째입니다."

그들의 웃음소리엔 사람을 답답하게 만드는 데가 있었다.

"아, 여러분께선 한 번에 마흔 명을 관리한답시고 한 명도 제대로 신경쓰지 못하다 조금이라도 골치 아프다 싶어지면 가차 없이 버리는 그런 사람들만 보셨나보군요. 저흰 그런 식으론 일하지 않습니다."

어색한 침묵이 흐르는 가운데 그들은 내가 불구병신이라도 되는 것처럼 호기심에 찬 눈으로 쳐다보았다. 난 정직하게 말한 것뿐이었다. 뉴르네상스의 매니저들은 각각 단 한 명의 뉴르네상스 고객만 관리했다. 프로젝트를 따내기 위해 프로듀서나 에이전트와 일하는 것이 매니저가 할 일이었다. 나에겐 고통받는 아티스트 프로젝트에 긴밀히 관계하고 있는 특별 에이전트 실베인까지 있었다.

"할런 말은 뉴르네상스가 소속 아티스트의 경력을 장기적인 관점에서 보고 있다는 뜻이죠." 실베인이 말했다. "앞으로 할런은 더 많은 고객을 관리하게 될 겁니다. 우리 회사는 할런에게 큰 기대를 걸고 있거든요."

그가 내 등을 툭툭 치면서 말하자 나는 디더욱 초조해졌다.

"그렇군요."

백발의 남자가 말했다. 다른 사람들이 그의 말을 경청하는 걸 보니 그가 사장인 것 같았다.

"포스터 리포비츠가 나더러 당신을 만나야 한다더군요, 할런. 그래서 나도 당신이 뭔가 좋은 일을 하는 분이라는 것까지는 짐작으로 알고 있습니다. 하지만 문제는, 우리로선 당신 고객의 음악으로 정확히 뭘 어떻게 할지 갈피가 잡히지 않습니다."

"정확한 이유가 뭔지 여쭤봐도 될까요?"

"문제는 말입니다, 할런. 그 음악이, 장르가 명확하지가 않기 때문에 우리 입장에선 어떤 계층을 목표로 홍보해야 할지 도저히 모르겠다는 겁니다. 가사만 봐도, 뭐라고 해야 할까요…… 구체적으로 와닿지가 않아서 라디오에서 제대로 틀어줄지도 의문입니다."

"그게 바로 핵심인데요. 우린 그의 음악이 라디오에 나오는 쓰레기 음악과 비슷해지는 걸 원하지 않습니다. 사실은 절대 피하고 싶은 일입니다."

"본인이 생각하기에 그분이 음악을 기꺼이, 그러니까…… 조금 더 대중적으로 편곡해주실 수 있을까요?" 중년의 남자가 말했다. "솔직히 말씀드리건대, 지금 상태라면 어떻게 써야 할지 저로선 요령부득이라서 그렇습니다."

"한 가지 여쭤보겠습니다." 내가 말했다. "데모를 들어보셨나요?"

"제 어시스트 중 한 명이 음악을 철저히 분석한 후 보고서를 메일로 보내왔습니다."

그가 대답했다.

"여러분 중에 직접 들어보신 분 계신가요?"

대답이 없었다. 실베인이 끼어들었다.

"제 동료의 말이 거슬렸다면 양해해주십시오. 이런 일은 처음 하는 친구라서요. 저희가 드리고 싶은 말씀은 부하 직원이 들었다는 그 데모는 저희 작곡가가 어쿠스틱 기타를 치며 부른 데모에 불과하다는 겁니다. 아주 기초적인 것이고, 그걸 토대로 저희가 살을 붙여나갈 겁니다. 잘나가는 프로듀서를 붙여서 작업을 다 끝내면 훨씬 더 대중적인 음악이 될 겁니다."

"좋습니다." 사장이 말했다. "이렇게 하죠. 리포비츠가 이 프로젝트에 신망을 걸고 있다는 걸 아는 마당이기도 하니, 우리 쪽에서 뭘 할 수 있을지 알아보도록 하겠습니다."

"이런 종류의 음악에 대해 모험을 해주십사 부탁드린다는 게 어떤 건지 저희도 잘 압니다만, 리포비츠 씨 외에도 프롬프츠 씨가 일백 퍼센트 지원해주고 있다는 점에서 그만큼 위험부담은 줄었다고 봅니다."

실베인이 말했다.

"프롬프츠도 이 일을 지원하고 있다고요?"

한 사람이 물었다.

"일백하고도 십 퍼센트 확실하게요."

실베인이 대답했다.

"그 친구는 어떻게 생겼습니까?"

또다른 사람이 물었다.

"증명사진이라도 있으신지요?"

"그게 그렇게 중요합니까?"

내가 물었다.

"우리가 돈을 지불하게 될 사람이니 알고 싶은 건 당연하지 않겠습니까?"

"그냥 작곡가인데요." 내가 말했다. "그가 연주나 노래를 한다거나 하는 일은 결코 없을 겁니다. 어느 누구도 그 친구를 만날 일은 없을 겁니다."

"아, 알겠습니다. 그건 몰랐던 일이네요. 메모에 이런 얘기가 있었나?"

"없었던 것 같습니다."

다른 사람이 말했다.

"네, 빈센트는 어디까지나 음악을 만드는 사람으로 남을 겁니다."

실베인이 말했다.

"저흰 여러분이 그의 음악을 노래하고 연주할 멋진 신인을 찾아주시리라는 희망으로 찾아뵌 거고요. 젊은 친구, 여러분이 판매할 수 있는 그런 물건 말입니다."

"알겠습니다."

사장이 말하자 다른 사람들은 고개를 끄덕였다.

61

우리는 빈센트의 작품이 마땅히 거할 곳은 콘티넨털 레코딩이고, 그곳의 A&R 부서라면 그의 음악을 녹음할 후보들을 곧바로 찾아나설 수 있을 거라는 결론을 내렸다. 리포비츠의 희망에 따라, 실베인과 내가 후보들을 만나서 최종적으로 결정을 내릴 예정이었다. 그들이 어떤 속옷 모델을 데리고 와서 빈센트의 음악에 어울리는 이미지를 가졌다고 우길지 생각하면 끔찍했지만, 그의 음악은 너무나 아름다우니 설령 그 위에 그럴싸해 보이는 쓰레기가 얹힌다 해도 자체의 아름다움으로 빛을 발할 거라고 스스로를 달랬다.

빈센트의 음악이 라디오에서 흘러나오는 세상의 모든 음악과 다른 점을 대라면 나는 다음과 같이 말하겠다. 그가 만든 모든 음악은 구절구절마다 생각할 거리로 가득 차 있다고. 대부분의 요즘 작곡가들은 무미건조한 가사에 들어맞기만 하면 닥치는 대로 머릿속에 떠오른 멜로디를 가져다쓰지만, 그는 단 한 소절도 그냥 넘어가는 법 없이 세심하게 공을 들였다.

빈센트의 음악은 모두 듣기 좋은 멜로디로 이루어져 있었지만 당시 대부분의 팝음악처럼 끈적끈적하고 들쩍지근하진 않았다. 그는 단조 구성에 예측 불가능한 화음을 즐겨썼다. 가사는 지적이되 허식이 없었고, 통렬하되 난해하지 않았으며, 처음 들었을 땐 이해가 가지 않아도 결국엔 통찰력이 있음을 알 수 있었다. 노래 제목

중엔 '시적 염원' '나를 향한 감사' '탄저병에 걸린 아이' '열다섯 개의 결함' '편지를 받지 못한 소년' 같은 것도 있었다.

희비가 엇갈리는 그 노래들은 한번 들으면 잊기 힘들었고, 보답 없는 사랑과 상실, 또 빈센트에겐 이골이 난 주제인 '비애'에 관한 것들이었다. 하지만 그해 여름 동안 나는 빈센트와 이야기를 나누면서 그 비애가 조금씩 사라져가고 있음을 눈치챘다. 그가 마침내 우정을 나눌 친구를 만났기 때문인 듯했다. 그는 이제 함께 세상을 슬퍼할 동료, 만족스럽지 않은 인생과 지지부진한 세상을 함께 증오할 사람이 생긴 것이다. 뿐만 아니라 그들은 즐거움까지도 함께 나누었다. 파탄이 난 자기 집에 있는 걸 싫어한 닐은 자주 빈센트의 아파트를 찾았고, 그들은 함께 텔레비전을 보며 흉을 보고, 음악을 듣고 기타를 치고 옛날 영화를 보았다. 맥주 맛도 제대로 알지 못했던 빈센트는 닐과 함께 맥주까지 마시게 되었다.

그해 여름, 빈센트에게 어떤 글을 쓰고 있냐고 계속해서 물어보면, 그는 제대로 쓰지 못하고 있다고 말했다. 그는 크로커 슈퍼마켓 일 때문에 시간이 모자란데다 다섯시가 지나 집에 돌아오면 너무나 피곤해서 창조적인 일을 한다는 게 불가능했다. 그래서 학기가 다시 시작되는 대로 일을 그만두기로 나와 약속했다. 난 그에게 세상사가 아무리 험란하다 해도 그에겐 창조적인 능력이 있으니 미래에 고된 일을 하지 않아도 되고, 그런 점에서 운이 좋은 거라고 말했다. 빈센트도 그 말에 수긍하더니 곧바로 시계바늘을 따라 살아야 하는 뭇 대중을 향한 깊은 존중과 동정심을 표했다. 이미 작가로서 뇌수가 다 빠져나갈 정도로 힘겨운 정신적 부담에 시달릴 뿐 아니라 앞으로 글 쓰는 일만으로도 심한 과로와 탈진에 시달릴 게 분명한데도, 그는 늘 '진짜 직업'을 갖지 않았다는 점을 부끄러워했다.

62

그다음 달인 7월 한 달 동안 콘티넨털의 행보를 지켜보는 것 외엔 달리 할 일이 없었다. 기다리기 시작한 첫 주 동안 나는 주로 호텔방에 머물면서 룸서비스를 시키고 독서를 하며 보냈다. 둘째 주가 되자 나는 초조해져 실베인에게 직접 리포비츠를 만나게 해달라고 부탁했다. 가능성은 희박하지만 십 년 전 내게 미래를 제시해준 사람을 직접 만나보고 싶었다. 하지만 실베인은 리포비츠는커녕 프롬프츠와의 만남도 주선해주지 못했다.

내가 지루해하는 것을 눈치챈 실베인은 자기의 단골 클럽으로 날 데려가주었고, 그가 여자들한테 말을 거는 동안 난 술집의 긴다리의자에 앉아 취하도록 마셨다. 그는 여자들에게 자기 집에 가잔 말은 절대 안 했다. 여자들에게 지분댈 기회가 생기면 절대로 놓치는 법이 없는 그라고 해도 정작 여자들이 그의 다리가 없는 걸 보고 어떻게 나올지가 두려워서인 듯했다.

레코드 회사 중역들과 다시 만나는 날 나는 숙취에 시달렸다. 실베인과 나는 다시 그 심란한 검정색 일색의 사무실로 갔고, 거기에서 염소수염을 한 채드 카터라는 이십대 청년을 소개 받았다. 콘티넨털에선 그에게 빈센트의 처녀작 여러 곡을 주고 싶어했다.

"안녕들 하십니까?"

채드가 실베인과 나에게 인사했다. 내가 내민 손을 꽉 잡으면서 다른 팔로는 나를 끌어안는 그가 불편하게 느껴졌다. 그는 실베인에게도 똑같이 했지만, 실베인은 개의치 않는 것 같았다.

"야아, 저 당신 영화 진짜 좋아했어요, 실베인 씨."

"스티브라고 불러요."

"넌 형편없는 초고였다. 내 널 교정해준다고 생각해라."

채드가 〈블러드 러스트〉의 대사를 인용했다.

"그 말 진짜 멋졌어요. 어렸을 때 그 말만 하고 다녔다니깐요."

"어린 친구가 고마운 말을 다 해주네."

실베인이 말했다.

우리는 사무실에 있는 검정 가죽의자에 앉았다. 채드는 한쪽 다리를 깔고 앉았다. 우린 마실 것을 사양했고, 채드는 프라푸치노를 부탁했다.

"우리 생각엔 채드가 이 노래들을 완전히 다른 경지로 끌어올릴 수 있을 것 같습니다."

사장이 입을 뗐다.

"이 친구는 머리부터 발끝까지 차세대 최고의 주역이라고 할 수 있으니까요."

"그 말은 좀 금시초문인데요."

채드가 말했다. 그는 허벅지 부분이 바랜 검정 스키니진에 'Phys-Ed'라고 인쇄된 작은 티셔츠에 모터사이클 부츠를 신고 있었다. 형형색색의 잉크로 문신을 새겨넣은 그림이 그의 양팔을 뒤덮다시피 한 것이 마치 제2의 피부처럼 보였다.

"얼마 전에 회사에서 결성한 다인종 보컬그룹의 멤버로 채드와 계약을 했습니다." 사장이 말했다. "그 그룹 이름이 뭐지, 밥?"

"마운틴입니다."

밥이 대답했다.

"맞다, 마운틴."

"그 친구들 죄다 게이예요."

채드가 말했다. 나만 빼고 모두가 웃었다. 그는 갈색과 금색이 반씩 섞인, 기름기가 진득하고 헝클어져 어깨까지 내려오는 머리칼을 손가락으로 훑었다.

"맞아요. 그때 우린 채드가 기타도 잘 치고 목소리도 아주 좋다는 걸 알게 됐어요. 그룹을 뛰어넘는 획기적인 아티스트라는 확신에서 그를 솔로로 더 크게 키우기로 결정했고요."

"이 친구, 정말 탁월한 기타리스트예요."

그들 중 한 사람이 말했다.

"멋진 가수이기도 하고요."

"그래봤자 간신히 따라가는 쪽이죠."

채드가 말했다.

"이 친구에게 부족한 게 있다면 앨범을 다 채울 만큼의 음악이 없다는 것뿐입니다." 사장이 말했다. "바로 그 앨범에 두 분이 말씀하신 그분의 음악이 들어갈 겁니다. 리포비츠 씨도 채드를 마음에 들어하실 겁니다."

"멋진데요."

실베인이 말했다.

"성사된 걸로 생각해도 될까요, 아이플러 씨?"

사장이 물었다.

"저기, 채드 씨에게 몇 가지 여쭤봐도 될까요?"

내가 물었다.

"저야 좋습니다만."

사장이 말했다.

"얼마든지 환영입니다."

채드가 말했다.

"생계는 어떻게 유지하시는지요?"

"파티플래너 일을 해요."

"다른 사람이 작곡한 노래를 연주하고 부르는 것에 대해 개의치 않는 편이신가요?"

"모르겠는데요. 일단 한번 들어보고 내 식으로 바꿔야겠죠."

"요즘 라디오 방송에 대해선 어떻게 생각하시는지요?"

"나쁘지 않다고 보는데요."

"끔찍하다고 생각한 적은 없으신가요?"

"라디오에 대해 안 좋게 말씀하신 게 벌써 두번째군요, 아이플러 씨."

중년 남자 중 한 명이 끼어들었다.

"정확히 어떤 점 때문에 라디오에 대해 그렇게 안 좋게 생각하는 거죠? 이러니저러니 해도 본인 역시 그 세계의 일부 아닌가요?"

"글쎄요, 제가 뭘 좋지 않게 생각하는지 말로 하는 것보다는, 직접 보여드리는 게 어떨까요? 여기 라디오 있나요?"

"있습니다."

사장이 말했다. 그는 리모컨을 들더니 널찍한 방 건너편에 있는 캐비닛을 향해 겨누었다. 캐비닛 문이 부드럽게 뒤로 밀려넘어가자 스테레오와 두 개의 기둥형 스피커가 나타났다. 그가 라디오를 켜자 탈모제 광고가 흘러나왔다.

"이걸 누르면 방송 채널을 찾을 수 있습니다."

그가 리모콘을 건네주며 말했다.

"이럴 필요까진 없을 것 같은데, 할런."

실베인이 말했다.

"아뇨, 괜찮습니다." 사장이 말했다. "저도 들어보고 싶습니다."

나는 자리에서 일어나 라디오를 향해 리모콘을 겨누었다. 그러고는 강의를 주재하는 교수처럼 그들을 마주했다.

63

"무엇보다도 먼저 말씀드리고 싶은 건, 전체 방송국의 반수가 광고에 의존하고 있어도 그점에 관해 우리가 할 수 있는 게 별로 없다는 걸 저도 잘 알고 있다는 것입니다…… 물침대 광고…… 재미 하나 없는 두 명의 디제이가 나오네요. 어느 누가 재미있다고 생각할까요? 이 사람들 래프트랙* 트는 것 좀 들어보십시오. 저들 딴엔 재미있는 이야기를 한다고 생각하겠지만, 그렇다고 해도 저들이 온종일 똑같은 노래 열두 곡만 틀어야 하는 기업의 노예라는 사실을 입 밖에 꺼내는 일은 절대로 없죠…… 끝내주죠? 요즘 이런 걸 두고 노래라고 하는군요. 이게 컨트리입니까, 팝입니까? 이 노래에 컨트리적으로 들리는 게 눈곱만큼이라도 있다면 가수의 억양에서 겨우 찾을 수 있겠지만, 그것마저도 꾸며낸 것에 지나지 않을 겁니다. 장담하건대 이 가수는 캐나다 사람이에요. 그리고 맹세

* 관객들의 웃음소리를 녹음해 놓은 음향테이프. 코미디 방송에서 주로 사용된다.

하건대, 컨트리 음악의 가사는 한 사람이 처음부터 끝까지 다 써야 합니다. 자신의 과거에 대해, 무엇보다 자신의 고향과 고향 집 대문에 대해, 자신의 엄마와 아빠에 대해, 자신의 트럭과 여름철에 대해, 그 시절 여자친구가 얼마나 아름다웠는지, 그 시절 자신은 얼마나 야성적이었는지, 주중엔 열심히 일했지만 주말엔 또 얼마나 한가하게 지냈는지에 대한 향수를 담은 가사 쓰길 좋아하는 사람, 구식의 인간이 써야 합니다. 장담하건대 이 노래는 언젠가 무능한 밴드가 리메이크를 하면서 다시 한번 차트에 오를 것이고, 그 노래가 그들의 앨범, 그러니까 어느 보이밴드의 앨범에서 그나마 들을 만한 유일한 노래가 될 겁니다…… 그런데 이딴 개쓰레기를 라디오에 틀게 해주는 사람이 누구일까요?"

"됐어, 할런." 실베인이 말했다. "이분들도 다 알아들었어."

"아뇨, 더 듣고 싶습니다." 사장이 말했다. "우리가 뭔가 한 수 가르침을 얻을지 모르는 일이니까요. 계속 말씀하시죠."

"이 좀스러운 멜로디 좀 들어보세요. 어느 구석을 뒤져봐도 흥미로운 데라곤 단 한 구석도 없어요. 형편없어요. 어느 한 소절도, 조금이라도 귀에 들어오는 게 없지요. 그런데 이 친구들을 MTV에서 봤단 말이죠. 잘생기지도 않았더군요. 사실, 못생긴 쪽에 가까워요…… 아, 이런, 랩이 나오는군요. 한번 들어보세요. 폴리스의 노래를 갖다 쓰고 있죠. 랩음악이 뻔뻔하게 다른 사람의 노래를 훔쳐다가 깔고는 그 위에서 주절대는 것으로 연명한다는 사실에 눈 하나 깜짝하는 사람이 한 명이라도 있는지 모르겠네요? 지금 이 파트를 들어보세요. 노래 좀 해보겠다고 용쓰고 있죠. 연주도 들어보세요. 어린애가 카시오 키보드를 두드리는 것 같죠…… 아, 레드 제플린. 클래식 록 방송국은 수십 년에 달하는 음악사에 정통해 있으면서도 고작 방송엔 서너 밴드의 음악만 틀었습니다. 그나마 오지 오스본이 티브이쇼 하나 맡으면서 그 사람 음악은 좀더 틀어주더군요…… 맥도널드 광고가 나오는군요…… 말도 안 돼. 제가 진심으로 좋아했던 사람입니다. 빌리 조엘은 라디오에 나오는 것보다 훨씬 더 대접받아야 해요…… 광고음악 하나 더 나오는군요…… 힙합이죠. 모타운의 노래 한 곡을 배경으로 깔고 웬 여자들이 제 몸뚱이에 대해 노래를 하고 있네요. 가사 한번 소름끼치네요. 다 그렇다 치고, 지금까지 들은 것들은 죄다 나태함이나 여자들과 함께하는 세상에 알랑방귀를 뀌는 것들이에요…… 빌 위더스*, 아시겠어요? 보세요, 한때는 좋은 음악이 있었잖아요…… 지금 이 가수는 누군지 모르겠지만 데이브 매튜스**한테 저작권료를 지불해야 해요. 그건 또다른 문제죠. 매 프로그램마다 히트곡 하나씩은 틀어주지만, 여섯 곡은 죄다 여기저기서 베낀 것들이죠…… 버드와이저 광고음악…… 새로운 록음악을 내놓았군요. 시끄러운

* 1960~70년대에 활동한 미국의 싱어송라이터.

** 1990년대부터 활동한 미국의 록밴드 데이브 매튜스 밴드의 리더. 컨트리, 재즈, 블루스 등의 다양한 장르를 접목한 음악으로 유명하다.

메탈에서 시작해 맥 빠지고 지루한 멜로디로 가는 걸 들어보세요. 이런 밴드는 '당신은 날 구원할 수 없어'란 가사를 집어넣지 않으면 견디질 못하더라고요. 뭐, 저들이 절 구원 못 한다는 덴 동의한다고 해두죠. 그리고 요새는 열이면 열 저런 걸로 언성을 높이더라고요? 뉴스. 테러리즘이 어쩌니 저쩌니…… 록음악이 또 나오네요. 이 노랜 다른 어중이떠중이처럼 고약하진 않군요. 아. 스프라이트 광고였군요…… 자, 이제 다이얼을 왼쪽 끝으로 확 돌려볼까요? 클래식…… 재즈 채널이군요. 듣는 사람 하나 없는 훌륭한 음악이죠…… 지금은 또다른 방송에서 자기 몸이 어쩌니 저쩌니 하는 여자애들의 노래를 듣고 계십니다."

라디오를 끄자 그들은 멍하니 나를 쳐다보았다. 모르긴 몰라도 내가 응징한 음악의 반은 그들과 연관이 있었다.

"정리하자면, 요즘 라디오에서 나오는 음악 중 독창적인 콘셉트의 음악은 단 한 곡도 없습니다."

나는 계속해서 말했다.

"그래서 채드, 전 당신이 이 상황을 개선할 수 있기를 바랍니다."

"안 들으려고 해도 다 들리네요."

채드가 말했다.

"시연 한번 끝내줬습니다."

사장이 이를 악다문 채로 미소 지었다.

"채드가 선생의 기준에 부합하기를 바랍니다."

"사실 오늘 밤 '트루바두르'에서 제 공연이 있거든요."

채드가 말했다.

"직접 와서 보시고, 평가해보시는 건 어떨까요?"

나는 그러마고 했다. 트루바두르라니, 밴드 시절 고작 여덟 명의 관객 앞에서 공연한 후로 한 번도 가지 않은 곳이었다.

64

그의 예명은 그냥 '채드'였고, 벌써부터 그는 주로 여대생들로 구축된 팬들을 몰고 다니는 몸이었다. 그가 단독으로 펼친 어쿠스틱 공연을 보고는 재능 있는 사람이라는 걸 인정할 수밖에 없었다. 그는 능수능란한 기타 솜씨를 자랑하면서 강렬하고 개성이 뚜렷한 목소리를 들려주었다. 게다가, 무대매너도 훌륭했다. 나는 그 이듬해 그가 슈퍼스타가 되었을 때도, VH-1 채널에서 '가장 섹시한 아티스트'로 커트 코베인 다음으로 그가 선정됐을 때도 전혀 놀라지 않았다.

그렇지만 커버 곡으로만 공연을 채웠다는 점에서 난 그를 마냥 좋게 봐주지 않겠다고 작정했다. 엘비스나 시나트라처럼 자기 음악을 작곡하지 않은 가창력 좋은 가수들이 부른 옛날 노래들에 불과했다. 앙코르 요청에 그는 신곡을 하나 불렀다. 〈시적 욕망〉이라는 곡으로, 그는 관객들에게 '인디애나에 사는 한 꼬마'가 만든 노래라고 소개했다. 관객들의 반응으로 보건대 합격이었다.

호텔방으로 돌아오자마자 빈센트에게 전화를 걸었더니 그는 닐과 기타를 치고 있던 중이었다. 그들은 '아메리칸 리전(미국의 장애)'란 임시 밴드를 결성하겠다며 시시덕거렸다.

나는 그에게 채드 이야기를 하면서 그의 노래를 제대로 불러줄 깜냥이 있어 보인다고 말했다.

"그렇다 치고, 사람은 어떻던가요?"

빈센트가 물었다.

"트렌드에 민감한 편이야. 빈티지 패션에. 잘생겼다고 말은 못 하겠지만, 괜찮게 생겼어."

"제 말은요, 성격이 좋아 보이냐는 건데."

"그렇겠지 뭐, 나도 몰라. 얘기는 많이 안 해봐서."

"성격이 어떤지 좀 알아봐줄 수 있어요?"

"확답은 못하겠는데. 왜?"

"그렇잖아요. 그 사람이 내 노래로 유명해졌는데 그냥 판에 박힌 이교도 록스타나 된다면 좋을 게 뭐가 있겠어요? 애들한테 나쁜 영향이나 끼칠 사람을 위해 그 모든 일을 하고 싶지는 않아요. 그런 사람이면 뉴르네상스도 결국 역효과만 끼치다 말 수도 있잖아요."

그런 문제라면 전에는 한 번도 생각해본 적이 없었다. 근거가 있는 주장이었다. 몇 년 전 수백만에 달하는 십대 소년들이, 무기 및 약물소지 죄로 끝도 없이 유죄판결을 받고 인터뷰에선 "대본이 와도 읽고 싶지 않다. 이 세상에서 내가 제일 하기 싫은 일이 대본 읽는 거다. 자리에 앉아 글자를 읽어야 한다니, 독서는 끔찍하다"라고 떠들어댔던 입이 험한 래퍼 겸 배우를 영웅으로 삼고 그를 따라 머리 모양을 바꾸었던 것이 떠올랐다.

다음 날, 난 실베인에게 전화를 걸어 채드의 전화번호를 알아내 달라고 부탁했다. 나흘 정도 지나서야 채드는 전화를 받았고, 나는 그와 만나서 술 한잔 하기로 했다.

65

채드는 직접 소개한 클럽 드래곤플라이에 패셔너블하게 지각했다. 패셔너블이란 말은 사실 좀 어폐가 있다. 그는 끈 샌들에, 웃고 있는 자기 얼굴을 스크린 프린트한 티셔츠, 호주머니 속을 뒤집어 내놓은 청바지를 입은 모습이었다. 그는 "별일 없죠?"라고 말하고는 의자를 잡아빼더니, 애써 몸의 균형을 잡으며 두 다리를 엉덩이 밑에 깔고 앉았다.

"늦은 거 사과할게요. 파이프* 빨다가 시간이 지난 것도 몰랐네.

---

* 마리화나 잎을 넣고 피우게 되어 있는 담뱃대.

어떤 건지 해보셔서 알죠?"

"사실, 모르는데요. 난 늘 술에 열광했으니까. 향이 더 좋아서 말이죠."

그때 난 다섯 잔째의 스카치위스키를 마시던 중이었다.

"죽여주는데요. 제가 촐싹댔다면 죄송해요."

"괜찮아요. 셔츠 멋지네요. 웃자고 입은 건가요, 아님 자부심으로 입은 건가요?"

"둘 다요. 에이, 아녜요. 농담했어요. 웃길 것 같아서죠."

"모르긴 몰라도 조만간 정말 당신 얼굴이 박힌 티셔츠를 보게 될 텐데. 그것도 입을 건가요?"

"미쳤어요? 저 그 정도로 병신은 아니에요. 그래요, 진심으로 말씀드리고 싶었는데요, 저번에 사무실에서 라디오에 대해 하신 말씀 멋졌어요. 그 개자식들이 입도 뻥긋 못 했잖아요."

"고마워요. 내가 그런 짓거릴 좋아해서요."

빨간 머리의 어린 웨이트리스가 다가왔다.

"안녕하세요. 뭐 드릴까요?"

"가미카제로 나 좀 한방 먹여줘요."

여자가 웃음을 터뜨렸다.

"좋아요. 손님도 신분증으로 저 좀 한방 먹여주시죠?"

"어려울 것 없는데, 지금 안 가지고 나왔어요. 하지만 기다려봐요. 내가 적어도 스물한 살은 먹었다는 걸 증명할 테니까."

"어머, 진짜요?"

"진짜. 마누라 몰래 바람피운 게 어언 이십일 년째예요."

그녀가 다시 웃음을 터뜨렸다.

"좋아요. 믿을게요. 손님께는 로치가 한 잔 더 드릴까요?"

"네, 좋아요."

내가 말했다.

"능구렁이가 따로 없는데, 폰지 양반*."

"감사, 저 정도야 누워서 떡 먹기죠."

"스물한 살 아니에요?"

"아, 저요? 스물세 살이에요. 얼마 전 코카인을 들이마시고 운전하다가 걸려서 면허가 취소됐거든요. 그런데다 지갑 넣을 데가 없어요. 보세요."

그는 자리에서 일어나 청바지 앞뒤로 주머니 속이 다 보이게 뒤집어 빼놓은 것을 보여주었다.

"그래요. 들어올 때부터 눈에 띄더군요."

"이걸 제 트레이드마크로 삼으려고요. 뭐랄까, 더 쿨하다는 것만 빼면 부랑자 패션이잖아요? 어떻게 생각하세요?"

"내 생각엔 아주 바보짓 같은데. 금세 유행으로 번질 것 같아요."

* 1974년부터 십 년 동안 방영된 인기 시트콤 〈해피 데이즈〉의 주인공. 가죽 재킷 차림을 즐기는 정비공으로 거침없는 성격에 여자를 다루는 기술이 천부적인 캐릭터의 대명사가 되었다.

"그래요, 맞아요. 그런데 왜 절 보자고 하신 거죠?"

그가 다시 자리에 앉더니 세심하게 헝클어놓은 머리칼을 손가락으로 훑었다.

"아, 빈센트가 말이죠, 우리가 당신한테 줄 그 모든 음악을 만든 분이 자신의 작품에 대한 권리를 넘기기 전에 당신이란 사람에 대해 좀더 알아봐달라고 부탁해서요. 그에게 자신의 음악은 정말 소중하거든요. 그러니 나와 만난 걸 감사하게 생각해요."

"당연하죠. 그 친구는 정말 제대로 음악을 만들 줄 알아요. 그 친구에게 걱정 말라고 전해주세요. 전 진심으로, 그 음악을 더 멋지게 만들 거니까."

"나도 그럴 거라고 생각해요. 지난번 공연 정말 근사했어요. 공연 끝나고 말하려고 했는데 없더군요."

"아, 네. 못 봬서 죄송해요. 끝나고 아시아 그루피 하나랑 자릴 떴거든요. 그년이 섹스하고 나더니 지가 열여섯 살이라대요."

"그런 게 일상다반사인가요?"

"뭐요? 팬들이랑 노는 거요?"

난 고개를 끄덕였다.

"네, 그냥 탁 터놓고 말할게요. 전 깔치라면 사족을 못 써요. 제어가 안 돼요. 더군다나 뮤지션이나 뭐 그런 유명 인사한테, 그런 것쯤이야 누워서 떡먹기잖아요. 갑자기, 유소년 리그 월드시리즈* 시절부터 여자애들 따먹던 게 생각나네. 그때부터 음악에 빠져들기 시작했는데, 계집애들이 훨씬 더 많이 꼬이더라고요. 돌아버리는 줄 알았어요. 걔네들은 내 인간적인 면 같은 건 신경도 안 써요, 글쎄. 그냥 무대에 선 남자가 필요한 거죠. 이미지 말이에요, 그거면 장땡이에요."

그가 가장 좋아하는 뮤지션은 지미 헨드릭스였고, 가장 좋아하는 티브이쇼는 〈ESPN 스포츠센터〉, 가장 좋아하는 영화는 〈로보캅〉이었다.

"귀찮지 않아요?"

"처음엔 그랬죠. 하지만 생각해보세요. 젊음은 한때라고요. 열심히 일하고 열심히 놀고. 인생은 짧고, 이런 시절도 얼마 안 가면 끝나요. 오래가는 게 뭐가 있나요."

"하지만 당신 시디에 담긴 음악은 오래가죠. 그런 게 정말 가치 있는 것 아닌가요?"

"맞아요, 하지만 시디랑 빠구리를 할 순 없잖아요. 뭐, 못 할 것도 없군요. 샤니아 트웨인 시디랑 해보려고 한 적도 있으니까. 병신 짓이었죠."

그가 웃었다. 나는 이리저리 눈동자만 굴렸다.

"그럼 스타가 되면 어떨까요? 자신이 바뀔 거라고 생각해요?"

"왜 이러세요. 이런 말 하면 병신으로 보실 거라는 것 저도 아는

---

* 11세에서 13세의 아동을 대상으로 한 메이저리그 야구 토너먼트.

데요, 스타가 된다고 해도 전 털끝 하나 변하지 않을 작정이에요. 수행원을 줄줄이 끌고 다닌다든지, 스타들이 하는 짓거리는 재미없어요. 지금하고 하나 다를 것 없이 지낼 거예요."

"그래서 걱정했던 건데."

"허참, 뭐 하자는 거예요? 갑자기 왜 이렇게 사람을 깔아뭉개시나?"

"채드, 지금부터 내가 하는 말이 바보처럼 들릴지도 몰라요."

"상관없어요. 그래서 온정을 베풀어준다면야."

"온정을 보여줄게요. 그러나 내가 하고 싶은 말은 스타가 되면 당신은 어마어마한 권력을, 무엇보다 당신을 숭배하는 어리고 감수성 예민한 이들에 대한 권력을 갖게 된다는 걸 깨달으라는 거예요. 당신이 하는 일과 당신의 행동 양식이 그들의 일과 행동 양식에 영향을 끼칠 거예요. 바보 같은 말이지만 그들 중 어떤 사람들은 스타 말고는 의지할 대상이 아무도 없으니까요."

"저도 그런 건 다 알아요, 하지만 전 본보기가 아니에요. 전 그냥 입에서 나오는 대로 말하고 살 거예요. 제 윤리관은 낭창낭창하다고요."

난 머리를 두 손으로 움켜쥐며 신음하듯 말했다.

"원하건 원하지 않건 당신은 본보기가 될 수밖에 없다고. 난 지금 당신한테 약을 끊고 십대 여자애들이랑 자지 말라고 하는 게 아니에요. 다만 그런 짓을 할 땐 적어도 집에서 하란 말이라고."

"천만에요, 집에 처박혀 있는 게 얼마나 지긋지긋한데. 그래도 진정하세요. 말썽은 피우지 않을게요. 저를 사랑해주는 사람에겐 저도 착하게 대할 거예요."

"뭐라 대답해도 상관없어요, 채드. 난 다만 그렇게 남다른 음악이라면 록스타도 특별히 남달라질 수 있겠다고 생각했으니까. 그게 다예요."

"잘됐네, 저야 말로 남다른 사람이에요. 부랑자 호주머니를 보면 모르겠어요?"

66

"그래서, 무작정 그 사람들 사무실로 쳐들어가 채드가 남창이라 음악을 줄 수 없다고는 못 하겠더라고."

"알았어요."

빈센트가 말했다.

"그럼 그 사람이 재능 부족이라고 말하세요."

"그런데 재능이 있는 사람인걸. 가슴 아프지만, 그 사람이 네 노래를 부를 후보들 가운데서 가장 뛰어나."

"닐과 제가 하면 어떨까요? 드러머만 있으면 되는데."

"빈센트, 그럴 경우 뉴르네상스의 정책에 어긋난다는 거 너도 알잖아."

"알아요. 널만 노래하면 안 될까요?"

"잘생겼어?"

"그렇게 잘생기진 않았어요."

"그럼 안 될 거야."

"하지만 좋은 사람이에요."

"그 친구에게 시간을 좀 주자."

"무슨 뜻이에요?"

"친구들이랑 너무 가깝게 지내지 말란 소리야. 결국 널 망쳐놓고 말 테니까. 그 친구랑 시간 낭비하지 말고 작곡을 해야지."

"제 노래가 멍청한 남창이나 창녀들한테 간다면 더는 음악을 안 만들래요."

"내 딴엔 너도 그런 일이 얼마든지 일어날 수 있다는 걸 알고 있다고 생각했는데. 넌 고통받고 창작하고, 그들은 쾌락을 탐하고 노래하고. 그런 식으로 돌아가는 거라고."

"알아요. 할런의 판단을 믿어요. 이런 식으로 굴어서 미안해요. 하지만 지금 이 상황이 마냥 좋지는 않네요."

난 잠시 아무 말 하지 않았다.

"야, 나도 그래. 실베인하고 이야기해볼게."

예상했던· 대로 실베인은 우리의 불만에 코웃음쳤다. 그는 사생활에서 보이는 걸 기준으로 뮤지션과 배우들을 고용할 수는 없다고 반박했다. 그렇지 않을 경우 세상에 엔터테이너는 존재할 수도 없다고 못박았다. 난 우리의 불만 사항을 리포비츠에게 전해달라고 요구했다. 실베인은 거절했지만 드류 프롬프츠에게는 전달해주겠다고 약속했다.

다음 날, 실베인은 프롬프츠의 메시지를 내게 전달해주었다. 다음의 메시지는 내 이의 제기에 대한 프롬프츠의 답이다.

'로스앤젤레스에서의 용무가 끝나 인디애나로 돌아갈 예정입니다.'

난 실베인에게 프롬프츠의 전화번호를 알려달라고 말했다.

"먼저 저랑 이야기를 하지 않는다면, 그 사람은 절 쉽게 털어낼 수 없을 거예요."

내가 말했다.

"그 사람은 바쁜 사람이고, 내가 할 일은 자네랑 얘기해서 그 사람이나 리포비츠까지 나서지 않게 하는 거야. 없던 일로 해."

"전 친구로서 당신께 부탁드리는 거예요."

내가 말했다.

"직장 동료로서가 아니라 별로 심각하지 않은 일에 대해 친구로서 요청하는 거라고요. 그러니 전화번호 좀 알려주세요."

"아이고, 진짜, 할런. 자네 진짜 이런 식으로 나올 거라면……"

67

"아, 아이플러 씨! 마침내 이렇게 통화하게 돼서 반갑습니다."

프롬프츠의 목소리는 싹싹하고 신사적이었다. 그의 비서가 수화기를 들고 기다리게 만든 지 십 분이 지나서였다.

"저도요."

"우리 아티스트와 정말 대단한 일을 하셨단 얘긴 꼭 해야겠네요. 그래서 드리는 말씀인데, 벌써부터 그에 대한 모종의 진지한 풍문이 떠돌고 있거든요. 너도나도 중서부 숲에 숨어 있는 무명의 천재에 대해 얘기하고 있습니다. 조만간 거물이 될 겁니다. 곧 출세할 아이니만큼, 그애를 정상에 올려놓기 전에 미리 감사의 말씀을 드리고 싶군요."

"별 말씀을요. 말이야 바른 말이지, 일하기 재미있었습니다."

"당연히 그랬겠지요. 그건 그렇고 오늘 어떤 일로 절 찾으셨는지요?"

"빈센트와 제 의견에 대해 스티븐에게 들으셨는지요?"

"네, 말하더군요. 그런데 그게 어떤 의견이죠?"

"저희 생각엔 뉴르네상스는 사생활 면에서 대중에게 부정적 영향을 끼치지 않을 그런 연예인을 고용하는 문제를 검토해보셔야 합니다."

"아, 그랬죠, 맞아요. 스티브가 분명히 얘기해줬습니다. 두 분이 어떤 근거로 말씀하시는지 들었어요. 키르케고르가 말한 실존의 조건에서 볼 때 채드 카터가 미학을 넘어 윤리학적인 면까지 포용할 수 있을 것 같지 않다는 거죠."

"그렇습니다."

내가 읽은 적 없는 것을 그가 읽었다는 생각에 짜증이 나서 나는 서둘러 대답했다.

"문제는 말이죠, 할런, 쇼비즈니스 최후의 날이 온다고 해도 아티스트를 그의 사생활로 평가할 순 없다는 점이에요. 그들의 작품으로 평가를 해야죠. 사실, 다 아시겠지만, 정작 저희 입장에선 난봉꾼 쪽이 더 도움이 되는 게, 그런 사람들이 유명세를 더 잘 타는 법이거든요. 요점을 말씀드리면 우리가 할 일은 아티스트에게 돈을 줘서 서비스를 제공하는 것이고, 그가 일을 제대로 하면 그후에 뭔 짓을 해도 그와 일을 할 거라는 겁니다. 그게 다 세상 돌아가는 이치 아니겠습니까. 저도 이러고 싶지 않아요, 할런. 하지만 제 두 손은 이곳에 묶여 있는데다, 이 말씀도 드려야겠습니다만, 채드란 놈, 걔 역시 벌써부터 무시 못 할 정도의 유명세를 타고 있습니다. 우리는 그를 최정상에 올려놓을 수 있을 거라고 진심으로 생각합니다. 그는 키르케고르가 원할 법한 절망의 길을 선택하진 않겠지만, 세상을 뒤흔들 겁니다."

"제 논지는 뉴르네상스의 주 목표가 문화를 향상시키는 게 아니냐는 겁니다, 맞죠?"

"당연하죠. 하지만 중요한 건—"

"그렇다면 우리가 탁월한 예술작품을 창녀와 후레자식 떼거지에게 건네준다면, 오히려 문화를 악화하는 데 일조하는 게 아닐까요?"

"그 문제에 대해서 저는 전혀 그렇게 보지 않아요, 할런. 예술을 대변하는 건 예술 자신이라고 생각하니까요. 전 대중이 예술과 예술가를 별개로 볼 수 있을 거라고 봅니다. 그리고 뉴르네상스의 목표는 전적으로 예술을 위한 것입니다. 예술의 주변에서 벌어지는 것과는 상관없죠. 게다가, 우리는 모범이 되려고 비즈니스를 하는 게 아닙니다. 우린 연예계 안에 발을 들여놓고 있고, 그런 한은 채드가 이 업계에 희망을 주고 있다고 진심으로 생각합니다. 이 모든 건 그에게 내재해 있는 열정과 음악에 관한 거예요."

"빈센트가 만든 음악이죠."

"맞습니다. 그의 음악과 그의 인생은 분리될 수 없죠. 그의 노래는 그 노래를 부르던 순간의 그라는 사람의 영혼을 담고 있으니까요."

그 순간 난 그가 누구를 두고 그런 말을 하는지 알 수 없어졌다.

"그점이 바로 빈센트와 제가 진심으로 우려하고 있는 바입니다."

"신경써주신 점 감사하게 생각합니다, 할런. 하지만 이런 식으로 봐주시죠. 채드가 파티 같은 거나 좋아하는 사람인지는 몰라도 적어도 그는 자신의 에너지 대부분을 자신의 음악에 쏟아붓고 있다고 말입니다. 그런 카리스마라면 사실 더 나쁜 짓을 할 수도 있지 않겠습니까. 찰스 맨슨*을 보세요. 몽키스** 오디션에서 떨어진 후에, 청년문화의 구루가 되겠다고 결심했죠. 그리고 무슨 일이 벌어졌습니까?"

"이 문제에 관해 제가 리포비츠 씨와 이야기를 해도 될까요?"

"물론이죠. 하지만 장담하는데 그분도 똑같이 말할걸요."

"그분의 전화번호 좀 알 수 있을까요?"

"이번 주 내내 시내엔 안 계시는데요."

"다음주에라도 전화를 하게 번호 좀 알려주시죠?"

프롬프츠가 하는 수 없이 알려준 전화번호는 어쩐지 귀에 익었다. 전화를 끊자마자 곧바로 그 번호로 전화를 걸어보았다.

실베인이 받았다. 나는 실베인의 휴대전화로 전화한 것이었다.

68

환멸과 피로가 몰려오는 가운데 나는 인디애나로 돌아가는 비행기 편을 예약했다. 내가 아무리 저항해봤자 소용없다고 하더라도

---

* 1960년대 '맨슨 패밀리'라는 사조직을 이끈 희대의 살인마. 록밴드를 비롯한 미국 하위 문화에 많은 영향을 끼쳤다.

** 1960년대 말부터 활동한 미국 팝록밴드.

이제부턴 채드에게 음악을 내주는 것에 반대하지 않을 작정이었다. 다음 날, 콘티넨털은 실베인에게서 빈센트의 음악 저작권을 샀고, 나 없이 계약서를 작성했다.

실베인은 프롬프츠가 과거에도 리포비츠와의 통화를 원하는 다른 사람을 속인 적이 있다고 말해주었다. 그는 리포비츠를 찾는 전화는 무조건 프롬프츠 쪽으로 돌리는 건 맞지만, 자기 휴대전화가 실상 리포비츠에게 연결될 수 있는 정확한 통로라고 해명했다. 짐작이지만 리포비츠는 건강이 악화되면서 점점 더 칩거하게 되어 만사가 귀찮아진 모양이었다.

코코모 데이즈 인에서 예전에 머물던 호텔방으로 돌아가기 전에 나는 빈센트의 아파트에 들렀고, 닐을 보게 되었다. 내가 고등학교에 다닌다면 친구로 지냈을 법하게 생긴 친구였다. 그는 진흙투성이가 된, 미국 부랑아들의 영원한 벗 하이탑 척테일러스를 신고, 무릎 아래 길이로 자른 카키색 바지에, 위협적인 해골이 그려진 미스피츠* 티셔츠를 입고 있었다. 검게 염색한 숱 많은 머리는 눈을 덮을 정도로 무성하고 길었고, 머리를 뒤로 젖혔다가 후드 너머로 사람을 응시하는 모습은 어딘가 초탈한 듯하면서도 관음증적으로 보였다. 경우에 따라 펑크록커처럼 보일 수도 있고, 극빈자처럼 보일 수도 있는 모습이었다. 사실, 그는 그 둘 모두에 속했다.

* 미국의 유명한 언더그라운드 호러 펑크 밴드. 음산한 해골 문양이 상징이다.

빈센트가 나중에 이야기한 바로는, 닐은 거칠면서도 여린 성격으로 어깨에 자랑스레 징을 박고 다니면서도 엄청난 눈물샘을 가진 사람이었다. 서로 소개를 할 때 내가 악수를 청하자 그는 정중히 거절하고 대신 손을 흔들어 보였다.

"닐은 악수의 의미를 믿지 않는대요."

빈센트가 말했다.

"죄송해요."

닐이 말했다.

"괜찮아. 그냥 하는 말이 아니야. 캘리포니아에 살면서 난 살아보겠다고 십 년간이나 악수를 해야 했는데 뭘."

우리 셋은 빈센트를 가운데 두고 소파에 앉았다.

"그래, 닐."

내가 운을 뗐다.

"뉴르네상스가 뭐 하는 덴지 빈센트가 말해줬어?"

"네."

"어떻게 생각해?"

"솔직히 말씀드리면, 죄송한 말이지만, 좀 모자라는 게 아닌가 싶어요. 빈센트에게도 말했지만 이미 세상엔 위대한 영화와 밴드들이 엄청나게 많이 있잖아요. 사람들이 그런 걸 잘 모르는 건 그냥 보기 귀찮아서 그렇게 된 건데요."

"네 말 틀린 것 하나 없어. 왜냐면 그래서 뉴르네상스가 필요한 거니까. 사람들은 귀찮아서 제대로 보려고 하지 않지. 우리의 목적은 주류 청중에게 은 접시에 담긴 훌륭한 엔터테인먼트를 대접하는 거야. 하지만 내 생각에 넌 그런 식의 대접은 반갑지 않을 것 같다, 그렇지?"

"당연하죠. 그런 도움은 필요없어요."

"나도 그래. 하지만 너나 나는 뉴르네상스가 목표로 하는 청중이 아니야. 우리 같은 사람한텐 언감생심이란 소리가 아니야. 차에 타서 라디오를 틀었는데 팝음악 채널에서 훌륭한 음악이 나오는 광경이 상상이 되니?"

"그렇게 된다면 정말 좋게요."

닐이 말했다.

내가 도착했을 때 빈센트와 닐은 돈 노츠*의 옛날 영화를 보던 중이었다. 둘은 그 배우에 대해 이상한 환상을 키우고 있었다. 난 빈센트에게 다시 처음부터 영화를 보자고 말했다. 난 그와 닐이 똑같은 장면에서 똑같이 웃는 것을 보았다.

그들은 서로에게 최고의 친구였다. 혼자서 텔레비전을 보다가도 재미있는 장면이 나오면 서로에게 전화를 했다. 닐의 부탁으로 빈센트는 슬림 세스나즈 오토 클럽**이니 로우 버지즈(저예산)니 켄

* 1960년내 미국 시트콤 〈비니 파이프〉로 잘 알려진 배우. 그가 영화에서 보여준 캐릭터는 〈고스트 월드〉 등 미국 대중문화에 적지 않은 영향을 미쳤다.

** 콜로라도 덴버 출신의 언더그라운드 록밴드.

터키 프로핏(켄터키의 예언자)*이니 하는 괴상한 이름을 가진 밴드의 음악을 짜깁기한 테이프를 만들었고, 닐의 엄마가 케이블 티브이를 설치할 경제적 여유가 없다는 걸 안 빈센트는 닐이 좋아하는 티브이쇼들을 녹화해주었다.

닐이 가장 좋아하는 밴드는 라몬스**였고, 가장 좋아하는 티브이쇼는 〈톰 그린 쇼〉***, 가장 좋아하는 영화는 〈파이트 클럽〉이었다.

너무나 오랜 세월 동안 친구 한 명 없이 지낸 내게 두 남자애들이 업무에 대한 이야기는 않고 진심으로 서로를 배려하는 정경은 낯설기만 했고, 그만큼 그들의 우정을 박살내는 건 상대적으로 수월할 것 같았다.

69

전에 합의를 본 대로, 빈센트는 아카데미의 열번째 해가 시작되면서 크로거 슈퍼마켓 일을 그만두었다. 워낙 작은 학교라서 그런지 얼마 지나지 않아 뉴르네상스 학생이 크리스티나 고메즈의 히

---

* 켄터키 출신의 언더그라운드 펑크밴드.

** 1974년에 뉴욕에서 결성된 펑크록 밴드로 이십 년이 넘게 활동했다. 흔히 펑크록의 효시로 일컫는다.

*** 1990년대 말에 캐나다, 미국 전역에 방송되었던 토크쇼. 쇼 호스트 톰 그린의 반제도권적인 진행 방식과 발언으로 유명했다.

트곡을 만들었다는 소문이 퍼졌다. 동급생들은 하루가 멀다 하고 빈센트 스피네티란 이름을 입에 올렸지만, 정작 빈센트 입장에선 이룬 것에 비해 이렇다 할 대우를 받지 못했다. 오히려 그는 전에 없는 질투와 경멸의 표적이 되었다. 학기의 처음 두 주 동안 단 하루라도 그들 중 어느 누구건 경멸조로 〈너만을 위해〉를 부르지 않고 넘어가는 날이 없을 정도였다. 학교 내의 인지도가 상승한 만큼 악화된 교우관계 때문에, 프로젝트를 좀더 순조롭게 풀어가자는 말도 꺼낼 수 없을 정도였다.

빈센트는 학교에서 어느 누구하고도 친구가 될 수 없었다. 다른 아이들은 그가 특권으로 가득 찬 완벽한 인생을 살고 있다고 생각했고, 하찮은 팝송 한 곡을 팔기 전 몇 년 동안 그가 겪은 고통에 대해 말하는 사람은 아무도 없었다. 오직 닐만이 빈센트의 친구가 되어주었고, 그들은 계속 주말마다 만났다.

10월이 되어서야 빈센트는 크리스티나 고메즈의 싱글에 대한 저작권료를 받을 수 있었다. 음악 저작권자로 실베인과 내가 저작권료의 50퍼센트를 나눠가지고, 고메즈가 레코딩 아티스트로 10퍼센트를, 변호사 리처드 레스닉이 업무상의 권리로 5퍼센트를 가진 것에 비하면 인생을 바꿨다고 말할 수는 없는 액수였다. 소득세 또한 무시 못 할 액수였다. 뉴르네상스는 동문회에서 나오는 모든 판매수익의 25퍼센트에 해당하는 돈을 받았는데, 그럼으로써 동문회가 소속 회사의 '무상' 교육에 상환하는 것이었다. 그러나 이는 소속 작가들을, 말하자면 지속적인 빈곤에 시달리게 한다는 또다른 목적에 부합하기도 하는 것이었다.

그래도 악화일로를 걷고 있는 닐의 집안 형편을 조금이나마 돕는 데는 충분한 액수의 돈이었다. 닐의 엄마는 집을 차압당할 정도로 심각한 위기 상황에 처해 있었다. 닐의 나이 다섯 살 때 그의 아빠는 그의 엄마와 어린 여동생과 그를 버렸고, 이제 그의 가족은 말 그대로 배를 곯을 지경이 되었다. 그러나 닐은 빈센트에게서 단 한 푼의 돈도 받지 않았을 뿐만 아니라 빌리지도 않았다. 그는 성의는 고맙지만 그간 작곡을 하느라 빈센트가 자신을 혹사하는 것을 봐왔고, 그렇게 힘들게 번 돈을 자기가 갖는 건 옳지 않다고 말했다.

그래서 빈센트는 1천 달러를 뺀 나머지 돈 전부를 일리노이 주 크램든에 사는 동생들에게 보냈다. 그는 그들에게 꼬박꼬박 편지를 쓰고 가끔 전화로 대화를 하기도 했다. 그는 음악 이력이 계속되는 한 받게 되는 저작권료의 대부분을 그후로도 계속 그들에게 보냈다.

"왜 걔네들한테 돈을 다 줬니?!"

한번은 내가 물었다.

"너한테 얼마나 못되게 군 애들이냐고."

"걔네들 좋으라고 그런 것만은 아니에요. 제 죄의식을 없애는 데도 도움이 돼요."

"뭔 죄의식?"

"전 이런 엄청난 기회를 얻었잖아요. 음악으로 돈을 벌잖아요. 모든 사람에게 죄를 짓는 것 같은 느낌이 들어요."

70

학교에서의 새로운 명성 덕에 빈센트는 매력적이고 어딘가 괴짜 같은 데가 있는 9학년생 카리 듀브로와 인연을 맺게 되었다. 구멍이 뻥뻥 뚫린 스커트를 반항적으로 차려입은 그 소녀가 어느 점심시간에 로비 한구석에 쭈그리고 앉아 찰스 부코우스키*를 읽고 있는 빈센트에게 다가왔다. 혼자서 책 읽는 걸 좋아했던 그는 점심을 거를 때가 잦았고, 카페테리아 사교 문화를 기피하면서 전보다 더 피골이 상접해졌다.

카리는 자기소개를 한 후 빈센트의 노래가 성공한 것을 축하했다. 비록 팝송이지만 정말 좋은 노래라고 그녀가 말하자마자 그는 열정적으로 그녀에게 빠져들었다. 그녀 역시 작사 작곡을 했기 때문에 그가 라디오에 방송할 만하면서도 괜찮은 음악을 만든다는

* 로스앤젤레스 출신의 시인이자 소설가. 술과 섹스, 주류사회에 대한 냉소를 담은 작품들로 유명하다. U2, 본조비, 톰 웨이츠 등 수많은 음악가와 밴드들이 그의 영향을 받았다.

것에 깊은 인상을 받았다. 그는 그 즉시 서로의 소울메이트를 만난 거라고 생각했다.

대담한 헤어스타일에 정치적 강령이 적힌 티셔츠 차림으로 복도에 있는 그녀를 그는 늘 눈여겨봐왔다. 그다음 이 주 동안 그는 꿈 같은 날들을 보냈고, 어느 때부턴가 그녀는 하루도 빠짐없이 그에게 말을 걸었다. 그녀가 그에게 카페테리아에서 자기 친구들과 함께 점심을 먹자고 했을 땐 꿈만 같았지만, 다소 초조해지기도 했다.

예의 통찰력으로 빈센트는 카리가 원하는 건 플라토닉한 친구라는 걸 금세 알아차렸다. 그럼에도, 그는 그들의 우정이 우정 이상으로 발전하리라는 희망에 끈덕지게 매달렸다. 대프니 때와 마찬가지로, 로맨스가 싹틀 수도 있다는 생각이 빈센트에게 요행 같은 행복을 가져다주었다.

그래서 빈센트가 같이 뭔가 하지 않겠냐고 묻고 이에 카리가 좋다고 했을 때, 난 그 약속 때문에 그간 주말을 주로 함께했던 닐이 마음 상하지 않겠냐고 물었다. 어쨌거나, 닐의 집안 형편을 생각할 때 어느 때보다 친구가 절실한 때였으니 말이다.

늘 그런 편이었지만 이번에도 빈센트는 내 말을 진지하게 재고했다. 그 주 토요일에 그는 닐과 카리 둘 모두를 초대했다. 빈센트는 셋 모두가 음악을 듣고 텔레비전을 보면서 즐거운 시간을 보냈다고 말했다. 또 닐이 함께 있어서 데이트라고 할 수 없게 된 상황이 오히려 더 편했다고 했다. 가장 중요한 건, 닐과 카리가 허물없이 잘 어울리더라고 말한 것이었다.

71

실베인과 나는 닐에게 돈을 주는 것으론 해결이 안 될 거라고 판단했다. 빈센트가 돈을 주겠다는 것도 한사코 거부한 그였으니, 어떤 비윤리적인 제안에도 마찬가지로 나올 게 뻔했다. 뿐만 아니라 그는 진심으로 빈센트를 염려하는 것 같았다. 그는 주중에 단지 빈센트의 안부가 궁금해 전화를 할 때도 있었는데, 금전적인 이득과는 전혀 별개의 차원이었다.

여자 쪽에 돈을 주는 것도 위험한 게, 때가 되면 그 여자는 나에 관해 닐에게 물어볼 것이고, 그럴 경우 셋이 소원한 사이라고 해도 닐이 빈센트에게 말할 소지가 크기 때문이다. 난 만약의 경우를 위해 뉴르네상스의 돈을 아끼면서 고용주들의 신임을 얻을 만한, 보다 창조적인 음모를 시도해야겠다고 결심했다.

내 계략은 형편없는 시트콤에서 빌린 것 같았지만, 가장 쉽고 안전하게 저지를 만한 것 같았다. 호텔방에 돌아와 노트북을 켜고 난 다음 편지를 썼다.

안녕하세요! 난 당신을 남몰래 숭배하는 사람입니다. 날 만날 생각이 있다면 11월 9일 저녁 일곱시에 '쇼니즈'에서 봐요. 프론트의 대기실에 앉아 있으세요. 이건 비밀로 해줘야 해요. 이 세상에서 오직 당신과 나만 알고 있어야 해요. 정말 만나고 싶어요. 물론 난 사이코도 변태도 아니고, 그 둘을 합친 것도 아닙니다.

영원불멸의 사랑

편지의 사본 중 하나를 닐에게, 다른 하나를 카리에게 보냈다. 약속한 시간이 되었을 때 난 쇼니즈 주차장 건너편 차 안에 앉아 있었다. 펑크록 스티커가 붙어 있는 범퍼에 다 낡아빠진 혼다 어코드를 탄 닐이 먼저 도착했다. 얼마 지나지 않아 카리라고 짐작되는 소녀가 메르세데스를 타고 왔다. 티셔츠에 격자무늬 스커트, 그물 스타킹 차림의 그녀는 귀엽고 앙증맞은 록 그루피였다. 그녀는 조금도 망설이지 않고 과시하는 듯한 걸음으로 식당으로 들어갔다.

카리가 가장 좋아하는 밴드는 랜시드*였고, 가장 좋아하는 티브이쇼는 〈심슨 가족〉, 가장 좋아하는 영화는 〈택시드라이버〉였다.

옛날에 몇 번 정도 삼각관계에 처해본 적이 있는 나는 절대로 그들 셋 모두가 공평하게 행복해질 수 없다는 것을 너무 잘 알고 있었다. 누군가 한 명은 잉여로 떨어져나갈 수밖에 없었다. 난 카리

* 1991년부터 활동하고 있는 캘리포니아 스카펑크록 밴드.

가 빈센트에겐 끌리지 않았던 이유로 닐에게 반할 거라고 확신했다. 닐은 나이가 더 많고 더 멋있었다. 그에겐 줄곧 영재 사립학교만 다녔던 소녀를 매혹시킬, 신비로운 악동 같은 분위기가 있었다. 한편 빈센트는 영리하고 감수성이 풍부하지만, 내장이 운동을 멈추는 건 아닐까, 아파트가 폭발하는 건 아닐까 등등 끊임없이 노심초사하는 성격이었다.

가능한 최악의 상황은 닐과 카리가 편지사건에 기분이 상해 따로 레스토랑을 떠나는 것이었다. 그러나 그들은 여덟시가 넘어서야 레스토랑을 나왔고, 둘이 함께 닐의 차를 타고 떠났다.

72

빈센트가 울면서 내게 전화했다. 떨리는 코맹맹이 목소리였다.

"할런 말이 맞았어요."

그가 조용히 말했다.

"닐이랑 걔랑 사귀고 있어요."

"아, 말도 안 돼. 어쩌니 그래."

"그 둘을 절단내고 싶어요."

"그러지 마. 내가 뭐 해줄 건 없을까?"

"저희 집으로 오실래요?"

"술을 너무 많이 마셔서 운전을 못 하겠다."

내가 말했다.

"걸을 힘이 있다면 네가 이리로 와주련, 환영에 환영이다."

십 분 후, 빈센트는 내 호텔방에 있는 트윈베드 한 귀퉁이에 앉아 수업시간에 발표를 앞두고 초조해진 아이처럼 두 손으로 머리를 움켜쥔 채 두 다리를 떨고 있었다. 내가 닐과 카리가 함께 있는 걸 본 지 일주일이 지난 때였다. 그후로 빈센트는 둘의 행동이 이상해진 것을 눈치챘다. 닐은 전화를 하지 않았다. 카리는 학교에서 그를 봐도 신경도 쓰지 않았다. 둘 모두 빈센트와는 조금도 시간을 보내고 싶어하지 않았다. 그가 학교에서 카리와 맞부딪쳤을 때, 친절하게도 그녀는 진실을 말해주었다.

"미안하지만 여자애들에 대해 경고했었지."

그의 맞은편 침대에 누워 화재경보기 위에서 깜빡이는 붉은 빛을 올려다보며 내가 말했다.

"이 세상에 남자 한 명과 여자 한 명만 존재했을 때 여자가 뱀을 찾아냈지."

"하지만 닐은 뭐냐고요? 어떻게 나한테 이런 짓을 할 수 있죠?"

"말했잖냐. 섹스와 쇼핑. 인간은 이기적이야."

"사랑이 이기적인 거죠."

빈센트가 대답했다.

"끔찍한 기분이란 것 알지만, 봐라. 미래에 그것들을 전부 너의 노예로 만들어버리는 거야. 잊어버려. 저희 딴엔 사랑하고 있다고 생각하겠지만 서로의 섹스 파트너에 지나지 않는 것들은 지들끼리 썩어 없어지게 놔둬버려. 걔네 인생 최고의 순간은 빈센트 스피네티란 사람을 알았던 때가 될 거야. 걔네들이 지구상에 공헌할 수 있는 건 네가 쓴 작품에 영감을 주었다는 것뿐일 거야."

"닐은 나한테 최고의 친구라고 했다고요."

"그 말을 했을 땐 걔도 진심이었겠지. 하지만 말이란 건 공기와 마찬가지야. 날씨에 따라 환경은 바뀌는 거야."

"그전까지 저에게 최고의 친구 같은 건 한 명도 없었어요."

"내 말 믿어, 너한테 친구는 필요하지 않아. 널 이용해먹을 남일 뿐이야. 넌 모든 걸 그들의 시간에 맞춰야 돼. 넌 그들이 부를 때면 언제든지 이야기를 나눠야 하지만, 절대로 제때 그들을 붙잡을 수는 없어. 그들은 뭔가 필요할 때만 전화를 할 거야. 다른 친구의 전화번호를 물으려고 전화할 때도 있을 거야. 그들은 널 기다려주지 않아. 우리 아빠가 죽어갈 때 그들이 어디에 있었지? 그리고 그들은 언제나, 언제나, 너보다는 여자를 선택할 거야. 영원히 그럴 거다. 나도 그랬어. 사랑은 개뿔, 다만 섹스가 불가항력인 거지. 그리고 여자가 생기면 넌 그들한테 성가시기만 한 존재야. 아닙니다, 선생님껜 친구 같은 건 전혀 필요 없습니다, 빈센트 님."

"그런 식으로 이야기하다니, 그래도 할런은 내 친구 아닌가요?"

"아니야."

"그렇담 뭐죠?"

"난 네 매니저야. 너도 알고 있는 줄 알았는데. 난 네 친구가 되어주려고 여기 있는 게 아니야. 널 도와 네 이력을 만들고 지도해주기 위해서 있는 거야."

"그렇다면 지도 좀 해주세요."

빈센트가 말했다.

난 침대에서 일어나 조리대로 가서 위스키 병을 집었다. 그러고는 컵에 얼음을 넣고 그에게 한 잔 따라주었다.

"이게 지도해줄 거다."

그에게 컵을 건네면서 말했다. 그리고 난 구석 테이블 위에 올려놓은 스테레오 쪽으로 갔다. 시디 더미를 뒤지다가 슬픈 음악 중 내가 제일 좋아하는 앨범의 하나인 데이 마이트 비 자이언츠*의 〈링컨〉을 발견했다. 그날 밤 우린 안달복달하는 대신, 내가 가장 좋아하는 음반들을 한 장 한 장 들으면서 취하도록 마셨다.

"그렇다니까, 너한테 친구 같은 건 필요없어, 빈센트."

밤이 깊었을 때 난 취한 목소리로 가만히 말했다.

"나도 친구가 하나도 없어. 친구에 근접하는 제일 가까운 사람들은 직장 동료들이라고 할 수 있는데 전부 캘리포니아에 있고, 가끔 캘리포니아가 뭐 하는 동네인지도 모르겠다는 생각을 해."

---

* 1980년대부터 활동하고 있는 미국 얼터너티브 록 그룹. 록 음악 외에도 아동음악, 영화음악으로도 잘 알려져 있다.

위스키를 홀짝이며 음악에 맞춰 몸을 설렁설렁 흔들던 빈센트가 고개를 끄덕였다.

"너 말이야, 인간이 서양 땅에 도착했을 때 영혼으로부터 그의 가치가, 그러니까 물이 쏟아지듯 쏟아졌는데, 어떻게 그렇게 된 건지 알아?"

빈센트는 어깨를 으쓱했다. 그는 이제 한 발로 박자를 맞추고 있었다. 난 이야기를 계속했다.

"저 먼 동양에서 인간들은 평온하고 숭고했어. 하지만 유럽과 대서양과 미시시피를 거치면서 인간은 점점 더 본래의 가치를 잃었고, 그렇게 금을 찾기 위해 미시시피를 넘어 캘리포니아까지 갔어. 하지만 그때 또, 캘리포니아에 도착하고 보니, 인간과 동양과 태평양 사이엔 아무것도 남지 않게 되었더란 말이야."

이제 빈센트는 내 말을 듣고 있지 않았다. 나 역시 입을 다물고 음악에 귀를 기울였다. 우린 함께 음악을 듣다가 새벽 네시쯤 곯아떨어졌다. 내게 그날은 지금까지도 빈센트 스피네티와 함께한 가장 아름다운 추억으로 남아 있다.

VII. 제인

73

아무런 차이도 없는 건 맞지만 그래도 금요일과 토요일 밤은 최악이에요. 외로움에 사무친다는 점에서 최악이죠. 할 수 있는 최선은 이 세상에 당신 같은 사람이 한 명 더 있기를 희망하는 것이지만, 있다고 해도 그녀 역시 집 밖을 나서지 않기 때문에 만날 길은 요원해요. 그러니 남은 건 자신의 생각뿐인데, 머릿속에서 그 생각들은 아름답게 태어난 무장경호원들처럼 전화를 걸고, 전화를 끊고, 이리저리 돌아다니고 있어요. 이런 생각들 가운데 있다보면, 바깥세상은 어떻게 돌아가는지 생각하게 되죠. 그 세상에서 당신이 꿈꿔온 소녀는 배려심 없는 한 남자 때문에 파멸일로를 걷고 있습니다. 당신 입장에선 그녀의 목소리만 들어도 일주일은 행복할 텐데, 정작 그는 낮과 밤을 그녀와 함께 있으면서도 아무 생각이 없죠. 시내 건너편

어딘가에는 웃을 일과 즐거운 일, 친절과 사랑이라 말할 수 있는 것이 존재해요. 시계도 보지 않고, 잠도 오지 않을 정도로 즐거운 시간을 보내는 이들이 있어요. 난 잠을 잘 때만 기분이 좋아요. 얼마간 죽음처럼 느껴지거든요. 모든 이가 잠든 이른 아침의 몇 시간 동안이 유일하게 외롭지 않은 때예요. 하지만 지금 이 순간은 남자친구들과 여자친구들이, 사랑에 빠진 사람들이 두 눈을 커다랗게 뜨고 깨어 있어요. 그들은 끼리끼리 몰려다녀요. 그들은 끼리끼리 몰려다녀요. 끼리끼리 몰려다녀요. 서로에게 베푸는 것 말고 그들이 하는 일 중 가치 있는 것은 아무것도 없죠. 친구들, 친구들, 친구들. 친구들. 자기들끼리만 통하는 농담들. 지금 셀 수 없을 정도로 허다한 멍청한 대화가 계속 되고 있어요. 당신이라면 택시기사와도 깊이 있는 대화를 나눌 수 있을 텐데요. 기사에게 말해줄 수 있을 텐데 말이죠. 트래비스 비클*에게 택시는 자기 고독에 대한 은유였다고. 당신을 보고 싶어하는 사람은 없어요. 지구상에서 당신을 생각해주는 사람이 단 한 명도 없는데 당신이 살아 있다고 할 수 있을까요? 채드야 언제나 살아 있겠죠. 사람들은 참 생각 없이 계획을 세우죠. 전화를 거는 일로 심사숙고하는 법이 없어요. 집이 침침해 보이네요. 콘택트렌즈에 잿빛 티끌이 붙어 있어요. 하지만 당신은 할 일이 있죠. 그들에겐 없는 일이죠. 그들은 겁쟁이들이에요. 사람들은 다들 혼자 있는 걸 너

* 영화 〈택시드라이버〉의 주인공. 베트남전 참전용사로 고향에 되돌아온 후 모든 사회악을 쓸어버려야 한다는 강박에 사로잡혀 불면증에 걸린 야간 택시 운전사다.

무 두려워하는 것 같아요. 외따로 떨어져 누워 그 사실을 받아들이려면 강해져야 해요. 사람들은 다만 서로 몸을 섞고 싶을 뿐이고, 그것만이 오늘밤 그들의 가장 큰 관심사죠. 당신은 비극을 원해요. 암살. 대학살. 지진. 몰락해 스러지는 도시. 당신처럼 보통사람들도 티브이에 출연하게 만들 그런 대단한 사건 말이에요.

—내가 다시 로스앤젤레스에 가 있을 때
빈센트가 보내 온 이메일

74

대프니, 카리에 이어 닐에게마저 철저하게 상처받은 빈센트는 아카데미에서의 마지막 일 년 반 동안 점점 더 폐쇄적으로 변해갔다. 오로지 작품에만 집중하면서 그는 더 많은 작곡을 했고, 두어 편의 영화 시나리오와 전 시즌에 달하는 분량의 티브이쇼 대본을 썼다. 열한번째 해가 되자, 그는 학교에서 배울 게 거의 없었다. 담당 교사들은 이구동성으로 그가 아카데미를 그만두고 직업 작가로 나가도 충분하다고 했다.

뉴르네상스 아카데미를 졸업한 해 여름, 난 실베인을 도와 빈센트의 티브이쇼를 홍보하러 로스앤젤레스로 돌아갔다. 내겐 익숙한 일이었다. 빈센트에게 함께 가자고 말했지만 그는 '캘리포니아는 물론이고, 다른 어디에도 가고 싶지 않아요' 라며 거절했다. 그렇게 그는 채드의 음악에서 발생한 저작권료의 10퍼센트로 구입한 새 아파트에서 스스로 부과한 유배생활을 견뎠다.

채드가 제 딴엔 '셀프타이틀' 이라 명명한 앨범은 빈센트가 열일곱 살 때 발매되었다. 빈센트가 열여덟이 되었을 때 채드는 음반 산업의 구세주로 알려지게 되었다. 그에겐 재능이, 그의 음악엔 힘이 있었고, 아찔할 정도로 잘생긴 얼굴과 카리스마, 지속적으로 타블로이드 1면에 그를 등장시키는 난잡한 행동 덕에 경이적인 수입을 올렸다.

채드는 전형적인 스타였지만, 그의 음악은 색다르고 독창적이었고, 일반 대중도 수긍할 만했다. 비슷한 시기에 뉴르네상스 저작권자들과 에이전트들, 그리고 나 같은 매니저들의 노고로 뉴르네상스의 다른 동창들도 자신의 작품이 일반 대중과 교류하는 걸 보게 되었다.

그들 중 절반 정도가 성공을 거두었다. 난 그들의 작품 다수가 허세적임을 발견했지만, 전반적으로 뉴르네상스는 계획대로 진행되고 있었다.

빈센트는 달리 갈 곳이 없기 때문에 계속해서 코코모에 살았다. 형제들이 있는 크램든으로 되돌아갈 생각도 해보았지만, 어느 누구도 반기지 않을 것 같았다. 그래서 그는 코코모에서 아카데미 시절에 살던 아파트보다는 조금 작은, 방이 하나 딸린 싸구려 아파트에서 살게 되었다.

빈센트의 새 아파트는 흰 벽에 흰 카펫이 깔려 있었고, 현관문을 열면 곧바로 텔레비전과 저가형 가구들이 놓여 있는 거실이 보였다. 바닥엔 스테레오가 놓여 있었고, 수년간 그가 모아오고 다수는 내가 사준 시디와 책이 수북이 쌓여 있었다.

거실 바로 옆에는 빈센트에겐 거의 무용지물이나 다름없는 부엌이 있었다. 그는 요리를 하기보다는 피자와 패스트푸드를 시켜먹는 쪽이었다. 침실은 부엌 바로 옆에 있었지만, 그는 주로 거실 소파에서 잠을 자고 글을 썼기 때문에 마찬가지로 무용지물이었다.

빈센트가 쓴 티브이 대본을 다 읽은 후, 난 다시 캘리포니아로 가기로 결심했다. 텔레비전은 악명이 자자할 정도로 질적, 지적 고갈이 심했고, 빈센트가 쓴 두 편의 훌륭한 티브이쇼는 그런 텔레비전을 구제할 필요충분조건을 뛰어넘었다. 빈센트가 새 아파트로 옮기자 난 다시 르네상스 할리우드 호텔에 예약을 했다. 얼마나 오래 떠나 있을지 몰라서, 난 상사들이 권한 대로 떠나기 전에 내 고객에게 흘러넘칠 정도의 술을 사주었다.

75

실베인과 나는 전화를 받고 또다시 검은 색조로 장식된 세련된 사무실에 갔다. 이번엔 IUI-글로브터너의 고층 빌딩에 있는 사무실이었다. 우리는 10층에 있는 IUI-글로브터너의 가장 큰 티브이 회사인 '엠파이어 텔레비전'의 본부로 갔다. 리포비츠는 아직 사라지지 않은 권력을 행사해 우리가 그의 전前 부하직원들과 만나도록 해주었다.

텔레비전 출연자들은 가수들만큼 출연작의 성공 여부에 전전긍긍하지 않았다. 그리고 난 바로 그 점에서 난 빈센트의 텔레비전 작품을 대중에 선보이는 것이 음악을 발표하는 것보다 쉬울 거라고 예상했다. 캐롤 브래디가 플로렌스 핸더슨보다 더 유명했고, 캐롤 오코너란 이름보다는 아치 벙커란 이름이 더 친근했고, 마이클 리처즈보다 크레이머가 더 유명했다.* 작품만 좋다면, 빈센트의 작품 정도면 배우는 부차적인 문제였다.

실베인과 나는 일곱 명의 백인 남자들과 악수를 나눴다. 저번과 달리 실베인이 에이전트가 되었다는 사실이 업계에 익히 알려졌음

* 플로렌스 핸더슨은 시트콤 〈브래디 번치〉에서 캐롤 역을 맡았고, 존 캐롤 오코너는 시트콤 〈올 인 더 패밀리〉의 주인공 아치 벙커의 역을 맡았고, 마이클 리처즈는 에미 상을 수상하기도 한 시트콤 〈사인펠트〉에서 사악한 이웃으로 나온 크레이머 역을 맡았다.

에도 그는 〈블러드 러스트〉의 묵은 사명을 다시 한번 완수해야만 했다. 물론 그는 개의치 않는 것 같았다.

긴 유리 테이블에 둘러앉아 사소한 이야기를 나눈 후, 그들은 내게 빈센트의 작품에 대해 물었다.

"최고의 작품은 한 시간짜리 정극인데, 물론 코미디적 요소도 있습니다. '드라마디*'란 말은 쓰고 싶지 않습니다만, 그래도 그게 정확한 표현인 것 같습니다. 슈퍼마켓을 배경으로 하니까 제목도 '식료품점'이 적절할 거고요."

그들은 킬킬거렸다.

"네, 웃으시는 게 당연하지만, 제 말을 끝까지 들어주세요. 역사적으로 티브이 드라마는 범죄나 법정이나 병원을 배경으로 했죠. 일전에 『티브이 가이드』를 보니 현재 황금시간대에 방영되고 있는 스물여덟 편의 드라마 중 스물한 편이 이런 범주에 들어가더군요. 4분의 3이 말입니다. 재미있을지는 모르겠지만, 생사를 오가는 상황으로 가득한 이런 드라마들이 차고 넘치는데 굳이 거기에 또다른 드라마 하나를 추가할 필요는 없을 겁니다. 그러니 여러분께서 그저 죽은 창녀들이 즐비한 뻔한 드라마를 찾으시는 거라면, 전 지체 없이 입을 다물겠습니다."

"계속 말씀하시죠."

---

* 드라마와 코미디를 합친 용어.

테이블 끝에 앉아 있는, 짐작건대 사장처럼 보이는 중년 남자가 말했다.

"제 고객 빈센트 스피네티는 상대적으로 재미가 덜한 직업, 흔하고 생색도 안 나고 시시하기까지 한 직업세계에 관해 쓰고 싶어했습니다. 그래서 그는 흔히 볼 수 있는 슈퍼마켓, 지나치게 환한 조명에 자동문에 쇼핑카트 같은 것들이 있는 곳을 배경으로 삼았습니다. 제 생각엔 신선한 콘셉트 같습니다. 일상적인 문제가 산재해 있는 노동계급의 드라마라는 점에서요. 평범한 시청자들이 보고 나만 이렇게 사는 게 아니구나, 라고 생각할 겁니다."

"그래 말씀하신 식료품점에서 무슨 일이 일어나는데요?"

정장을 입은 족속 중 하나가 물었다.

"그곳 직원들은 주중의 노동으로 힘들게 삽니다. 교대 근무로 혹사를 당하고 그래서 자기 삶을 증오하지만, 적어도 그 안에는 소소한 일상의 묘미가 존재합니다. 평범한 일상사가 펼쳐지죠. 누군 해고를 당합니다. 누군 사랑에 빠집니다. 삼각관계도 일어납니다. 손님 때문에 문제가 생깁니다. 사장은 나쁜 놈입니다. 직원들은 파업을 결성합니다. 가끔 그들의 가정사를 볼 수도 있습니다."

"사람들이 텔레비전을 보는 건 말씀하신 그런 것들을 잊고 싶어서인데요." 다른 사람이 말했다. "그런 걸 구태여 보고 싶어할 사람이 있겠어요?"

"작품이 정말로 탁월하니까요. 제 얘기만 들으면 지루하게 여겨질 수도 있지만, 이런 소개만으론 작품 자체를 공정하게 평가할 수 없습니다. 그래서 다들 한번 보시라고 여기 작품의 파일럿 테이프를 가져왔습니다."

내가 일어나 이 멋대가리 없는 작자들에게 비디오테이프를 나눠주는 가운데, 실베인이 내 판촉에 덧붙여 설명했다.

"또 한 가지, 보시게 될 작품은 남녀노소 모두에게 어필한다는 거죠. 모든 연령대의 인물들이 등장하거든요. 십대의 식품 포장 담당원부터 노인 포장 담당원이 등장합니다. 중년의 흑인 여성 계산원이 나와요. 남성 시청자를 끌어들이기 위해 멋진 여배우들을 기용해도 좋겠죠? 베테랑 배우들에게 매니저 역할을 맡길 수도 있습니다. 스타 카메오를 써서 손님 역할을 맡겨도 되고요."

"어떻게 생각하나, 브래드?"

사장이 물었다.

"대본을 좀 봐야겠습니다. 뭘 어째야 할지 저로선 대책이 안 서서요. 기껏해야 슈퍼마켓 체인 광고로 부가수익을 얻는 것에서 끝날 것 같은데요."

"잠시만요."

그들 중 좀 젊은 남자가 말했다.

"슈퍼마켓은 됐고요. 이 콘셉트라면 대기업 간접광고도 가능해요. 식료품점이 아니라 상품 투자를 더 잘 받을 수 있는 배경을 좀 생각해보죠? 텔레비전에서 광고하는 상품의 반은 슈퍼마켓에서 팔잖아요. '슈퍼월마트' 같은 대형마트 업체는 더 하죠. 작품 속 가게도 그런 건가요?"

"아뇨," 내가 대답했다. "그렇지 않아도 슈퍼월마트 같은 곳 때문에 장사가 더 안 되는 보통 슈퍼마켓인데요."

"우리가 좀 바꾸지 뭐," 다른 한 사람이 말했다. "드라마가 히트 치면, 드라마에 나오는 자사 제품을 더 튀어 보이게 하려고 얼마나 많은 광고주들이 돈을 내겠어? 돈을 제일 많이 주는, 협찬 광고를 할 정도로 돈을 많이 내는 광고주들한텐, 그렇지, 특별 디스플레이를 해줄 수도 있고."

사장은 심사숙고중인 것 같았다. 그는 양손 끝을 피라미드 모양으로 맞대고 있었다.

"드라마상의 브랜드를 만들어야 한다고 생각했는데요."

내가 말했다.

"말도 안 돼요."

젊은 남자가 말했다.

"영화에서 간접광고의 규모가 얼마나 커졌는지 알아요? 〈익스트리머 5〉에 나온 차가 전부 베엠베였잖아요. 식료품점이 나오는 드라마에 실제 식품을 쓴다는 게 뭔 잘못이에요?"

"광고 자체가 드라마에서 하나의 캐릭터가 될 수 있을 거야!"

갑자기 사장이 버럭 소리를 질렀다.

"광고가 드라마의 주체가 돼서 이야기를 끌고 나갈 수 있을 거야! 그럼 게나소나 죄다 광고만 쳐다볼 거라고. 리포비츠가 꼬마 놈을 제대로 봤는데? 진짜 천재 새끼 하나 나왔구만!"

76

나는 빈센트의 다른 시나리오에 대해서도 이야기했지만 그 작자들은 신경도 안 쓰던 〈식료품점〉 때문에 들떠 있었다. 두번째로 소개한 건 〈시추에이션 코미디〉란 작품으로, 시트콤 장르를 패러디한 것이었다. 그 작품이 가진 혁신적인 것들 중에서 내가 가장 마음에 들어한 것은 독특한 래프트랙이었다. 〈시추에이션 코미디〉의 래프트랙은 모든 관객들이 웃는 소리를 녹음한 테이프가 아닌, 한 남자가 혐오스럽게 낄낄대며 웃는 소리를 썼다. 또, 파일럿 테이프에 등장하는 세트에는 제4의 벽*이 있는데, 설정상의 사고로 무너지게 된다. 다음번 에피소드에서 시청자들은 세트 앞쪽의 잔디밭에 그 벽이 무너져 있는 것을 보게 된다.

그들은 그 속에 숨은 유머를 이해하지 못했다.

"지금 당장은 〈식료품점〉에만 에너지를 쏟읍시다. 그게 정리된 후에 또 이야기하죠."

---

* 무대 정면에 세워져 있다고 설정된 가상의 벽. 관객은 그 벽을 너머 무대 위의 세계를 본다는 것을 상징한다.

사장이 말했다.

그다음 주에 다시 한번 회의를 하기로 한 후, 실베인과 나는 헤어졌다. 그때까지 계약서를 작성해야 했다.

"한 시간짜리 대형광고를 막 팔아치운 것 같네요."

엘리베이터에서 내가 실베인에게 말했다.

"그래, 그래도 팔긴 팔았잖아. 보니까 앞으로 꽤나 밀어붙일 것 같아."

"빈센트의 드라마인데 그런 짓을 하게 놔두면 안 되죠."

실베인은 아무 말도 하지 않았다. 우리는 엘리베이터에서 나와 까맣고 흰 대리석으로 된 바닥과 벽으로 꾸며진 터무니없이 넓은 로비까지 왔다.

"제 말에 찬성 안 하시나요?!"

내가 소리쳤다.

"뭘 찬성 안 해?"

"그 사람들이 빈센트의 드라마에 그런 식으로 손을 대면 안 된다고요."

"물론 찬성하지. 프롬프츠한테도 얘기할게."

"프롬프츠 얘긴 꺼내지도 말아요. 그 사람이 우리 편이란 생각도 안 하니까요."

빌딩 밖으로 나오면서 실베인은 어깨만 으쓱해 보였다. 그는 신고 있는 드레스슈즈가 보도에 닿기가 무섭게 담배에 불을 붙였다.

"그래도, 리포비츠라면 이런 식은 좋아하지 않을걸요." 내가 말했다. "프롬프츠에게 이야기하지 않을 수는 없겠죠. 그래야 리포비츠의 귀까지 들어갈 테니까. 리포비츠만이 우리의 희망인 것 같아요."

"뭐가 어떻게 되건, 말은 할 거야."

실베인은 작별 인사도 없이 헤어지려는 듯 느릿느릿 걸어갔다.

"잠깐만요."

나는 그를 불러세웠다.

"오늘밤에 뭔가 해야 하지 않을까요? 빈센트의 다른 텔레비전 드라마를 다시 본다던가……"

"안 돼. 형씨 한 명을 만날 일이 있어서, 미안."

"아. 코카인 물주를 만나실 모양이군요."

"입 닥쳐."

"제 말이 맞죠, 그렇죠? 다시 약에 손을 대셨네. 요새 행색이 좀 웃긴다 했더니."

"리포비츠에겐 말하지 마. 말하면 죽여버릴거야."

"알았어요, 〈블러드 러스트〉의 전설 스티븐 실베인 나으리. 걱정 마세요. 행여라도 제가 리포비츠에게 고자질할 수도 있다, 그런 게 아니에요. 그나저나 그분은 좀 어떠세요?"

"지금은 괜찮은 것 같아. 한동안 소강 상태였다나봐. 아, 나 정말 가야 돼. 미안해. 그럼 회의 때건 그전에건 볼 수 있을 때 보자고,

잘 가."

달리 할 일이 없었기 때문에 다음 날 실베인에게 전화를 걸어 그의 약물문제에 대한 대화를 나눴다. 그는 채드 때문에 다시 약에 손을 대게 됐노라고 했다. 리포비츠의 성화로 실베인은 관리 차원에서 레코딩 중인 채드를 가끔 찾아갔다. 레코딩 스튜디오에서 채드는 누워서 떡먹기보다 더 쉽게 실베인을 꼬드겼다. 딴엔 '〈블러드 러스트〉의 조니 레인과 난장판으로 노는 것도 멋질 거'라고 생각한 것이다.

실베인은 처음엔 어느 정도 잘 조절했고, 스튜디오에서도 채드랑 딱 한 번 약을 한 거라고 우겼다. 그런데 얼마 안 가 채드가 미국 최고의 팝스타가 되었고, 스티븐 실베인이 그의 레코드 레이블 계약 건에 중요한 역할을 했다는 소문이 돌았다. 다시금 섭외 대상 영순위에 오르면서 실베인은 부쩍 많은 파티에 초대를 받았고 옛 친구들과도 재회하게 되었다. 그러기가 무섭게 그는 다시 약물의 마수에 빠져드는 건 물론이요, 라울이라는 새로운 딜러까지 알게 되었다. 실베인에게 라울을 소개해준 사람은 당시 라울의 애인이었던 드류 프롬프츠였다.

77

모든 것에 환멸을 느끼고, 산다는 것 자체에 진저리도 나고 직업적인 회의까지 든 나는 그다음 주 대부분을 호텔방의 침대에서 뒹굴기만 했다. 밤낮으로 텔레비전을 보고 씹지도 않고 음식을 넘기면서 나도 실베인에게 부탁해 약 좀 해볼까 하는 생각까지 했다. 얘기를 나누고 싶은 기분도 아니어서 빈센트에게도 전화를 하지 않았다. 내가 한 일 가운데 유일하게 생산적인 게 있다면 〈식료품점〉 문제를 해결할 궁리를 했다는 것뿐이었다. 이젠 뭐가 어떻게 되어도 상관없는 심정이 된 나는 오만하게 최후통첩을 날려버리자고 마음먹었다.

IUI-글로브터너 사 로비에서 십 분 동안 기다리다 휴대전화로 실베인에게 전화를 했다.

"뭐 하고 계세요?"

내가 물었다.

"지금 막 정신 차렸어, 아이고. 어젯밤에 레오네 집에서 죽음의 파티가 있었거든."

"회의에 안 오실 거예요?"

"무슨 회의?"

"빈센트의 텔레비전 계약 건이 있는 회의요."

"아, 그거. 근데 어젯밤에 친구 한 명을 데려와서 말이야, 걔가 아직 있거든? 나 없이 좀 어떻게 해봐, 응?"

"하지만 당신이 에이전트잖아요. 난 그냥 매니저라고요. 캘리포니아 법률상 매니저는 계약 협상 같은 건 하면 안 되잖아요?"

실베인이 웃었다.

"원칙을 따지자면 그렇지. 근데 결국 매니저가 다 알아서 계약은 하는 거야. 그런 건 걱정 안 해도 돼. 가서 주는 대로 서명해줘. 나중에 보자고."

난 안내를 받아 사무실로 가 자리에 앉았다. 이번엔 웬 여자 한 명이 와 있었는데 어느 누구도 소개를 해주지 않았다.

아무 생각 없이 계약서 내용을 숙독한 후 옆으로 밀쳐놓은 나는 아무 말도 하지 않았다.

"무슨 일이라도……?"

사장이 말했다.

"다 좋은데요. 빈센트와 전 간접광고를 안 한다는 조건에 대한 동의가 이루어지지 않을 경우 〈식료품점〉 계약을 하지 않기로 결정했습니다."

"말도 안 돼요. 우린 그것 때문에 계약하려는 거라고요."

"그렇다면 죄송합니다. 전 이 계약을 체결할 정도로 양심 있는 사람이 아니라서요."

"그렇대도 하등 문제될 건 없습니다, 아이플러 씨. 우리 쪽에서 하루아침에 슈퍼마켓 드라마를 만들어낼 수 있으니까요."

"안 되죠. 전 빈센트의 아이디어에 대해선 늘 저작권을 취득해놓고 있거든요."

"그렇다면, 〈백화점〉이란 드라마를 만들면 됩니다. 그러면 문제가 안 돼죠."

이런 상황은 예상한 바였다.

"좋습니다. 〈식료품점〉을 드리죠. 하지만 한 가지 조건이 있습니다."

"그건 또 뭐죠?"

"빈센트에겐 새로운 케이블 채널을 위한 아이디어가 있습니다. 〈식료품점〉이 방영될 즈음, 그것도 방송했으면 좋겠습니다."

"아이플러 씨. 지금 우리가 이 드라마의 전 시즌에 해당하는 판권을 사고 있는 마당에, 교환 조건으로 채널을 통째로 달라는 겁니까? 말도 안 되는 소리를 하시는군요."

"아니 잠깐만요. 그렇게 말도 안 되는 게 아닙니다. 그의 아이디어는 '예술 티브이'라는 겁니다. 예술 티브이는 평범한 텔레비전 수상기를 하나의 회화 액자로 바꿔서, 그 액자에 고대부터 현대에 이르는 회화 작품을 보여줄 겁니다. 이 분마다 그림이 바뀝니다. 화면 하단에 작품 제목과 예술가의 이름이 뜹니다. 배우도 스튜디오도 필요없으니 진짜 헐값에 제작이 가능하고, 광고도 거의, 아니 아예 필요없습니다."

"그게 답니까?"

그들 중 한 사람이 물었다.

"그림만 뜨는 게 다냐고요."

"네, 하지만 〈서바이벌〉 한 시간짜리보다 달리의 그림 이 분짜리가 더 많은 내용을 담고 있다는 건 장담합니다. 평균 수준의 미국인들에게 예술을 소개하는 최고의 방법이 될 거라고 생각합니다. 박물관에 발 한번 들여놔본 적 없는 사람들도 소파에 드러누워 생애 최초로 예술에 다가서게 될 겁니다. 건성으로 보다가 시선을 끄는 그림이 나오면 주시하면서 다음 화면을 기다리게 될 겁니다. 그걸 계기로 예술 애호가가 될 수도 있고, 그렇지 않다고 해도 최소한 감상하는 법은 알게 될 겁니다. 집중해 보지 않더라도 그냥 텔레비전을 틀어만 놓아도 괜찮고요. 방을 꾸며주는 데 일조할 수도 있죠. 파티에선 좋은 이야깃거리가 될 수도 있고요, 암요."

"잘될 것 같지가 않은데요, 아이플러 씨." 사장이 말했다. "사람들은 엔터테인먼트를 원합니다. 그건 엔터테인먼트라고 할 수 없어요."

다른 사람들이 고개를 끄덕였다.

"그냥 그림이잖아요."

다른 사람이 말했다.

"장담합니다. 보통 시청자라면 무시해버릴 겁니다."

"그건 엔터테인먼트가 아닙니다."

다른 사람이 반복해 말했다.

"그거면 된 것 아닌가요? 전 텔레비전이 진짜 엔터테인먼트를 제공한다고 생각하지 않습니다. 텔레비전은 심심할 때 시간을 때울 수 있다는 것 말고는 가치가 거의 전무합니다. 바보를 더 바보로 만듭니다. 지금 여러분은 시답잖고 무뇌아적인 티브이 채널들만 들끓는데도, 실제 예술을 방송에 내보내는 문제에 관심 있는 사람은 아무도 없다고 말씀하시는 겁니까?"

"재미가 없잖아요."

그들 중 한 사람이 투덜대듯 말했다. 난 있는 힘껏 큰 소리로 한숨을 내쉬었다.

"제가 감히 저 텔레비전을 틀어봐도 될까요?"

나는 벽에 걸린 평면 플라즈마 스크린을 가리키며 물어보았다.

"되다마다요. 그런데 왜요?"

"요점을 말씀드리고 싶어서요."

사장이 테이블 끝에 놓여 있던 리모컨을 내 쪽으로 밀어주었다. 난 자리에서 일어나, 텔레비전을 켜고 채널 2번을 눌렀다.

78

"장단 좀 맞춰주세요. 전 여러분께 '예술 티브이' 같은 프로그램이 진정한 발전을 가져올 거란 점을 입증하고 싶습니다. 보세요,

광고, 또 광고군요. 이제 프로그램 하나가 시작되네요. 이건 전에도 봤어요. 제이 리노가 하는 짓을 그대로 베껴먹고 있죠. 도대체 왜 리노의 시청률이 늘 데이브*를 능가하는지 설명해주실 분, 혹시 계신가요? 그 사실이 이 나라에 대해 시사하는 바가 무엇인지 느껴지지 않으세요……? 데이트 알선 프로그램을 하네요. 분명 얼마 안 가서 저 여자애가 '제가 당신을 선택해야 하는 이유를 말씀해주세요' 라고 말할 거고, 그럼 남자는 '말보다 직접 보여드릴까요?' 라고 한 다음 포르노 영화 장면 빰치게 키스를 해댈 겁니다…… 또 광고군요, 만화, 광고, 젊고 화끈한 라틴 배우들이 나오는 드라마…… 광고, 자 또 하나 나왔죠? QVC**죠? 쇼핑 채널도 있는데 예술 채널은 필요없다 이 말씀이시죠…… 광고. 제발 부탁인데, 오르가슴에 다다른 듯한 배경음이 들리는데 알고 보니 캔디바를 빨거나 머리를 감는 게 전부인 광고 좀 안 보고 살면 안 될까요……? 디스커버리 채널입니다. 크리스토퍼 로웰***이 침대커버에 대해 떠드는 것의 '디스커버리discovery' 일 뿐이죠…… 〈재퍼디〉****! 말 내장 먹기 대회니, 거짓말 대회니, 가장 헤픈 여자니 하는 리얼리

---

* 〈제이 리노의 투나이트쇼〉의 진행자 제이 리노와 〈데이브 레터맨 쇼〉의 진행자 데이브 레터맨을 가리킨다.

** 미국 티브이 홈쇼핑을 전문으로 하는 다국적 기업. 4개국 1억4천1백만 소비자를 대상으로 쇼핑 방송을 하고 있다.

*** 미국의 유명한 인테리어 디자이너. 자기 이름으로 된 토크쇼를 진행하기도 했다.

**** 전세계 티브이 네트워크를 통해 방송되는 유명한 퀴즈쇼.

티쇼와는 차원이 다르게 지적 소양에 상을 주는 몇 안 되는 티브이 쇼죠. 단 한 번이라도 리얼리티쇼에 얼굴을 내밀었다면, 전 그가 누구건 간에 환멸을 느끼지 않을 수가 없습니다. 이런 말을 하는 게 실례인지도 모르겠군요. 지금 이 방에 계신 분들 중 어떤 분은, 아니, 미국땅의 어느 가정 중 누군가는 언제인지는 모르지만 리얼리티쇼에 나왔을지도 모르니까요."

그들 중 한 남자가 손을 들었다.

"〈템테이션 아일랜드〉*에 나온 적이 있어요."

그가 말했다.

"유감을 표합니다…… 패밀리 채널에서 올슨 자매가 나오는 시트콤을 하는군요. 빈센트의 〈시추에이션 코미디〉엔 흥미를 느끼지 않으시는 이유를 모르겠습니다. 시트콤은 경멸 당해도 쌉니다. 텔레비전에서 하는 거의 모든 시트콤은 클리셰로 점철돼 있습니다. 언제나 뉴욕이 배경이죠. 판에 박힌 캐릭터들만 우글대죠. 알쏭달쏭한 대사만 쏟아내는 난잡한 섹스광이 꼭 한 명씩 나오죠. 배경에 따라 으레 오지랖 넓은 이웃이나 변덕스럽고 괴짜 기질이 있는 리셉셔니스트가 꼭 나오죠…… 광고, 돈 달라고 요구하는 종교 채널입니다, ESPN, ESPN 2…… TNT 채널에선 〈NYPD 블루〉**가 나

---

* 미국 폭스 채널에서 방영된 리얼리티쇼. 애인이 있는 독신자들이 유혹을 이기고 관계를 지켜나가는지를 실험하는 내용이다.

** 뉴욕 경찰들의 일상을 그린 드라마.

오고 있습니다, 궁둥짝을 대놓고 보여줘서 혁신적이죠…… 광고, VH-1 채널. 텔레비전 사상 가장 생각 없는 채널일 겁니다. 보세요, 이번 달에만 열번째로 〈쇼걸〉을 보여주고 있어요. 음악만 적절하게 쓰인 영화였죠…… 콘돔 광고, 뉴스 네트워크, 광고, 동물만 보여주는 채널입니다. 동물에 헌신적인 또다른 채널, MTV입니다. 여기서 틀어주는 음악은 자사의 리얼리티쇼 난장판에 깔리는 배경음악이 전부예요…… 광고, 여기도 뉴스 네트워크, 여기도 뉴스 네트워크, 광고. 아, 요새 '아메리칸 무비 클래식'으로 통하는 영화 〈프레데터〉를 해주는군요. 우아한 프레드 아스테어도 아니요, 신사 지미 스튜어트도 아닙니다. 바로 괴물에 총질하시는 캘리포니아 주지사*이십니다…… 〈할리우드 E! 뉴스〉, 제니퍼 애니스톤의 인생이 얼마나 멋진지 얘기해주는 쇼죠. 만신창이 스타들의 씨가 말라서 요샌 포르노 스타의 〈트루 할리우드 스토리〉를 보여주고 있어요. 그게 아니면 '가장 섹시한 발의 스타 200' 같은 순위를 발표하죠. 이런 덜 떨어진 엔터테인먼트 채널에선 늘 그런 순위를 뽑더라고요…… SF 채널, 광고, 카툰 네트워크. 〈심슨 가족〉이나 〈사우스파크〉처럼 황금시간대에 하는 몇몇 만화는 텔레비전에 대해 가장 날카로운 풍자시를 썼다고 할 수 있습니다…… 여행 채널, 가정 원예 채널, 푸드 채널, 여긴 또 쇼핑 네트워크고, 광고, 또

* 2003년 10월부터 미국 캘리포니아 주 주지사로 있는 아놀드 슈왈츠네거를 말하는 것.

뉴스 네트워크, 광고, 골프에 몽땅 쏟아붓고 있는 채널, 오로지 드라마만 나오는 채널, 광고, 비디오게임만 줄창 나오는 채널, 광고, 이게 전부입니다."

난 텔레비전을 껐다.

"이런 것들이 티브이가 우리에게 주는 전부입니다. 여러분 말씀이 맞을지도 몰라요. 티브이에 예술이 들어설 자리는 없는지도 모릅니다. 티브이는 정녕 광활한 황무지와 같아요. 저는 다만 여러분께서 설령 지루하더라도 티브이 화면에 어떤 가치를 부여할 기회의 문을 기꺼이 열어주실지도 모른다고 생각했습니다. 하지만, 어느 분도 그럴 의향은 없으신 거죠. 이걸로 끝인 거죠?"

"전 있어요."

모두가 고개를 돌려 그 말을 한 사람을 쳐다보았다. 그 여자였다.

"윗킨스 씨?"

사장이 말했다.

"네, 한말씀 드릴게요. 전 그럴 의향이 있습니다." 그녀가 조용히 말했다. "좋은 아이디어라고 생각합니다. 사실, 말씀하신 모든 것에 동의하는 바입니다."

"감사합니다."

내가 말했다.

"별 말씀을……"

"뭐가 그렇게 마음에 드시는 거죠, 윗킨스 씨?"

"무언가 가치 있는 것을 소개해주셔서 좋아요. 시청자들에게도 긍정적인 영향을 미칠 수 있는 그런 사안이에요."

"이 프로젝트를 직접 맡고 싶으신 건가요?"

사장이 물었다.

"기꺼이 그러고 싶습니다."

"여기에 이의 있는 분 계십니까?"

그들은 입도 뻥긋하지 않았다.

"좋습니다, 아이플러 씨. 여기 윗킨스 씨가 '예술 티브이'를 책임지는 걸로 하죠. 계약서에 한 항목을 첨가해서 식료품점 드라마 말고도 예술 채널까지 사겠습니다. 계약을 이행할 시기가 되면 전화 드리죠."

회의는 다음으로 연기되었다. 사무실을 나가기 전 나는 그 여자에게 미소를 보냈고, 그녀도 화답했다.

"아이플러 씨!"

복도 저쪽에서 누군가 내게 소리쳤다. 뒤돌아보니 그 여자가 내게 달려오고 있었다.

"아이플러 씨, 사무실에서 하신 말씀, 정말, 진심으로 좋았어요."

"감사합니다. 할런이라고 부르세요."

"네. 전 모니카예요."

그녀가 손을 내밀었다.

"전 신입사원입니다. 저분들이랑 함께 회의를 진행하면서 뭔가 말한 건 이번이 처음이에요."

"그렇게 해주셔서 감사합니다. 정말로 감사하게 생각하고 있어요."

"예술 채널 프로젝트를 제가 책임지게 된 것에 별 이의 없으시길 바랍니다. 정말 멋진 생각 같아요."

"이의가 있을 리가요. 잘해내실 거라고 믿습니다."

우리가 복도 중간에 서서 이야기를 하는 동안 그 작자들이 줄지어 지나갔다.

"또 하나, 궁금한 게 있는데요, 할런? 맞나요?"

"네."

"이러면 안 되겠지만, 평소엔 절대 이러지 않거든요, 언제 한번 만나주실 수 있으신지요. 이 도시는 처음인데다가, 아니, 그러니까 데이트 같은 그런 게 아니라요, 그러니까—"

"좋습니다."

"예술 채널에 대한 이야기도 나누고, 또 만약에—"

"좋습니다."

79

모니카 윗킨스는 내 필생의 사랑이었다. 그녀를 만나기까지는 삼십구 년이 걸렸지만, 그녀를 사랑하게 되는 데는 한 시간 남짓밖에 걸리지 않았다. 우린 이탈리안 레스토랑에서 식사를 했고, 식사가 끝날 즈음엔 일 얘기는 전혀 하지 않게 되었다. 난 그녀에 대한 모든 것을, 그녀가 살면서 겪은 모든 행복과 고통을, 고등학교 시절의 그녀는 어떤 사람이었는지, 그녀의 일상은 어땠는지 알고 싶어졌다.

그녀는 서른네 살이었고, 켄터키에서 자랐다. 대학에서 경제학 석사학위를 받았지만 그녀가 진정 사랑하는 것은 예술이었다. 예술계 쪽에서 직업을 구하는 데 실패한 후 그녀는 '엠파이어' 케이블 개발사에서 팔 년간 일했다. 그곳에서 그녀는 마침내 부사장으로 진급했고 그 때문에 로스앤젤레스로 전근을 오게 되었다.

그녀는 인생에서 가장 행복한 날을 기억하지 못했지만, 나중엔 나를 만난 날이라고 말하게 되었다. 그녀의 인생에서 가장 슬픈 날은 십대 때 아버지가 심장마비로 돌아가셨을 때였다. 고등학교 시절 그녀는 수줍음이 많은 외골수였고, 잘나가는 애들을 혐오했다. 그녀의 일상은 관심이 전무하다시피 한 케이블 채널 관련 업무나, 수영복 입은 개를 주인공으로 한 리얼리티쇼의 프리젠테이션을 듣는 게 대부분이었다. 밤이 되면 그녀는 고양이와 함께 집에서 독서나 음악 감상을 즐겼다.

어깨까지 내려오는 갈색 생머리를 한 그녀는 내가 그때까지 본 가장 사랑스러운 얼굴이었다. 그녀가 화장을 했는지 그렇지 않았는지는 잘 모르겠다. 나이보다 훨씬 어려 보이는 얼굴이었고 미소가 정말 아름다운 여자였다. 작은 체구에 어떤 옷을 입어도 잘 어울리는 몸매였고 갈색 눈동자였다.

저녁을 먹은 후 우리는 함께 내 호텔방으로 가 새벽 세시까지 이야기를 나누었다. 그녀가 자리를 뜰 때까지도 우린 서로에게 손 하나 대지 않았다.

그녀가 가장 좋아하는 뮤지션은 밥 딜런이었고, 가장 좋아하는 티브이쇼는 〈샌포드 앤드 선〉*, 가장 좋아하는 영화는 〈폭력 탈옥〉** 이었다.

다음 날 난 아무한테라도 모니카에 대한 이야기를 하고 싶은 마음에 빈센트에게 전화를 걸었다. 하지만 빈센트는 받지 않았고 응답 전화도 하지 않았다. 다음 날에도 그는 전화를 받지 않았고, 난 걱정이 되기 시작했다.

어쨌거나 스티븐 실베인이 수정된 계약서에 사인을 하기로 했기 때문에 난 굳이 로스앤젤레스에 머물러야 할 의무가 없었다. 모니카를 두고 떠나는 것이 싫었지만 빈센트에 대한 내 책임이 과중한 만큼 그가 어디에 있건 그에게 가기로 결정했다. 모니카가 공항까

---

* 1970년대에 미국 NBC에서 인기리에 방영된 시트콤으로 1980년대에 리메이크되기도 했다. 오리지널 작품은 BBC의 〈스텝토 앤드 선〉이다.

** 감옥을 무대로 한 최고의 명작이자 주연을 맡은 폴 뉴먼의 연기가 정점에 달한 작품으로 평가받고 있다.

지 배웅을 나와주었다. 여자에게 이런 대접 받기를 언제나 남몰래 바랐던 나는 기분이 좋았다.

80

인디애나로 돌아가는 비행기에서 빈센트에게 몇 번 더 전화를 걸었지만 마찬가지로 받질 않았다. 그제야 난 소파에 죽은 채 누워 있는 그를 발견하는 건 아닌가 두려워졌다.

그의 아파트 문을 두들길 때 쿵쾅거리는 내 심장박동이 귀에 들려오는 것만 같았다. 다행히 그는 살아 있는 모습으로 문을 열어 주었다.

"어디 갔던 거니!?"

그를 보자마자 난 물었다.

"여기 있었는데요."

"왜 내 전화 안 받았어?"

"얘기하고 싶은 마음이 안 들어서요."

"빈센트. 너 때문에 얼마나 걱정했는 줄 알아?"

"죄송해요."

그는 소파 위에 털썩 주저앉더니 주먹싸움에서 진 사람처럼 자주색 고리 모양의 그늘이 진 눈으로 나를 올려다보았다. 그의 머리는 평소와 달리 많이 길어 있었다. 늘 머리를 기를 것처럼 놔두다가도 정말 길어지기 전에 늘 자르던 그였다. 평소와 다름없이 그의 앞머리의 반은 이마를 가리고 반은 이마 위로 물결쳐 올라간 모습이었다. 머리를 자르고 수염도 깎을 때가 됐다. 또 뭔가를 좀 먹어야 할 것 같았다. 키가 겨우 좀 자란 편이지만 그 때문에 더 말라 보여서, 구겨지고 때묻은 옷을 입은 모습이 마치 영양실조에 걸린 좀비 같았다.

난 그의 옆에 앉았다.

"왜 얘기가 하기 싫은 건데?"

내가 물었다.

"죄송해요. 걱정 끼쳐드릴 생각은 없었어요. 너무 부끄러워서 말씀도 못 드리겠어요."

그의 목소리는 임종을 맞이한 노인처럼 차분하고 조용했다.

"뭐가 부끄러워?"

"가신 이후로 아무것도 쓰지 못했어요."

난 이 주도 더 넘게 떠나 있었고, 빈센트가 뉴르네상스의 일원이 된 후 그렇게 오랫동안 글을 쓰지 않은 건 처음이었다.

"부끄러워하지 않아도 돼. 이제까지 쉬지 않고 열심히 했는데 뭘. 몇 주 좀 쉰다고 해서 큰일 나는 건 아니야. 그래야 매너리즘에 빠지는 일도 없지."

"저보다 나이도 두 배는 많고, 수십 년 동안 음악을 만들어도 단

한 곡도 팔지 못한 사람들도 있는데 전 이렇게 많은 걸 이루었잖아요. 그저 일만 열심히 하면 되는 건데 손도 까딱 못 하겠어요. 괴로워요."

"기운내. 〈식료품점〉이랑 예술채널 일이 잘됐어. 그쪽 사람들 말이 한동안 다른 모든 건 보류하자더라. 한꺼번에 다 사고 싶지는 않대."

"〈식료품점〉을 마음에 들어하던가요?"

"그럼. 그래 그동안 어떻게 지냈니?"

"아무것도 안 했어요. 그나마 생산적이라 할 수 있는 건 당신한테 메일 보낸 게 다 예요. 답장 주시기만 기다렸는데."

"너하고는 인터넷으로 소통하는 거 싫어. 그런데다, 답장을 바란 메일이라고는 생각 안 했는데."

"아."

"그래도, 내가 받아본 최고의 이메일이었어. 저장해뒀지. 요새 계속 기분이 안 좋은가보구나."

"네."

"미안하다. 나도 캘리포니아에서 갑자기 우울해져서 혼났어. 내가 뭐 해줄 건 없니?"

빈센트가 내 시선을 외면했다.

"술 좀 더 사주실래요?"

"그 많은 술을 벌써 다 마셨어?"

"그래서 더더욱 말씀 못 드렸어요."

"빈센트, 몇 달은 못 볼 것 같아서 맥주랑 위스키를 그렇게 많이 사준 거였는데."

"알아요."

"그런데 혼자서 그 많은 걸 다 마셨다고?"

"네."

"일이 손에 안 잡힐 만도 하다."

"제 딴엔 술을 마시면 일이 더 잘될 거라고 생각했어요. 하지만 더 못 하겠더라고요. 죄송해요."

"괜찮아, 하지만 술은 더 안 사줄거야."

"제발요, 할런. 다른 사람은 몰라도 당신만큼은 제 문제를 해결해주셔야죠."

"사실, 얼마 전에 나부터 술을 줄이자고 결심했거든."

"왜요?"

"사랑하는 사람이 생겼어."

"할런! 잘됐네요! 제가 어렸을 때부터 당신에게 짝이 나타나길 바랐잖아요."

난 그에게 모니카에 대해 속속들이 이야기해주었고, 그는 진심으로 기뻐해주는 것 같았다. 하지만 난 새롭게 사랑을 시작한 내 인생이 그의 상황엔 아무런 도움이 되지 않는다는 사실을 알았다. 그가 다시 일을 한다는 조건으로 난 여행가방에서 반 병 남은 스카치위스키를 꺼내주었다.

81

그후 한 달이 지났지만 빈센트는 여전히 일에 손도 못 대고 있었다. 이래저래 애를 쓰는 눈치였지만, 밤낮으로 술에 취해 감상적인 상념에 잠겨 있을 때가 대부분이었다.

"독수공방으로 이번 겨울을 제대로 날 수 있을지 모르겠어요."

빈센트가 밀러라이트 병에 손을 뻗으며 말했다.

"앞으로 평생 크리스마스가 어떤지도 모르고 살게 될 것 같아요."

"이제 7월이야."

내가 말했다.

나와 고용주들은 알코올이 빈센트에게 미치게 될 영향에 대해 잘못 계산한 것 같았다. 피츠제럴드, 포크너, 헤밍웨이, 케루악, 베를렌, 로리, 로빈슨, 토마스, 스마트, 카버, 카포티, 크레인, 크레인, 뢰스케, 멜빌, 오닐, 오하라, 루이스, 앤더슨, 파커, 런던, 드라이저, 라드너, 커밍스, 재렐, 울프, 베리먼, 로월, 치버, 챈들러, 브라우티건, 섹스턴, 해미트, 윌리엄스, 스타인벡, 포우가 알코올중독 때문에 위축당하기는커녕 도리어 사기를 진작한 것을 생각한 우리는 어리석게도 음주가 그를 더욱 훌륭한 작가로 만들어줄 거라고 판단했던 것이다.

이유야 어쨌건 음주는 빈센트의 창작 능력에 도움이 되지 않았다. 사실 그 정반대인 것 같았다. 그는 창조적인 욕구, 그에게 계속 살아야 할 근거와 이유를 부여해주었던 욕구를 완전히 상실했다. 그가 욕구를 상실할 경우 결국 예술적 기질이 농후한 이들이 공통으로 취하는 또다른 행동인 자멸을 택할 거란 생각에 이르자, 난 두려워졌다.

"전 이제 모르겠어요."

만취해 부엌 리놀륨 바닥에 드러누운 빈센트가 될 대로 되란 듯이 말했다.

"아름다움이란 것도 껍데기에 지나지 않는단 말이 있잖아요."

"응."

"근데, 요새 제가 진짜 못났다는 생각이 들어요. 진짜 못났어. 진짜. 못났어. 그래서 생각한 건데, 정말 아름다움이란 게 껍데기에 불과하다면, 못난 것도 껍데기뿐인 거고, 그럴 바엔 스테이크 칼로 내 몸을 열어 보여주는 게 어떨까 싶어요."

그나마 취기로 인한 무감각과 목을 죄어오는 절망감이 그를 행동에 이르지 않게 막고 있었다. 언제고 그런 일이 일어날 것이 자명했기 때문에, 자살이나 알코올중독처럼 옛날 예술가들과 작가들에게 흔한 특성을 심어주어야겠다고 오래전에 계획을 세워놓은 터였다.

난 빈센트에게 병원에 가서 그의 총체적 권태를 치유해보라고, 또 그의 무기력증이 신체 건강의 문제는 아닌지도 알아보라고 말했다. 의지력 같은 건 변기에 모조리 흘려버린 그였기 때문에 그는 일절 반발 없이 병원에 가겠다고 했다. 난 어마어마하게 많은 돈을 주는 대가로 토씨 하나 틀리지 않고 내가 시킨 대로 말할 것을 미리 약속한 일반의에게 그를 데려갔다.

진료를 받은 후 빈센트는 내가 기다리고 있던 대기실로 나왔다. 그는 미소도 울상도 아닌, 황당하고 불신에 찬 표정을 하고 있었다. 그는 애꿎은 멜빵을 잡아 앞으로 쭉 당겼다.

"뭐래?"

내가 물었다.

"결핵이래요. 치유가 불가능한 종류라는데."

82

결핵과 다작多作의 역사적 상관관계는 떼려야 뗄 수 없다. 키츠에서 카프카까지, 질병은 수많은 천재들의 번다한 마음에 들러붙어 그들의 능력이 되는 한 작품을 완성하도록 채찍질했다. 하지만 결국 과학이 질병의 길을 막았고, 오늘날에도 출현하는 병들의 경우에는 치유가 가능케 되었다. 빈센트의 가짜 병을 제외하면. 이 계략에 대해 난 나 자신도 충분한 우울증과 사회공포증, 위경련, 고혈압 같은 건강상의 문제를 겪은 적이 있다는 것으로 합리화했다.

고차원적인 윤리의식만으로는 빈센트가 다시 글을 쓰는 데 제대로 영감을 불러일으키지 못하자, 난 의사를 시켜 결핵의 진전을 늦추는 약을 처방하게 했다. 사실 그 약은 그의 원기를 북돋우고 집중력과 동기부여를 높이는 데 쓰이는 암페타민*의 일종인 덱세드린이었다. 의사는 그에게 약을 먹고 술을 많이 마셔선 안 된다고 경고했고, 나는 그렇게 해서라도 그가 비생산적 경음마식鯨飮馬食을 관두길 바랐다.

빈센트에겐 안된 일이지만 그 약을 먹으면서 그는 거의 한잠도 잘 수 없게 되었다. 하지만 약과 무시무시한 처방전은 목적에 부응했다. 그후 반년 정도, 빈센트는 술을 끊고 더없이 왕성한 창작력을 발휘했고, 특히 이른 아침에 주로 일을 했다.

"결핵은 좀 어때?"

한번은 그에게 물었다.

"괜찮아요. 하지만 아직도 정말 그 병에 걸렸다는 생각이 안 들어요."

"아직도 안 믿는다 이거지?"

"증상도 전혀 없었고, 기침은 전보다 더 줄었거든요. 그전엔 늘

---

* 중추신경과 교감신경을 흥분시키는 각성제.

알레르기 때문에 무진장 고생했잖아요. 하지만, 뭐가 어쨌건 간에 신경 안 써요. 정말 결핵이라면, 기분 좋아요."

"왜?"

"이유가 분명하니까. 더 살고 싶은 마음이 들거든요."

"예술가에겐 최후가 임박해 있다는 생각은 좋은 거 같다."

"아, 당연하죠. 전 정말 오래전부터 그런 생각을 했어요. 늘 어떻게 죽을까 하는 낭만적인 생각을 했거든요. 날 죽이기 위한 용도의 총알이 이미 만들어졌다고 믿어요. 바로 이 순간 세상 어딘가 있는 상자 속에 도사리고 앉아 절 기다리고 있을 거예요."

"네가 암살이라도 당할 것 같니?"

"생각을 그런 식으로 한다는 거죠. 그냥 '그들이 내 어딜 쏠까? 심장? 머리? 내 얼굴에 대고 쏠까? 고통이 오래 갈까? 미소를 지으면서 죽어줄까? 누가 볼 사람은 있을까? 걱정하는 사람은 있을까?' 란 식으로 생각하는 거죠."

"하지만 넌 유명인이 아니야. 유명인이나 암살을 당한다고. 우린 네가 유명해지는 걸 막을 거야."

"그럼 대신 채드를 죽일지도 모르죠."

빈센트가 농을 떨었다. 우린 함께 웃었다.

"하지만 지금 보니 결핵으로 오래 못 버틸 것 같고, 저로선 그 총알이 존재하지 않기만 바랄 뿐이에요."

83

난 매일 밤 모니카에게 전화를 했다. 내가 할 때도 있고, 그녀가 할 때도 있었다. 내가 곁에 없는 동안 그녀가 다른 사람을 만나는 건 아닐까 두려워진 나는 계속해서 그녀에게 연락을 취했다. 그녀 역시 나와 같은 생각을 하는 것 같았다.

마침내 난 모니카와의 관계에서 하나부터 열까지 정직해져야 한다고 생각하게 되었다. 심지어 언젠가는 그녀에게 이 고통 받는 아티스트 '실험'에 관해 말할 거라는 결심까지 했다. 하지만 지금 당장은 내 감정에 대해서만 정직하기로 했다.

"정말 오랫동안 경계를 풀지 않고 지냈어요."

나는 전화로 그녀에게 말했다.

"하지만 당신에게만은 경계를 풀겠다고 결심했어요."

"특별 대우 해주셔서 감사해요."

"모든 걸 증오하는 것도 진력이 나요. 당신에 대해서라면 털끝만큼도 미워하는 게 없다는 걸 알아줬으면 좋겠는데."

"저도 당신을 미워하지 않아요."

그런 후 우린 다른 사람을 사귀지 않기로 약속했다. 세상에서 퇴짜를 맞은 우리로선 어려울 것 없었다.

한편, 빈센트는 제인이란 여자애 때문에 정신이 나간 상태였다. 그가 그녀를 처음 만난 곳은 그의 아파트 아랫길 쪽에 있는 세븐일레븐이었다. 그녀가 일하는 시간인 자정부터 아침 여덟시까지는 빈센트가 집 밖으로 나서는 유일한 시간이기도 했다. 어느 날인가, 새벽 세시에 커피가 다 떨어진 그는 커피 한 잔을 사러 그곳에 갔다. 에드가 앨런 포를 읽고 있는 여자 계산원을 보자마자 그는 단박에 반해버렸다. 포에 대한 애정과, 각자의 불면증에 대해 이야기를 나누며 그들은 순식간에 서로를 신뢰하게 되었다. 그녀는 본의 아니게 사귀는 남자가 있다고 했지만, 빈센트가 매일 밤 그녀의 근무시간대에 커피 사러 갈 빌미를 만드는 걸 막지는 못했다.

난 빈센트에게 예전 여자들 일로 상처받았던 기억을 상기시켰지만, 그는 제인은 다르다고 했다. 그녀가 똑똑하고 매정해 보이지도 않으니, 기꺼이 위험을 감수하겠다는 것이었다. 마침내 낮에 그녀가 빈센트의 아파트를 찾기 시작하면서 그의 글쓰는 시간이 축나기 시작했다. 그러던 어느 날, 빈센트는 나에게 전화를 걸어 제인이 전에 사귀던 남자친구를 차버렸다고 전해왔다. 자기와 사귀기 위해 제인이 남자친구랑 헤어진 것에 빈센트는 더더욱 무아지경 상태가 되어버렸다.

우리의 예술가 선생께 첫번째 여자친구가 생긴 것이다. 그들은 모든 것을 함께했다. 그녀는 그를 집 밖으로 끌어냈다. 그들은 싸구려 레스토랑에서 밥을 먹고 오랜 시간 산책을 했고, 쇼핑몰로 가서 호주머니 속을 밖으로 뺀 채 돌아다니는 쇼핑족들을 함께 비웃었다. 일요일이면 둘은 그녀의 집에 드러누워 있었고, 함께 빨래를 하는 것으로도 즐거워했다. 그들은 행복했고 그녀는 항우울제를, 그는 암페타민을 복용하는 것을 빼면, 그 어떤 약물도 가까이 하지 않았다.

그녀가 가장 좋아하는 밴드는 플레이밍 립스*였고, 가장 좋아하는 티브이쇼는 〈프릭스 앤드 긱스〉**, 가장 좋아하는 영화는 〈뻐꾸기 둥지 위로 날아간 새〉였다.

난 그대로 놔두고 싶었다. 생전 처음으로 빈센트와 나 모두 행복했다. 그와 제인의 관계는 그때까지의 그의 실존에 유례가 없을 정도로 커다랗게 새겨진 행복이었다. 지난 삼 개월 동안 제인은 그의 삶이었고, 그의 삶은 멋졌다. 그러나 우리의 이론이 맞았다. 고독이 없는 빈센트의 작품은 질이 떨어졌다. 당연히 그는 글쓰는 것보다 연인과 함께 시간 보내기를 좋아했다. 그는 '행복에 겨워 아무것도 떠오르지 않는' 상태라고 말했고, 뉴르네상스의 대의가 가진 중요성에 대해 내가 줄기차게 설교하다시피 해도 한 글자도 쓰지 않았다.

여느 때와 마찬가지로 난 빈센트의 문제로 실베인과 의논했다. 그는 이를 상사들에게 전했고, 상사들은 내가 처리해야 한다고 주

---

* 1980년대부터 활동한 미국 록밴드로, 기이한 가사와 다층적인 사운드의 장인급 밴드로 평가받고 있다.

** 1999년부터 2000년까지 미국 NBC에서 방영한 코미디 드라마. 비평가들의 찬사와 컬트적 지지를 얻었다.

장했다. 그래서 어느 날 밤늦게, 나 역시 한 잔의 커피 때문에 편의점에 들를 일이 생겼다.

84

제인은 큰 키에 평범하게 생긴 여자애로, 검은 곱슬머리에 창백한 피부, 밝은 빨강 립스틱을 바른 모습이었다. 그녀와 빈센트는 귀여운 한 쌍이었고, 돌이켜 생각해봐도 그의 좋은 짝이 되었을 것 같다. 그들은 태도 면에서 비슷했고, 둘 다 작가이기도 했다. 그녀는 그때 이미 책을 한 권 썼고, 문학 학위를 딴 후라서 편의점에서 일할 시간적 여유가 있었다.

내가 카운터 위에 커피를 내려놓았을 때 그녀는 장정을 한 원고를 읽고 있었다.

"오 달러요."

그녀는 쳐다보지도 않고 말했다. 난 그녀가 내민 손바닥 위에 돈을 놓았다.

"뭘 읽고 있는지 물어봐도 될까요?"

"남자친구가 쓴 영화 시나리오예요."

"〈천국에 있는 누군가는 내게 신세를 졌다〉 아닌가요?"

그녀는 비로소 고개를 들어 날 보았다.

"네."

"빈센트가 저한테도 안 준 원고인데. 질투해야 하는 것 맞죠?"

"할런이세요?"

"네. 할런 아이플러. 당신이 제인이군요."

"네. 빈센트가 늘 선생님 이야기를 하거든요. 모니카는 어떻게 지내나요?"

난 웃었다.

"잘 지내요. 그래도 좀더 가까이 살았으면 좋겠어요."

"이렇게 늦게 빈틈없이 차려입고, 무슨 일이 있으신가봐요?"

보통 때와 다름없이 난 몸에 딱 붙는 정장을 입고 넥타이를 느슨하게 풀어헤친 차림이었다. 그즈음 난 대체로 고동색이나 재색의 정장으로 수십 벌 가지고 있었고, 넥타이는 수백 개가 넘었다. 또 이마가 점점 넓어져서 가끔 중산모를 쓰기도 했다. 머리를 말끔히 빗어넘기지만 않아도 볼 만할 텐데, 그 헤어스타일이야 말로 내 가면 쓴 인격에 중요한 역할을 하는 터라 어쩔 수가 없었다.

"이건 작업복이에요. 지금 일을 하고 있거든요. 사실 제인을 만나러 왔어요."

"네?"

"네. 제안할 게 있어서요."

"이상하게 들리네요."

"그러게요. 하지만 지금부터 더 이상한 말을 할 겁니다. 몇 분 정도 시간을 빼어도 될까요?"

"그러세요."

"제인. 당신한테 이런 말을 하는 것 정말 싫어요. 지긋지긋하지만 그래도 해야 돼요. 단도직입적으로 말해서 당신은 내 고객의 창조적인 정신을 소진시키고 있고, 그래서 그를 그만 만나줄 수 있는지 묻고 싶어요."

"무슨 뜻이시죠?"

"빈센트랑 헤어졌으면 좋겠어요."

"당신이라면 그러겠어요?"

"이 요청을 받아준다면, 당신은 엄청난 보상을 받게 될 거예요."

"당장 꺼져, 이 나쁜 놈."

"내가 생각해도 그런 말을 들어 마땅합니다. 하지만 얼마를 이야기해도 괜찮다는 것은 알아야 합니다. 여기 당신이 액수만 써넣으면 완성되는 계약서 양식을 갖고 왔어요."

"웃기는 양반이네."

"당신 마음대로 정한 액수의 돈을 일시불로 받아도 좋고, 봉급처럼 다달이 받아도 상관없어요."

"됐어, 개자식."

"좋아요. 내가 준비한 카드는 이거예요. 어떤 이유로든 마음이 바뀌면 나한테 전화해주세요."

"안 해요."

"좋을 대로. 하지만 부탁인데, 빈센트에게 이 얘긴 하지 말아주세요."

"아, 하고말고요."

"제인, 제발. 이렇게 빌게요. 난 그저 그애가 잘되기만 바랄 뿐이에요. 반드시 최고의 예술가가 되도록 돕는 게 내 일이에요. 맹세컨대 난 진심으로 그애를 염려하는 거예요. 위선적으로 들린다는 건 알지만, 그래도 정말 그애가 걱정이 돼서요. 그에게 이 얘길 하면 그의 마음만 아프게 할 거예요."

"그게 댁이 원하는 거라고 생각했는데요."

"아뇨. 그건 내가 원하는 게 아니에요."

문이 열리는 소리에 우리 둘 다 돌아보니 빈센트가 들어오고 있었다. 그는 검정 모직 롱코트를 꽁꽁 여미다시피 입고, 언제나처럼 유행에 뒤떨어진 농부나 신을 것 같은 갈색 워크부츠를 신고 있었다. 그때가 새벽 네시였다. 그게 그날 밤의 첫번째 방문은 아닐 거라는 생각이 들었지만, 그의 등장으로 요행히도 내 목적을 더 쉽게 달성할 수 있었다.

"어이!"

나는 빈센트에게 인사를 했다.

"여기서 뭐 하세요?"

그가 물었다.

"잠이 통 안 오는데, 네 여자친구를 만나고 싶어지지 뭐니. 네가 나에게 소개해줄 일은 절대 없을 테니, 이렇게라도 해야 만날 수 있을 거라고 생각했어."

"아, 그래요. 제인, 이분이 할런이야."

"알아, 빈센트. 이 사람이 여기 와서는 글쎄—"

"제인, 잠깐."

내가 말을 막았다.

"내가 직접 말할게요. 제인이 갖고 있는 원고를 내가 글로브 북스 편집자에게 보내면 되겠다고 말했어. 그냥 나한테 건네주면 되는 거잖아?"

"내가 말했지, 최고라고."

빈센트가 말했다.

"웬걸." 내가 말했다. "난 최악이야."

"천만에요. 내 가족이나 마찬가지인 분이야. 가족처럼 늘 함께해 주셨어."

그가 내 등을 가볍게 두드렸다.

빈센트는 고개를 들어 커피포트 쪽을 바라보았다. 난 제인에게 조용히 해달라는 신호를 보냈다. 제인은 이리저리 눈알을 굴리다 고개를 끄덕였다.

난 빈센트가 방문을 끝낼 때까지 어슬렁거렸다. 그에게 이렇게 늦은 시간에 돌아다니는 건 위험하다고 말하고 집까지 차로 바래다주겠다고 말했다.

"제 여자친구한테 관심 있으신 건 아니죠?"

빈센트가 차 안에서 내게 물었다.

"맙소사, 아냐. 왜 그런 걸 묻니?"

"분위기가 좀 이상한 것 같았어요."

"네가 그런 식으로 생각할까봐 걱정했다. 왔다가 내가 있는 걸 봤으니, 분명 이상하게 보였겠지. 하지만 솔직히 말해서, 난 그냥 그 친구를 만나보고 싶었어. 지난 몇 달 동안 네가 글 대신 선택한 사람이고, 그래서 얼마나 특별한 사람인지 보고 싶었던 것뿐이야."

"뭐가 특별한지 알아내셨어요?"

"응."

"뭔데요?"

"너도 말했지만 다른 여자애들하곤 다르더라."

빨간 신호등에 나는 차를 멈췄다.

"야, 이제 뭘 해야 할 것 같니?"

내가 물었다.

"뭔데요?"

"예전에 딱 한 번 그랬잖아. 그때처럼 위스키 한잔 하자. 호텔에 좀 있거든."

"하지만 약 먹는 동안은 술 마시면 안 되는데요."

"아, 그딴 건 다 미신이야."

"술 마시고 싶은 생각은 없는데……"

"부탁한다. 술 없인 그 호텔방에서 더는 못 버티겠어."

"음, 알 만해요."

85

난 빈센트부터 취하게 만들었다. 호텔방에는 아주 조금 마시고 둔 위스키가 한 병 있었다. 위스키와 물을 섞어 몇 차례 마시고 나자 빈센트는 혀가 풀렸다.

"전부터 중요한 말씀을 드리려고 했어요."

그가 말했다.

"뭔데?"

"저 임포텐스예요."

난 웃음을 터뜨렸다가 그가 웃지 않는 걸 보고 사과했다.

"약 때문에 그래요."

그가 덧붙였다. 분명 내 계획에는 없었던 우연한 부작용이었다.

"그럼 너랑 제인은 아직 관계의 정상에 도달한 건 아니겠네?"

"네. 정말 당황스러워요. 하지만 최소한 걔가 진심이란 건 알고 있어요. 엉덩이가 달린 두 마리 짐승이 될 수 없다고 해도 걘 제 옆에 있어주니까요. 그렇게 멋진 여자예요."

"걜 사랑하니?"

"네."

"걔도 널 사랑해?"

"그런 것 같아요."

"그애 때문에 네가 나태해진 건 알고 있니? 내 말은, 결핵에 걸렸다는 걸 알았을 때 넌 섬세하게 튜닝된 글쓰는 기계였단 말이야. 이 년이나 앞서서 전 시즌에 해당하는 티브이 드라마대본을 쓰고 있었어. 하지만 지금 넌 아무것도 해놓은 게 없어. 그런 걸로 걔가 원망스럽지는 않니?"

"전혀요. 갠 제가 평생 기다려온 존재인데요. 제가 글을 써온 이유예요. 남자들은 다 그런 이유로 일을 하지 않나요? 사랑 때문에? 그게 목표 아닌가요?"

"아니. 섹스가 더 큰 목표지."

"당신이 그렇게 열심히 일한 게 그 때문인가요? 섹스를 할 수 있다는 희망으로 제 작품을 세상에 내놓는 거?"

"아니. 내가 세상에 전달하는 작품이 섹스를 하지 않는 모든 이들에게 즐거움을 줄 수 있을 거라고 희망했기 때문이야. 이미 겪어봐서 말할 수 있는데, 엔터테인먼트란 사랑이 없는 사람에게 더 많은 것을 의미해주지."

우리는 더 마셨다. 그런 후, 난 한 시간 동안 채널을 이리저리 돌리며 건성으로 텔레비전을 보았다. 새벽 일곱시쯤, 연예계 뉴스에서 연말에 방송 예정인 〈식료품점〉에 대해 보도하는 것을 보고 우리는 깜짝 놀랐다. 사장 역이 브루스 윌리스로 정해지는 등 캐스팅이 굉장히 매력적이었다. 진행자들끼리 하는 말을 들어보니 빈센트의 아이디어를 그대로 살리기로 한 것 같았다.

"축하주 한잔 해야지."

내가 말했다. 나는 조리대 아래쪽 서랍을 열고 종이봉지를 꺼내 빈센트에게 주었다.

"압생트*에 대해 들어본 적 있냐?"

내가 물었다.

"네. 헤밍웨이 소설 주인공들이 늘 마시던데요. 미국에서도 살 수 있는 줄은 몰랐네요."

"실베인이 한 병 보내줬어. 지금 갱생원에 들어가 있어서 가지고 있어봤자거든. 어디서 구했는지는 나도 모르겠어. 어쨌거나 특별한 경우를 위해 보관하고 있었다."

"한 방울도 마시면 안 돼요, 전." 빈센트가 말했다. "지금 약을 먹는 중인데 그렇게 센 술을 마시면 안 돼요."

"야, 걱정 마. 내가 봐준다니깐. 한 컵 마셔."

---

* 아르테미시아 압생시엄(향쑥)이란 이름의 환각성 허브에서 추출해 증류제조한 60도 이상의 독주. 암녹색으로 각설탕을 넣으면 우윳빛으로 변한다. 반 고흐, 폴 베를렌, 오스카 와일드 등 수많은 예술가들에게 예술적 '광기'를 심어준 술로 알려져 있다. 실제로 압생트를 마시고 정신착란을 일으키거나 살인을 저지르는 횟수가 늘어나면서 20세기 초 전세계적으로 판매가 금지되기도 했다. 근래의 압생트는 향쑥이 들어가지 않으며, 알코올 분도 40% 정도의 것이 대부분이다.

초록의 여신*이 빈센트를 내가 바라는 상태까지 몰고 가주었다. 한 컵을 다 마신 빈센트는 행복에 겨운 광기를 눈에 머금기가 무섭게 과격한 뱃사람처럼 욕지거리를 퍼부었다. 난 조심조심 첫 잔을 홀짝이며, 그에게 한 컵 더 따라주었다. 얼마 안 가 그는 완전히 본능에 충실한 상태가 되었다.

"제인 보고 싶어요!"

그는 내 얼굴에 대고 소리쳤다.

"알았어요, 타잔."

"압생트 좀 더 줘요."

"그만 마셔도 될 것 같은데. 약 말이야, 네 말이 맞았어."

"이리 내놔, 씨팔, 안 그럼 여기서 힌덴베르크 제2막을 터뜨릴 줄 알아.**"

입상트를 병째 건네주었더니, 그는 벌컥벌컥 들이켰다.

"제인 보고 싶어! 지금 당장!"

마침 제인의 근무시간이 끝날 즈음이었다. 난 흔쾌히 광기에 찬 술꾼을 그녀의 집까지 데려다주기로 했다.

"다 왔다, 빈센트."

제인의 집에 차를 세우며 나는 말했다.

---

* 암녹색의 압생트는 예로부터 녹색 요정을 뜻하는 페 '베르fée vert' '그린 페어리 green fairy' 등의 별명으로 불린다.

** 독일군이 제작한 세계 최대의 비행선 힌덴베르크 호가 1937년 폭발한 사건.

"가셔서 숙녀분과 좋은 시간 보내세요. 저 필요하면 전화하시고."

그가 비틀거리며 그녀의 집 앞으로 가는 것을 보았다. 그녀가 그를 안으로 들이는 것까지 확인한 후 나는 그곳을 떠났다.

이 계략은 내가 십대 때 만취해서 관계를 망쳐버린 경험에서 착안한 것이었다. 한 여자에게 호감을 느끼고 있었던 차에 어느 날 밤 그녀가 날 집으로 초대했다. 그녀와 단둘이 있을 거란 생각만으로 극도로 긴장한 탓에 가기 전에 저녁 먹은 걸 토할 정도였다. 난 긴장을 풀겠답시고 빈속에 엄청난 양의 위스키를 들이부었다.

당시 난 불안 및 우울증 치료약을 복용중이었지만, 언뜻 과음과는 별 상관이 없을 것 같아서 신경쓰지 않았다. 술이라면 언제나 잘 조절하는 편이었는데도, 그때는 완전히 고주망태가 되었다. 거기에 한술 더 떠 의식까지 잃을 정도였다. 다음 날 난 내가 난봉꾼처럼 굴었고 내 입에서 나왔다고 하기엔 결코 믿을 수 없는 욕을 퍼부었다는 말을 들었다.

빈센트를 내려준 후 한 시간쯤 지나서, 나는 제인에게 전화를 했다.

"여보세요, 제인. 할런 아이플러예요. 제 제안에 대해 좀 생각해봤나요?"

"와서 당신 고객 좀 데려가요. 잔디밭에 뻗어 있어요."

그녀가 말했다.

"그리고 그 바보 같은 계약서도 갖고 와요."

86

빈센트는 자기혐오에 빠졌다. 나는 그가 미쳐 날뛰더라는 제인의 말을 그대로 전해주었다. 제인이 키스해주지 않자 그는 버럭 화를 냈다. 그녀는 내게 증거를 보여주었다. 발에 채인 자국이 남은 텔레비전 화면과, 박살이 난 접시들과, 두 동강난 스테레오 스피커와 그에게 잡혀 멍든 팔뚝까지. 또 결코 용서할 수 없을 지독한 인신공격으로 그는 그녀에게 상처를 주었다. 그녀는 진짜 빈센트를 본 것 같아 두려워졌고, 이제 그를 전처럼 만날 수 없을 거라고 말했다. 그녀는 그의 전화를 전혀 받지 않았고, 그가 직접 손으로 쓴 긴 사과의 편지에도 답장하지 않았다. 한 달 후, 그녀는 출판 계약을 타진하게 되어 뉴욕으로 옮겨가게 되었다.

그렇게 다시금 '비애'가 더없이 어두운 모습으로 빈센트를 찾아왔다. 그는 자신의 너저분한 아파트에서 칩거생활을 재개했다. '예술 티브이'가 개국한 것도, 수많은 뮤지션들이 그의 음악으로 차트 1위를 기록한 것도, 심지어 〈식료품점〉이 거둔 성공까지, 그 몇 달 동안 일어난 좋은 소식 중 그 무엇도 '비애'를 꺾지 못했다. 평론가들은 그 내용이 너무나 신랄해서 그 속에 상업적 의도가 숨어 있다는 걸 알아차리지 못했고, 시청자들은 출연자들이 너무나 섹시해서 액션이나 짜릿한 장면이 부족하다는 것을 눈치채지 못했다.

빈센트는 섹시하지 않았다. 빈센트는 악취나는 폐인이었다. 그나마 제인 일이 큰 자극이 되어 그는 필사적으로, 강박적으로 글을 써가고 있었다. 그러나 자신을 혹사하는 일이기도 했다. 과로는 금물이라고 했지만 그는 듣지 않았다. 고통으로 자신을 정화한다는 생각뿐이었다. 글을 안 쓸 때는 자신마저 듣고 울 정도의 코드 진행을 만들어 기타를 치고 또 쳤다.

제인의 집에서 소동을 벌인 후 그는 약을 먹지 않겠다고 고집을 피웠다. 차라리 죽는 게 낫다는 것이었다. 하지만 급작스레 암페타민을 끊을 경우 우울증은 더 심해질 게 분명했다. 약을 끊었는데도 그는 계속해서 불면증에 시달렸다. 그의 표현을 빌리자면 뇌가 입을 다물 줄 모른다는 것이었다.

그는 다시 술에 손을 대기 시작했다. 나는 술을 안 사주겠다고 으름장을 놓았지만, 그는 신분증을 제시하지 않고 직접 술을 사는 방법을 알아냈다. 새집처럼 헝클어진 그의 검은 곱슬머리가 허옇게 세기 시작했다. 반백의 그는 흠씬 두들겨맞은 노인처럼 보였고, 알코올에만 돈과 시간을 소비했다. 한편 그의 나머지 수입은 전부 그의 형제자매에게로 보내져 그들은 그보다 훨씬 윤택한 삶을 살게 되었다.

어느 날 밤, 여느 때처럼 함께 〈식료품점〉을 보려고 그의 집에 갔더니, 그가 갑자기 바닥에 뒹굴고 있던 양주잔들을 하나하나 벽에 집어던지는 것이었다.

"왜 그래?"

내가 물었다.

"술을 끊어야겠어요. 저 에피소드를 썼을 땐 정신이 똑바로 박혀 있었어요. 이젠 저렇게 못 쓰겠어요. 이젠 아무것도 못 하겠어요."

하지만 다음에 그의 집에 가보니 그는 예전에 먹던 약병에 위스키를 따라마시고 있었다. 그해 겨울 내내, 귤빛이 도는 갈색 바탕에 처방전 라벨이 붙어 있는 그 약병은 빈센트의 손이 닿는 곳 어디에나 있었다. 그의 트레이드마크가 된 약병 술잔은, 어느 밤 대본이 갈기갈기 찢겨 흩어진 거실 바닥 한가운데에 그가 양 손목에 피를 흘리며 가만히 누워 있을 때도 곁에 놓여 있었다.

VIII. 신디

87

"빈센트……"

자줏빛이 감도는 눈꺼풀이 파르르 떨리며 열리더니, 그의 여린 갈색 눈동자가 섬뜩한 병원 조명 쪽을 향했다. 그는 눈썹을 덮은 머리칼을 맥없이 쓸어올리고는 반 정도 젖혀진 침대에 기댄 몸을 조금 일으켰다. 그는 완전히 쇠진해서 환자복이 그의 몸을 겨우 지탱하는 것처럼 보일 정도였다. 그런 그를 보고 있으니 속이 다 울렁거렸다. 토하고 싶었다. 땀에 범벅이 된 머리를 변기에 처박고 속의 것들을 게워내고 있는 내 모습을 상상하면서, 난 어떻게 이런 역할이 내 천직이 된 건지 생각했다.

"이봐."

난 선 채로 그를 굽어보며 말했다.

"이봐, 좀 어때?"

"몰라요."

그는 자기 팔목에 칭칭 감긴 붕대를 보았다.

"죄송하게 됐어요."

"조용. 괜찮아."

그 전날 병문안을 왔을 때 그는 의식이 왔다갔다했다. 다음 날 밤인 그날 다시 찾았을 때 그는 진정제 때문에 기분이 과하게 가라앉아 있었다.

"어떻게 안 죽은 거죠?"

그의 목소리는 고요하지만 떨리고 있었다.

"전화를 해도 받지 않기에 갔다가 널 발견하고 이리로 데려왔어. 내 차 안이 완전히 피바다야."

"구해줘서 고마워요."

"그런 말 하지 마."

"차 안이 피바다가 됐다니, 죄송해요. 그런 식으로 일을 저질러선 안 되는 거였나봐요. 뭔가를 먹었어야 했는데. 그런데 맬컴 로리*도 셰이빙 로션을 마셨고, 빌리 조엘은 가구광택제를 마셨지만 둘 다 실패했잖아요."

"뭐 먹을 것 좀 갖다줄까?"

---

* 영국의 시인이자 소설가.

"아뇨."

"좀 쉬어라, 갈게."

"아뇨. 가지 마세요."

난 창가 옆 밤샘 면회객들을 위해 마련된 큰 비닐의자에 앉았다.

"텔레비전 볼래?"

내가 물었다.

"아뇨. 그냥 얘기하고 싶어요."

"알았다."

우리는 몇 분 동안 아무 말도 하지 않았다. 마침내 빈센트는 나를 보며 입을 열었다.

"총이 있었으면 심장에 대고 쐈을 텐데. 아, 우와, 저 꽃은 누가 보내준 거예요?"

창문 옆에는 어마어마하게 장식된 흰 난초가 있었다.

"포스터 리포비츠."

내가 대답했다.

"정말요? 그 사람이 절 알기나 할까 싶었는데."

"알다마다. 실베인 말론 네 엄청난 팬이란다. 그래서 죽기 전에 너와 날 만나보고 싶어한대. 얼마 안 남았어."

"좋네요. 근데 할런?"

"왜?"

"저 때문에 화났어요?"

"아니, 나 자신에게 화가 났어. 내가 널 너무 몰아붙였어."

"아니, 안 그랬어요. 전 누가 몰아붙여주는 걸 좋아하는걸요."

"그래도 이젠 널 몰아붙이는 짓은 안 할 거야."

수술 자국을 만져보고 싶었는지 빈센트는 손목을 싸맨 붕대 밑에 검지를 넣으려고 꼼지락거렸다.

"왜 그랬는지 물어봐도 되니?"

"뻔하죠, 뭐. 사는 거나 뭐나 다 싫었어요. 외로워서 이런저런 생각을 하게 됐어요. 글도 못 쓰잖아요. 그러니 난 정말 쓸모가 없는 인간이구나 하는 생각만 들었어요."

그는 붕대 밑에 손을 집어넣는 걸 포기하고 두 팔을 양쪽으로 축 늘어뜨렸다.

"자신에 대해 그 정도까지 암울하게 생각하면 안 돼."

내가 말했다.

"너 같은 인생이라면 살아보고 싶을 사람들이 정말 많을 거야. 돈은 끊이지 않고 들어오지. 믿기 힘든 성공을 거뒀지. 네 글은 대중과 교감을 나눴어. 수백만 명의 사람을 즐겁게 해주었다고. 어떤 이들에겐 교훈을 주기까지 했어. 네 꿈이 이루어진 거야. 난 한 번도 내 꿈을 실현해본 적이 없어. 노력에 노력을 거듭했지만 내 음악으론 어떤 것도 해내지 못했어. 데모테이프를 보내봤지만 답장 한 번 받아본 적이 없어. 나에 대해 비밀스러운 원한을 품고 있는 우체부가 있어서 내가 보내는 테이프를 족족 골라 버린다고 믿은 적도 있었어. 나한텐 중요한 일 같은 건 단 한 번도 일어나지 않았어. 하지만 널 봐봐, 네가 이룬 그 모든 것을 보라고. 더구나 아직 이렇게나 젊은데."

"저도 다 알아요. 하지만 당신에겐 여자가 있잖아요."

"그래, 하지만 사십 년이나 걸려서 겨우 얻었지."

"전 사십 년도 못 살 것 같아요."

"미안하다."

"그나마 이것 가지고 글을 쓸 수는 있겠네요."

그는 흐느적거리며 자기 손목을 가리켰다.

간호사가 들어와 면회시간이 끝났다고 말해서, 난 장난스럽게 빈센트의 기름 낀 머리를 헝클어뜨렸지만, 잘한 짓 같지 않아서 다시 가지런히 만져준 후 작별을 고했다.

"이번 일에 대해선 죄송해요."

내가 방을 나갈 때 빈센트가 말했다.

"죄송하단 말 그만해. 베르톨트 브레히트가 이런 말을 했어. '착해지는 건 자살행위이다.'"

"그렇다면 행복하기에 전 지나치게 착한 것 같네요."

"그래, 그렇다면, 지금부터는 나 좀 닮아라. 최근 난 행복했어. 그런데 솔직히 말해서 난 개똥만큼도 안 착하단다."

88

빈센트가 퇴원한 후, 그와 난 로스앤젤레스로 이사했다. 우리 둘 다 좋은 경치와 더 화창한 기후로 기분 전환을 하면 좋겠다고 판단한 것이었다. 새롭게 자리잡은 곳은 사업을 하기에도 더 좋은 곳인 동시에, 모니카와도 가까이 있을 수 있는 곳이었다. 인디애나를 떠난 우리는 다신 그곳으로 돌아가지 않았다.

"제가 천국에 갈 수 있는 기회를 취소시키더니, 당신이 할 수 있는 최선이란 게 천사들의 도시*인가요?"

서쪽으로 향하는 비행기에 탄 빈센트가 촌평했다.

"멋진 말인데. 그거 글로 써야 돼."

그전에도 그에게 수없이 한 말이었다.

"천국을 정말로 믿는 거냐?"

"네. 사람이 죽어서 어디론가 가면 그곳에서 즉시 모든 기억을 불러내 다시 살 수 있을 거라고 생각해요. 두 살 때 일어났던 일까지 생각해낼 거예요. 살아 있을 때는 기억하지 못했다 해도 말이죠. 또, 다른 사람의 기억을 대신해서 살 수도 있겠죠. 우주의 역사에 일어났던 모든 사건을 직접 살아볼 수도 있을 거예요. 십자가형에 처해진 예수를 구경할 수도 있겠죠. 아니면 다른 행성에 가서

---

* 로스앤젤레스는 스페인어로 '천사들의 도시'라는 뜻이다.

그 행성의 예수가 처형당하는 것을 볼 수도 있을 거고요."

그는 점점 흥이 났다. 그의 목소리가 점점 커지자, 우리 건너편에 앉아 있던 남녀가 목을 뒤로 빼고는 그가 말하는 것을 쳐다보았다.

"반드시 과거일 필요도 없어요. 지금 현재 모든 살아 있는 사람에게 일어나는 일을 한꺼번에, 혹은 한 번에 한 사람씩 볼 수 있을 거예요. 시간이란 게 존재하지 않기 때문에 괜찮아요. 1조 년 앞의 미래도 볼 수 있을 거예요. 사람들이 무슨 생각을 하는지도 훤히 들여다볼 수 있고요. 하지만 이런 이야기라면 당신은 꽤나 냉소적으로 나오겠죠."

"모르겠다. 근데 넌 어떻게 그렇게 확신할 수 있는 거니?"

"늘 그런 식으로 천국을 상상했거든요. 어렸을 때 학교 가는 게 정말 끔찍했어요. 친구가 한 명도 없었거든요. 학교에만 가면 비참해졌어요. 그나마 여름이 오길 기다리는 것으로 버텼어요, 그러면 집에 돌아갈 수 있으니까. 물론 집에 간다고 좋아질 것도 없지만, 전 일단 학교에서 벗어나면 다 견딜 만할 거고 기분도 나아질 거라고 생각했거든요. 제가 순진했던 걸 수도 있고 스스로에게 거짓말을 한 걸 수도 있지만, 그래도 그 덕에 견뎠으니까 상관없었어요. 제가 천국에 대해서 생각하는 건 그런 거예요."

"여름에 고향에 갔을 때, 집이 다 불타버린 걸 알고 기분이 어땠니?"

"똑같았어요. 다만 그후로 전 여자가 제 집이다, 라고 생각하기로 했어요."

이십 년 전, 엄마와 형을 뒤로하고 로스앤젤레스로 가면서 나도 그와 비슷한 생각을 했다. 금의환향하리라.

"신을 믿으세요?"

빈센트가 물었다.

"모니카를 만나기 전까진 확신을 못 했어."

난 약간 당황해서 말했다.

"그녀와 함께하면서 전적으로 있다고 믿고 싶어졌지."

"그거 글로 쓰셔야 돼요."

89

캘리포니아에 도착해서, 난 스티븐 실베인이 지난 한 해 동안 남몰래 들락날락했던 말리부의 갱생원 '프로미시즈'에서 빈센트가 머무는 데 필요한 비용을 지불했다. 실베인은 당시의 갱생 센터 중에서 가장 좋은 곳(이 아니라면 최소한 가장 패셔너블한 곳)이라며 프로미시즈를 강력 추천했다. 벤 애플렉, 다이애나 로스, 로버트 다우니 주니어 같은 고통받는 아티스트들이 그곳에서 건강을 회복했다.

프로미시즈는 전용 고급 주방장까지 딸려 있는 캘리포니아의 부유한 개인 저택처럼 보였다. 오렌지색 타일을 두른 지붕에 스페인식 회반죽을 칠한 거대한 건물이었다. 빈센트를 차에서 내리게 했을 때 실베인이 프로미시즈 저택 앞에서 담배를 피우고 있는 것이 보였다. 그의 꼬불꼬불한 머리칼이 바람에 휘날렸다. 소가 그려진 목욕가운과 플란넬 파자마 바지를 입고 셔츠는 입지 않고 있어서, 그의 덥수룩한 잿빛 가슴털과 희미한 상처자국이 그대로 보였다. 그는 다리를 절뚝거리며 빈센트 쪽으로 걸어갔다.

"이제야 만나게 됐네."

실베인은 빈센트의 손을 잡고 흔들며 말했다.

"빈스. 마침내 내 최고의 고객을 이렇게 만나게 되어서 얼마나 기쁜지 모르겠네. 이야기 정말 많이 들었어."

"감사합니다. 저도 말씀 많이 들었습니다."

수년간, 난 빈센트에게 실베인에 관한 모든 것을 이야기해주었다. 빈센트 역시 실베인의 영화에 대해 잘 알고 있었다. 학교에서 그는 〈블러드 러스트〉에서 넘쳐나는 액션영화 클리셰는 금물이라고 배웠다.

"자네가 뉴르네상스에 얼마나 중요한 존재인지 알지?"

실베인이 말했다.

"감사합니다. 저에게도 뉴르네상스는 정말 중요해요."

"나 〈식료품점〉 정말 좋아해. 그리고 마하트마마의 새 시디도.

노래 정말 좋더라."

"감사합니다."

"어이, 스티븐."

내가 인사를 건넸다.

"오, 이런, 잘 있었나, 아이플러?"

"그냥저냥."

내가 말했다.

"자네 아들에 대해선 걱정 마. 내가 한수 잘 가르쳐주고 이것저것 잘 챙겨줄 테니까."

실베인이 나에게 윙크했다.

"빈센트, 가서 사람들에게 도착했다고 말하고 올래?"

내가 말했다.

빈센트가 짐을 끌고 집 안으로 들어갔을 때 난 실베인을 가까이 끌어당겼다.

"잘 들어요."

내가 말했다.

"내가 관여하고 있는 한, 이 프로젝트는 끝이에요. 선을 너무 많이 넘어와버렸어요. 그런데다 분명히 말하지만, 이미 성공을 거뒀잖아요?"

"나도 알아. 하지만 이 일은 자네나 내 결정과는 상관없는 일이야, 이 친구야."

"상관없어요. 난 더는 저 친구를 괴롭히지 않을 거예요. 그리고 진심으로 하는 말인데, 저애가 여기 있는 동안 잘 챙겨줘야 해요. 그애에게 글 쓰라고 하지 마세요. 뭘 어떻게 하란 말 같은 건 아예 하지 말고 그냥 쉬게 해줘요."

"알았어. 근데 저 친구, 자네가 팔 만한 새 작품은 없고?"

"새로 쓴 영화 시나리오가 몇 편 있긴 한데, 자살 시도를 하기 전에 다 찢어 없애버렸더라고요."

"컴퓨터에 저장해둔 게 있지 않을까?"

"그애는 늘 직접 손으로 쓴답니다."

실베인이 손가락으로 담배를 튕겨 버렸다. 빈센트가 왔다.

"제 방이 준비됐다네요."

그가 말했다.

"저기, 나도 너처럼 그런 적 있었다."

실베인이 소매를 걷어올려 자기 손목에 있는 흉터를 빈센트에게 보여주며 말했다.

"슬퍼지네요……"

빈센트가 말했다.

"네 소식 듣고 나도 슬펐어. 그래도 살아나서 다행이야. 그 대본이랑 다른 것들도 살릴 수 있었으면 했는데. 왜 찢어 없앴어, 이 친구야."

난 실베인에게 역겹다는 표정을 지어 보였다.

"우선은, 제가 마음에 들지 않았어요." 빈센트가 말했다. "하지만 정작 제가 죽어버린 후 어중이떠중이들이 그걸로 한 건 올리는 게 싫었어요."

난 빈센트의 등을 가볍게 두드려준 후 작별을 고하고 실베인이 그를 데리고 화려한 요양소로 들어가는 것을 지켜보았다.

90

빈센트는 갱생의 은신처에 잘 적응했다. 그는 태평양 연안과 산타 모니카의 산맥이 펼쳐진 풍경 속에서 지친 심신을 달랬다. 해가 긴 하루의 낮엔 대개 한가하게 휴식을 취하고, 밤이 되면 독서를 하는 것으로 시간을 보냈다. 그는 매일 자신의 침대를 정돈했고, 식사 때마다 설거지도 했고, 대개는 새로 생긴 친구 실베인과 어울렸지만 다른 사람들하고도 친하게 지냈다.

"자네가 그애를 그렇게 잘 키웠는지는 정말 몰랐어, 놀라워."

스티브는 말했다.

"똑똑하다고 말할 수도 있겠지만 그에겐 특유의 그늘이 있어. 머리까지 허옇게 센 게 그애한테 아주 잘 어울려. 그 친구는 뭐랄까, 나야 잘 모르고 하는 말이지만, 러시아 문학 같은 데서 볼 수 있는 고뇌하는 청년 같아."

"사실 전 그보다는 바이런적인 영웅 같다고 생각하고 있습니다만. 그런데 러시아 문학도 읽으셨나봐요?"

내가 물었다.

"그래, 그놈이 나한테 진짜 끝내주는 작품을 소개해주더라고. 나도 그 친구가 다닌 학교에 가고 싶어지더라니까? 그 친구는 지구상에 존재하는 모든 분야의 박사학위를 갖고 있는 것 같아."

스티브는 보답으로 빈센트에게 심장 단련하는 운동을 가르쳐주었다. 함께 운동하면서 그들은 아버지 없이 자랐던 불행한 유년시절부터, 빈센트가 매정한 미녀들에게 끝도 없이 차였던 사연과, 스티브가 이 커버걸에서 저 커버걸로 전전했던 사연을 나누었고, 둘 모두 그 사랑의 게임에서 언제나 정해진 패자였지만 패배의 양상에선 서로 달랐다는 등의 이야기를 나누었다. 빈센트는 스티브가 여자들과 관계를 맺는 방식에 대해 다음과 같이 지적했다. 대개의 경우 그가 스트리퍼들과 육욕적인 쾌락에 탐닉하는 것으로 끝을 맺는 바람에 그것이 매체의 헤드라인을 장식하고, 그걸 본 사람들은 그가 스트리퍼들만 사랑한다고 생각하게 된다는 것이었다.

"그 친구 덕에 난 내 자신을 더 잘 알게 됐다고."

스티브는 말했다.

"어느 날 같이 웨이트리프팅을 하는데 걔가 그러는 거야, '스티브의 문제가 뭔지 알았어요'. 걔한테 내 문제가 뭔지 좀 생각해봐 달랬거든. 그래서 '말해봐', 그랬지. 그랬더니 그 친구 말이, 내가 유명해진 지 몇 년이나 됐냐고 묻더라고. 한 이십오 년은 될 거라고 했어. 그러니까 '그렇다면 당신은 이십오 년 동안 다른 인간 존재와 정직한 시간을 보내지 못했다는 거네요' 하더라고. 소름 끼치는 진실을 말해준 거야. 맞는 말이거든."

나중에 빈센트는 내게 『뉴스위크』 지 기사를 보다가 매튜 브로데릭이 말론 브랜도가 한 말을 인용한 걸, 차디 스미스란 작가가 또 인용했던 걸 읽고 한 말이라고 했다.

"그래서 내가 말했지. '네 말이 맞아. 지금 당장 너랑 나랑 함께 정직한 시간을 나누자.' 이랬더니 빈센트가 '어떻게요?' 그래. 그래서 내가 말했어. '입밖으로 꺼내어 말하면 상처가 될지라도 정직하게 진짜 이야기를 하면 돼' 라고. 그래서 난 걔부터 이야기하게 했어. 잠깐 생각하더니 이렇게 말하더라고. '전 진심으로 엄마를 증오해요.' 그런 문제라면 나야 생각이고 자시고 할 필요도 없잖아. 난 가짜 다리를 보여주면서 말했어. '난 춤추던 시절이 그리워.'"

91

갱생원이 빈센트에게 정말 도움이 됐는지 아닌지는 모르겠다. 그는 알코올과 스테이크 칼에서 떨어져 지낼 수는 있었지만 마음의 고통을 치유하지는 못했다. 내가 한 번도 만나본 적이 없는 빈센트의 치료사도 그의 문제를 해결하지 못했다. 그가 조울증이라고 진단했던 그 여자는 빈센트가 슬쩍 호감을 내비치자 그를 피했다. 퇴짜를 맞은 지 얼마 되지 않아서 빈센트는 한 달간 그의 집이 되어준 갱생원에서 나왔다.

라디오와 텔레비전에서 거둔 성공 덕에 빈센트는 로스앤젤레스에서 전에 살던 아파트보다 크고 비싸고 전망도 좋은 새 콘도를 살 수 있었다. 한편 나도 새 아파트를 구입했는데, 전에 지내던 호텔 방보다는 훨씬 넓었지만 아무래도 덜 깨끗했다. 빈센트와 나는 공공연하게 사치스럽지는 않지만 보안만큼은 확실한 동네에서 함께 살게 된 것이다.

스티브한테도 말한 적이 있지만 난 인디애나에 있을 때처럼 빈센트를 자극하는 짓은 더 하지 않을 작정이었다. 이런 결심을 하는 데는 모니카의 힘이 컸다. 그녀는 내가 착한 남자애를 괴롭힌다면 계속 날 사랑할 수 없을 거라고 말했다.

그랬다. 난 모니카에게 빈센트와 내 관계의 진짜 내막을 털어놓았다. 그럴 정도로 그녀를 사랑했던 것이다. 경제적인, 그리고 어쩌면 육체적인 파멸까지도 각오하고 오로지 정직한 관계를 위해, 난 그녀에게 계약상 함구해야 할 비밀을 털어놓았다. 어머니에게도 털어놓지 않은 비밀이었다. 모니카만이 비밀을 들은 유일한 사람이었다. 그녀는 지난 십이 년 동안의 내 삶에 경악했지만, 그렇다고 해도 날 사랑하는 마음은 변치 않는다고 말해주었고, 더 나아가 내가 반려자를 만났음을 입증해주었다.

모니카는 다만 내가 빈센트에게 따뜻하게 대해주길 바랐고, 나도 약속했다. 몇 번 안 되지만 셋이 함께 만났을 때 그녀는 과할 정도로 그에게 다정하게 대해주었다. 그녀가 입에 침이 마르도록 그를 칭찬하면서 엄마처럼 관심을 기울여주었기 때문에 빈센트도 그녀를 좋아하게 되었다.

나는 빈센트에게 어린아이로 돌아가 재미있게 놀라고 말했지만, 그는 자기한테 그런 건 생소하기만 하다고 했다. 그는 열심히 영화 시나리오를 썼다. 당시 그가 쓴 시나리오는 거의가 제인과의 관계에서 영감을 얻은 것이었다. 그때까지 그가 쓴 시나리오 중 가장 훌륭한 것은 그들의 비극적 로맨스를 철저히 반영한 〈가장 좋은 날은 처음으로 도망친 날이었다〉란 작품이었다.

그때까지 빈센트가 쓴 영화 시나리오 중 여섯 편 정도가 할리우드의 제작회의에서 거론되고 있었다. 그러나 대본 표지의 리포비츠라는 이름에는 민감해도 빈센트의 독특한 시각이 담긴 작품이라면 무조건 투자하겠다는 에이전트나 프로듀서는 거의 없었다. 음악이나 텔레비전 대본도 그랬지만, 그의 영화 시나리오는 그중에서도 가장 양가감정을 불러일으켰다. 빈센트는 웃음 뒤에 드리워진 비애를 통찰할 줄 알았다. 그는 코미디와 정극을 조합했고, 그가 쓴 단 한 줄의 대사에서도 그런 요소가 느껴질 정도였다. 그 결과, 할리우드가 지나치게 집착하는 육체적 흥분감은 없지만, 파격

적이고 시사하는 바가 큰 작품들이 탄생했다. 그의 시나리오가 범죄 행위를 찬양하거나 악당 특유의 쿨한 매력을 드러내는 경우는 없었다. 가까스로 두 편만이 영화 판권 옵션을 따냈지만 그마저도 결국 현실화되지 못했다.

빈센트가 로스앤젤레스로 왔을 즈음 리포비츠의 권력은 사라져가고 있었다. 설상가상으로 그의 병세도 악화되고 있었다. 빈센트가 갱생원에서 나올 무렵, 리포비츠 역시 맨션에서의 칩거를 끝내고 생애 마지막 한 달을 보내기 위해 최상류층들을 위한 사설 요양원에 들어갔다. 실베인은 내게 리포비츠가 '근간 언제고' 나와 빈센트를 초청할 거라고 말했다.

그런 상황 속에서도 빈센트의 명성은 조금씩 높아져가고 있었다. 일단 제작자들이 작가가 지난 삼 년간 발표된 앨범 중 최고로 꼽히는 앨범들의 배후 인물임은 말할 것도 없고 폭발적 인기를 끈 〈식료품점〉의 원작자라는 사실을 알고 나니, 실베인은 어렵지 않게 제작자들의 관심을 끌 수 있었다. 그중에서도 중요한 제작자 중에는 『피플스 매거진』이 최근에 뽑은 '현존하는 최고의 섹시가이' 중 한 명이자, 최근의 약혼녀인 크리스티나 고메즈를 속이고 바람을 피우다 급기야 열다섯 살짜리 창녀 두 명이랑 오럴섹스를 즐긴 사건으로 헤드라인을 장식하게 된 채드와 긴밀한 커넥션을 유지하고 있는 이도 있었다.

92

문제의 제작자들과 만나긴 했지만, 스티븐과 나는 아무런 결실도 얻지 못했다. 이구동성으로 빈센트의 영화는 너무 개성 있고 지적이어서 성공하기가 힘들다는 것이다. 마케팅 용어로 빈센트의 작품과 같은 '개성적인' 영화들을 '트위니*' 라고 불렀다. 너무 독특해서 특정 홍보방식을 선택하기가 힘들기 때문에 장사가 안 된다는 의미였다.

몇몇 제작자는 우리에게 '색다른' 작품에 후한 기회를 줄 법한 독립영화 제작자들을 찾아가보라고 권했다. 난 비주류 독립영화 관객들은 뉴르네상스가 타깃으로 삼는 대상이 아니며, 우리의 사명은 공허한 이미지와 라디오, 텔레비전, 영화가 내는 잡음에 잠식당하다시피 한 미국의 정신을 개선하는 노력의 일환으로 주류에 침투해들어가는 것이라고 굳이 애써서 설명하진 않았다.

반년이 지나도록 빈센트의 영화 시나리오의 판매 실적은 아무런 진전을 보이지 못했다. 그가 작곡한 신곡들이 끊임없이 라디오를 강타했고, 심미안을 가진 가수들이 부른 멋진 노래들이 성공을 거두었다. 섹시한 배우들과 열성적인 광고 덕에 〈식료품점〉의 인기는 나날이 높아져만 갔다. 빈센트는 이미 두번째, 세번째 시즌의

* '어중간하다' 는 뜻.

대본을 다 써놓은 상태였다. '예술 티브이'도 여전히 방송되었고, 한 평론가에게서 '텔레비전 역사상 가장 멋진 사건'이라는 호평을 받기도 했다. 〈시추에이션 코미디〉를 비롯해 또다른 빈센트의 텔레비전 작품도 방송되고 있었다. 그럼에도 그는 상업적으로 성공할 만한 영화 시나리오는 써내지 못하는 듯 보였다.

빈센트는 자기혐오에 빠졌고, 더 심각하게도 영화산업에 대해 좌절하게 되었다. 난 그에게 실베인, 프롬프츠와 내가 그의 작품이 영화화되도록 힘쓸 테니 가능하면 계속해서 새로운 시나리오를 쓰라고 말했다.

"하지만 너무 많이 써서 영감이 다 고갈된 것 같아요."

전에도 그가 그런 식으로 말하면, 실베인에게 전화를 걸어 다음번엔 어떤 속임수로 사태를 조종할 것인가를 의논해야 했기 때문에 나는 두려움에 사로잡혔다. 하지만 최근 들어 그는 보다 건강해지고 '비애'에서도 벗어난 것 같았다. 캘리포니아에 와서 알레르기도 나아졌다. 뿐만 아니라, 나는 모니카의 기준으로 스스로의 가치를 저하시키는 짓은 절대 할 수 없었다. 그래서 그런 짓은 집어치우고, 보다 관습적인 방식에서 시적인 영감을 불러일으키는 것으로 빈센트를 돕고 싶었다.

"절대 그럴 리가 없다는 거 알아." 내가 말했다. "너 자신의 경험에 좀더 깊이 파고들어가기만 하면 될 거야. 네가 경험할 만큼 경험했다는 걸 내가 모르니? 넌 응답이 없는 사랑의 왕자야. 넌 결핵

환자야. 넌 끔찍한 학창시절을 겪었어. 넌 무시무시한 가정사를 견뎌냈어. 넌 아홉 살의 나이에 영원히 고향을 등졌어. 내가 널 처음 만난 후로, 네 강아지가 죽은 그 옛날부터 지금까지 넌 숱한 고난의 세월을 보내왔다고."

"불쌍한 우리 위노나."

"그래. 위노나. 개만 생각하면 난 늘 토토란 이름부터 생각나더라."

그리고 몇 분 지나지 않아 빈센트는 우리가 지금까지 체결한 계약을 다 합친 것보다도 더 많은 돈을 벌어다줄 아이디어를 떠올렸다.

93

난 그의 아이디어가 좋았다. 실베인도 좋아했다. 프롬프츠와 리포비츠도 좋아했다. 그의 아이디어는 각기 직위가 다른 사람들에게 한 번에 먹혀들었고, 사업가 유형과 예술가 유형, 저급한 관객과 세련된 관객 모두를 만족시킬 만한 것이었다. 빈센트가 두 달 만에 시나리오를 완성하자, 리포비츠는 옛날의 동업자이자 '데드라인 픽처스'의 사장인 밥 쿤츠와일러와의 점심식사 자리를 주선해주었다. 쿤츠와일러라면 이미 〈가장 좋은 날은 처음으로 도망친 날이었다〉의 프리젠테이션으로 실망한 후였지만, 리포비츠는 그에게 마지막으로 한 번만 더 봐달라고 부탁했다.

우린 할리우드 최상류층들만 드나드는 음식점 '그릴'에서 만났다. 실베인과 쿤츠와일러는 값비싼 와인을 주문했고, 나는 물을 주문했다. 웨이터는 내가 그냥 보통 물을 달라고 힘주어 말할 때까지 외국 생수 브랜드를 줄줄이 읊어댔다.

실베인과 쿤츠와일러는 옛 시절에 대해 이야기를 나누었다. 둘은 〈블러드 러스트〉의 초기 두 편과 다른 영화 몇 편을 함께 만들었다. 그들은 데드라인 픽처스의 차기작들에 관해서도 얘기를 나누었는데, 죄다 〈오마하 구출작전〉이니 〈스테파니 사로잡기〉 같은 조어법으로 제목을 만든 영화들이었다. 마침내 둘의 대화가 끝나고 내가 영화 소개를 할 차례였다.

"현실을 직시해보죠."

나는 이야기를 시작했다.

"할리우드는 아이디어 고갈 상태입니다. 벌써 몇 년 된 얘기죠. 올여름 나온 영화들 대다수가 후속편 아니면, 만화와 티브이를 원작으로 한 개작물이거나 옛날 영화의 리메이크였습니다. 하지만 독창성이 떨어진다고 해도 장사가 되니까, 그것도 아주 잘되니까 문제될 건 없습니다. 그 사실을 염두에 두고 할리우드 사정도 염두에 두고, 〈오즈의 마법사〉 리메이크를 제안 드리고 싶습니다."

"이미 나왔잖아요. 〈위즈〉 기억 안 나요?"

"아다마다요. 아까 말씀드린 신작들도 다 전에 한번 나왔지 않나요? 바로 그점이 빈센트가 쓴 영화 시나리오의 주제와 일치합니다."

웨이터가 술을 가지고 와서 각각의 브랜드를 말하고 내려놓았다. 그는 자랑스레 '사샤뉴 몽라셰'니 '사비니 레 본'이라고 읊었지만, '수돗물'이라고 말할 땐 철저한 경멸을 담았다. 난 웃어넘기고 말을 이어나갔다.

"빈센트는 이미 모든 디테일을 구상해놓았습니다. 캐스팅이 중요해요. 우린 크리스티나 고메즈가 도로시를 맡아줬으면 합니다. 콜린 파렐이 허수아비를 맡고요. 저스틴 팀버레이크가 깡통인간을 맡아 댄스 실력을 뽐냅니다. 러셀 크로는 소심쟁이 사자를 맡고요. 그리고 오즈의 마법사는 반드시 퍼프 대디가 맡아야 합니다."

"괜찮은데. 할 수 있을 것 같아요. 더 이야기해보시죠."

쿤츠와일러가 말했다.

"마녀 얘길 해드려."

스티브가 말했다.

"이게 캐스팅이 좀 대담합니다. 그래도 빈센트와 절 믿어주셔야만 합니다. 사악한 마녀 역으론 줄리아 로버츠를 원합니다."

"미쳤군, 하지만 마음에 들어. 다 아는 얘기지만 특수효과의 가능성이란 무궁무진하잖아?"

"맞습니다. 저흰 토토는 처음부터 끝까지 컴퓨터 애니메이션을 쓰고 싶습니다."

"아주 멋진데, 친구들. 물건 하나 제대로 나온 것 같네. 벌써부터 청사진이 보이는 것 같아요."

"좋습니다. 하지만 이 영화에 빈센트가 갖고 있는 비전에 대해서 몇 가지 더 아셔야할 게 있습니다."

내가 말했다.

"말해요."

"빈센트는 전반적으로 이 프로젝트를 어마어마하게 돈을 들인 사회학적 고찰로 보고 있습니다. 그는 이 영화가 미국 문화의 실태를 반영하고 우리의 문화에 영향을 끼치는 연예계의 실태를 풍자하길 원합니다."

"못 알아먹겠는데."

"예를 하나 들어보죠. 도로시는 매 장면마다 가슴골을 보여주거든요."

"음…… 섹시 버전의 〈오즈의 마법사〉. 못 할 것 없지."

"그렇죠. 섹시 버전 〈오즈의 마법사〉가 만들어지고 또 발표될 수 있다는 사실이 우리네 문화가 얼마나 몰지각화되었는지를 보여주려는 빈센트의 의도입니다. 이런 것과 비슷한 걸로 갱스터랩 리믹스 버전의 〈섬웨어 오버 더 레인보우〉가 이미 나와 있지요? 다른 노래들은 끔찍한 팝송이고요. 아무튼, 도로시가 허수아비는 물론이요, 깡통사내, 사자하고도 사랑에 빠지는데요, 이걸로 적어도 개연성 있는 섹스 장면을 세 개는 만들 수 있습니다. 또 말도 안 되게 긴 액션 장면을 집어넣고 싶습니다. 말하는 나무가 도로시와 깡통 사내에게 사과를 던지는 장면 기억하세요?"

"그럼."

"저흰 그 장면만 장장 이십 분에 달하게 만들고 싶습니다. 〈매트릭스〉의 특수효과도 좀 빌리려고요. '노란 벽돌길' 위에서 아무 이유도 없이 모든 게 차례로 폭발해 터질 겁니다. 양귀비꽃 들판이 등장하는 장면은 온갖 마약들이 뒤덮은 광경이 될 겁니다. 도로시와 마녀는 미친 듯이 싸우다가 결국 레즈비언 키스를 할 겁니다. 근본적으로 저흰 클리셰와 과도함으로 뒤범벅이 된 이 영화가, 할리우드 블록버스터의 종말을 불러올 할리우드 블록버스터가 되길 바랍니다."

난 그게 우리가 액면 그대로 원하는 것이라고까지는 말하지 않았다.

"몇몇 사람에겐 사회학적 고찰이 될 수도 있겠죠." 스티브가 말했다. "하지만 동시에, 종말의 날에 이 영화는 오락영화의 뒤꽁무니를 일격에 날려버리는 영화로 남을 겁니다."

"맞습니다." 내가 말했다. "이 영화는 순수한, 불순물 제로의 엔터테인먼트가 될 겁니다. 어떤 가치도, 내용도 없는. 알짜 엔터테인먼트 말입니다."

"잠깐,"

프로듀서가 말했다.

"그걸 카피로 하자고."

94

〈신新 오즈의 마법사〉를 팔고 난 후 나는 재정적으로 확고한 안정을 누리게 되었다. 내 수입을 더욱 강화해준 건 빈센트의 티브이 쇼 수익과 음반 저작료였다. 스무 장에 가까운 앨범에 빈센트가 만든 음악이 실렸고, 나는 공동 저작권자의 자격으로 여전히 음악 저작료의 25퍼센트를 받았다. 티브이와 영화 세일즈에선 매니저로서 15퍼센트의 커미션을 받았다. 법적으로 에이전트인 스티브의 몫은 10퍼센트로 제한되어 있었다. 뉴르네상스의 변호사 리처드 레스닉은 5퍼센트를 받았고, 변함없이 25퍼센트는 아카데미의 교육을 제공한 회사로 돌아갔다. 빈센트에게는 소득세까지 떼고 24퍼센트 조금 못 미치는 액수의 돈이 돌아갔고, 그는 그 돈의 거의 전부를 계속해서 형제자매에게 보냈다. 그의 어머니가 계속 관계를 지속하기만 했어도 빈센트가 받는 로열티의 5퍼센트는 그녀에게 갔을 것이다. 하지만 뉴르네상스는 그녀가 사라져버린 후 아무런 소식도 전해듣지 못했다.

경제적으로 안정된 이상, 난 결혼을 마다할 이유가 없었다. 그래서 어느 날 밤 모니카에게 사람 구경을 나서자고 말하고, 내겐 가장 로맨틱한 곳인 로스앤젤레스 국제공항으로 함께 갔다. 사람들과 비행기들이 오가는 것을 지켜보다가 비행기 하나가 이륙했을 때, 난 갑자기 한쪽 무릎을 꿇는 시늉을 하며 반지를 꺼내들고 말했다.

"모니카, 비참한 인생 내내 당신을 기다려왔습니다. 당신은 제가 본 사람 중에서 가장 현명하고 재미있고 자상한 여자입니다. 당신을 사랑합니다. 저랑 결혼해주지 않겠습니까?"

그녀는 네, 라고 대답하고 울었다. 나도 거의 울 뻔했다. 우리는 그 이듬해에 결혼하기로 했다.

그러는 가운데, 빈센트는 스물한 살이 되었다. 그의 생일은 4월이었고, 그 무렵 〈신 오즈의 마법사〉가 제작에 들어갔다. 나의 선물은 가스 브룩스가 마이너리그 베이스볼 게임을 하는 장면을 그린 스테인드글라스 작품이었다. 생일을 축하할 겸, 난 그와 함께 그가 가장 좋아하는 밴드 중 하나인 스트록스* 공연이 있는 록시에서 저녁식사를 했다. 그런 다음 그를 데리고 고급 바 버팔로 클럽에 갔다. 자살시도 이후, 처음으로 그는 술을 한잔 했다.

"그래, 스물한 살이 된 소감이 어떠니?"

내가 물었다.

---

* 1998년부터 활동하고 있는 미국의 네오개라지 록밴드.

"똑같아요."

우리는 각자의 술잔을 들여다보며 바에 앉아 있었다.

"저기, 너에게 꼭 하고 싶은 말이 있어."

내가 말했다.

"말씀하세요."

"내 들러리가 되어줬으면 좋겠는데."

그는 짓궂게 눈썹을 찌푸렸다가 미소를 지었다.

"정말로 제가 하길 바라세요?"

"물론이지."

"영광이에요."

"그럼 됐다."

"결혼식에 사람들이 많이 오진 않겠죠?"

"맞아. 거의 아무도 안 올 거야. 모니카의 가족들, 우리 가족 몇 명 정도가 다야."

"좋아요. 정말 얼마나 기쁜지 모르겠어요."

빈센트가 말했다.

"모니카는 정말로 훌륭한 분 같아요."

"정말 그래."

"그리고 얼굴도 예뻐요."

빈센트는 휘젓개로 얼음을 휘지었다.

"저, 한 잔 더 해도 될까요?"

그가 머뭇거리며 물었다.

"그러렴. 하지만 오늘이 네 스물한번째 생일이 아니었으면 어림도 없었다."

나는 바텐더한테 손짓을 해서 한 잔 더 가져오게 했다. 문득 난 빈센트의 눈빛이 평소보다 더 슬픈 것을 알아차렸다.

"괜찮니, 빈센트?"

"왜 물어보세요?"

"침울해 보여서."

"결혼하신 후에도 저와 함께 일하실 건가요?"

그가 물었다.

"쭈욱. 그건 걱정하지 마. 야, 이렇게 나온 김에 너도 한 명 건져야 되지 않겠니?"

"제겐 아무도 없어요. 있다고 해도, 제가 그 사람을 믿을 수 없을 거예요. 제 천사들은 언제나 잡지 표지에만 있었잖아요."

"너한테서 대각선 방향에 앉아 있는 저 여자 어떠니? 혼자 있네. 저 여자가 널 쳐다보는 거 봤어."

긴 금발 머리에 목선이 깊이 파인 드레스를 입은, 점잖은 건설노동자의 표상이라고 해도 음탕하게 신음해 마지않을 여자였다. 빈센트는 잠시 가만있다가 믿지 못하겠다는 표정으로 그녀를 쳐다보았다. 그녀가 그에게 미소를 보내자 그는 반사적으로 고개를 돌려버렸다.

"말도 안 돼, 저렇게 섹시한 여자가? 제가 텔레비전 밖에서 본 여자들 중에 제일 예쁜데요."

"가서 말 걸어봐."

"저한텐 과분해요. 술이나 몇 잔 더 할래요."

"내가 대신 가서 말해줄게."

"안 돼요."

난 의자에서 일어섰다.

"생일선물이라고 생각해라."

"할런— 잠깐만요!"

난 바의 긴 의자에 혼자 앉아 있는 그 금발에게 다가갔다.

"안녕하세요. 전 할런이라고 합니다."

"안녕하세요. 전 신디예요."

"제 뻔뻔함을 양해해주세요. 저기 있는 제 친구가 말입니다. 당신이 세상에서 제일 아름다운 여자라고 생각하는데요, 그래서 이야기를 나누고 싶어한답니다."

"저 '가위손' 같이 생긴 남자 말하는 거예요?"

그녀가 빈센트 쪽을 바라보았다. 난 웃었다.

"네."

"왜 본인이 직접 와서 말 못 한대요?"

"숫기가 좀 없는 친구예요."

"난 숫기 없는 남자하곤 통하는 게 별로 없는데."

"아. 혹시 〈식료품점〉 보세요?"

"네."

"저 친구가 만들었어요. 모든 에피소드를 다 저 친구가 썼어요."

"정말요? 저 그거 너무 좋아하는데. 저 사람, 닐 역을 맡은 배우 아나요?"

"아니, 하지만 진짜 닐과는 최고의 친구죠."

"진짜 닐도 그렇게 멋진 사람인가요?"

"아뇨. 저 친구에게 직접 물어보시죠? 이름은 빈센트예요."

"잠깐만요. 먼저 저분에 대해 더 얘기해주세요."

"좋아요. 던스 컨피드러시나 메리 세실 좋아해요?"

"네."

"저 친구가 그 사람들 음악을 거의 다 작사, 작곡했어요."

그녀가 웃었다.

"이건 뭐. 아주 등을 떠미시네."

"전 심각해요. 저 친구는 진짜 다작을 하거든요. 곧 저 친구가 쓴 영화도 나올 거예요."

"알았어요, 좋아요. 하룻밤에 2천 달러예요."

그녀가 가장 좋아하는 뮤지션은 채드였고, 가장 좋아하는 티브이쇼는 〈시추에이션 코미디〉, 가장 좋아하는 영화는 〈슈렉〉이었다.

"아, 이런. 저 그게—"

"왜 이러실까? 그 정도로 많은 걸 이뤄낸 분이라면 껌값 아녜요? 안 그래요?"

"그래요. 하지만 돈은 내가 낼 건데요."

"어쨌거나요."

"내가 돈 줬다고 저 친구한테 말하지 말아줘요."

"물론이죠, 추가요금으로 2백 달러요."

"1백 달러로 하죠."

"좋아요. 오늘밤 저분의 '애인'이 돼드리죠."

신디는 '애인'이란 말을 하면서 양 손가락을 들어 강조 표시를 해 보였다.

"이러는 게 좋은 건지……"

나는 말했다. 저쪽을 보니 빈센트는 초조하게 여자를 쳐다보고 있었다. 우리 둘 다 그를 쳐다보자 그는 등을 돌렸다.

난 그가 위스키와 물을 번갈아 꿀꺽 들이켜는 것을 지켜보았다. 그의 말투와 그의 가련한 몸짓과, 그의 여자처럼 길고 곧 백발이 될 검은 머리칼과, 그의 우울하지만 성심에 찬 자기 표현과, 그의 얼음장처럼 창백한 안색과, 그의 여드름 자국과, 그의 푹 꺼진 울적한 눈과, 그 주변을 감싸고 있는 거무스름한 그늘과, 그의 홍조 띤 뺨과, 그의 불그레한 입술과, 그의 앙상한 목과, 그의 철사처럼 앙상한 팔과, 그의 칼자국이 난 손목과, 술잔을 감싸쥔 그의 떨리는 손가락 마디에 감도는 비애의 그늘을 주시했다. 생전 처음 그가 예술작품처럼 보였다.

"하긴. 오늘은 저애의 생일이니까."

내가 말했다. 난 빈센트에게서 등을 돌리고 여자에게 수표를 써 주었다.

"저 친구 즐겁게 해줘요. 그리고 부탁하는데, 따뜻하게 대해줘요."

95

쿤츠와일러는 회의가 끝나자마자 곧바로 〈신 오즈의 마법사〉 제작에 착수했다. 우리가 원하는 스타 중 단 한 명도 영화에 흥미를 보이지 않자 그는 난관에 봉착했다. 하지만 드류 프롬프츠에게 신세를 진 바 있는 콜린 파렐이 프롬프츠가 바라는 대로 영화 출연을 승낙했다. 파렐이 붙자 그제야 배우들은 관심을 기울였지만, 줄리아 로버츠만은 카프카의 『변신』의 애니메이션 영화에 목소리 출연을 하느라 시간을 낼 수 없었다. 결국 사악한 마녀 역은 맥 라이언에게 돌아갔다.

빈센트와 난 우리의 뜻대로 영화를 마케팅할 수 있는 콘셉트를 확고하게 마련해놓았고, 영화 광고를 직접 감독하게 해달라고 요청했다. 난 그때까지도 드류 프롬프츠는 만나보지 못했지만 다행히 그의 측근 중에서 괜찮은 동료를 만날 수 있었다. IUI-글로브터너의 마케팅팀에 여전히 프롬프츠의 동맹이 있었던 덕에 난 프롬프츠의 지원을 받아 뜻대로 영화를 구상할 수 있었다.

그렇게 해서 탄생한 영화 예고편은 다음과 같은 내레이션으로 시작된다.

"모든 영화 예고편의 서두를 장식하는 멘트인 '저편 어느 세상에서', 문명사상 그 아무리 성스럽고 소중한 업적이라고 해도 우리가 재발견해 더 새끈한 영화로 만들어주마, 이 등신들아!"

곧이어 차 한 대가 폭발하는 장면이 등장하고, 그뒤를 이어 오즈의 배우들이 노란 벽돌길 위에서 포르노를 연상케 하는 춤을 춘다. 몇 초마다 어김없이 도로시의 격정적인 러브신이 보여진다. 그녀의 가슴골을 클로즈업한 장면은 서브리미널 효과*로 뜰 것이다. 주기적으로 음악이 정지하고 잠시간의 침묵 후 짧은 대사가 등장한다. 가령, 허수아비가 도로시를 끌어안을 때 도로시의 대사: "당신 주머니 속에 있는 건 원예공구예요? 아니면 날 만난 게 너무 행복해서 그러는 건가요?" (음악이 갑자기 멈추었다가…… 잠시 침묵이 흐른 후……), "둘 다 아니야. 물건이 발딱 섰어" (음악이 다시 흐른다) 같은 식이다. 예고편은 다음과 같은 내레이션과 함께 끝난다.

"지금처럼 할리우드가 싸구려인 적도 없었다고 생각한 순간……"

그런 다음 변기에 쭈그리고 앉아 있는 깡통사내가 나타나 궁색

* 인간이 쉽게 인지할 수 없는 음향이나 깜짝 화면을 삽입해 잠재의식에 영향을 미치는 기법. 광고나 영화에서 잘 쓰인다.

한 차림새의 먼치킨*들을 향해 라이플총을 쏜다.

영화 자체가 노골적인 클리셰로 넘쳐났다. 슬로모션으로 달리는 장면, 가짜 음향효과가 들어간 주먹질 장면, 프로 운동선수 카메오들의 등장, "내 말이 그 말이라니깐!"이라고 소리치는 흑인 남자, 한심한 총격전, 에메랄드 시티에서 장장 이십여 분간 펼쳐지는 자동차 추격전이 등장했다. 소심쟁이 사자한테도 기회가 주어져서 컴퓨터조작 원숭이 군단이 잔인하게 깡통남자의 배를 가를 때 '안 돼애애애애애애!' 하고 절규하는 장면도 있었다.

또다른 장면에선 사악한 마녀가 도로시에게 총구를 겨누며 깡통사내에게 협상을 종용한다. "여자를 보내주면 가진 돈을 전부 주마"라는 그의 제안을 마녀는 받아들이지만, 뻔하게도 그를 배신하고 돈을 도로 빼앗은 후 도로시에게 총질한다. 다행히, 도로시의 브래지어 속에 있던 '행운의 철광석 쪼가리'가 총알을 튕기면서 도로시는 살아난다.

또 도로시가 절벽에서 떨어지는 장면에선, 들고 다니던 손가방이 나뭇가지에 걸리면서 살아난다. 가방이 찢어지는 것을 클로즈업으로 보여주지만 마지막 실오라기가 끊어지는 찰나에 깡통사내가 도로시의 손을 잡는다. 긴장감을 더하기 위해, 그 일이 있기 직전에 차 한 대가 슬로모션으로 절벽에서 굴러떨어져 폭발한다.

---

* 〈오즈의 마법사〉에 나오는 난쟁이족.

한 평론가는 훗날 〈신 오즈의 마법사〉에 대해 "멀쩡한 정신으로 보면 바보짓 말라는 간명한 메시지로, 연예산업과 관객모두에게 요란스러운 경종을 울렸다는 점에서" 영화사상 최대의 졸작이자 밀레니엄 이후의 최대 문제작이라고 평했다.

일 년 반 후에 개봉된 영화는 메가블록버스터가 되었고, 나로선 구역질나는 일이었지만 뒤이어 관련 상품의 광란이 따랐다. 사람들은 〈오즈의 마법사〉란 상표만 붙어도 스카프부터 루비색 고무슬리퍼까지 닥치는 대로 사들였다. 하지만 업계가 영화의 메시지를 이해했고, 영화 제작자와 감독과 배우들은 미국의 고전을 훼손시켰다는 미디어의 혹평을 수도 없이 들었다는 점에서 우리의 영화는 목표를 달성한 셈이었다. 그덕에 대중은 그후 이 년 동안 음란한 하이콘셉트* 버전의 〈바람과 함께 사라지다〉를 보는 고충을 겪지 않아도 되었다.

96

"제 인생은 기나긴 질환의 연속이에요."

집 문을 열자마자 빈센트가 말했다.

---

* 간결한 소개로 관객이 실제 작품을 보도록 유도하는 광고영화.

"뭔 일 있어?"

내가 묻자 그는 안으로 들어와 새로 산 소파에 무너지듯 주저앉았다.

"그 신디란 여자가 내게 뭔가 전염시켰나봐요."

지금 생각하면, 그 여자에게 돈을 준 건 실수였다. 그녀가 서비스를 제공한 후, 빈센트는 우울증에서 빠져나오기는커녕 더 절박한 죄의식에 시달렸다. 그 일이 있고 나서, 특히 그 여자가 가짜 전화번호를 줌으로써 의미 있는 관계를 맺지 못하게 되자 그는 더 절망했다. 콜럼부스의 선원들이 정복을 끝내고 돌아와 서구에 퍼뜨린 것과 똑같은 선물이라는 사실 말고는, 그들의 덧없는 관계가 남겨준 것에 대해 자세히 언급하고픈 마음은 없다.

"불결, 그것은 너무나 아름다운 말이다. 어디서 이 말을 읽었더라."

함께 병원을 갔다 내 집으로 오면서 빈센트가 말했다.

"매독. 보상으로 받은 매독. 전 결핵에 매독까지 걸렸어요."

빈센트는 '결핵과 매독'이란 말에 어울리는 선율을 작곡했다. 전화가 울릴 때까지 그는 그걸 부르고 또 불렀다.

나는 전화를 받았다. 스티브였다.

"리포비츠 씨가 자네와 빈센트를 만나고 싶대."

스티브가 말했다.

"지금 당장이요?"

"그래. 오래 못 버틸 것 같아."

"최근에 만나셨나봐요?"

"아냐. 누가 찾아오는 걸 싫어하는 양반이야. 죽기 전에 만나서 '이 변통들아, 고맙구나' 라고 말하고 싶은가봐."

스티브에게서 요양원 가는 길을 전해듣자마자 빈센트와 즉시 떠났다.

"그분에게 제 병에 대해 말하면 안 돼요, 알았죠?"

차 안에서 빈센트가 말했다.

"안 할게. 근데 그분이라면 이미 알고 계실지도 모르지."

난 농을 떨었다. 사실, 리포비츠는 이미 몇 년 전에 빈센트의 병력차트 체크를 그만두었다.

97

그날 밤 우리는 골든크레스트 요양원에 도착했다. 골든크레스트는 부유층을 위한 요양원으로, 25에이커에 달하는 잘 가꾼 잔디밭과 조경식물들과 골프코스가 갖춰져 있었다. 고급 주방을 제외하면 건물 내부는 패널형 천정과 밝은 조명, 흰 바닥과 베이지색 벽으로 되어 있어서, 똥과 소독약 냄새를 풍기는 보통 요양원과 비슷했다. 빈센트와 내가 면회서를 작성하자 간호사는 리포비츠 씨의

방 번호를 알려주었다.

우린 지체하지 않고 요양원 안으로 걸어들어갔다. 빈센트는 인형을 든 채 아무 반응도 보이지 않는 한 할머니에게 손을 흔들어주었다.

"요양원이라면 지긋지긋하다."

내가 말했다. 십대 때 아버지와, 죽음을 앞둔 친척 몇 명 때문에 꽤 오랜 시절 요양원에서 지내야 했다.

리포비츠가 있는 곳을 따라 복도를 걸어들어가면서 나는 어쩔 수 없이 각 병실을 들여다보게 되었다. 빈센트도 마찬가지였다. 각 병실은 나름의 이유로 울적했다. 방 안에 머물고 있는 형체들은 불안하게 떠돌고 있었다. 어떤 이들은 도와달라고 신음하며 울었다. 고통스러운 자세로 뒤틀린 몸뚱이들, 쩍 벌어진 입들, 미친 듯 희번덕이는 눈, 얽힌 핏줄이 다 드러날 정도로 뼈만 남아 침대 끝에서 흔들거리는 팔다리들. 그런 사람들의 옷장에 들어가고 싶지 않은 듯 부자연스럽게 걸쳐져 있는 목욕가운들. 한 짝만 남아 있거나, 가끔은 용케 두 짝을 다 갖추고 푸르뎅뎅한 발을 감싸고 있는 슬리퍼. 병실 안 사람들은 조금도 인간처럼 보이지 않았다. 난 캘리포니아 땅에 정박한 황량한 외계우주선에 납치당한 포로가 된 기분이었다.

"분명 자고 있을 거야." 내가 말했다. "그냥 가자."

"안 돼요."

빈센트가 말했다.

"가야 해요. 우릴 기다리신댔잖아요, 네?"

빈센트가 병실 문을 열자 복도의 불빛이 방 건너편까지 뻗어나갔다. 빈센트가 병실 한가운데에 쳐져 있는 커튼을 뒤로 젖히자 침대 하나와 불빛이 깜박이는 몇 개의 커다란 기계가 나타났다. 침대 위에, 쪼그라든 성기까지 다 보일 정도로 완전히 벌거벗은 리포비츠가 누워 있었다.

98

그는 내장부터 손끝까지 파손된 나머지 인체공학적인 침대에 제대로 몸을 맞추지 못한 채 갓난아이처럼 구부린 자세로, 아닌 게 아니라 잠을 자고 있었다. 머리카락 한 올 없는 그의 머리는 새끼 새를 연상시켰다. 이빨도 없는 그의 입은 하품을 한 상태로 굳어져 있어서 숨쉬는 소리가 제법 크게 들렸다.

빈센트가 불을 켰지만, 리포비츠는 깨어나지 않았다. 빈센트는 침대 가까이 다가가 그의 깡마른 몸 위로 이불을 덮어주었다.

"리포비츠 씨?"

빈센트는 조용히 리포비츠의 이름을 불렀다.

그러자마자 리포비츠가 잠에서 깨어 빈센트를 올려다보았다. 휘둥그러니 부릅뜬 그의 눈가에는 눈에 띌 정도로 심한 버캐가 껴 있었다.

"아, 안녕하세요. 제가 빈센트 스피네티입니다."

"안녕, 빈센트."

리포비츠가 말했다. 그의 목소리는 믿기 힘들 정도로 우렁차고 깊이가 있었다. 그는 등을 돌리면서 신음을 내뱉었다.

"여기 할런 아이플러 씨도 와 있어요."

난 그의 침대 곁으로 갔고, 악수를 할 건지 망설였다.

"안녕하십니까. 리포비츠 씨. 마침내 이렇게 뵙게 되어 정말 기쁩니다."

그가 힘이 하나도 없는 손을 내밀었다. 난 그 손을 잡고 가볍게 흔들고는 바로 놓았다.

"포스터라고 부르게."

그는 우리 쪽으로 머리를 들더니 눈을 감았다.

"자네 둘 다 심장이 참 빨리 뛰는군."

그가 말했다.

빈센트와 난 영문을 몰라 서로의 얼굴만 쳐다보았다.

"보청기로 다 들려."

포스터가 말했다.

"시중에서 제일 비싼 거야. 아무도 없을 때나, 사람들이 가까이 서 있을 때나, 심장 소리가 다 들리거든. 심장이 아주 세게 쿵쾅거릴 땐 오죽하겠나."

빈센트와 나는 침대에서 한 발짝 떨어져 섰다. 포스터는 웃다 사레가 들어 기침을 했다.

"볼륨을 제일 높게 올리고 열심히 집중하면 자네들 생각까지 다 들을 수 있어."

난 경직된 웃음을 터뜨렸다. 포스터의 표정이 갑자기 불만스러운 듯 일그러졌다. 내가 웃은 것 때문에 화가 난 것 같아 난 움츠러들었다.

"간호사 년들이 침대보를 바꾸고는 날 발가벗긴 채 내버려둔 모양이군."

"저희가 어떻게 해드리면 될까요?"

빈센트가 물었다.

"침대를 좀 올려주면 돼."

그는 침대의 발치에 놓인 발톱처럼 생긴 조절장치를 가리켰다. 빈센트가 버튼을 누르자 침대의 머리쪽이 기계음을 내며 천천히 위로 접혀올라왔다. 침대 시트가 그의 무릎위로 흘러내리면서 그의 피골이 상접한 가슴에 연결된 여덟 개의 전극이 드러났다. 배에는 영양공급 튜브가, 팔에는 정맥주사가, 코에도 몇 개의 튜브가 연결되어 있었다. 모든 튜브와 전선은 이리저리 꼬인 채 기계에 연결되어 있었고, 침대 양편에는 컴퓨터 몇 대가 놓여 있었다. 난 건물 전체가 그에게서 전력을 공급받는 광경을 그려보았다.

포스터는 자리를 잡고 앉았다. 그는 빈센트에게 미소를 지었다.

"빈센트, 요새는 어떻게 지내나?"

"좋아졌습니다, 감사합니다."

"그거 듣던 중 반가운 소리네. 죽기 전에 그간 자네가 해준 모든 것에 감사를 표하고 싶었어. 자넨 우리 모두에게 이미 유산을 물려준 거나 마찬가지야."

그는 나를 보았다.

"그 하나만으로도 이 사람은 제대로 된 인간이지, 안 그런가? 온갖 곤경을 겪었지만 결백하고도 굳건한 존재가 되었으니. 안 그런가, 할런?"

"그렇습니다. 빈센트는 최상의 인간입니다."

"고맙습니다." 빈센트가 말했다. "제게 기회를 주신 점, 저도 감사드리고 싶습니다. 좋은 교육을 받은 것, 또 수년 동안 제게 베풀어주신 그 모든 것에 감사드립니다."

"나한테 고맙다고 하지 마. 온갖 뒤치다꺼리를 다 한 사람은 할런이니까. 할런, 자네가 한 일도 절대 잊지 않고 있다는 말을 하고 싶네. 자네에게도 감사하게 생각하고 있어. 언제쯤 내가 자네를 알아줄지 궁금해하던 참이라는 거, 알고 있네."

"아, 솔직히 말씀드리면, 실존 인물이신지 아닌지도 궁금하던 차였습니다."

나는 웃음을 터뜨리며 말했다.

"정말 오랫동안 연락을 드리고 싶었지만, 실베인과 프롬프츠 씨가 허락을 안 해줬습니다. 저에게 리포비츠 씨가 살아 계시다는 것을 증명해준 건 제게 보내신 편지가 다였습니다."

"무슨 편지?"

"그게, 한 십오 년 전의 일인 것 같은데요. 그 편지에서 뉴르네상스의 모든 것과, 제가 이 일을 해야 하는 이유를 말씀해주셨습니다."

"그 편지는 드류 프롬프츠가 썼네."

"아."

"그가 실제로 이 업무의 대부분을 처리했네. 난 상징적인 대표에 가까웠지. 내가 아이디어를 냈고, 모든 비용을 지원했던걸세. 내가 중대사를 결정했고, 그들이 내가 원하는 대로 업무를 처리하게 한 거지. 하지만 프롬프츠가 거의 대부분의 서류 업무와 그 모든 관련 업무를 맡았어. 난 그가 훌륭한 계승자가 될 거라고 믿네."

우리는 빈센트가 발표한 모든 작품에 대해 이야기를 나누었다. 스티브 말대로 포스터는 빈센트의 팬이었다. 그는 끊임없이 빈센트를 칭찬했고, 빈센트도 포스터가 말을 너무 많이 하는 바람에 힘들어하기 전까지는 진심으로 기뻐했다. 그는 목소리가 점점 작아졌고, 기침도 더 심하게 했다. 빈센트가 침대를 눕혀야겠다고 말하자 포스터는 그러라고 했다.

"자기 전에, 빈센트, 자네가 우리 회사에 얼마나 중요한 존재였는지를 잘 알았으면 하는 말을 하고 싶네. 정말로 도움이 됐다는 걸 알아주게."

포스터가 말했다.

"기회가 있을 때 자네에게 꼭 해주고 싶었던 말이야. 자네의 고통은 헛되지 않았어. 자네와 뉴르네상스의 아이들은 정말 훌륭한 일들을 많이 해냈어. 하지만 자네야말로 가장 눈부시게 해냈어. 자넨 수많은 사람이 눈뜰 수 있도록 해주었어."

"감사합니다."

"편히 쉬시게 저희는 이만 가보는 게 좋을 것 같습니다."

내가 말했다.

"편히 쉰다…… 이젠 그럴 수 있겠어. 모든 게 더 좋아지는 것 같아. 그게 내가 원했던 거야. 드류는 다르게 말할 테지. 하지만 전엔 잊고 있었던 걸 기억해냈다는 점에서 난 좋아졌다고 생각해. 제2차 세계대전 때 내가 어땠는지를 잊고 있었어. 전장에 있었지만 죽지 않았고, 어느 누구도 죽이지 않았거든, 뿐인가, 총 한 번 맞지 않았어. 내가 어떻게 총을 안 맞았는지 아나? 총 대신 음악을 연주했거든. 색소폰을 잘 불어서, 군대 밴드에 들어간 거야. 나도 다른 불쌍한 놈들처럼 죽을 수도 있었지만, 그게 아니라 고관 및 장성들과, 그 밖에도 그저 전쟁이 계속되고 있다는 사실을 잊고 싶어했던 모든 사람들을 위해 연주를 했어. 비록 그렇게 잊을 수 있는 게 우리가 한 번 연주할 동안인 단 몇 분에 지나지 않더라도 말이야. 그런데 다시 돌아온 나는 언제부턴가 그 모든 것을 잊어버리고 말았어. 살 만해졌다는 이유로 말이지. 돈이 있어서 이렇게 세상을 좋아지게 할 수 있었으니 망정이지. 난 행운아야. 돈을 주고 다시 태어난 거야."

포스터에게 작별을 고하자, 그는 반대쪽으로 몸을 돌리더니 아까 그 태아의 자세로 쪼그려누웠다. 그는 그다음 날 죽었다. 나는 다른 모든 뉴르네상스 직원과 마찬가지로 팩스를 통해 그의 부음을 접했다. 그리고 생전 처음으로, 편지 상단에 찍힌 뉴르네상스의 로고를 보았다.

3부

IX. 크리스티나

99

수많은 사람이 리포비츠의 장례식을 찾았지만, 가족이나 그를 사랑했던 이들 중 한 명이라도 참석했다는 말은 듣지 못했다. 참석자들의 절대 다수가 사업 동료들이었고, 그들만으로도 할리우드의 '템플 이스라엘'은 만원이었다.

장례식이 끝난 후, 우린 근사한 차림에 멋진 향을 풍기는 연예인 같은 모습으로 소박한 소나무관을 따라 질서정연하게 사원 밖으로 줄지어 나왔다. 빈센트와 내가 밖으로 나왔을 때 스티브가 입에 손가락을 넣어 휘파람을 불어 우리를 부르는 바람에, 밖으로 나온 사람들 대부분이 그쪽을 쳐다보았다. 한동안 빈센트를 만나지 못했던 스티브가 지나치게 세게 끌어안자 빈센트는 하마터면 쓰러질 뻔했다.

"잘 있었나, 브이 디디*."

실베인이 말했다.

"잘 계셨어요. 스티브도어."

빈센트가 대답했다.

"말씀드려, 빈센트."

난 미소를 지으며 빈센트에게 말했다.

"오케이, 스티브. 제가 당신을 위해 영화 시나리오를 하나 썼어요."

"이 도시에서 꺼져버려, 변통 자식아."

"진짜예요."

내가 말했다.

"당신을 주연으로 생각하며 쓴 거예요."

"그렇다면 변통 배짱이라고 불러야지." 빈센트의 깡마른 몸을 다시 한번 끌어당겨 안으며 그가 말했다. "어떤 내용인데?"

"사랑을 해보지 못한 외다리 퇴물 스타에 관한 거예요."

빈센트가 말했다.

"제목은 〈있을 수 없는 여자〉예요."

"끝내주는데."

스티브가 눈썹을 치켜올리며 말했다.

우리는 우왕좌왕하며 서 있는 사람들과 나란히 앞뜰 잔디밭에 서

* 빈센트를 미국의 유명 힙합 뮤지션인 퍼프 대디의 별칭인 P. Diddy 식으로 고쳐 부른 것.

서, 장례식의 다음 절차를 위해 사람들이 사원에서 모두 나오길 기다렸다. 인도에는 카메라를 멘 구경꾼들이 열 명 정도 서 있었다.

사원을 떠나는 행렬 끝 쪽에 빈틈없이 차려입은 한 남자가 디지털카메라를 들고 서 있었다. 잘생긴 용모에 흑백영화 속 남자 주인공을 방불케 하는 세련된 태도가 몸에 배어 있었다. 그는 영화 시사회를 떠나는 사람처럼 선글라스 너머로 장례식에 참석한 군중을 훑어보며 미소를 지었다.

"저기 선글라스 쓰고 리포비츠 관을 찍고 있는 놈 봤어요?"

내가 스티브에게 물었다.

"응."

그가 대답했다.

"그 자식이 우리의 새 CEO야."

100

우리는 여전히 현관 앞 계단에 서 있는데, 드류 프롬프츠가 스티브를 알아보고 손을 흔들었다. 우리가 계단 맨 아래로 내려가자 그는 중간중간 이 사람 저 사람과 악수를 하면서 우리 쪽으로 성큼성큼 걸어왔다. 그의 뒤로 가슴골이 살짝 보이는 섹시한 검정 드레스를 입은, 젊고 매력적인 금발 미인이 따라왔다.

"스티브!"

프롬프츠가 우리 쪽으로 오면서 말했다.

"이분들이 그분들?"

"그렇다마다요."

스티브가 말했다.

프롬프츠는 키가 크고 후리후리한 체격에 눈에 띄는 용모의 남자였다. 넥타이에 맞춰 빨간색 포켓칩을 꽂은 그를 보자마자 난 근사한 그의 헤어스타일에 주목했다. 머리 윗부분을 맵시 좋게 부풀린 모래빛 갈색머리는 최근에 이발한 것 같았다.

프롬프츠는 빈센트 쪽으로 돌아서더니, 양손으로 악수를 하며 인사했다.

"빈센트 씨 맞죠?"

"네."

"세상에나, 경이로운 소년을 이렇게 만나다니. 난 드류 프롬프츠, 뉴르네상스의 새 CEO예요."

"안녕하세요."

"당신 작품 정말 좋아해요. 이렇게 아는 사이가 되다니 정말 흥분되네."

"감사합니다."

빈센트가 대답했다.

"여기는 맞춰볼까요? 할런 아이플러 씨?"

"네, 선생님."

난 곧바로 그를 선생님이라 부른 것에 후회했다. 사십대 중반이 맞다면 나보다 그리 나이가 많은 것도 아닌데, 내가 이제까지 만난 사람들 중 가장 세련된 사람이라서였는지는 몰라도 부지불식간에 '선생님'이란 말이 튀어나온 것이다.

"역시 이렇게 만나서 반가워요." 프롬프츠가 말했다. "일전에 한 번 통화했죠."

"맞습니다."

내가 말했다. 그 순수하게 행복해 보이는 미소가 기본적으로 내장된 표정이라는 것을 직감으로 알 수 있었다. 입은 주로 꾹 다물고, 근사하게 선탠한 얼굴이나 선글라스 같은 요소로 매력을 발하는 그런 미소였다. 프롬프츠는 스티브를 돌아보며 또 한번 양손으로 악수를 했다.

"잘 지냈어요, 스티브?"

"언제나 일취월장중이지."

"아 참, 이 친구는 브리짓이에요."

프롬프츠는 활짝 편 손바닥으로 금발 미녀 쪽을 가리켰다. 그녀는 우리 쪽으로 상체를 굽혀 인사했다.

"세 분의 사진을 찍고 싶은데,"

프롬프츠가 말했다.

"뉴르네상스를 개척하신 세 분 모두 함께요. 좋아 보이는데, 저도 껴도 되겠죠?"

그는 작은 은색 카메라의 전원을 켜고 한 발짝 물러서더니 말했다.

"내 눈이 정확하다면 빈센트가 제일 작은 거 맞죠? 가운데 설래요? 그래야 균형이 맞을 것 같아."

빈센트를 가운데로 세우고, 상복차림을 한 우리 셋은 미소를 지었다. 햇빛 때문에 분명 우리 셋 다 눈을 찡그리고 있었을 것이다. 그 사진을 받아두지 못한 게 후회스럽다.

프롬프츠가 사진을 찍고 나자, 인도 아래쪽에서 왁자지껄하는 소리가 들려왔다. 사진사들과 카메라맨들이 떼거지로 몰려 뒷걸음질을 치면서 그들의 제왕이 앞으로 가는 가운데 미친 듯이 셔터를 눌러대고 고함을 치듯 질문을 던지고 있었다. 문제의 스타는 앞으로 가고 파파라치는 뒤로 가며 한데 엉킨 모습이, 번쩍번쩍 빛을 발하며 인도를 기어내려가는 한 마리의 거대한 유기체처럼, "크리스티나 고메즈가 백업 댄서와 결혼한다는데 기분이 어떠세요?" 같은 질문을 빠르고 거침없이 내뱉는 모양이 신화 속의 시끄럽고 난폭한 괴물처럼 보였다.

"채드잖아!"

프롬프츠가 흥분해서 외쳤다.

"저 친구한테 꼭 와야 한다고 말했는데, 진짜로 왔네요! 저 친구도 자넬 만나봐야지, 빈센트?"

프롬프츠는 우리 곁을 떠나 뉴르네상스 최고의 성공 사례를 환대하러 갔다.

101

프롬프츠가 채드를 데리고 오자 파파라치들도 따라붙었다. 카메라 플래시가 채드의 얼굴을 향해 터질 때, 난 카메라 플래시 때문에 그림이 바랜다는 이유로 미술관에서 사진촬영을 금하게 된 경위에 대해 생각했다.

채드는 검정 핀스트라이프 슈트에 연두색 셔츠를 받쳐입고, 늘 그랬듯이 바지의 호주머니 속을 밖으로 빼 입고 있었다. 문신에 어울리는 섬뜩한 이미지가 그려진 호주머니는 채드를 위해 특별 제작된 게 분명했다. 그의 머리는 검정색으로 바뀌었고, 짧고 뾰족뾰족한 스타일에 금발로 하이라이트를 준 모습이었다. 플래시 세례 속에서 그는 스티브의 손을 잡고 흔들며 포옹했다.

"경기 좋아요, 실베인?"

채드가 물었다.

"자넨 어때, 채드?"

스티브가 말했다.

"장례식은 놓친 것 같죠? 거 참."

그의 수행원인 세 명의 청년과 네 명의 여자들이 그를 둘러쌌다.

"어젯밤 토미 리*에게 초대받는 바람에 겨우 지금에야 잠에서 깼어요."

"채드, 할런 아이플러 씨 만난 적 있지, 그렇지?"

프롬프츠는 나를 가리키며 말했다.

"아, 그럼요, 그럼요. 나한테 파티니 문란한 짓 하지 말라고 했던 분이잖아요. 이분 진짜 끝내줘요. 오랜만입니다요."

그는 악수인 것 같지만 흔한 악수와는 완전히 다른, 나로서는 흉내도 못 낼 정도로 멋진 악수를 했다.

"오랜만입니다요, 채드."

나는 미소 지으며 답했다.

"그리고 이분이 빈센트 스피네티야."

프롬프츠가 크고 감정이 풍부한 눈망울로 땅을 내려다보다 채드를 보다 다시 땅을 내려다보고 있는 창백한 인상의 젊은이를 가리켰다.

"안녕하세요."

채드가 멋지게 고개를 끄덕이며 말했다.

"처음 봬요."

빈센트가 말했다.

---

* 헤비메탈 밴드 머틀리 크루의 드러머이자 배우 파멜라 앤더슨의 전 남편.

"그 음악을 만드신 장본인이시군요?"

채드가 물었다.

"네."

"음악 진짜 죽여줬어요."

"고마워요."

"언제 같이 간자*라도 피워요, 같이 연주를 해도 좋고."

"그래요."

빈센트가 말했다.

채드를 둘러싼 무리를 제외한 장례식 인파가 빠져나가고 있었다.

"이제 가봐야겠네요."

프롬프츠가 말했다.

"리무진이 대기중이에요. 다 함께 타시죠?"

채드는 수행원 중 두 명을 뺀 나머지에게 집에서 기다리라고 말했다. 프롬프츠의 리무진이 있는 주차장으로 가는 도중에 깡마른 중년 여자 한 명이 채드에게 달려들더니 그를 끌어안았다. 그녀는 놀라울 정도로 거대한 가슴에 튜브탑과 미니스커트를 입고 있었다.

"말도 안 돼!"

그 여자는 비명을 질렀다.

"사랑해요! 사랑해요, 채드! 사랑해요!"

---

* 마리화나의 일종.

"사랑으로 보답할게요."

채드가 말했다.

"말도 안 돼. 잠깐만요. 잠깐만요."

여자는 허둥지둥 자신의 커다란 가방을 뒤졌다.

"에이씨. 사인을 받고 싶은데, 펜이 없네요."

채드 군단 중 한 명이 메고 있던 멜빵 가방에서 마커펜 몇 개를 꺼내 그 중 하나를 여자에게 건네주었다.

"으으. 사인해줘요, 채드."

그 여자가 튜브톱을 잡아내리자 가슴이 더 많이 드러났다. 채드는 한쪽 가슴에 재빨리 자기 이름을 휘갈겨썼다.

"저기, 아줌마."

스티브가 능글맞은 미소를 지으며 말했다.

"여기 이 친구가 채드 음악을 만들었거든요. 이 사람 사인도 받고 싶지 않아요?"

"아, 네! 사인해줘요. 다 해주세요."

빈센트는 미소를 지었고, 채드는 과장된 몸짓으로 그에게 마커펜을 건네주었다.

"당신도 누군지 알아요."

그 여자가 스티브에게 말했다.

"사인해주세요. 여기 계신 분 전부 사인 좀 해주세요!"

채드의 조수가 스티브, 프롬프츠, 프롬프츠의 애인, 그리고 나에게 마커펜을 나눠주었다. 우리는 전부 몰려들어 주제넘은 여자의 가슴에 사인을 했다. 짓궂게도 나는 페니스를 그려주었다.

102

빈센트, 스티브, 프롬프츠의 애인 그리고 내가 리무진 안 한쪽에 앉고, 프롬프츠, 채드, 채드의 두 남자 친구가 맞은편에 앉았다. 채드는 그 남자들을 소개하지 않았다. 채드가 이따금 자기 스케줄에 대해 묻는 것을 보고 마커펜을 가지고 있던 남자가 개인 비서일 거란 추측은 했다. 채드가 완전히 무시하는 다른 남자는 황금색 휴대전화기를 든 채 아무 말 없이 앉아 있었다.

"요샌 어떻게 지내요, 실베인?" 채드가 물었다. "한동안 같이 못 놀았더니 원."

"거의 집에만 있었어. 우리 둘 사이 이야기라면, 놀 만큼 놀았잖아? 자네가 춤추러 나갈 때마다 자네 엉덩이에 관한 기사를 읽어야 하는 게 여간 고역이 아니었다구."

"신세대 난봉꾼에게 점점 질투를 느끼시네. 에라이, 꼰대 아저씨."

"야, 이 변통아. 아마추어 주제에 입만 살아가지고선."

"쳇. 9·11 이후로 소방대원보다 더 많은 깔치들을 거느리고 있는 나한테 뭔 소리람."

난 채드와 프롬프츠의 애인이 서로 눈빛 교환하는 걸 보았다. 뿐만 아니라, 선글라스를 쓰고 있어서 확신하긴 어렵지만 프롬프츠가 나를 쳐다보고 있다는 생각이 들었다.

"얘기가 나와서 하는 말인데, 언제 파티 한번 또 열어주시죠, 드류?"

채드가 물었다.

"뭔가 축하할 일이 생기면 그때나 할까……"

프롬프츠가 대답했다.

"마지막으로 한 게 자네 앨범이 플래티넘을 기록했을 때지 아마?"

"그런 것 같아요. 당신 파티는 진짜 장난 아니야. '구멍' 아직도 있어요?"

"당연하지."

채드는 웃음을 터뜨렸다.

"파티 한번 더 하자니깐요."

"앨범 플래티넘 기록을 한 번 더 달성하면 하다마다. 어디 차기 앨범 작업은 시작한 거야?"

"그럴 리가. 노래가 아직 모자라요."

채드의 데뷔 앨범이 성공을 거둔 지 사 년째 되던 해였다. 그후 그는 그의 친구들의 레코드 계약을 성사시키느라 바빠 두번째 앨범을 내지 못하고 있었다.

"빈센트," 프롬프츠가 말했다. "채드의 새 앨범에 들어갈 만한 신곡 없을까요?"

"없어요. 최근엔 통 영감이 떠오르질 않아서요. 하지만 어떻게 해볼 수는 있을 것 같아요."

"사실, 다음번 앨범은 제가 작곡한 음악을 넣을까 생각중인데요."

채드가 말했다.

"아, 그래?"

프롬프츠가 물었다.

"네. 저도 할 수 있어요. 많은 사람들이 작곡이 무슨 뇌수술이나 되는 것처럼 행세하고 싶어하는데 말이죠. 사실 그만큼 쉬운 게 없어요."

그가 손가락을 딱 소리 나게 꺾었다.

"음악이 형편없을 때만 쉬울 수 있겠죠."

내가 말했다.

채드가 한 손으로 소울패치*를 문질렀다. 그는 깊은 생각에 잠긴 듯한 표정으로 날 쳐다보았다.

"잠깐만요. 그러니까 제가 멋진 음악을 만들 수 없다는 말인가요?"

그가 물었다.

---

* 남성의 아랫입술 바로 아래에 조그맣게 기른 수염. 젊은 세대의 세련된 감성을 상징하는 용어로도 쓰인다.

"아뇨. 근데 전에 작곡해본 적은 있어요?"

"충분히 시간을 들여 자리에 앉아 만들면 할 수 있다고 장담하는데요. 가만히 앉아 할 시간이 한 번도 없었던 것뿐이죠. 나한테 그럴 능력이 있다는 건 내가 알아요."

"그러시겠죠."

내가 말했다.

"좋아요. 작곡가에게 물어보죠."

채드가 빈센트를 바라보며 물었다.

"작곡이 쉽다고 생각해요, 어렵다고 생각해요?"

"몰라요."

빈센트가 대답했다.

"모른다니 무슨 뜻이죠?"

채드가 물었다.

"그냥 쉽냐, 어렵냐, 이렇게 물어본 거잖아요?"

"때에 따라 다르죠. 어떤 땐 지금 말씀하신 것처럼, 자리에 앉아 끼적이기도 전에 일사천리로—"

"크게 말해야지, 이 사람아. 너무 조용조용하게 이야기해서 뭐라고 말하는지 하나도 안 들리네."

"이 친구에게 이래라 저래라 하지 말아요."

내가 말했다.

"내가 댁한테 얘기했어요?"

채드가 말했다.

"이 친구 아니면 당신은 명함도 못 내밀었을 거예요."

"이봐, 당신 말이야, 처음부터 지금까지 진짜 무례하게 굴었다고, 안 그래? 당신 말이야— 잠깐."

휴대전화에서 채드의 노래가 흘러나오고 있었다. 말없이 휴대전화를 들고 있던 남자가 전화를 받았다. 리무진을 탄 후로 그가 움직인 건 그때가 처음이었다.

"여보세요? ……네. 잠시만요."

그가 휴대전화를 채드에게 건네자, 채드는 "여보쇼," 하고 받더니, 여자친구로 짐작되는 목소리의 사람과 활기차게 대화를 나누기 시작했다.

"자기 전화를 왜 자기가 안 받는 거죠?"

채드가 떠드느라 바쁜 가운데 내가 물었다.

"그게 이 친구의 일입니다."

"야아, 할 말이 없다."

내가 말했다.

"할런, 채드랑 싸우지 맙시다," 프롬프츠가 말했다. "오늘은."

"뭐, 알았어요."

나는 투덜거렸다. 채드가 말했다.

"또 봐, 자기."

그러더니 그는 휴대전화를 그 인간 콘솔에게 다시 건네주었다.

"자, 제가 어디까지 이야기했죠?"

"무례하게 굴었다고, 까지."

스티브가 말했다.

"맞다." 채드가 말했다. "무례하다는 게 뭘까요?"

난 대답하지 않았다. 채드는 계속했다.

"당신이 입고 있는 꼬락서니를 보라고. 딱 삼십대라고 씌어 있어요."

"그쪽은 올해 태어났다고 씌어 있군."

"허!"

"여러분, 부탁입니다. 목소리를 조금씩만 낮추시죠."

프롬프츠가 말했다.

"오늘은 포스터를 위한 날이에요."

"맞다." 채드가 말했다. "제가 존중한다는 게 뭔지 보여드리죠. 어떻게 사랑을 표하는지 보여드리겠다고요. 하지만, 진짜 요지는 제가 그런 음악을 만들어낼 거라는 겁니다."

"나야 좋죠."

내가 말했다.

우리는 말을 멈추고 창밖을 바라보았다. 난 마지막으로 장례식에 참석했던 때를 떠올렸다. 아버지의 장례식이었고, 난 회한에 사무쳐 있었지만, 리무진을 타고 모든 차가 우리를 위해 멈춰서는 것을 보며 중요한 존재가 된 기분이 들었다. 그러나 포스터 리포비츠의 장례식 날 아침에는 그런 기분이 들지 않았다.

103

채드의 휴대전화가 난데없이 울린 것만 빼면, 포스터 리포비츠의 장례식은 여느 장례식과 마찬가지로 숙연하게 치러졌다. 그후 프롬프츠는 빈센트를 따로 부르더니 일렬로 늘어선 묘지를 따라 함께 산책을 했다. 채드와 그의 직원들이 이미 떠난 후였다. 어시스턴트가 채드의 운전기사에게 전화를 걸어 데리러 오라고 말한 걸 보니 채드는 나와 한 차에 타고 싶지 않았던 모양이다. 이상하게도 프롬프츠는 자기 애인이 채드와 함께 떠나는 걸 허락했는데, 그게 빈센트와 프롬프츠가 은밀한 대화를 나누고 있다는 것보다 더 마음에 걸렸다.

"프롬프츠가 아까 그 여자를 데려온 게 아무래도 간판이 필요해서 그런 것 같지 않아요?" 나는 리무진에 남은 스티브에게 물었다. "중역들이 전부 모인 자리에서 게이처럼 보이기 싫으니까."

"아냐." 스티브가 말했다. "그 둘은 진짜 사귀는 사이야. 드류는 양성애자야. 그 문제에 대해선 공공연히 말하는 편이고."

"그럼 왜 자기 여자가 다른 남자랑 가는데 내버려두는 거예요?"

스티브가 웃었다.

"드류한테 그런 여자는 백 명도 넘게 있어. 그 사람이 뭔들 초조해하겠어? 채드한테 하나 주는 게 사업상 유리할거야."

미소를 띤 프롬프츠와 얼굴이 빨개진 빈센트가 산책에서 돌아왔다. 장례식장으로 가는 길 내내, 우리는 빈센트의 앞날에 대해 논의했다. 스티브와 난 〈신 오즈의 마법사〉 때처럼 빈센트가 예전에 써놓은 영화 시나리오를 성심껏 마케팅하되, 그때처럼 과정이 힘들어선 안 된다고 입을 모았다. 프롬프츠는 뉴르네상스에 관해 그동안 숨겨왔지만 마침내 공개하게 된 거시적인 계획이 있다면서, 그것이 빈센트의 경력에도 지대한 영향을 미치고 결국 그의 인생까지 바꾸어놓을 거라고 말했다.

"하지만 지금 당장은," 그가 말했다. "지금까지 하던 대로 계속하도록 하죠."

우리가 장례식장에 도착했을 때 프롬프츠는 내게 한 가지 약속해달라고 부탁했다. 빈센트와 스티브가 주차장 부근을 어슬렁거리는 동안, 그와 나는 리무진 뒷자리에 앉아 이야기를 나눴다.

"할런, 난 다만 당신과 내가 같은 생각인지 확인하고 싶어서요."

"말씀하시죠."

그가 내 쪽으로 자리를 좁혀앉자, 가죽의자에서 찍찍거리는 소리가 났다.

"당신도 잘 알잖아요, 리포비츠 씨가 죽었다고 해서 우리의 특별 프로젝트까지 끝난 건 아니라는 걸. 그렇죠?"

"어쨌거나 저로선 이미 끝난 일입니다."

내가 대답했다.

"그래서 난 걱정했어요. 빈센트에게 요새 뭐 쓰냐고 물어봤더니, 당신이 마음 놓고 푹 쉬라고 했다더군요. 방향을 바꾼 이유가 뭐죠?"

"빈센트는 얼마 전에 자살을 기도했습니다."

"그래요. 스티브가 얘기해줬어요."

"그게 이유입니다. 우린 선을 넘어섰어요. 그 친구는 혹사당할 만큼 당했고, 그 덕분에 우린 보여줄 게 충분히 많아요."

"그게 이유였구나, 하긴 그렇죠? 난 주류 청중에 대해 새로운 신념을 갖게 됐어요."

"예. 그러니까 어쨌건 간에, 전 더는 빈센트를 다치게 하고 싶지 않습니다."

"봐요, 중요한 건 이거예요, 할런. 어떤 생각에서 그런 말을 하는 지 난 정말 다 이해해요, 하지만 내 생각은, 여기까지 온 김에 다음 단계까지 가보자, 이런 거죠."

"무슨 말씀이죠?"

"나도 장담은 못 하지만, 내 생각에 빈센트는 전설로 가는 길을 걷고 있어요. 언젠가 신인神人이 될 소지가 보여요, 아이콘 말이에요. 궁극적으로 고통을 승화한 예술가. 직접 만나보고 나니 난 그가 그 역할에 완벽하게 들어맞는 용모까지 갖췄다는 걸 알겠어요.

가엾은 자식, 병약해 보이더라고요."

"하지만 우리의 예술가들을 유명하게 해선 안 되잖아요. 그게 뉴르네상스 철학의 기초 아닙니까."

"맞아요. 하지만 그가 죽으면 어쩌죠? 그럼 문제될 것 없잖아요, 안 그래요? 어쨌거나 고통을 승화한 예술가의 결정적 특징, 그들의 전설을 확고하게 만드는 주 요소는 그들이 요절하는 거잖아요, 맞죠?"

난 몸서리를 쳤다.

"그 친구를 죽일 작정입니까?"

프롬프츠가 박장대소했다.

"아뇨. 하지만 언젠가는 죽을 거잖아요. 난 장기적으로 생각하고 있어요. 그게 뉴르네상스의 진짜 목적 아닌가요? 그렇죠? 천수를 누리고 자자손손을 남기는 것. 박스오피스 차트와 시청률로 끝내는 게 아니라요. 자, 내가 말하려는 건 지금 당장은 그 친구가 우리에게 더 많은 걸 줘야 한다는 거예요. 뉴르네상스를 위해서 더 많이, 그리고 자신의 유산을 위해서 더 많이. 두말하면 잔소리지만 그는 위대해요. 그가 지금까지 한 모든 것이 끝내줬죠, 하지만 우린 더 필요하다고요. 그는 한 작품씩 써낼 때마다 더 나아져요, 그렇지 않나요?"

"그럼요."

"내 생각에 그는 이제 막 자신의 예술적 고지의 정점을 향해 다가가기 시작했어요. 그가 어느 정도 와 있는지 보려고 아까 묘지에서 이야기를 나눠봤거든요?, 두말할 것없이 쿤스틀러슐트*, 그 경지예요. 그건 우리한텐 손해예요. 그가 예술 대신 인생을 선택할 가능성에 대해 고민하는 시점까지 왔다는 이야기니까요."

들어본 적도 없는 말을 언급하는 그 때문에 나는 화가 치밀었다.

"글쎄요, 이런 말씀을 드린다면 위로가 되실지 모르겠지만, 의도한 건 아니었지만 저 때문에 빈센트는 매독에 걸렸습니다."

내가 말했다.

"와, 끝내준다." 프롬프츠가 웃음을 터뜨렸다. "그 친구도 랭보마냥 매독으로 불구가 되는 것 아니야?!"

"랭보는 빈센트하곤 다르죠," 내가 말했다. "랭보는 고통받는 예술가라기보다는 철딱서니 없는 난봉꾼에 가까웠죠."

"그럼 그럼. 고통받는 인간과 방탕한 인간은 종이 한 장 차이죠."

"네, 저도 조사한 결과 알아낸 사실이죠."

"당연히 그랬겠지요. 당신은 정말 우수한 일꾼이었어요. 이렇게 하죠, 할런. 우리의 예술가를 위해 딱 한 번만 더 자극을 주는 거예요. 딱 한 번만 더 눈부신 첩보 공세를 펼치는 거예요. 그럼 끝. 어때요?"

---

* 독일어로 '예술가의 죄의식'이라는 뜻. 예술가가 자신의 예술행위가 노동자의 힘겨운 노동에 비해 무가치하고 위선적이라고 생각하며 수치심과 죄의식을 느끼는 것을 의미한다.

대화 내내 그랬듯, 프롬프츠는 미소로 말을 맺었다. 나는 리무진 창문 밖에서 빈센트가 스티브의 담배연기를 손으로 휘젓는 것을 가만히 바라보았다.

"못 하겠습니다."

내가 말했다.

"할런, 당신은 신념이 확고한 사람이죠. 이 업계에 당신 같은 사람은 흔치 않아요. 뉴르네상스에서 그렇게 잘해냈던 것도 그래서겠죠."

그는 내 등을 토닥였다.

"저기요, 프롬프츠 씨, 제가 빈센트에게 글 좀 더 쓰라고 말하겠습니다. 하지만 그애는 구식으로 해야 고통을 받는 쪽이에요."

"괜찮은데요. 우리도 감 잡을 것 같아요. 사업 이야긴 충분히 했고, 오늘밤 뭐 하시나요?"

"아무것도 안 하는데요."

"아, 그래요? 우리집에 오지 않을래요?"

그가 내 허벅지위에 한 손을 얹자, 내 온몸의 근육이 경직되는 것을 느꼈다.

"온탕 목욕 좋아해요?"

"프롬프츠 씨, 전 이만 차에서 나가보는 게 좋을 것 같습니다."

"아, 물론이죠. 그리고 드류라고 불러요."

104

빈센트의 남은 스물한 살은 우리 둘 모두에게 평화롭고 즐거운 날들이었다. 영화 제작사 중역들과의 연이은 회의는 짜증났지만, 십오 년 전 계약에 묶여 저지른 비양심적인 파괴 행위에 비하면 참을 만했다. 회의에서 스티브와 나는 빈센트의 시나리오 세 편을 팔았고, 다른 세 편을 물망에 올려놓았다.

우리가 판 세 편 중 한 편이 〈있을 수 없는 여자〉였는데, 스티브가 주연을 맡게 되었다. 또 한편은 앞서 말한 〈가장 좋은 날은 처음으로 도망친 날이었다〉였다. 마지막이 〈실연 학교〉로, 팔십 분 동안 한 교실에서 일어나는 일을 그린 내용이었다. 영화는 실시간으로 진행되며, 고등학교 국어시간의 전형적인 하루를 그리고 있지만 본 줄거리가 있고 복선이 깔려 있었다.

내 개인의 삶은 모니카라는 축을 중심으로 돌아갔다. 우리는 매일 밤 만나 주로 집에서 1990년대 이전 영화들을 보며 시간을 보냈다. 난 그녀에게 내가 좋아하는 밴드의 음악을 들려주는 게 좋았다. 그녀는 기꺼이 경청했고, 몇몇 음악에 대해선 진심으로 열광했다. 난 자주 그녀가 좋아하는 바비큐를 주문해놓고 그녀가 퇴근해 오길 기다렸다. 우리는 서로의 인생의 정점이 되어주었다. 1월이 되었고, 우린 추수감사절 다음번 금요일로 결혼식 날짜를 잡았다.

난 인디애나 시절만큼 빈센트를 자주 만나지는 않았다. 자주 그를 초대했지만, 그는 모니카와 나를 방해하고 싶지 않다고 했다. 프롬프츠에게 약속한 대로 그를 독려하며 글을 쓰라고 했지만 예전처럼 닦달하진 않았다. 그후 그는 내게 한 번도 새 작품을 썼다며 읽어보라고 하지 않았고, 결국 우리는 글에 대해선 거의 아무 이야기도 나누지 않게 되었다.

부자가 된 빈센트는 로스앤젤레스에서의 새 삶을 보다 즐겁게 영위할 수 있었다. 로열티와 시나리오 판매 수익이 계속해서 늘어감에 따라, 다작 작가를 고객으로 둔 나도 풍요로운 공훈을 나누어 가졌다. 빈센트는 수입의 대부분을 계속 형제자매에게 보내고 있었지만, 그럼에도 여전히 많은 액수의 돈이 그에게 돌아갔다. 전체 수익의 평균 이하도 못 되는 돈을 받았지만, 워낙에 팔리는 게 많아서 고정적인 수익을 기대할 수 있었던 것이다.

쓸 돈이 생기자 빈센트는 차츰 자주 외출하기 시작했다. 좋아하는 밴드를 보러 클럽에 갔고, 책과 레코드를 샀고, 적정선으로 마실 것을 나와 약속한 후 술집까지 드나들기 시작했는데, 때론 스티브와 때론 혼자서 갔다.

여분의 돈으로 그는 새 컴퓨터도 사들였다. 예전 컴퓨터는 술에 취해 광란에 휩싸여 망가뜨리고 말았다. 컴퓨터를 새로 사자, 그는 인터넷을 통해 같은 도시에 사는 여자들을 만나는 고독한 습성을 갖게 되었다. 그는 자신이 이룬 수많은 업적으로 여자들을 감화시켰고, 여자들은 그에게 술집에서 만나자고 먼저 제안을 해왔다. 그녀들과 재미있는 시간을 보내면서 그는 때에 따라 자신이 결핵환자라는 걸 밝혔고, 살아 있는 동안이라도 자신에게 주어진 시간을 최대한 누리고자 한다고 말했다.

세번째이자 인터넷 사교계에서 만난 마지막 여자와 데이트를 한 어느 날 번센트는 내게 전화를 걸어왔다. 이유도 모른 채 몰매를 맞았다고.

105

빈센트의 얘기인즉, 그날 밤 일곱시 반쯤 한 사람이 그의 집 문을 두드렸다. 그는 소파에 누워 어느 정도는 여자 주인공의 미모 덕에 히트를 친 자신의 시트콤 작품 〈엄마의 남자〉를 보고 있다가 자리에서 일어섰다. 문에 있는 방범구멍으로 보니 전에 한 번도 만난 적이 없는, 대머리에 콧수염을 기른 백인 남자가 있었다. 그가 머뭇거리며 문을 열자, 남자는 주먹으로 그의 눈을 갈겼다.

"바닥에 쓰러져서 '뭐 하는 짓이야!' 라고 소리쳤어요. 하지만 대답을 안 하더라고요. 문을 닫더니 내가 일어날 때까지 기다렸어요. 그러고는 내 입을 때리고, 귀를 때리고, 다른 쪽 눈도 때려서 난 또 쓰러졌어요. 바닥에 쓰러져서 보니 그 사람, 고무창 슬리퍼에 때 묻은 흰 양말을 신고 있더라고요.

원하는 게 뭐냐고도 물어봤지만 그냥 발로 내 얼굴을 걷어차기만 해요. 찰 때마다 신발이 자꾸 미끄러지는 바람에 잘 차진 못했어요. 내가 한번 얼굴을 피했더니, 신발 한 짝이 건너편으로 날아갔거든요.

그가 신발을 주우려고 간 사이 일어서서 그의 얼굴을 제대로 보았어요. 키가 크고 다부진 체격에, 머리 위쪽이 벗어졌는데 갈색 생머리가 허리까지 올 정도로 길었어요. 한 사십쯤 됐을까, 동안이더라고요. 콧수염이 꼭 마른 점액질처럼 붙어 있었어요. 농구선수용 반바지에 '여대생 나체 배구'라고 씌어진 티셔츠를 입고, 땀을 뻘뻘 흘리고 있었고요.

그래서 내가 뭔 잘못을 해서 이러냐고 물었더니, 그 자식이 방귀를 뀌더라고요. 웃었죠. 그랬더니 얼굴이 새빨개져서는 나한테 와락 달려드는 거예요. 내 뒤통수를 쳐서 난 또 넘어졌죠. 내 몸을 앞으로 뒤집더니 내 배를 깔고 앉아서 한 일 분 동안 연거푸 주먹질을 했어요. 그러는 내내 나도 그 사람한테 욕을 하고, 때려보려고 했어요. 하지만 결국 마음을 돌려먹고 기절한 척했더니, 자리에서 일어나 조용히 문을 닫고 가버렸어요."

전화로 빈센트에게 자초지종을 듣자마자 난 차를 몰아 그의 콘도로 갔다. 그를 보니 양 눈이 다 붓고, 턱과 양 뺨엔 짙은 자줏빛 멍이 들고, 한쪽 콧구멍에선 피가 나고, 이마엔 혹이 흉하게 튀어나와 있었다. 난 경찰에 전화해야 한다고 완강한 어조로 말했다.

경찰이 도착하기를 기다리는 동안 빈센트는 전화로 그날의 심야데이트를 취소했다.

"안녕, 드니즈. 나 빈센트예요…… 저기, 제가 사실 엄청나게 두들겨맞았거든요…… 모르겠어요. 어떤 남자가 다짜고짜 쳐들어와서 날 두들겨팼어요. 어쨌거나, 오늘밤엔 외출할 기분이 안 나네요…… 그래요, 그럼. 미안해요…… 안녕."

경찰이라고 딱히 빈센트에게 해줄 수 있는 건 없었다. 그를 병원에 데려가진 않아도 된다는 걸 확인한 후 그들은 강도의 생김새에 관해 질문했다. 그런 다음 그에게 몇 가지를 물었지만 그들이 원하는 대답은 나오지 않았다.

"이 콘도 내에 아주 값비싼 소지품이 있습니까?"

한 경찰관이 물었다.

"없어요."

빈센트가 대답했다.

"원한을 살 만한 사람은 있습니까?"

"없는데요."

"누구한테 빚을 지거나 한 건 없고요?"

"없어요."

마지막 질문이 끝날 즈음, 난 사건의 실마리를 한 가닥 잡을 수 있을 것 같았다.

106

"맹세해, 할런, 그 일에 대해선 난 아무것도 몰라."

수화기 너머로 스티브가 말했다.

"드류의 집 전화번호 아세요?"

내가 물었다.

"응, 하지만 진정하자고. 무슨 근거로 드류가 이 일과 관련이 있을 거라고 생각하는 거야?"

"그 사람이 이런 식으로 일을 풀어가고 싶어했으니까요. 최근에 그 사람이랑 이야기한 적 있어요?"

"응. 어제도 통화했어. 매주 한 번씩 연락해. 알면서 그러네."

"어제 빈센트에 대해서 이야기했나요?"

"어, 응. 빈센트가 요새 어떻게 지내냐고 꼭 물어보니까."

"그래서 뭐라고 말했어요?"

"몰라. 자네가 나한테 걔 얘기해준 그대로지 뭐. 요새 여자들하고 잘 어울리는 것 같더라, 라고 했어. 말이 나와서 하는 말인데, 프롬프츠가 그런 짓을 한다고 해도 그럴 만해. 전에도 이런저런 풍문이 돌았는데 진짜로 믿지는 않았거든."

"풍문이라니, 어떤 거요?"

"그 친구가 청부살인도 한다는 거야. 리포비츠도 그랬다지, 아마."

"나한텐 그딴 건 다 타블로이드에서 꾸며낸 이야기라고 해놓고

선?"

"자네가 겁낼까봐 그랬던 거지."

"말도 안 돼. 그자들이 무슨 갱스터랍니까?"

"왜 아니겠어. 단 문제가 돈 이상의 차원일 때만 그래. 할리우드 판은 늘 '대부' 분위기가 있잖아. 이 업계에서 가장 힘센 작자들은 알고 보면 지레 그런 경우가 많아. 부러 자기에 관해 이런 식의 겁나는 아우라를 만들어놓는 거라고. 자네도 그런 사람들이 '대부' 스타일로 딴 사람들 협박했다는 이야긴 들어봤을 것 아냐? 난 자네가 이곳에 발을 들이면서부터 이게 예삿일이 아니라는 걸 알고 있는 줄 알았구만. 거참, 이런 사업한답시고 할 짓 못 할 짓 다 해놓고서는?"

"그랬죠, 그런데 벌써 후회하고 있어요. 아마 남은 평생 후회할 거예요."

"무슨 말인지 알아."

스티브는 금세 누그러져 프롬프츠의 집 전화번호를 알려주었고, 난 곧바로 그 번호로 전화를 했다.

"첫번째로 말이지요, 제가 느끼기엔 지금 아주 흥분해 있는 것 같은데, 그래도 목소리 좀 낮추죠?"

프롬프츠가 말했다.

"두번째는요, 맞아요. 내가 사람을 시켜 빈센트를 팼어요. 빈센트는 괜찮나요?"

"괜찮을 리가 없죠."

난 혐오감으로 갈라진 목소리로 말했다.

"온몸이 멍투성이가 되어선 자기가 뭘 잘못했는지 몰라 전전긍긍하고 있어요. 데이트까지 취소했다고요."

"그거 참 유감일세. 하지만 그가 예술가답게 행동하지 않는 한은 주기적으로 공격당할 거라고 보면 돼요."

"아니, 이것 보세요."

"저도 끔찍하다는 것 알아요. 할 수 있는 한 최대한 미뤘던 일이에요. 빈센트가 더 멋진 걸작을 써내길 꾸준히 기다렸건만 아무 결실 없이 일 년이 흘러가버렸잖아요. 그래서 그 사람을 고용한 거예요. 빈센트가 계속 쓰러지게 만드는 방법을 모르니, 나로선 두들겨 패서라도 쓰러뜨려야 하지 않겠어요?"

그는 웃었다.

"그래요? 그렇게 잘 알고 계시니, 이 일을 기점으로 제가 그만두지요."

"너무 불안해하지 않았으면 해요. 난 그저 우리가 애초에 세웠던 계획에 충실할 뿐입니다. 빈센트도 당신도 일을 제대로 안 했어요. 그리고 제일 중요한 건, 그가 창조적 결핍을 겪기 시작한 게 고독과 소외 대신 여자들을 고르고 쇼핑을 하기 시작한 시점과 완벽하게 일치한다는 거거든요."

"그래서요? 가슴에 손이나 얹고 그런 얘길 하시죠."

"그럴게요. 하지만 제 일은 예술을 위해 고통을 감수하는 게 아니라서요. 제 일은 밀레니엄 사상 가장 중요한 문화 교육기관을 만들겠다고 굳게 결심한 회사 CEO 노릇을 하는 거니까요. 제 최고의 예술가가 어떻게 예술을 탄생시키는지를 잊어버렸다면 회사는 무용지물이 되고 말 거예요."

"그를 두들겨팬다고 해서 그가 끊임없이 각성하고 예술을 탄생시킬 거라고 보는 이유가 뭐죠?"

"데이트를 취소했다면서요, 그랬죠?"

난 울화를 못 이겨 이를 갈았다.

"당신은 일을 그르치고 있는 겁니다."

내가 말했다.

"왜요?"

"은근하게 할 줄 모르니까요. 골수까지 잔인하고 비인간적인 짓을 저지르지 않더라도 얼마든지 해낼 수 있습니다. 그러나 당신은 무턱대고 육체적 고통만 가하고 있어요. 필요한 건 정신적 고통이라고요. 그쪽이 훨씬 더 효율적이에요."

"나도 그렇게 생각했지만 이게 워낙 해괴한 직업이라서 말이죠. 어느 누가 그 일을 제대로 해내겠어요?"

"스티브와 전 빈센트와 너무 친해졌어요. 리포비츠의 변호사가 어떨까요? 그는 처음부터 이 일에 관여했습니다. 그에게 시켜보는 게 어떨까요?"

"얘기 못 들었어요?"

프롬프츠가 반문했다.

"뭘 못 들어요?"

"리처드 레스닉은 죽었어요. 권총 자살을 했어요. 가장 최근에 보낸 이메일에 썼는데."

"그쪽 메일은 계속 안 봤어요."

"어쨌거나, 리처드는 절대 해답이 될 수 없어요. 나로선 애석하게도 계속해서 임의적으로 빈센트를 습격할 사람을 고용할 수밖에 없겠네요. 그들이 받은 돈 값 이상으로는 그를 해코지 안 하길 바랄 뿐이에요. 당신한테 도와달라고 애원하고 싶지만, 방금 그만두신 거죠?"

107

나는 지난 육 년 동안 서른 건을 웃도는 협상을 했다. 이번 건은 그 중 가장 힘들었다. 계약 조건에 의하면 뉴르네상스에 훌륭하게 동기부여를 한 내 봉사의 만기일은 11월 28일, 즉 내 결혼식 날까지였다. 그날 이후로는 전통적 의미의 매니저가 할 수 있는 범위 내에서만 뉴르네상스에 복무할 것이고, 우리의 고통받는 예술가 프로젝트 역시 공식적으로 끝날 예정이다. 나는 이런 조항을 포함

한 서면 계약서를 요청했고, 프롬프츠는 승낙했다. 더는 빈센트를 괴롭히지 않겠다고 약속한 모니카에게 거짓말을 하게 될 거라는 사실을 의식하면서, 나는 차디찬 땀에 젖은 손으로 계약서에 서명했다.

내가 보기에 빈센트의 창작 노선이 느슨해진 근본적 원인은 필요 이상의 돈이 가져다준 자유에 있었다. 그점을 염두에 두고 나는 지역 자선단체인 '고아후원협회'를 방문했다. 나이 지긋한 남자가 담당자였는데, 나는 그에게 돈이 너무 많아 어떻게 써야 할지 모르는 친구가 있는데 귀띔만 해줘도 그가 후하게 기부할 거라고 말했다. 그 남자는 내 친구에게 팸플릿을 보내겠다고 했다.

"직접 전화하시면 더 많은 돈을 기부할 겁니다."

내가 말했다.

"저희야 얼마든지 할 수 있죠."

남자가 말했다.

"그리고 누가 전화를 하더라도 제가 여기 왔다는 말은 안 하셨으면 합니다. 제가 온 적이 없는 걸로 해주시면, 저도 기부를 좀 하겠습니다."

그가 웃었다.

"선생님, 어쩐지 친구분께 돈을 받아내기 위해 선생님도 돈을 내신다는 말씀처럼 들리네요."

"돈을 주고 사람을 사서 누굴 죽여달라고 하는 사람 얘기는 많이 들어보지 않았나요? 제가 누군가에게 돈을 주고 이타주의적 행동으로 이끈다면 세상을 아름답게하는 데 일조하는 것 아닌가요, 안 그런가요?”

밴드와 함께 로스앤젤레스에서 살던 시절에 경험했던 가난이 이 음모를 정당화해주었다. 나는 누울 침대도 없이, 남은 음식이나 안주용 비스킷으로 연명한다는 것이 어떤 것인지 알고 있었다. 거기에 더할 점은, 빈센트는 선의를 위해 자기 돈을 잃을 거라는 사실이었다.

빈센트는 고아후원협회를 비롯해 로스앤젤레스 인도주의 협회, 로널드 맥도널드 아동자선단체, 선천성 결손증 아동을 위한 사랑의 후원회, 미국 암 협회, 프로미시즈 갱생원, 로스앤젤레스 공공도서관에 자신의 재산을 고스란히 기부했다. 예상대로 워낙 착하고 자책감이 병이 된 빈센트는 고아후원단체에 어마어마한 돈을 기부했고, 그후 난 나머지 자선 단체에 역시 비슷한 방문을 감행했다. 빈센트는 빈자의 전화를 받자마자 신용카드를 집어드는 생활을 계속했고, 마침내 더는 아무것도 줄 수 없는 처지가 되었다.

108

6월 초의 어느 화요일 밤, 나는 빈센트가 글을 쓰고 있는지 직접 확인하러 그의 콘도에 갔다. 그의 집엔 텔레비전과 스테레오, 소파를 빼곤 아무것도 남아 있지 않았다. 두 달 전만 해도 그의 집은 시디, 카세트, 엘피, 잡지, 책, 디브이디, 비디오테이프 등등으로 가득했다. 그뿐 아니라 스물두 살이 된 그의 콘도에는 빈티지 틴에이지 뮤턴트 닌자거북이, 최신편 〈스파이더맨〉의 액션 피규어와 오래된 〈스타워즈〉 장난감 재발매 모델 등등이 여기저기 널려 있었다. 그런데 그것들이 죄다 사라져버린 것이다.

"물건들 다 어디 간 거니?"

내가 물었다.

"다 팔아야 해서요."

"왜?"

"신용카드 회사 두어 군데에 빚을 엄청나게 졌어요. 몇몇 자선단체에 기부를 했는데, 주제 넘을 정도로 했나봐요. 누군가 여기저기 자선단체에 제 이름을 말한 것 같은데, 상관없어요. 그 돈이 다 필요한 것도 아니고, 물건들도 마찬가지고 하니까. 전에도 제 물건들을 몽땅 잃어버린 적이 있으니까 별로 대단한 일이 아니죠, 뭐."

"돈을 빌려야 할 정도니?"

내가 물었다.

"이젠 됐어요."

난 그가 물 한 잔 주겠다는 것을 사양하고 그와 소파에 앉았다.

"얼굴을 보니 거의 다 나았구나."

내가 말했다. 멍이 사라지면서 맞은 자리엔 잿빛 자국만 두어 군데 남아 있었다.

"늘 그렇듯 아직도 흉측하죠."

그가 미소를 지으며 대답했다. 전화벨이 울렸다.

"여보세요? ……전데요 ……아, 안녕하세요…… 알았습니다. 목요일이 빌 것 같은데요. 달력 좀 볼게요."

빈센트는 소파의 중간 쿠션 밑에서 플래너를 꺼냈다.

"네, 목요일 괜찮네요…… 목요일 두시 삼십분…… 좋습니다…… 아, 음, 죄송하지만 제 쪽으로 택시를 좀 보내주실 수 있나요? 제가 차가 없는데다, 요새 택시를 타고 다닐 돈도 없는 형편이라서요…… 물론이죠. 리무진도 괜찮습니다."

그는 전화를 건 사람에게 주소를 가르쳐주고 전화를 끊었다.

"죄송해요."

그가 말했다.

"괜찮아. 누가 전화한 건지 물어봐도 되니?"

"폭스 사 사람이에요. 제 작품이 좋다면서 현재 제작중인 새 시트콤을 좀 도와달라네요."

"그래서 할 거야?"

"그러진 않을 것 같아요. 이런 얘길 하는 건, 요새 여기저기서 이런저런 제안이 정말 많이 들어온다는 걸 말씀드려야 할 것 같아서요."

"놀랄 일도 아니지."

내가 말했다.

"이 판에서 네 이름이 얼마나 많이 알려졌는데 뭘."

"빨리 말씀 안 드려서 죄송해요. 몇몇 관계자를 직접 만나봤다고 하면 화내실 것 같아서 걱정했거든요."

난 모자를 벗어들고 이리저리 살펴보는 척했다.

"화 안 났어. 하고 싶은 게 있으면 얼마든지 하는 거지 뭐. 근데 이건 알아라. 내가 관련하지 않는 일을 한다는 건 뉴르네상스와 일을 하는 게 아니라는 것. 네가 누구한테 돈을 벌어다주는 건지도 알 수 없다는 것."

"알아요. 그래서 아직까지 어떤 제안도 받아들이지 않았어요. 그런데도 사람들이 계속 저한테 전화를 해서 유혹해요. 전화를 해서 엄청난 제안들을 내놓으니까 아무래도 관심은 좀 가네요. 화나신 거예요?"

"아니. 걱정하지 말라니까."

"고마워요. 사실 걱정 정말 많이 했어요. 알아주셨으면 하는 건—"

전화가 다시 울렸다. 그는 화장실로 가서 전화를 받았다.

109

"죄송해요."

빈센트가 말했다.

"이 여자한테도 계속해서 전화가 오는데요, 제 글을 정말 좋아한대요. 이상하죠."

그는 얼굴을 붉히며 미소가 배어나오는 입을 손으로 가렸다. 멍든 얼굴이 신경쓰여서 폭행을 당한 후로 그는 한 번도 외출하지 않았다. 한편으론 그가 여자랑 전화로나마 얘기를 하니 다행이다 싶었다.

"마음에 드는 여자야?"

"만나본 적은 없지만, 네. 좋아요. 목소리도 예쁘고, 또 제 작품에도 도움이 될 것 같아요."

"이름이 뭐야?"

"말 안 할래요."

"누군데?"

"말하면 절 놀릴걸요."

"빈센트 님."

난 그의 커다란 갈색 눈을 똑바로 쳐다보고는 고개를 숙여 보였다.

"크리스티나 고메즈."

"웩! 진짜야?"

"네."

난 놀라서 말도 나오지 않았다. 내가 나섰어도 더 좋은 전화위복을 만들어내진 못했을 것이다. 하지만 사회적 이치로 볼 때 요행이었고, 좋게 끝날 리 만무했다.

"그 여자, 자기 백업 댄서 중 한 명이랑 결혼하지 않았니?"

내가 말했다.

"이혼했어요."

"데이트 신청할 거니?"

"벌써 했어요. 이번 주 금요일에 〈신 오즈의 마법사〉 시사회에 같이 갈 거예요. 오시나요?"

"난 초대 못 받았어. 네가 그 여자한테 관심을 가지다니, 못 믿겠다."

"알아요. 하지만 요새 꽤 많은 여자들이 제게 전화를 한다니까요. 알고 보면 그 여자가 제일 상냥하게 대해준 것 같아요. 게다가 그 여잔 이미 부자라서 제 돈을 보고 그러는 것도 아니죠."

"그 여자가 어떻게 네 전화번호를 알아낸 거니?"

"그 사람 에이전트가 드류 프롬프츠에게 물어봤대요. 크리스티나는 자기가 출연한 영화 중에 〈신 오즈의 마법사〉가 제일 좋았고, 〈식료품점〉도 좋아하고, 스푼85의 노래도 좋아하는데 전부가 저 한 사람의 작품이라는 걸 알고서 저한테 꼭 전화해야겠다고 마음먹었대요. 그렇게 된 거예요."

"그 여자의 신곡도 네가 작곡한 거라는 건 알고 있대?"

"아뇨. 제가 〈너만을 위해〉를 작곡한지도 모르던걸요."

"그래, 어련하겠니."

"그렇게 말하지 마세요. 저도 그 여자가 뭔가 바라는 게 있어서 그럴 거라는 것 알아요. 그런데 그런 가운데 저 역시 흔들리고 있다는 걸 모르시겠어요? 살면서 한 번도 사랑 같은 건 받아본 적도 없는 저인데, 지금 세상에서 가장 예쁘고 가장 유명한 여자가 저한테 관심을 보이는 거라고요. 바보 같다는 거 저도 알아요. 하지만 보세요—"

"빈센트, 돌려서 말하지 않을게."

난 한 손가락으로 중산모를 빙빙 돌리면서 말했다.

"네가 골빈 스타들과 데이트하고 싶다면, 좋아, 받아들일 수 있어. 그리고 지금 제안이 들어오고 있는 일을 해보고 싶다고 해도, 좋아, 그것도 받아들일 수 있어. 하지만 내가 오늘 널 찾아온 건 프롬프츠가 네가 글을 더 많이 써야 한다고 날 엄청나게 닦달해대서야. 그간 뭐 좀 썼니?"

"쓸 만한 건 없어요. 아직까진 스티브 시나리오가 괜찮은 정도예요."

"글 쓰는 게 이렇게 힘들어진 이유가 뭐라고 생각하니?"

"이사온 후로 쓸 소재를 별로 못 찾았어요. 자수할게요. 여기 와 살 만해지면서 전 개똥만도 못한 인간이 됐어요. 겨우 살 만해진 게 물질 덕이라니, 너무 슬퍼요."

"그건 사실이 아니야. 넌 그 습격사건이 있기 전 두어 달 동안은 즐겁게 살았잖아. 한 번에 두 명의 여자친구가 생긴 적도 있고."

"스스로에게 창조적 긴장감을 부여하려고 그랬던 것뿐이에요. 인터넷에서 만난 두 여자 사이에 작정하고 나 자신을 우겨넣은 것뿐이라고요. 그런데도 잘 안 됐어요. 삼각관계에서 패자로 몰리니까 오히려 낫더라고요."

"너 나한텐 결핵 때문에 그런 연애관계에 연연하는 거라고 말하지 않았니?"

"그랬죠. 사실이에요. 하지만 결핵이 쓰고 싶은 욕구를 더 불러일으켰고, 더 쓰려면 여자 문제를 더 겪을 필요가 있다고 생각했어요."

생각을 좀 정리할 필요가 있어서 난 빈센트에게 텔레비전을 켜라고 했다. 그가 텔레비전을 켜고 '예술 티브이'로 채널을 돌리자, 에른스트 루드비히 키르히너의 〈군인 시절의 자화상〉이 화면을 채웠다. 난 빈센트에게 결정적 경험을 안겨줄 이상적 기회는 그의 첫 영화 시사회가 열리는 금요일이라고 판단했다.

"그게, 꼭 그런 식으로 안 해도 되거든."

내가 말했다.

"다시 약을 먹으면 결핵에 대해서 그렇게 걱정 안 해도 될 거야."

110

자신의 업무 능력을 자신하는 사람 특유의 의욕으로 난 마지막 임무에 임했다. 모니카에게 내 근황에 대해 거짓말을 할 때마다 자기혐오의 고통을 느꼈지만, 앞으로 두 번 다시 이런 짓을 할 필요가 없다는 생각으로 자책하는 스스로를 달랬다.

내 마지막 목표는 빈센트가 할리우드의 트렌드리더가 되는 것을 막고, 또 그가 사교계 명사가 될 기회를 짓밟는 것이었다. 그날 밤 빈센트의 콘도를 나오자마자 난 계획에 착수했다.

내 전화를 받은 실베인은 주저하면서도 계획에 협조하기로 했다. 그는 왕년의 마약 커넥션을 이용해 윤리의식 같은 건 상관 안 하는 약제사를 구해주었다. 난 그날 밤 늦게 영업시간이 다 끝난 후에 그 음침한 약제사를 찾아갔다. 그에게 상당 액수의 돈을 지불하고 가짜 조제약僞藥과 코데인 한 병을 샀다. 그는 아무것도 묻지 않았다.

그다음 날 오후에 난 빈센트의 콘도를 다시 방문해 그에게 새로운 결핵 약이라며 가짜 약을 주고, 예전 그의 담당의에게 전화를 걸어 얻은 처방이라고 말했다. 전에 그가 먹었던 말썽 많았던 약과는 다른 약이라고 말하며 제약회사 명이 인쇄된 가짜 라벨까지 보여주었다.

"약까지 사다주시고 고마워요."

빈센트가 말했다.

"별 말을 다 한다. 꼭 먹겠다고 약속해."

"약속할게요."

"좋아. 이제 멜빵을 걸쳐."

"왜요?"

"널 스타일리스트한테 데려갈 거야. 시사회인데 멋지게 보이고 싶지 않니?"

난 사전에 스타일리스트에게 돈을 주고 비용은 상관없으니 그의 머리를 정말 끔찍한 파마머리로 바꿔달라고 지시해두었다. 과연 여자처럼 곱슬곱슬하고, 혐오스러울 정도로 현란한 머리가 탄생했다. 사방으로 부풀어오른 머리 때문에 빈센트는 푸들처럼 보였다.

"이거 책임지셔야 해요."

빈센트는 내 차 안의 거울을 보며 말했다.

"스타일리스트 책임이야."

내가 대답했다.

"이분만 믿어, 빈센트. 진짜 프로거든?"

빈센트가 아까 내가 한 말을 흉내내며 빈정거렸다.

"미안."

금요일 오후에 빈센트가 콘도 문을 열어주었을 때 난 그가 머리를 완전히 밀어버린 것을 보고 놀랐다. 오랜 세월 긁어대던 버릇 때문에 그의 두피는 울퉁불퉁하고 딱지투성이였다.

"머리가 왜 그 모양이냐?"

내가 물었다.

"어떻게 그런 꼬락서니로 버틸 수가 있겠어요. 밀어버렸어요."

빈센트는 내가 들어서자 문을 닫았다.

"머리털이 없으니까 환자 같잖아."

그에게 정장을 건네주며 내가 말했다. 새 정장을 사준다는 명목으로 그를 찾아간 것이었다.

"아주 짧게 치려고 했는데 망치는 바람에."

"그런 것 같네. 정장이나 입어봐. 잘 맞는지 보게."

빈센트가 침실에서 옷을 입는 동안 나는 로스앤젤레스 첫 방문 기념으로 그에게 선물로 준 할리우드 간판이 그려진 커피 머그잔을 찾았다. 술에 쏟아붓는 돈을 최소한도로 줄인 후로 그는 줄곧 커피를 마셨다. 그를 볼 때마다 늘 두 잔째의 커피를 다 비워가던 걸 기억하며 난 그가 애용하는 머그잔이 집 안 어디건 있을 거라고 확신했다. 아니나다를까 소파 옆 바닥에 반쯤 빈 채 놓여 있는 컵이 보였다. 난 코데인 가루가 가득 든 봉투를 꺼내 커피에 쏟아넣고 가져온 빨대로 저어 섞었다. 이것으로 고통으로 점철된 내 이력도 막을 내렸다.

111

그날 밤 전화로 나는 빈센트에게 데이트가 성공하기를 바란다고 말했다. 사실 그의 상태를 확인하려고 전화한 것이었다. 그는 화난 목소리로 "온몸에 두드러기가 났다"고 말했다. 나는 병원에 가야 할지도 모르니 콘도로 가겠다고 했다. 빈센트는 신경쓰지 말라며 내가 말하는 도중에 전화를 끊어버렸다. 어쨌거나 나는 갔다.

그는 헐렁한 파란 바지에 단추를 잠그지 않은 흰 셔츠를 입고 있었다. 채찍으로 맞은 것처럼 크고 불그죽죽한 자국이 온통 그의 얼굴과 목을 뒤덮고 있었다. 그가 소매를 말아올리고 셔츠 자락을 들어 보이자 더 많은 반점이 드러났다. 희멀건 피부라 반점들은 더욱 도드라져 보였다.

몇 년 전에 빈센트의 엄마가 아들이 엄청난 코데인 알레르기가 있다고 말했던 걸 난 기억하고 있었다. 빈센트를 피부 염증과 흉측한 머리꼴로 보기에도 민망한 추남으로 만들었다는 점에서, 두말할 여지없이 나 자신의 원칙을 스스로 위반한 꼴이었다. 난 단 한 번도 그 어떤 알레르기로도 심각하게 앓아본 적도, 남의 손에 이끌려 차라리 머리를 다 밀어버리는 게 낫겠다고 생각할 정도의 파마머리를 한 적도 없었으니까. 그런데도 나는 늘 자신이 못생겼다고 생각했다. 내가 원칙을 어긴 건, 이것이 내 생애 마지막 고문 행위가 될 거라고 확신했기 때문이었다.

"오시지 말라니까."

빈센트가 말했다.

"걱정이 돼서. 아프니?"

내가 물었다.

"아뇨, 하지만 온몸이 가렵고 화끈화끈해요."

그는 두 손으로 자기 등을 긁어댔다.

"분명히 새 약 때문에 그런 걸 거야."

"아뇨. 그건 확실히 아니에요."

"어떻게 그렇게 단정하니?"

"새 약이란 건 먹지도 않았으니까요."

난 화가 났다. 빈센트의 느닷없는 병에 약 핑계를 대야 하는 건데, 그럴 수가 없게 된 것이었다.

"빈센트, 약 먹겠다고 나랑 약속했잖니."

"먹을 거예요. 하지만 크리스티나와의 데이트가 끝날 때까지 기다리고 싶었어요. 모든 게 완벽한 첫 데이트를 바랐기 때문에 끝날 때까지 새 약은 먹고 싶지 않았어요."

"아무튼 그게 새 약의 부작용이 아니라면, 대체 뭣 때문이니?"

"몰라요."

그가 다리를 긁어댔다.

"뭔가에 알레르기를 일으킨 게 틀림없다. 오늘 뭐 했는지 하나도 빼놓지 말고 말해봐."

"별 다를 게 있나요, 똑같지. 열두시 반에 일어나 글 좀 써보려고 자리에 앉아 커피를 마셨고, 샤워하고, 피자 남은 것 먹고, 다시 글 좀 써보려고 하다가 커피 더 마시고, 텔레비전 보고, 그러고 나서 가렵기 시작했어요."

"스트레스 때문인가보네. 데이트 때문에 긴장되니?"

"엄청요. 크리스티나 고메즈잖아요."

"뭘 그래, 넌 크리스티나 고메즈보다 훨씬 더 출중한 인간이야. 제대로 된 세상이라면 네가 더 유명해야 하고, 그 여자야말로 너 때문에 온몸에 두드러기가 나서 고생하는 신세여야 할 거야."

누군가 문을 두드리는 소리가 들려왔다.

"크리스티나예요." 빈센트가 겁에 질려 말했다. "일찍도 왔네. 어쩌죠?"

"가서 옷 마저 입어. 내가 문 열게."

112

크리스티나에 대한 내 첫인상은 다음과 같았다. 그녀는 날 알지 못한다. 당시만 해도 잡지나 텔레비전에서 단 하루도 그 여자를 보지 않고 넘어간다는 것이 불가능했다. 나도 모르는 사이에 그 여자는 지난 팔 년간 내 인생의 일부였다. 난 그 여자를 알고 있는 정도가 아니라, 친근함마저 느낄 정도였다. 그런데도 그 여자는 나에 대해선 눈곱만큼도 알지 못했다.

"빈센트?"

그녀가 물었다.

"어, 아뇨, 전 그의 매니저입니다. 할런 아이플러라고 합니다."

그녀는 자기소개도 하지 않았다. 오래전부터 자기소개 같은 건 안 했을 것이다. 앞으로 남은 평생도 자기가 누군지 말할 필요가 없을 것이다.

"빈센트 있나요?"

그녀가 물었다.

"네. 옷 입고 있어요. 들어오세요."

크리스티나가 휑뎅그렁한 콘도 안으로 들어섰다. 정장 차림의 듬직한 대머리 흑인 한 명이 그녀를 따라들어왔다. 크리스티나는 풍만한 몸매에 목이 깊이 팬 갈색 드레스를 아슬아슬하게 걸친 모습이었는데, 그녀의 완벽하게 그을린 피부를, 특히 복부를 적나라하게 드러내는 옷이었다. 드레스 중간에 편리하게도 구멍이 하나 뚫려 있었던 것이다. 그녀의 머리는 길고 뱀처럼 윤이 좌르르 흘렀다. 그녀는 방을 구석구석 둘러보았다.

"그 사람 가난해요?"

그녀가 물었다.

"심하죠."

내가 대답했다.

"앉으세요."

크리스티나는 소파에 앉아 늘씬한 다리를 꼬았다. 그녀의 보디가드는 여전히 서 있었다.

"두 분, 뭐 마실 거라도 갖다드릴까요? 빈센트에겐 커피랑 물밖에 없을 것 같지만."

"괜찮아요."

크리스티나가 말했다. 보디가드는 고개를 저어 보였다.

침묵이 이어졌다. 난 무슨 말을 해야 할지 모르고, 크리스티나는 별로 떠들고 싶지 않은 게 분명해 보였다. 그보다는 자기 손톱에 더 열중하는 것 같았다.

"다 돼가니, 빈센트?"

난 그의 침실 쪽을 보며 소리쳤다.

"네!" 그도 소리쳤다. "안녕, 크리스티나!"

"안녕!"

그녀도 큰 소리로 외쳤다.

"금방 나갈게요!"

"알았어요!"

난 소파의 다른 쪽 끝에 앉았다.

"그래, 빈센트 말로는 그의 작품을 좋아하신다면서요."

"네. 〈신 오즈의 마법사〉는 정말 잘 쓴 작품이에요. 얼른 영화를 보고 싶어요."

"그의 음악을 당신이 불렀을 때 우린 정말 좋아했어요." 내가 말했다. "그 노래가 그 친구 음악 중에서 처음으로 계약한 것이라는 걸 그도 말했죠?"

"아뇨, 안 했어요. 하지만 알고 있었어요."

전보다 더한 침묵이 흘렀다.

"할런, 좀 와주실래요?"

빈센트가 침실에서 소리쳤다.

"잠시만요" 라고 말한 후 나는 콘도 안의 유일한 가구에서 일어섰다.

난 빈센트의 침실로 들어갔다. 멍 자국에, 발진에, 대머리에, 새 정장을 입은 그는 어딜 가도 어울릴 것 같지 않아 보였다.

"어떻게 하죠?"

그가 민둥한 정수리를 긁으며 물었다.

"나가."

"하지만 제 꼴을 보세요."

"그렇게 이상하지 않아. 그런데다, 그 사람 이미 와 있잖냐. 그냥 가라고 할 수도 없다고. 너에겐 엄청난 밤 아니니? 그냥 나가."

"하지만 겁주고 싶지 않아요. 가서 저한테 무슨 일이 있었는지 말해줄래요?"

"그냥 나가는 거야."

내가 말했다.

"부탁할게요."

빈센트가 애원했다.

난 한숨을 내쉬고 다시 거실로 나갔다.

"고메즈 씨. 빈센트가 자길 만나기 전에 단단히 각오해달라고 전해달라네요. 지금 그 친구 피부 상태가 좋지가 않아서요. 원인을 알 수 없는 발진이 나는 바람에, 아무래도 뭔가에 알레르기를 일으킨 것 같아요."

"아," 그녀가 말했다. "전염병에 걸린 건가요?"

"아뇨. 그런 건 아니에요. 또, 그의 스타일리스트가 그의 머리를 엉망진창으로 만들어버리는 바람에 지금 대머리나 다름없거든요. 평소엔 지금보다 훨씬 더 괜찮은 모습이라고 전해달래요."

크리스티나는 당황한데다 겁까지 먹은 것 같았다.

"도대체 얼마나 흉한 모습인데요?"

그녀가 물었다.

"직접 보시죠. 빈센트!"

내가 소리쳤다.

"이제 나와도 돼!"

113

"안녕."

빈센트가 수줍어하며 나왔다. 그가 거실로 들어서면서 뿜어내는 초조한 긴장감이 나한테까지 느껴질 정도였다. 그는 반짝이는 파란 정장을 만지작거렸다. 양손은 굳건히 호주머니에 쑤셔넣은 채로 몸을 긁지 않았다. 크리스티나는 소파에서 일어나 데이트 상대를 관찰했다.

"안녕."

그녀가 대답했다.

"정말 아름답군요."

"정말 가도 괜찮은 거 맞아요?"

그녀가 물었다.

"네. 괜찮아요. 이런 꼴이라서 미안해요. 나랑 같이 있는 걸 사람들에게 보여주고 싶지 않겠네요."

크리스티나는 바닥을 내려다보았다.

"아뇨, 다만— 그래요, 안 나가는 게 좋을지도 모르겠네요."

"발진이 금방 사라질지는 모르겠어요. 지금으로선 할런의 모자를 빌려쓰고 선글라스로 가리면 괜찮아질까 모르겠는데. 나 정말이지 당신과 만나는 걸 고대했어요."

"내 생각엔 당신은 집에서 쉬어야 할 것 같아요."

여전히 바닥만 보면서 크리스티나가 말했다.

"크리스티나, 부탁인데. 잠깐이라도 여기에서 나랑 있어주면 안 될까요?"

빈센트도 바닥만 보면서 말했다.

"시사회 전까지 시간이 많이 남아 있으니까."

"고마워요. 하지만 제 생각엔 그냥 이대로 가야 할 것 같은데요."

"하지만 나랑 데이트하기로 했잖아요."

"당신 없이 간다고 해도 아무런 문제가 없을 것 같은데요."

"아."

그녀가 가장 좋아하는 밴드는 스푼85였고, 가장 좋아하는 티브이쇼는 〈식료품점〉, 가장 좋아하는 영화는 〈신 오즈의 마법사〉였다.

"만나서 반가웠어요. 일이 이렇게 돼서 유감이네요."

그녀는 뒤돌아서서 좀전에 보디가드가 열어놓은 문 쪽으로 걸어갔다. 나가기 직전 그녀는 방 건너편에 있는 빈센트를 돌아보았다.

"나 당신 음악 더 받고 싶고, 당신의 다른 영화에도 출연하고 싶어요. 날 위한 작품이 있으면 당신 에이전트를 통해 내 에이전트에게 전화하세요."

그녀의 둔부가 리드미컬하게 흔들리며 문 밖으로 사라졌다. 그녀가 떠나자마자 빈센트는 윗도리를 벗어 바닥에 내팽개치더니 격렬하게 몸을 긁어댔다.

"미안하다."

내가 말했다.

그는 나를 보고 말없이 고개만 흔들었다. 그는 타이를 느슨하게 풀고 바닥에 눕더니, 이따금씩 미친 듯이 몸을 긁어댔다. 말없이 천정만 바라본 지 오 분쯤 지났을 때 전화벨이 울렸지만 그는 계속 같은 행동만 반복할 뿐이었다.

"내가 대신 받을까?"

세번째 전화가 울린 후에 내가 물었다.

"아뇨. 전화기 좀 어디다 던져버리세요."

그는 바닥에서 튀어오르듯 일어나 똑바로 섰다.

"그리고 혼자 있고 싶어요."

그는 날 똑바로 쳐다보며 말했다.

"오늘밤부터 '작곡'을 할 거예요."

X. 셰릴린

114

가능한 한 간소하게 결혼식을 올리자고 합의했기 때문에, 모니카와 나는 가장 가까운 친척과 친구들만 초대했다. 나는 엄마, 형, 이모 둘과 삼촌과 세인트루이스의 몇몇 사촌을 불렀다. 모니카는 나보다 가족이 더 많았고, 켄터키에도 단짝 친구들이 몇 명 있었다. 나는 그들 모두에게 비행기 티켓을 보내 캘리포니아까지 올 수 있도록 했다. 로스앤젤레스에 사는 사람들 중 초대받은 사람은 스티브와 빈센트뿐이었다.

햇빛이 좋았던 11월의 그날, 난 세인트 빅터 성당의 대기실 안을 초조하게 걸어다녔다. 빈센트가 무늬 없는 검정색 정장, 검정색 셔츠, 그리고 내 예복에 맞추어 붉은색 타이를 한 모습으로 들어섰다. 그는 일간지의 만화 페이지로 포장한 직사각형 상자를 들고 있었다.

그의 첫 영화 시사회를 둘러싼 일련의 사건들이 있은 지 다섯 달 후여서 그의 머리는 다시 자랐지만, 흰 머리가 눈에 띄게 늘어서 검은 머리칼 입장에선 기껏해야 피루스의 승리* 밖에 안 될 것 같았다. 그는 지쳐 보였다. 사실 두번째 신경쇠약에서 막 회복하기 시작한 때이기도 했다.

"안녕."

그가 맥없이 미소를 지으며 인사했다.

"기분 어때요?"

"뭐라고 말해야 할지 모르겠다. 칼라가 너무 꽉 죄어서 미치겠어."

"맨 위 버튼을 풀고 타이를 좀 느슨하게 하죠, 왜, 늘 그랬잖아요?"

그가 제안했다.

"안 돼. 결혼식인걸. 이상해 보일 거야."

"자, 봐요."

빈센트가 자기 셔츠단추를 풀며 말했다.

"저까지 가세하면 이상해 보이지 않을 거예요."

"고맙다."

난 셔츠단추를 풀면서 말했다.

---

* 기원전 279년에 에피루스의 왕 피루스가 큰 희생을 치르고 로마군을 꺾은 승리에서 유래한 말. 상처뿐인 승리, 즉 패배나 진배없는 승리를 의미함.

“여기 제 결혼선물이에요. 어서 열어보세요.”

그가 내게 그 상자를 건넸다.

“아, 고맙구나.”

나는 우스꽝스러운 포장지를 뜯어 상자를 열었다. 덮개용 티슈 페이퍼를 걷어내자 민트그린색 표지로 제본한 원고가 나왔다.

“우와. 이게 그거야?”

내가 물었다.

“바로 그거 맞아요. 당신을 위해 직접 타이프까지 쳤어요.”

표지를 넘기자 표제 페이지가 나왔다.

할런과 나

각본: 빈센트 스피네티

페이지 맨 아래엔 헌정사가 있었다.

“할런, 당신이 있었기에 오늘의 제가 있습니다.”

“고맙다. 그렇다고 내 덕을 뭘 얼마나 봤다고.”

난 득의만만해 킬킬대며 말했다. 빈센트의 계좌엔 서서히 돈이 쌓이기 시작했다. 내가 자선가 수집가들에게 전화하는 것을 그만두었고, 〈신 오즈의 마법사〉는 박스오피스 히트를 기록했으니, 그는 조만간 경제적으로 회생할 수 있을 터였다.

"제가 무슨 말 하는지 알면서."

빈센트가 말했다.

"내 청구서의 돈을 해결해주는 건 네 작품들이야. 네가 있었기에 오늘의 내가 있다."

난 헛기침을 했다.

"자 밀담은 그만하자. 마침내 작품을 끝낸 걸 축하한다. 내 이름은 뭐 하러 제목에 쓴 거니?"

"원래 제 인생에 관한 이야기를 쓰려고 했는데 반쯤 쓰다보니 문득 제 이야기를 하는 것 못지않게 당신 이야기를 하고 있더라고요. 그래서 당신을 주인공으로 삼았죠."

"내가 제대로 된 주인공이 되겠니, 어디? 나야 회의에 가서 계약서 작성한 게 다잖냐."

"영화 시나리오에 더 관심이 많으시잖아요."

"지금 당장 읽고 싶다, 야."

"결말은 당신 결혼식 날로 했어요. 미학적 자유를 만끽하며 제가 원하는 그대로 결론을 맺었죠. 이거야말로 이제까지 쓴 것 중 제가 원하는 대로 쓴 유일한 영화 시나리오일 거예요."

115

"'전사戰士, warrior'와 '초사焦思, worrier'는 한 글자 차이다."

〈할런과 나〉 하면 내가 가장 좋아했던 이 대사가 떠오른다. 크리스티나를 본딴 캐릭터가 깝죽대며 나가자마자 나를 본딴 캐릭터가 빈센트를 본딴 캐릭터에게 이렇게 말한다.

시나리오 속 경멸당한 작가가 원인불명의 부스럼을 견뎌내고 자신의 예술로 고독과 빈곤과 고통을 끝까지 감내하는 과정은 그 대사에 영감을 준 사건들과 일치했다. 소외된 청년은 열병을 앓듯 치열하게 작업하고, 원고지에 가사를 적을 때를 빼고는 언제나 소매를 걷어붙이고 양팔을 허리에 붙인 채 도전적으로 글을 쓴다. 그의 헌신적인 매니저이자 멘토는 계속해서 그를 격려하고, 예술가의 정신은 그를 탈진 상태까지 몰고 간다.

빈센트는 〈할런과 나〉를 자신의 삶을 이해하고자 시도했던 지난한 여정의 마지막 이정표이자 궁극적인 미학적 정화로, 이 130페이지짜리 카타르시스 덕에 자신도 정상적인 삶을 살아볼 수 있지 않을까 하는 기대까지 품을 정도로, 한때나마 완벽한 작품으로 여겼다. 그는 말했다.

"이 작품이 바란 대로 나온다면, 내 마음은 마침내 집에 온 것처럼 평온해질 거예요."

밤낮 가리지 않고 일하면서 그는 현실 감각을 거의 잃어버렸다.

몇 달 동안이나 극한 상황에서 갈팡질팡하고 있었다. 난 그의 공책 가장자리의 여백은 점점 더 넓어지고, 글이 씌어진 폭은 갈수록 좁아져 검정색 글자들이 뒤얽혀 기둥을 이루고 있는 걸 발견했다. 그가 자살을 기도하기 직전에 그런 식으로 글을 썼던 것이 기억났다.

그의 과로는 식사와 잠을 희생한 결과였다. 10월 말이 되었을 때 그는 '네' '아니오' 이외의 말은 하지 않게 되었다. 난 그에게 병원에 입원하라고 완강하게 말했고, 곧 그는 정신을 소생시키기 위해 강력한 약물치료를 받게 되었다.

그런 끝에 '전사'는 꺾이지 않았고, 그의 포획물은 선물상자로 산뜻하게 포장되어 나의 정밀검사를 기다리게 되었다. 그는 전에 없을 정도로 자기 예술에 대한 확신을 가지고 내 옆에 서 있었다. 나의 베스트맨*.

나의 신부에 대해 말해보자면, 고갈을 모르는 그녀의 아름다움은 안에서 넘쳐 피부로 배어나오는 듯했다. 나는 다 늙어 죽을 때까지 매일 아침 잠에서 깨기 전의 그녀 모습을 바라보며 살기를 고대했다. 그녀처럼 용기와 우아함이 조화를 이룬 여자는 한 번도 본 적이 없었다. 내 심장이 '맹세합니다'라고 외치면 그녀는 내 여자가 될 것이다. 이 은하계를 통틀어, 아니 다른 은하계까지 통틀어 나는 가장 운 좋은 마흔세 살의 남자였다.

---

* 베스트맨best man에는 결혼식의 신랑 측 들러리라는 뜻과 함께 '내 최고의 친구'라는 뜻이 있다.

우린 집을 살 때까지 내 아파트에서 살기로 했다. 난 집이라고 부를 수 있는 곳, 앞마당과 정원과 호기심 많은 앙증맞은 발이 탐사할 수 있을 정도로 드넓은 뒤뜰이 있는 곳을 가지게 될 거라는 기대로 들떴다.

어렸을 적 내가 가장 사랑했던 곳은 우리집 뒤뜰이었다. 난 놀이를 하고, 구멍을 파고, 정글짐 위에 담요를 뒤집어씌워 나만의 아지트를 만들길 좋아했다. 내겐 뒤뜰만 있으면 충분했고, 다른 어떤 욕심도 없었다.

머지않아 난 다시 아내와 집과, 어쩌면 강아지까지 있는 완벽한 뒤뜰을 갖게 될 것이다. 여기에 정상적인 직업만 있다면 더할 나위 없이 근사할 텐데, 내가 생각해도 스스로가 자랑스러운 존재가 될 기회를 당장 오늘부터 가질 수 있을 텐데 말이다. 난 빈센트 스피네티의 매니저가 될 것이고, 업무상의 그 어떤 비인도적인 행위도 없을 것이다.

116

"축하한다, 운 좋은 자식."

르네상스 할리우드 호텔의 리셉션 데스크에서 스티브가 내 손을 잡고 흔들며 말했다.

"고마워요, 스티브. 아, 바에 저한테 소개해주셨던 그 스카치위스키 갖다놓으라고 했어요. 한잔하시죠?"

"됐네, 이 사람아."

그가 대답했다. 그는 정수리 쪽이 이젠 완전히 벗어졌고, 남아 있는 머리는 빈센트보다 더 빨리 세가는 중이었다.

"진짜요?" 내가 물었다. "공짠데."

"술 끊었어. 관리 좀 제대로 해보려고."

"멋진데요. 리포비츠가 자랑스러워하겠어요."

"그래, 왜 아니겠어. 이번 새 영화 때문에 정말 흥분돼. 또 홍보건 뭐건 하려면 몸 좀 제대로 만들어야지 싶더라고."

빈센트가 커다란 맥주잔을 들고 합류했다.

"어서 와, 우리 흰둥이."

스티브가 말했다.

"안녕, 스티브도어."

빈센트가 인사했다.

"방금 할런한테 〈있을 수 없는 여자〉 개봉을 앞두고 가슴 설렌다고 말하던 중이었어. 내 스스로 정말 자랑스러워할 그런 작품이잖아, 안 그래? 이 영화에선 옷을 벗을 필요가 없었다고. 인사 한번 제대로 해야 할 것 같아."

"다른 작품도 써드릴게요."

빈센트가 말했다.

"쭉 밀고 가자 이거지! 죽여주는데!"

스티브는 내가 미심쩍은 눈으로 그를 쳐다보는 걸 눈치챘다.

"그럼, 다시 말하는데, 잠시 글을 중단하고 좀 쉬지? 이번 작품 때문에 엉덩이에 욕창 생길 정도로 일했잖아. 게다가 프롬프츠도 얘기했지만, 자네 한동안 글 쓸 시간도 별로 안 날 거고?"

"무슨 소리예요?"

내가 물었다.

"아, 자네 지금 비즈니스 얘기하고 싶지 않을 텐데?"

"하고 싶지 않아요. 하지만 말씀 안 해주시면 신경쓰일 것 같아요."

"말씀해주세요, 스티브."

빈센트가 말했다.

"자네 둘 다 기분 상할 수도 있는데."

"그 말을 들으니 더더욱 들어야겠네요."

내가 말했다.

"좋아. 프롬프츠가 이런 아이디어를 냈어. 사실은 아이디어 이상인데, 그 친구가 처음부터 끝까지 계획을 다 세워놓고는 꼭 실행할 거라고 장담을 하더라고. 요는 그 친구가 현재의 뉴르네상스라는 곳의 성격이 싫증난다는 거야. 체제전복적인 회사라는 말을 쓰더군. 그래서 만약 우리가, 그러니까, 그렇지, 좀더 실제 무대에 다가선다면 전보다 더 많은 걸 해낼 거라고 생각하더라고."

"무슨 뜻이죠?"

내가 물었다.

"무슨 뜻이냐, 그 친구는 미디어에 '뉴르네상스'라는 이름으로 실제 이벤트를 하고 싶어해. 최고 예술가들 중 가장 잘나가는 사람들을 세상에 선보이고 지난 몇 년 동안 그들이 연예계에서 이룬 성과를 알리고 싶어하는 거야. 뉴르네상스 졸업생들이 홍보 투어에 참여하고, 그들에게 뉴르네상스 로고가 박힌 티셔츠를 입히고, 로고가 박힌 책을 내고, 텔레비전에서 뉴르네상스에 대한 스페셜 프로그램까지 방영하고 싶어한다니까. 이 사업이 초창기 르네상스처럼 모종의 해프닝 같은 센세이션을 일으키길 바라는 거야."

"믿을 수가 없군요."

빈센트가 말했다.

"난 믿겨진다." 내가 말했다. "그 정도면 적당한 것 같은데요."

"그게 최악이 아니야." 실베인이 말했다. "그 사람, 빈센트가 뉴르네상스의 간판 스타가 되길 바라더라고."

빈센트와 나는 웃음을 터뜨렸다.

"나 농담하는 거 아니야. 그는 네가 이 모든 것의 대표선수라고 생각해. 네가 세계적인 유명인사가 되길 바라고, 그래서 널, 이를테면 현대의 르네상스맨으로 홍보하려는 거지."

"글쎄요, 그 말을 들으니 전 곧 사직서를 내야 할 것 같은데요."

내가 말했다.

"그 얘긴 나도 들었어."

스티브가 말했다.

"너도 우리와 함께하는 거지, 빈센트?"

내가 물었다. 그는 머리통을 긁적일 뿐 대답하지 않았다.

"빈센트?"

스티브와 내가 빈센트를 쳐다보는데 모니카가 달려와 나를 끌어안았다.

"아, 왔어, 당신."

내가 말했다.

"음, 뭐 잘못된 일이라도 있는 거예요?"

"그럴 리가."

"할런, 저쪽에서 당신을 보니까 뭔가 안 좋은 일이 있는 것 같아서요. 무슨 일이에요?"

난 아내에게 프롬프츠의 계획을 알기 쉽게 설명해주었다.

"맙소사," 모니카가 말했다. "그 프롬프츠란 사람 도대체 왜 그런대요?"

"그 친구가 돈 냄새를 좀 맡거든."

"그 이상이지,"

스티브가 말했다.

"난 그 친구를 꽤 오랫동안 알고 지냈잖아. 내 생각에 그는 진심으로 자기가 좋은 일을 한다고, 우리의 대의를 넓힌다고 생각하는 것 같아."

"그 말을 들으니 우드스톡이 다시 열렸던 게 생각나는군요."

모니카가 말했다.

"티켓 값은 백오십 달러였고, 펩시가 후원했죠. 그리고 수많은 여자애들이 강간을 당했죠. 우드스톡이나 뉴르네상스 같은 것을 위한 자리는 이제 없어요."

"맞아, 난 손가락 하나 까딱 안 할 거야." 내가 말했다. "그런데 빈센트 때문에 겁나는걸."

"왜요?"

빈센트가 물었다.

"프롬프츠를 거들지 말지 아무 대답도 없으니까. 확실히 혹한 거 아니지, 그렇지?"

"빈센트가 하고 싶다면 못 할 것도 없죠."

모니카는 빈센트의 어깨를 어루만져주며 말했다.

"의무를 어긴 것도 아니잖아요. 해서 좋으면 하지 말란 법도 없고요."

"아뇨." 빈센트가 말했다. "할런 말이 맞아요. 전 이용당하고 싶지 않아요. 저도 여러분 뜻을 따를게요."

"정말이야?" 내가 물었다. "네가 원하면 뭐든 해도 돼."

"정말이에요. 다만 유명해지면 제 진짜 짝을 만날 기회가 늘어날지 모른다는 생각에 망설였던 것뿐이에요. 하지만 그래봤자, 크리스티나 고메즈 같은 못돼먹은 여신들이나 더 만나고 말겠죠, 뭐."

“날 믿어도 돼, 빈스.” 스티브가 말했다. “명성이 있다고 바라던 게 생기진 않아. 너도 말했지만, 난 지난 수십 년 동안 마음을 터놓고 지냈던 사람이 단 한 명도 없잖냐. 그러니까 생각난 건데, 모니카, 당신 들러리에 대해 물어보려던 참이었어요.”

“제 여동생이에요.”

모니카가 말했다.

“진짜? 내 팬은 아니겠지, 그렇지?”

“죄송해요. 아닐 거예요.”

“그럼 소개 좀 해줄 거야?”

117

신혼여행을 떠나 있던 그 한 주가 내 인생 최고의 시기였다. 그 주 내내 내 입가엔 철없는 어린 소년 같은 미소가 떠나지 않았고, 모니카 역시 나 못지않게 늘 미소짓고 있었다. 뭘 해도 즐겁기만 한 유년시절 이래로 그런 순간을 누려본 적이 거의 없었던 난 그 고결한 순간을 단 한 순간도 놓치지 않고 만끽하고 싶었다.

우린 라스베이거스로 신혼 여행지를 결정했다. 그런 현란한 도시라면 진부하면서도 고색창연한 분위기로 우리를 매료시킬 것 같아서였다. 우린 육 년 된 내 볼보를 타고 그곳까지 갔다. 도로가 우리만을 위해 만들어진 것인 양, 나의 아파트에서 우리가 묵을 라스베이거스 팜스 호텔의 허니문스위트룸까지 곧장 뻗어 있는 것만 같았다.

난 차창을 내리고 라디오를 틀었다. 평소엔 라디오를 혐오했지만 지금은 나쁘지 않았다. 블랙사바스의 음악이 아름답게 느껴졌다. 슬픔 속에 깃든 웃음소리를 들을 수 있었고 바람이 내 번들거리는 얼굴을 때리는 것이 매우 상쾌했다.

모니카와 나는 베이거스 스트립* 위로 높이 솟아 있는 호텔방에서 서로를 꼭 끌어안은 채 대부분의 시간을 보냈다. 시간이 날 때마다 〈할런과 나〉를 읽었는데, 얼마 읽지 않았는데도 빈센트 최고의 작품이 나왔음을 알게 되었다. 나를 본뜬 캐릭터가 베로니카를 본뜬 캐릭터와 결혼한다는, 개연성 부족한 결말만 빼면 완벽한 영화 시나리오였다. 그 결말 다음 페이지의 한 귀퉁이에 빈센트는 이런 말을 써놓았다.

"이런 결말이라니 모니카에게 미안해지네요. 다만 엄마와 나도 해피엔딩을 맞이했으면 하는 생각에서 그랬어요. 저 이기적인가요?"

---

* 라스베이거스 블루바드 사우스에 위치한 6~7킬로미터에 달하는 구역. 가운데 난 대로인 아메리칸 로드 사이로 라스베이거스 최고의 호텔, 카지노, 리조트가 즐비하게 늘어서 있다.

118

로스앤젤레스로 돌아와 전화 응답기를 켜자 새로운 소식이 있다는 스티브의 메시지가 있었다. 난 그에게 전화를 걸었다.

"내가 선수를 쳐서 뉴르네상스를 관뒀어."

그가 말했다.

"그랬어요?"

"그래."

"프롬프츠한테 뭐라고 말했는데요?"

"사실대로 말했어. 그가 회사를 운영하는 방식이 마음에 안 든다고, 또 연기를 좀더 해볼까 한다고."

"그 사람, 어떻게 나오던가요?"

"온갖 미사여구를 늘어놓으며 날 설득하려고 애를 썼지만, 난 눈 하나 꿈쩍 안 했어. 빈센트에게 한 짓을 어느 누구한테도 말해선 안 된다는 맹세를 시키더니 앞으로 잘되길 바란다더군. 그땐 친절하게 나오대."

"빈센트와 전 그만두려면 좀더 기다려야 할 것 같아요. 우리가 한꺼번에 그를 버리면 안 될 것 같아서요."

"자네 하고 싶은 대로 해. 자네가 남는다고 해도 원망할 일은 없을 거야. 사실 지금 생각해도 멋진 일이었잖아, 안 그래?"

"그래도 앞으로의 일을 들으면 기분이 좋진 않아요. 드류의 이야기를 끝까지 다 들어보긴 하겠지만, 그래도 저한텐 끝난 일이에요. 빈센트와 전 독립해서 일하려고요."

"어쨌거나 자네랑 일해서 좋았다는 거 알아줘, 할런. 계집애 같은 말이지? 그래도 진심이야. 그리고 이젠 이 말을 자네한테 해도 될 것 같아. 우리가 자네를 고용한 건 자네가 반사회적인 인물이라고 생각했기 때문이야."

"전 반사회적이지 않아요."

"알아, 하지만 당시 자네는 더도 말고 덜도 말고 딱 그랬어. 우린 위험할 정도로 반사회적이되, 완전히 미친 건 아닌 사람이 필요했거든. 아무튼 결국 자넨 이 일을 제대로 해냈어. 정말 죽여줬어."

"고마워요. 모든 것에 감사해요. 앞으로도 자주 봐요."

"이봐, 내가 이제 빈센트의 매니저가 아니라고 해서, 자네와 그 친구와 절연한다는 말은 아니야. 빈센트에게도 이 말 꼭 전해줘, 알았지?"

"그럴게요."

"아, 맞다. 내가 반한 그 들러리 생각나?"

"네. 제 처제잖아요."

"그 친구가 집으로 돌아가기 전에 나랑 데이트를 했거든. 지금은 사랑하는 사이가 됐어. 진짜로 사랑한다고. 매일 매일 이야기를 나눈다니까."

"잘됐네요. 그 집안은 훌륭한 유전자를 타고 났어요."

"알아. 나 말이지 정말 내가 그런 여자랑—"

"스티브, 전화가 와서요. 끊지 말고 기다려줄래요?"

"아, 괜찮아. 이만 끊자고."

"정말요?"

"그래, 조만간 보자고."

"좋아요. 그럼, 잘 있어요."

"나중에 봐."

119

내가 이메일을 통 확인하지 않는다는 걸 아는 드류 프롬프츠는 친히 내게 전화를 걸어 파티에 초청을 했다. 그는 돌아오는 토요일에 채드 새 앨범의 플래티넘 기록을 축하하기 위해 자기 집에서 파티를 열 예정이었다. 채드는 앨범 〈베니스 앤드 파기나Venis and Pagina〉의 모든 곡을 작사, 작곡했다.

프롬프츠는 지금까지도 뉴르네상스 사상 최고의 승리로 기록되고 있는 채드의 첫 앨범의 일등공신인 빈센트와 내가 파티에 참석해야 한다고 말했다. 어떻게 해도 거절할 도리가 없어서 난 그의 초청을 받아들였다. 그는 내게 새 신부와 빈센트와 함께 오라고 말했다.

“그 앨범의 플래티넘 기록을 축하하고 싶지 않아요.”

내가 전화를 했을 때 빈센트는 말했다.

“음악 들어봤어요? 끔찍해요.”

“내가 왜 모르겠니? 그런데도 드류가 꼭 오라고 난리야. 나도 이미 간다고 말했고. 우리 둘 다 회사를 관둘 마당에 그 정도는 해줘야 할 것 같아서.”

“우리가 뭘 신세나 졌나요. 파티라니, 싫어요.”

“나도 그래. 하지만 함께 버티자. 또 아냐? 거기에서 네 짝을 만나게 될지.”

그는 승낙했다.

120

그로부터 닷새가 지난 12월 13일 토요일 밤 여덟시에 빈센트와 난 프롬프츠 사유지의 구리 대문들을 통과했다. 모니카는 스티브가 이틀 동안이나 전화를 받지 않는 것 때문에 심난해진 여동생을 전화로 위로해주느라 오지 못했다.

“그게 스티브예요.” 난 모니카에게 말했다. “때로 한 사람만을 위해 그 자리에 서 있어주지 못하는 사람 말이에요.”

차를 몰고 차도를 따라 1마일을 가다보니, 현대식으로 건축된 호화로운 3층 저택이 나왔다. 저택은 아무 무늬 없는 흰색 콘크리트에, 뜬금없이 앞으로 튀어나온 삼각형 기둥과 평평한 지붕으로 이루어져 있었고, 창문마다 불이 훤히 켜져 있었다.

차 밖으로 나오자 터무니없이 쿵쾅거리는 테크노 드럼비트와 여자애들의 찢어질 듯한 비명 소리가 들렸다. 난 주차요원에게 자동차 열쇠를 넘겨주고 현관문 쪽으로 걸어갔다. 초인종을 누르자 키가 크고 세련되게 머리를 빗어넘긴 여자가 문을 열었고, 웃음과 고함과 비명과 로봇 같은 사운드의 음악이 뒤섞여 왁자한 소리가 터져나왔다.

"성함을 말씀해주세요."

여자가 말했다. 그녀는 검정색 플라스틱 평면 판을 들고 있었다. 그 위의 버튼을 누르자 반짝하는 불빛과 함께 화면이 켜졌다.

"할런 아이플러, 빈센트 스피네티."

여자는 버튼을 몇 개 더 누르더니 우릴 쳐다보았다.

"어서 오세요."

여자는 스크린을 끄더니 우리를 둥글고 새하얀 로비로 안내했다. 우리는 소리가 들리는 곳을 향해 복도를 걸어갔다. 소리가 흘러나오는 곳에 점차 가까워지면서 나는 그것이 내가 아는 음악임을 알아차렸다. 채드의 신곡 〈가운뎃손가락〉을 댄스 버전으로 리믹스한 것이었다. "가운뎃손가락 하나만 들어 보이면 만사형통인데 왜 굳이 말로 하나요?"라고 채드는 노래했다. "벙어리장갑을 껴야 한다면 모를까."

복도 끝에 커다란 직사각형의 출입구가 있었다. 그곳에 이르자 깜짝 놀랄 광경이 우리 앞에 펼쳐졌다. 모든 것이 의심할 여지없이 눈앞에서 펼쳐지는 실제 상황임에도 불구하고 단번에 훑어본다는 게 무리일 정도로, 그것은 끝도 없이 바뀌는 충격적인 이미지들로 가득 찬 판타스마고리아*였다. 우리는 난교파티에 온 것이었다.

121

"나가자."

나는 음악 소리 때문에 고함치다시피 말했다.

"그래요."

괴이한 광경에 사로잡혀 있으면서도 빈센트가 소리쳤다.

우리가 막 뒤돌아서려던 참에 낯익은 고함 소리가 들려왔다.

"할런! 빈센트! 어서 와요!"

프롬프츠가 여느 때와 다름없이 아니꼬운 태도로 고개를 숙이더니 내 손을 두 손으로 잡고 흔들었다. 그리고 빈센트에게도 똑같이 했다. 실내임에도 그는 전처럼 선글라스를 썼고, 마찬가지로 세련

* 꿈이나 마음속에 오가는 환상이나 환영 혹은 환등으로 생기는 착시를 가리킨다.

된 정장에 포켓칩을 꽂고, 산뜻하게 머리를 자른 모습이었다. 그러나 그날 밤, 그의 얼굴 태닝 상태는 좋지 않았다. 자잘한 주근깨가 가득하고 이마와 뺨 쪽 피부가 벗겨져 세련미를 구기고 있었다.

"둘 다 좋아 보이네."

그가 말했다. 평소와 다름없이 나는 회갈색 정장을 입고 있었고, 빈센트는 회색 바지에 흰 드레스셔츠를 입고 멜빵을 걸치고 있었다.

"두 분께 뭐 좀 갖다드릴까요?"

"저흰 갈 겁니다."

내가 소리쳤다. 그의 불그죽죽한 잘생긴 얼굴에 실망한 표정이 가득했다.

"가면 안 돼요!"

그가 소리쳤다.

"정말 중대한 사안에 대해 할 말이 있어요."

그가 미소를 짓지 않은 모습은 처음이었다. 일자로 다문 입술은 심각해 보였다. 궁금해진 나는 계속 있을까 망설였지만 말초적이 된 내 시야에서 벌거벗은 살덩이들이 선회하는 가운데 모니카의 갈색 눈동자가 떠올랐다.

"죄송해요, 드류." 내가 말했다. "가야겠어요."

"스티븐이 죽었어요."

그가 소리쳤다.

"오늘 이른 아침에 그가 시체로 발견됐어요."

그의 말을 믿을 수 없었다. 난 입을 벌리고 멍하니 그를 쳐다보았고, 뒤로 펼쳐지는 디오니소스적인 광경에서 시선을 거둔 빈센트도 나처럼 입을 멍하니 벌린 채 그를 보았다.

"자, 내 사무실로 갑시다."

프롬프츠가 말했다.

"이야기 좀 해야죠."

빈센트와 난 CEO를 따라 서로 뒤엉켜 섹스를 하는 파티족들 사이를 가로질러 걸어갔다. 톰 크루즈 주연의 스탠리 큐브릭의 영화 〈아이즈 와이드 셧〉을 방불케 할 정도로, 대부분의 여자들은 초현실적인 가면 말고는 몸에 아무것도 걸치지 않고 있었다. 빈틈없이 차려입은 그 얼굴 없는 여자들은 바지가 발목까지 벗겨진, 가면을 쓰지 않은 남자들을 다양한 체위로 받아들이고 있었다. 남자들 대다수는 나로선 기꺼이 언급하고 싶을 만큼 유명인들이었다.

격렬하게 스리섬 섹스에 몰두하고 있는 크리스티나 고메즈를 지나칠 무렵(그 여자를 언급한 건 어디까지나 내 이야기에서 그 여자가 갖는 변별성 때문이다), 프롬프츠는 우리 쪽을 돌아보며 술을 마시겠냐고 물었다. 비보에 충격을 받은 우리는 그러마고 했다. 그를 따라 바bar로 간 우리는 웃통을 벗은 바텐더에게 둘 다 위스키 앤드 코크를 주문했다.

"마시는 코크* 말씀하시는 거죠, 맞나요?"

그녀가 물었다.

"네."

내가 대답했다.

"확인 차 늘 여쭤본답니다."

그 여자가 조주하는 동안 나는 춤추고 섹스하는 사람들을 보며 스티브의 죽음에 대해 생각했다. 채드가 하얀 트랙슈트 차림으로 두 명의 나체족 여자들과 자기가 작곡한 〈밤의 육체(섹시한 육체의 노래)〉에 맞추어 춤추는 것이 보였다.

122

프롬프츠는 몇몇의 남녀가 뒤엉켜 있는 복도를 따라 우리를 이끌었다. 우리가 사무실로 들어서자 그는 음악 소리를 차단하기 위해 문을 닫았다. 그의 사무실은 널찍하고 적막했고, 조명이 환하게 켜져 있었고, 눈부실 정도로 하얐다. 세 개의 누드 조각이 간격을 두고 놓여 있었다. 어마어마하게 큰 책상에서 10피트쯤 뒤에 떨어진 벽은 전체가 창문이었다.

"자, 앉으시죠."

---

* 코크엔 콜라 말고도 코카인이란 뜻이 있다.

프롬프츠가 말했다. 그는 책상 뒤로 가 앉았고 우리는 그 앞에 앉았다. 책상을 빼면 우리의 의자와 그의 의자만이 사무실 내의 유일한 가구였다.

"스티븐에 대해 경황없이 이야기해서 미안해요."

"도무지 믿을 수가 없어요."

나는 말했다.

"저도 마찬가지예요. 파티가 시작하기 두 시간 전에 저에게 갖다주기로 한 게 있었거든요. 소식이 없기에 집으로 전화해보고 휴대전화로도 해봤죠. 안 받더라고요. 그래서 어시스턴트를 시켜 스티븐의 집에 가서 받기로 한 물건을 가져오라고 했어요. 어시스턴트 말이 문이 열려 있기에 들어갔더니 스티븐이 수영장에 떠 있는데, 피가 완전히 다 빠져 있더래요. 머리에 총상을 입고, 손에는 총을 든 채로요."

빈센트는 술잔 때문에 화가 난 사람처럼 단숨에 잔을 비웠다.

"한 잔 더 줄까요?"

프롬프츠가 물었다.

"아뇨. 됐습니다."

빈센트가 말했다.

프롬프츠는 사무실에 마련한 바로 갔다. 그리고 술잔에 얼음과 위스키를 채우고 위스키 병과 같이 빈센트에게 건넸다.

"괜찮아요, 빈센트."

프롬프츠가 말했다.

"술을 마셔야 할 때가 있다면 지금이 그때예요."

빈센트는 잔을 움켜쥐고 맹렬한 기세로 몇 모금 만에 다 마셔버렸다. 프롬프츠는 한 잔 더 따라주었다.

"그러니까 스티브가 자살을 했다는 말씀을 하시는 겁니까?"

내가 물었다.

"그렇게 보이네요, 네."

"천만에요." 내가 말했다. "월요일에 스티브랑 얘기를 했어요. 그는 이제까지 제가 봤던 어느 때보다 행복해 보였어요."

"살인의 가능성을 부인하는 건 아니에요." 프롬프츠가 말했다. "스티븐은 신원불명의 사람들과 지저분한 약물 거래를 했으니까요."

"약이라면 끊었어요."

내가 항변했다.

"거기에 대해선 확신 못 하겠는데요. 이런 말은 하고 싶지 않았지만, 아까 스티븐이 가져오기로 했다는 물건이란 게 손님들에게 줄 코카인이었거든요. 그래도 우린 이 문제를 공권력에 맡겨 해결할 거예요. 그러거나 말거나, 뉴르네상스에는 차질이 생겼네요. 스티븐은 최고의 에이전트였는데."

"하지만 이미 관뒀잖아요."

내가 말했다.

"아, 그래요. 그 말을 했나봐요?"

"네."

나는 내 술잔을 비웠다.

"한 잔 더 드릴까?"

"아뇨. 운전해야 합니다. 곧 가야할 것 같군요."

"조금만 더 있어줘요. 두 분이 여기 계시는 동안 몇 가지 아이디어를 점검해보고 싶어서요. 말했듯이 스티브 때문에 차질이 생겼어요. 특히 자네, 빈센트한테 더 그런데, 어쨌거나 자네 에이전트가 없어진 거잖아."

빈센트는 듣고 있지도 않는 듯했다. 그는 바닥만 내려다보며 가끔씩 술을 마셨다. 그의 술잔 속 얼음이 다 녹아 있었다.

"그러나,"

프롬프츠는 계속해서 말을 이었다.

"새 에이전트를 구할 수 있을 것 같아요, 이번엔 저작권 쪽 에이전트가 아니라 연기 쪽 에이전트로 말이에요. 사실 자넬 위해서 언제든지 존 샤피로한테 연락만 취하면 되도록 해놨거든. 키아누 리브스와 리즈 위더스푼과 더 록*의 에이전트야. 왜 내가 잘나가는 연기 쪽 에이전트를 대주려고 하는지 자네가 알지는 모르겠는데—"

"저희 둘 다 알고 있습니다."

* 프로레슬러이자 배우인 드웨인 존슨의 예명.

내가 끼어들었다.

"빈센트가 스타가 되어 뉴르네상스를 홍보해주길 바라시죠."

난 말끝에 더 위엄을 실어 말했다.

"스티븐이 말했을 거란 짐작은 했어요."

프롬프츠가 말했다. 그의 얼굴에서 미소가 사라지고 있었다. 난 고개를 끄덕였다.

"제 계획에 대해 어떻게 생각해요?"

"굳이 지금 그 얘길 해야겠습니까?" 내가 물었다. "방금 우리의 친구가 살해당했다고 말해놓고 말입니다."

"네. 물론이죠. 양해해줘요. 이 회사에 대한 계획에 너무 흥분하다보니 눈에 뵈는 게 없을 때가 있어요. 하나만 물어보죠. 빈센트, 샤피로 씨는 자네에게 관심이 있어. 내가 두 사람 만남 좀 주선해볼까?"

빈센트는 고개를 흔들었다.

"아뇨, 됐습니다."

그가 말했다.

프롬프츠가 느닷없이 버럭 고함을 치며 주먹으로 책상을 내리쳤다. 그에 너무나 큰 충격을 받은 나머지 빈센트는 자리에서 튕겨오르듯 일어섰다.

"좆같네, 되긴 뭐가 돼?!"

123

어안이 벙벙해진 빈센트는 드넓은 책상 너머의 프롬프츠를 뚫어져라 쳐다보았다.

"엇, 빈센트, 미안."

프롬프츠가 자리에서 일어나 책상을 돌아나오며 말했다.

"정말 미안해. 스티븐 때문에 기분이 너무 안 좋아서. 뭘 어떻게 해야 할지 모르겠어. 이 새 버전의 뉴르네상스만이 모든 문제에 대한 해답이란 생각만 꽉 차 있어서. 엉망진창이야. 양해해줘요."

그는 빈센트에게 술을 한 잔 더 따라주었다.

"괜찮아요."

빈센트가 말했다.

"고마워요."

프롬프츠가 말했다. 그는 다시 자기 자리로 가 앉았다.

"두 분 모두 보내드리죠. 하지만 먼저, 왜 이젠 에이전트가 필요 없다는 건지 이야기를 해줘야 돼요. 이건 꽤 괜찮은 기회인데 말이죠."

빈센트가 술을 들이켰다.

"전— 할런, 제 매니저잖아요, 좀 말씀해주세요, 네?"

"저흰 뉴르네상스가 애초 목적하지 않은 방향으로 가야 한다고 생각하지 않습니다."

내가 말했다.

"리포비츠가 지금 이런 방향으로 회사가 가는 걸 마음에 들어할 거란 생각도 안 들고, 간단히 말씀드려서, 이젠 뉴르네상스의 일원이고 싶지 않습니다."

"알았습니다." 프롬프츠가 말했다. "그러니까 너무 상업적으로 간다 이 말씀이죠, 그렇죠?"

"글쎄요, 스티브 말로는 티셔츠에, 텔레비전 특별방송까지 원하신다면서요, 맞습니까?"

"그래요, 하지만 해명할 기회를 줘요. 알다시피, 뉴르네상스가 설립된 지 십육 년 만에 우리의 작가들과 매니저들과 에이전트들과 변호사들이 함께 노력을 기울여 주류 연예계에 눈부신 발전을 가져왔죠. 놀랍게도, 우린 대중의 눈 밖에서 그 엄청난 일을 해왔어요. 우리가 한 일은 거의 언제나 철저하게 감춰져 있었어요. 안타깝게도 우리의 연구 결과 직원 수는 최고에 달했는데 우리가 애초 바란 광범위한 규모의 대중에까지 손을 뻗으려면 뉴르네상스가 좀더 노출이 되어야 한다는 것이고, 그러려면 대중과 시장에의 가교가 필요하다는 겁니다. 우린 대중과 시장에의 가교로서의 우리 작가들을 스타로 탈바꿈시킬 겁니다."

"아, 그래요. 그거야말로 지금 이 세상이 필요로 하는 거죠." 내가 말했다. "더 많은 스타들."

"작가들이 엔터테인먼트를 가능하게 만들죠." 프롬프츠가 반박했다. "그들도 배우나 가수 못지않게 유명해져야 해요. 뿐만 아니라, 일단 작가들이 유명해지면 무비스타나 록스타들과 더불어 그들의 인지도까지 활용해 훨씬 더 많은 관객들을 끌어들일 수 있어요."

"이해합니다만 우린 이만 하면 충분히 이름을 날린 것 같아서요."

내가 말했다.

"빈센트와 다른 학생들은 제대로 된 교육을 받았고, 우리는 그들의 작품을 세상에 알렸으니, 앞으로 미래 세대가 영향을 받게 될 곳은 그 세상이 되어야죠. 우린 지금보다 더 거물이 될 필요가 없어요. 우리가 대중의 눈에 덜 띄면 덜 띌수록 우리의 수명은 더 길어질 겁니다."

"그래요, 하지만 진짜 르네상스의 정신을 유지하기 위해, 우린 바로 지금-여기에 집중하려는 거예요, 앞으로가 아니라. 21세기에 들어와 우린 세계화니 사이버네틱스같이 진짜 르네상스가 갖지 못했던 도구를 갖게 되었어요. 뉴르네상스는 세상을 바꿀 수 있어요. 우민화된 인간성에 절실히 필요한 지적 부활로 말이에요."

"뉴르네상스는 그냥 기억하기 쉬우라고 만든 이름이죠."

난 반박했다.

"그게 무슨 르네상스의 재림이라도 되는 것처럼 말씀하지 마시죠. 이런 세상에서 그런 게 생길 리 만무하니까요. 아무리 애써봤자 MTV에 뉴르네상스의 어린애들을 내보내고, 걔넬 멋지게 포장해 영화표 좀 더 파는 걸로 끝날 거라고요. 기껏해야 반짝 유행에 지나지 않을 거라고요. 네 달만 지나면 해묵은 뉴스가 될 거고, 우린 더는 거기 머무르고 싶지 않을 거예요. 하고 싶은 대로 하세요. 하지만 우린 이 회사를 관두겠습니다."

"빈센트, 너도 같은 생각이니?"

프롬프츠의 질문에 빈센트는 자기 무릎만 내려다보며 고개를 끄덕였다.

"빈센트," 프롬프츠가 말했다. "내 눈 똑바로 보고 말해봐, 뉴르네상스를 그만두고 싶다고."

"못 해요."

척 보기에도 만취한 빈센트가 킬킬대며 말했다.

"선글라스를 끼고 계시잖아요."

124

"내 최고의 스타를 위해 특별히 이러는 건 줄 알아."

프롬프츠는 이렇게 말하고 선글라스를 벗었다. 선글라스에 가려져 있던 그의 얼굴 부위는 태닝을 하지 않아 창백했다. 그의 오른쪽 눈의 흰자위는 누런색을 띠고 있었고, 작은 동공이 심할 정도로 코 쪽으로 흘근흘근 쏠려 있었다.

"이쪽 눈이 안 보이거든."

그는 자신의 오른 눈을 가리키며 말했다.

"네 살 때 우리 아버지가 술에 취해서는 내게 헤드록을 걸고 손으로 눈꺼풀을 억지로 벌려서는 해를 쳐다보게 했어. 그럼 어떻게 될까 궁금했대."

그는 다시 선글라스를 썼다.

"죄송해요."

빈센트가 말했다.

"나도 미안."

프롬프츠가 말했다.

"스티븐이 죽은 것도 그렇고, 자네가 이 모든 것을 직접 겪게 해선 안 되는 거였는데. 부탁인데, 그만두기 전에 내 말을 한 번 더 생각해봐줘."

빈센트는 고개를 끄덕였다. 프롬프츠는 수화기를 집어들었다.

"그래, 베스. 애들 중 한 명만 내 사무실로 넣어줘…… 최고로 말야."

그가 전화를 끊었다.

"신의 노여움을 사겠는데요. 명색이 주인이랍시고 제대로 대접도 못 해드리고. 다행히, 오늘밤 축제를 위해 로스앤젤레스 최고의 모델들과 미희들을 집결시켜놨어요. 내 체면도 차릴 겸, 애들 중 최상등급을 빈센트에게 하사할게요. 그동안 할런은 나랑 얘기 좀 더 할래요?"

"오늘밤은 이걸로 충분한 것 같은데요."

내가 말했다.

"안 돼요. 내 말대로 해요. 당신은 내가 가장 필요로 할 때 그만두겠다는 거잖아요. 나랑 오 분 더 얘기해주는 정도는 당신이 갖출 최소한의 예의라구요."

"알았습니다."

난 한숨을 내쉬며 말했다.

자리에서 일어난 프롬프츠는 책상을 돌아나와 빈센트에게 술을 한 잔 더 따라주었다.

"그리고 빈센트, 스티븐은 오늘 자네가 끝내주는 시간을 보내길 바랐어요."

긴 빨간 머리에 아찔할 정도로 늘씬한 여자 한 명이 노크도 없이 전라로 들어왔다. 난 아내를 생각하고 재빨리 등을 돌렸다.

"끝내주죠."

프롬프츠가 말했다.

"재 정말 하늘이 내린 것 같지 않나요? 아니지, 저런 아름다움은 지옥에서 오는 걸까요?"

"지옥이요."

빈센트가 대답했다. 그는 가까스로 등을 돌렸다.

"이름이 뭐지?"

프롬프츠가 여자에게 물었다.

"셰릴린이라 부르세요."

그 여자가 마스크 뒤에서 소리쳤다. 프롬프츠의 사무실에선 음악 소리가 들리지 않았기 때문에 소리를 칠 필요는 없었다. 큰 소리로 말하는 사람들을 보면 그들이 집에서 항상 텔레비전 볼륨을 크게 틀어놓고 사는 모습이 떠올랐다.

"이런 파티는 많이 와봤지, 그렇지, 셰릴린?"

프롬프츠가 물었다.

"네. 한 사오 년 됐을 거예요."

"얘가 내 최상등급이야."

프롬프츠가 빈센트에게 말했다.

"잘해줄 거야."

"별로 그러고 싶지 않은데요."

빈센트가 말했다.

"쟤를 만지고 싶지 않다는 거니?"

프롬프츠가 웃으며 말했다.

"얘길 해, 그럼. 여길 안내해달라고 해, 내 회화 컬렉션을 보여달라고 하던지. 나한텐 잭슨 폴록도 있고, 아실 고키도 있고, 마크 로스코도 몇 점 있어. 이분 좀 안내해드려. 할 수 있지, 자기?"

"네." 그 여자가 소리쳤다. "지금 약발이 너무 돌아서 해도 하는 것 같지 않을 거예요."

"옳거니!"

프롬프츠가 말했다.

"자 어서, 빈센트."

빈센트는 날 쳐다보았다.

"괜찮을까요?"

그가 물었다.

"그럴 것 같은데. 난 금방 끝낼게." 내가 말했다. "우린 금방 갈 거예요."

술기운을 빌려 빈센트가 여자에게 다가섰다. 여자가 그의 손을 잡아끌었고, 둘은 흥분에 빠져들었다.

125

"할런, 당신이 왜 그런 생각을 하는지 다 이해해요."

프롬프츠는 자리에 앉으며 말했다.

"하지만 지난 몇 년 동안 당신이 이 일에서 배운 것을 다 통틀어 봐도 내가 보기에 당신은 아직은 사업가라고 할 수 없어요. 진짜 사업가라면 뉴르네상스를 상업화하는 것이 지금까지 해온 것을 논리적으로 확장하는 거라고 이해할 테니까요. 물론 우린 예술을 후원하는 사람들이에요. 하지만 우린 법인 조직의 후원자이고, 언제나 돈을 위해 소속 예술가들을 착취해왔어요. 빈센트는 어느 누구보다 가장 많이 당했죠."

"우리가 소속 예술가들을 착취했다 해도 보다 더 숭고한 선의를 위해서지, 최대 이윤을 거두기 위해서는 아니었죠, 기억하시죠? 제가 여기서 일하기 전에 저한테 쓰신 편지에서 그렇게 말씀하셨잖아요."

프롬프츠가 웃었다.

"최대 이윤을 위해서가 아니라? 허참. 우리의 작가들이 장학금을 받으며 다닌 학교에서 돈은 나쁜 것이라고 배운다는 이유 하나만으로, 뉴르네상스가 전체 수익의 4분의 1을 차지한단 말입니다. 포스터 리포비츠는 음악 저작권의 92퍼센트, 티브이와 영화 판매고의 60퍼센트를 가질 수 있는 사업 시스템을 만들어낸 건데, 우리의 예술가 양반들께선 그게 그럴 만하다고 생각하는 거예요, 왜냐, 우리가 보상받을 생각 말고 상실을 추구하라고 가르쳐서 말이에요. 우리한테 빈센트는 가장 가혹한 경우의 상실을 견디는 기니피그, 하나의 실험이었다고요. 그건, 얘기가 나와서 하는 말인데, 내 두뇌의 산물이지 리포비츠한테서 나온 게 아니었다고요. 많은 사람들이 빈센트와 그 밖의 다른 예술가들 덕에 횡재를 했고, 당신 역시 그 중 하나예요."

그가 가장 좋아하는 밴드는 라디오헤드였고, 가장 좋아하는 티브이쇼는 〈인사이드 더 액터스 스튜디오〉*, 가장 좋아하는 영화는 〈이상야릇한 체위〉였다.

난 의자에서 일어나 내 적에게 말했다.

"그 실험이 전부 당신 아이디어였다고 해도 별로 놀랍지 않군요. 내가 보기에 당신은 환자예요. 그리고 뉴르네상스에 개입한 기업가보다 더 많은 것을 얻어낸 사람은 단 한 명도 없다는 건 잘 알고 있었습니다. 하지만 전 그 사실은 오래전에 받아들였습니다. 이득을 본 우리 모두는 죽을 때까지 부자로 살겠지만, 우린 이미 죽은 거나 다름없습니다. 빈센트와 다른 모든 천재들은 마땅히 받아야 할 만큼 받지는 못했지만, 그럼에도 그들은 그들 자신의 인생보다 더 오래 살아남을 것들을 창조해냈습니다. 물론 우리의 인생보다도 더."

프롬프츠는 자리에서 일어나 책상을 돌아나오며 말했다.

"그렇죠. 앙드레 말로가 말했듯 예술이란 인간이 죽음에 대항할 수 있는 유일한 길이니까요. 그렇다고 해도 다시 한번 말하자면, 그것만이 유일한 길은 아닙니다. 헤밍웨이가 말했죠. '죽음을 관장한다는 점에서 살인은 죽음에 대한 저항적 감정이다.'"

그의 말투가 신경에 거슬렸다.

"말도 안 돼," 내가 말했다. "지금 무슨 말을 하는 거죠?"

"그냥 예술가와 살인자는 생각보다 공통점이 많다는 소리인데

---

* 미국 브라보 티브이에서 방송한 최장수 리얼리티쇼 프로그램이자, 미국의 대표적인 연기 양성소인 '액터스 스튜디오'와 '뉴 스쿨 유니버시티'의 공동 벤처비즈니스 프로그램. 수백 명의 할리우드 스타들의 연기생활과 인터뷰를 방영했다.

요?"

"완전히 잘못 생각하시는 것 같은데요."

누군가 문을 두드리는 소리가 들렸다. 채드가 들어왔다. 그는 이제 머리를 말끔히 밀고, 탈색한 금색 염소수염을 기르고 있었다.

"뭔 일이에요, 드류?" 채드가 말했다. "이제 '구멍' 좀 꺼내주지 그래요? 밤새 기다리고 있구만!"

그의 흰색 트랙슈트의 호주머니 안감은 밖으로 나와 있지 않았다. 너무나 많은 사람들이 '뒤집기' 트렌드를 따라하는 통에 그건 이제 첨단이 못 되었다.

"잠깐만, 채드위크. 여기 할런이랑 이야기 좀 끝내고."

"괜찮아요." 내가 말했다. "이제 얘기는 끝난 것 같군요."

"그래, 그런 것 같군요."

프롬프츠가 양손으로 내 손을 잡아 악수를 하며 말했다.

"할런, 난 당신이 확신하는 바를 존중하고, 당신이 해준 일에 감사하고 있어요. 뉴르네상스는 당신을 그리워할 거예요."

"감사합니다."

"그리고 계약서상으로 명시한 예술가에 관한 본사의 처우 방식에 관한 조항들을 언제나 존중해주리라고 믿어요."

"물론이죠."

내가 채드를 지나쳐 나가려고 하는데 그가 날 알아보았다.

"우와. 잠깐만요. 당신 그때 그 사람이죠. 저걸 들어봐요."

복도에서 그의 끔찍한 노래가 한 곡 더 흘러나오고 있었다.

"내가 뭐랬어요, 나도 작곡할 줄 안다고 했죠?"

"그러게요. 잘못을 인정하죠."

"그래야죠. 억하심정은 없어요. 아참, '구멍'은 해봤어요?"

"아뇨."

"자, 같이 보자고요."

"좋아하실 것 같지 않아서 말이야."

프롬프츠가 말했다.

"그냥 보기만 해요. 진짜 주욱여준다니깐."

프롬프츠가 책상 서랍에서 리모컨을 꺼내 버튼 몇 개를 누르자 정사각형의 카페트가 옆으로 밀려나면서 좁은 면적의 진흙땅에 교묘하게 뚫은 구멍이 하나 나타났다. 구멍엔 살색 물질의 테가 둘러져 있었다.

"이게 땅이거든."

채드가 말했다.

"바닥의 이 부분이 바로 땅으로 이어져요. 저 친구가 만든 거예요. 특수 물질로 만들었는데 진짜 실물하고 느낌이 똑같다니까. 낮에는 창문 밖을 보면서 할 수 있어요. 죽여주지. 영적이야. 얼마나 많은 남자 스타들이 여기서 이 짓을 했는지 상상도 못 할걸요. 내가 당신한테 홀딱 반한 게 아니란 것도 보여줄 겸, 먼저 하시죠."

"아뇨, 됐습니다. 안녕히 계세요."

나는 문 쪽으로 걸어갔다.

"아, 진짜, 저 친구, 증오를 업으로 삼았나봐?"

채드가 프롬프츠에게 말했다.

"우리만큼 세상을 사랑하지 않는 거야."

"스티븐 장례식 때 봐요."

프롬프츠가 미소를 지으며 말했다.

난 고개를 끄덕이고 채드가 바지를 벗어내리는 순간, 문을 닫았다.

126

복도를 따라 파티가 열리는 메인 룸까지 가보았지만, 커플들의 짝짓기를 호기심 있게 지켜보는 제리 반다이크*는 봤어도 빈센트는 보이지 않았다. 다른 쪽 복도와 문을 지나고 나서야 빈센트가 전라의 빨간 머리 여자와 침대 모서리 쪽 바닥에 앉아 있는 것이 보였다.

여자는 빈센트의 멜빵을 어깨에서 벗겨냈다. 그러더니 관능적으로 머리를 뒤로 젖혔다. 여자가 손바닥으로 카페트를 짚고 등을 활

* 미국 코미디언, 배우. 〈제리 반다이크 쇼〉라는 토크쇼를 진행하기도 했다.

처럼 뒤로 젖히며 가슴을 빈센트에게 내미는데, 그는 자기 뒤에 있는 술잔을 잡으려고 손을 뻗어 더듬으면서 여자를 쳐다보았다.

"빈센트, 여기서 나가자."

내가 말했다.

빈센트가 펄쩍 뛰어오르더니 멜빵을 어깨에 멨다.

"뭐 하는 거죠?"

가면을 쓴 목소리가 큰 여자가 날 쳐다보며 물었다. 그러더니 날 뚫어져라 보았다.

"잠깐만요."

그 여자가 말했다.

"나 당신 알아요. 당신 알아요. 당신 이름이 할런인가, 그렇죠?"

"그럴걸요."

빈센트와 놀란 표정을 주고받으며 내가 대답했다. 그 여자를 돌아보았다.

심장이 위험할 정도로 빨리 뛰었다. 노심초사한 나머지 몸이 화끈거렸다.

"가자. 당장 여기서 나가자."

내가 빈센트에게 말했다.

"하지만 당신을 안다잖아요."

빈센트가 말했다.

"이분 이름 할런 맞아요."

"말도 안 돼."

여자가 빈센트를 보며 말했다. 그리고 자리에서 일어나 손으로 음부를 가렸다.

"당신 이름은 뭐죠?"

나는 얼굴로 피가 쏠리는 느낌이 들었다. 겨드랑이에서 땀이 솟았다.

"빈센트요."

그가 대답했다.

"가자니까, 진짜!"

난 빈센트의 손목을 잡으며 소리쳤다.

"내 이름은 빈센트예요!"

그는 나에게 이끌려 방을 가로질러 복도까지 나오면서도 소리를 쳤다.

그를 데리고 방을 빠져나가기 전에 여자는 가면을 벗어서 자신의 터질 듯 커다란 가슴을 어느 정도 가렸다.

"날 알아보겠니, 빈센트?"

난 빈센트의 앙상한 팔목을 쥐고 있었지만, 그는 내가 알던 연약한 몸에서 나오는 힘이라고는 생각할 수 없는 힘으로 날 밀쳤다. 난 그를 놔주었다. 그는 방 건너편에 서 있는 여자를 뚫어져라 쳐다보았다.

"네."

그가 말했다.

"알아보겠어요."

"잘 지냈니?"

여자가 고혹적으로 미소 지으며 말했다.

"안녕, 엄마."

XI. 모니카

127

베로니카는 예전과 다름없이 아름다웠다. 얼굴 살이 부자연스럽게 당겨진 듯 했으나 조금도 늙지 않았다. 그리고 가슴도 전보다 커져 있었다. 그녀는 침실을 가로질러 자기 아들에게 다가가 안으려고 했다. 그러나 빈센트는 그녀의 손이 닿기 전에 뒤로 물러섰다.

"옷 좀 걸쳐요."

그가 말했다.

"아, 그래."

그녀는 돌아서서 자기 뒤를 가리며 말했다. 그녀는 옷장 문을 열고 안을 들여다보았다.

"어쩌면 일이 이렇게 꼬인담. 어쩐지 남 같지 않더라니, 그래도 넌 이렇게 훌쩍 커버렸지, 난 완전히 남남이나 마찬가지였으니, 그런데…… 옷이 하나도 없네."

"여기요."

난 내 스포츠코트를 벗어 그녀에게 던져주었다. 그걸로 그녀는 몸을 충분히 가릴 수 있었다.

"로스앤젤레스는 웬일이니?"

그녀가 물었다.

"글을 쓰고 있어요." 빈센트가 말했다. "작가로 성공했어요. 모르셨어요?"

"몰랐어. 뭘 썼는데? 내가 아는 게 있으려나?"

"엄마를 증오해요."

빈센트가 말했다.

"비니, 그렇게 말하는 게 어디 있니? 십 년 만에 날 만났으면서."

"십이 년이에요."

그가 정정했다.

"왜 우릴 버린 거죠?"

"돌아오려고 했어."

"왜 우릴 버렸어요!"

"그만해! 나한테 그렇게 화내지 마. 화내려면 저 사람한테 화를 내. 내가 옆에 있었으면 저 사람하고 똑같은 짓을 했을 거야."

그녀가 나를 가리켰다.

"아직도 애를 가지고 노는 중인가요?"

그녀는 나에게 물었다. 그녀가 그렇게 나올 줄 알았다. 그녀가 나타나봤자 아무런 득이 안 될 거라는 걸 난 알았다. 그녀는 이 상황에 대해 아무 생각 없이 모든 걸 망쳐놓을 것이다.

“어떤 면에서 봐도 이분은 엄마보다 훨씬 더 좋은 부모가 되어주었어요.”

빈센트가 끼어들었다.

“넌 아무것도 몰라, 비니. 넌 아무것도 모른다고! 아무것도 몰라! 아무것도! 아무것도 아는 게 없다고!”

128

“제정신이 아닌 것 같다.”

내가 말했다.

“여기서 나가자.”

“아니, 안 돼. 더는 나만 악역을 맡을 순 없어.”

베로니카가 말했다. 그녀는 〈제리 스프링어 쇼〉의 광분한 게스트처럼 말했다.

“나 약 끊는 중이야. 어쨌거나 얘도 알 때가 됐다고.”

“베로니카, 조용히 해요.”

내가 말했다.

"조용히 하면 당신한테 뭔 득이 되는데?"

그녀가 물었다.

"말해봐. 나 입 다물게, 그런데 그러면 당신한텐 무슨 득이 되냐고?"

난 혀를 내두르며 고개를 절레절레 저었다.

"엄마가 무슨 이야길 하는 거죠?"

빈센트가 물었다.

"나도 몰라." 내가 대답했다. "약에 취했어."

"무슨 이야기냐고? 내가 직접 이야기해주지. 네가 어렸을 때 이 작자가 우리집에 와서는 나한테 네 인생을 잡쳐놓겠다고 말했어. 그럼 네가 글을 잘 쓸 거라면서. 계약서니 뭐니 하는 것까지 다 갖고 와서는 말이야. 너한테는 평생 비밀로 할 거라고 했어."

베로니카는 날 쳐다보았다.

"네 엄마 완전히 정신이 나간 것 같구나."

내가 말했다.

"네 강아지 죽었을 때 생각나니? 이 사람이 독을 먹여서 죽은 거야. 그렇게 하면 네가 자극을 받아 글을 쓸 거라고 생각한 거야."

빈센트는 이젠 불안한 미소를 지으며 또 한번 날 쳐다보았다.

"아마 그후로도 쭉 널 만신창이로 만들었을 거야. 너 한 번이라도 여자친구가 있었던 적 있니? 이 사람이 네가 절대로 여자친구를 사귀지 못할 거라고 했어."

"한 명 있었어요."

"분명 갑자기 널 떠났겠지, 그랬지?"

"비슷해요."

"이 사람이 한 짓이야."

그녀의 미친 듯한 비난의 손길이 나를 향했다.

"이자가 한 거라고. 이 세상의 모든 성경책에 대고 맹세할게. 음모야. 이자는 나까지도 그 짓거리에 끼워넣으려고 했지만 난 그러고 싶지가 않았어. 널 사랑하니까."

"엄마가 지금 무슨 소리를 하는 거죠?"

빈센트가 다시 물었다.

난 어깨만 추어올렸다. 완전히 지쳐버렸다.

129

베로니카는 빈센트에게 다가가서 그의 어깨를 움켜잡았다. 그는 이제 엄마보다 키가 더 컸다.

"얘, 얘. 빈." 그녀가 말했다. "지금까지 살면서 최악이라고 할 만한 게 뭐였니?"

"엄마가 날 버린 거요."

"그거 말고."

"왜 상관하는데요?"

"말해줘. 내가 널 버린 후에 일어난 일들 중에서 뭐가 최악이었지?"

"몰라요. 많아요. 현재는 결핵으로 죽어가고 있죠. 짐작이지만."

"그게 뭐야?"

베로니카가 물었다.

"이젠 걸려도 죽지는 않게 된 그런 질병이죠."

그가 말했다.

"수많은 훌륭한 작가들이 그 병을 앓았어요."

그는 어깨를 뒤틀어 모친의 손을 뿌리치고, 우리에게서 등을 돌렸다.

"그게 뭐건 간에 다 저 사람이 저지른 거란 걸 장담한다."

베로니카가 날 가리키며 말했다. 빈센트가 다시 뒤돌아 나를 쳐다보았다.

그의 얼굴은 시뻘겠다. 내 얼굴도 마찬가지였다.

"엄마 말 진짜죠, 그렇죠?"

그가 조용히 물었다.

"그래."

생전 처음으로 삶의 본질을 깨달은 슬픈 눈으로 빈센트는 날 뚫어져라 바라보았다.

130

"미안하다."

내가 말했다.

"말로는 다 표현할 수 없을 정도로 미안하다."

"나한테 뭘 다 했다는 거죠?"

빈센트가 물었다. 그의 목소리는 떨리고 있었다.

"거의 다."

내가 대답했다.

"봤지!"

베로니카가 소리쳤다.

"내가 말했잖니."

"나한테서 여자를 떼어냈어요? 계속?"

빈센트가 물었다.

"그래. 몇 명은 돈까지 줬어. 전혀 도움이 안 되는 애들이었기 때문에."

"난 눈곱만큼도 동조하고 싶지 않았어, 비니."

베로니카가 말했다.

"그래서 떠난 거야. 저 사람이 나한테 널 상처주라고 하는 게 정말 싫었어. 그래서 떠난 거야."

난 눈알을 굴렸다.

"그만두려고 했어." 내가 말했다. "한동안은 정말로 그만뒀어. 하지만 그때 프롬프츠가 사람을 보내서 널 팼어. 그 일은 나하고는 아무 상관이 없어. 그래서 어쩔 수 없이 또 그럴 수밖에 없었어. 정말 미안하다."

빈센트는 우리 둘 모두를 쳐다보다가 갑자기 방 밖으로 나가버렸다.

"빈!"

그의 엄마가 소리쳤다. 그는 복도를 뛰어가 메인 룸으로 들어갔다. 베로니카와 나는 그를 쫓아갔지만 정신 나간 섹스의 도가니 속에서 그를 찾는 것은 불가능했다. 그는 곧장 저택 밖으로 나갔고 내가 현관문에 도달했을 때는 이미 따뜻한 캘리포니아의 겨울 속으로 자취를 감추어버린 뒤였다.

131

베로니카와 내가 저택 앞에 서서 사방을 둘러보는 가운데 프롬프츠가 바깥으로 나왔다.

"무슨 일이죠?"

그가 물었다.

"빈센트가 뛰어가는 걸 봤는데."

"우리의 프로젝트에 관해 알게 됐어요."

내가 말했다.

"그럴 리가 없어!"

프롬프츠가 부르짖었다.

"당신이 걔한테 보낸 창녀가 그애의 엄마였거든요."

"닥쳐! 나한테 창녀란 말 하지 마!"

"왜? 당신이야 말로 진짜 창녀잖아. 가슴에 손을 얹고 생각해봐. 그래도 자기가 창녀가 아니라고 생각해?"

베로니카는 나에게 달려들었다. 그리고 내 얼굴을 할퀴려 했지만 난 제때 그녀의 팔목을 잡았다. 프롬프츠가 그녀의 허리를 부여잡고 내게서 떼어냈다.

"목소리 좀 낮춰요!"

그가 우리 사이에 서서 격앙된 목소리로 말했다.

"할런, 그가 어떻게 알아냈다는 거죠?"

"그의 엄마가 다 불었어요."

"미스 스피네티—"

"내 이름은 스피네티가 아니에요. 선더하트로 바꿨어요."

"당신 이름이 뭔지 알 바 아니야." 프롬프츠가 말했다. "그런 짓을 하다니 현명하지 못하군. 그 프로젝트에 대해선 평생 어느 누구에게도 말하지 않겠다고 계약했잖아. 심각한 사고를 저질렀어."

"잘못했다는 건 나도 알아요."

그녀가 말했다.

"하지만 비니도 알아야 해요."

어느새 난 그녀의 말이 옳다고 생각했다.

"우리의 비밀에 대해 다른 사람에게 말한 적 있어요?"

프롬프츠가 물었다.

"천만에요." 베로니카가 말했다. "여기 와서 우리 애들에게 얘기한 적은 있지만, 그것들은 죄다 덜 떨어진 것들인데다 고향에 있으니 문제될 거 없다고 생각했어요."

"그 문젠 나중에 따로 해결하고." 프롬프츠가 말했다. "지금은 빈센트를 찾아야만 해요."

난 즉시 주차요원을 시켜 내 차를 가져오게 했다. 프롬프츠는 그의 비서에게 전화를 걸어 직원들에게 차로 주변을 돌면서 청년 한 명을 찾아보라고 지시했다.

"이제 집에 가도 될까요?"

베로니카가 프롬프츠에게 물었다.

"그래. 가서 옷 입어. 기사한테 집까지 바래다주라고 할게."

"괜찮아요. 나도 차 있어요."

"내 말 들어." 프롬프츠가 말했다. "그 상태론 절대 운전 못 해."

"알았어요."

베로니카는 종종걸음으로 다시 저택 안으로 들어갔다.

"적어도 엄마를 찾긴 했군요."

프롬프츠가 말했다.

"난 우리의 비밀을 아는 사람이 어디선가 활개를 치고 다닌다는 생각만 하면 치가 떨렸거든요."

주차요원이 내 차를 몰고 와서 세웠다.

"빈센트를 찾으면 전화줘요."

프롬프츠가 말했다.

"그리고 절대로 이 사실을 미디어에 공표하지 못하게 해야 돼요. 우리가 그에게 한 일이 세상에 알려지면 안 돼요. 뉴르네상스가 시작도 하기 전에 와해되는 건 뼈 빠져라 일했던 나로선 있을 수 없는 일이에요. 만약 그 친구가 이 사실을 미디어에 알리겠다는 식으로 나오면 위협을 해서라도 못 하게 해요."

"난 그를 위협하는 일 같은 건 안 할 겁니다."

"그렇다면 날 대신해서 위협한다고 생각해요. 당신의 경력도 관련된 일이에요. 그는 우리 모두를 파멸시킬 수도 있어요. 우린 영원히 매장될 거예요."

난 아무 말도 하지 않고 차에 올라타 그 파티장을, 내 인생의 마지막 파티를 뒤로했다.

132

빈센트를 찾을 수 없었다. 차로 프롬프츠의 집 근방을 샅샅이 뒤지고 돌아다니고 그런 후 빈센트의 콘도를 가고, 그가 좋아하는 술집까지 가보았다. 자정이 다 되자 난 다시 그의 콘도로 가서 집 문 앞에 앉아 있었다. 두 시간 동안 기다리다 그에게 전화해달라는 메시지를 남기고 나왔다.

그다음 날 아침 일찍, 빈센트의 콘도에 열 번이나 전화를 했지만 받지 않았다. 모니카가 그가 그의 어머니 집에 갔을지도 모른다고 귀띔해주었다. 난 전화번호부에서 셰릴린 선더하트의 주소를 찾아냈다.

베로니카는 황폐한 동네의 비좁은 집에서 살고 있었다. 집 앞 잔디밭은 당장 풀을 베어야 할 것 같았다. 종잇장 같은 방충문을 열고 보니 현관문이 조금 열려 있었다.

난 노크를 했다. 아무런 인기척도 나지 않았다. 문을 열고 "계세요?" 라고 묻고 아래를 내려다본 순간, 빈센트가 추레한 크리스마스트리 앞쪽 바닥에 앉아 피투성이가 된 모친의 맥없는 손을 잡고 있는 것이 눈에 들어왔다.

가슴이 미어지는 광경이었다. 한 작가의 말을 빌리면 신의 모든 창조물 가운데 가장 시적이지 못한 존재인 시인이, 다른 작가의 말을 빌리면 가장 시적인 존재인 요절한 미녀의 손을 잡고 있었다.

133

"세상에."

나는 신음하듯 중얼거렸다. 소파 위에는 몇 점의 고기덩어리가 놓여 있었고, 타블로이드로 덧바른 벽에는 핏자국이 튀어 있었다. 베로니카는 옷을 다 챙겨입고, 내 스포츠코트까지 걸친 채로 누워 있었다. 총알이 그녀의 관자놀이를 관통했다.

빈센트는 고개를 들어 나를 보았다. 그의 표정이 설움에서 분노로 서서히 변했다. 어머니의 손을 놓는가 싶기 무섭게 순식간에 튀어오르더니 주먹을 앞세우고 내게 달려들었다.

내가 미처 얼굴을 가리기도 전에 그의 주먹이 내 왼쪽 눈을 명중했다. 내가 얼굴을 가리자 그는 광분해서 내 머리 쪽을 맹공격했다. 난 두 팔로 머리를 감싸고 바닥에 쭈그려앉았다.

"그만!"

난 고치처럼 양팔로 몸을 감싸고 웅크린 채로 소리쳤다.

"그만해!"

"네가 그랬지! 네가!"

그는 내 팔을 때리며 절규했다.

"아냐! 나 아냐! 맹세해! 나 아니야! 제발 그만 때려!"

그는 주먹질을 멈추더니 뒤로 벌렁 드러누웠다. 잿빛 카페트 위에 누워 숨을 몰아쉬면서 그는 천정을 바라보고 있었다. 그의 흰 드레스셔츠에 한 줄기 핏자국이 보였다.

"맹세해. 절대 내가 아니야."

그의 옆에 앉으며 내가 말했다.

"내가 그 정도로 나쁜 놈은 아냐."

"분명 누군가 저지른 일이에요."

빈센트가 말했다.

기가 막혔다. 하루 사이에 내가 알고 있던 사람이 두 명이나 살해를 당했다.

"아니야, 그럴 리가 없어."

난 말했다.

"모니카에게 전화해야 돼."

"왜요?"

빈센트가 물었다. 난 바지주머니에서 휴대전화를 꺼내 전화를 걸기 시작했다.

"당장 아파트에서 나오라고 말해야 돼."

"왜요?"

"그들은 널 잡고, 그다음엔 날 잡으러 올 거야."

134

“여보세요?”

모니카가 대답했다.

“아파트에서 나와, 지금 당장. 설명은 나중에 할게요. 지금 당장 나와.”

그녀는 울고 있었다.

“웬 남자가 왔다 방금 갔어요. 스키마스크를 쓰고 권총을 들고선 아파트를 들쑤시듯 뛰어다니더니 가버렸어요. 경찰에 전화하고, 당신한테도 전화하는데 너무 무서워서 계속 전화번호를 틀리게 누르는 거예요, 그래서—”

“모니카, 최대한 빨리 우리 둘 짐을 챙겨요. 빈센트와 나, 엄청난 위험에 처하게 되어서 이 동네를 떠나야 돼요, 알았지?”

“알았어요.”

“빈센트랑 차를 타고 최대한 빨리 당신을 데리러 갈게요. 경찰이 오기 전에 빨리 나와요. 사랑해.”

“사랑해요.”

“가자.”

나는 빈센트에게 말하고 방충문을 열었다.

“엄마를 두고 떠나지 않을 거예요.”

“빈센트, 내 말 들어. 좀전에 한 남자가 우리집에 왔대. 총을 들고 있었대. 날 죽이려고 했던 거야. 널 찾게 되면 너도 죽일 거야. 이 도시를 떠야 돼. 가자. 내 말 들어."

"내 인생을 짓밟아놓더니 이젠 구해주고 싶다고요?"

"그래, 가자."

"잠깐만요."

빈센트가 말했다. 그는 뒤돌아서 자기 어머니의 시체 앞에 무릎을 꿇었다. 그는 머리를 숙였고, 그런 다음 일어나 나를 따라 차에 탔다.

135

"프롬프츠가 이러는 거죠, 그렇죠?"

빈센트가 물었다. 우리는 차를 몰아 로스앤젤레스를 가로질러 모니카에게 가고 있었다.

"그렇지 않다고 보기엔 우연의 일치가 너무 많아."

난 대답했다.

"그가 스티븐도 죽이라고 시킨 건가요?"

"아마도."

"왜 자기 부하직원들을 죽이는 거죠?"

"문제를 쉽게 해결할 수 있는 방법이니까. 게다가 어마어마한 권력이 있어서 이런 걸로는 잡히지 않을 테니까."

"알아요."

빈센트가 말했다.

"하지만 왜?"

"우리가 비밀리에 너에게 저지른 짓은, 내 결혼식 날 공식적으로 끝났어. 내가 그러기로 협상을 했다. 다 끝나고 보니 프롬프츠로선 모든 일의 증거를 인멸하고 싶었을 거야. 이 사실이 세상에 밝혀지면 그의 사업도 끝장날 테니까. 이 일에 가담한 사람은 여섯 명뿐이야. 프롬프츠도 그 중 한 명이고. 리포비츠는 죽었지. 리처드 레스닉은 그 사람들 말론 자살했고. 스티브도 자살한 걸로 얘기가 끝났고. 그런 다음에 네 엄마가 나타났고. 그러고 나면 내가 남지. 그리고 이젠 너."

"스티브도 한통속이었다고요?"

"미안하지만 그렇다."

빈센트는 이후 보행자 쪽의 차창 밖을 바라보며 차를 타고 가는 내내 고개 한번 돌리지 않았다.

"어젯밤에 어디 갔었니?"

나는 빈센트의 뒤통수에 대고 물었다.

"정말 너 때문에 얼마나 걱정을 했는지 몰라."

"시내까지 히치하이킹을 해서 갔어요. 그런 후 이리저리 걸으며 생각 좀 했어요."

"그런 다음에?"

"결국 엄마랑 얘기를 해야겠다고 마음먹었지만, 엄마 집을 찾아냈을 땐 너무 늦었어요."

"어젯밤에 프롬프츠가 네 엄마한테 협박하는 걸 들었지만 설마 그럴 거라곤 상상조차 못 했어. 그는 또 나더러 널 협박하라고 했어."

"경찰에 이 모든 정황을 얘기해야 하지 않을까요?"

"안 돼. 어떻게 설명할 건데? 어디서부터 시작할 건데? 그게 아니더라도, 경찰도 프롬프츠의 손아귀 안에 있단 얘길 들었어."

"그렇다면 남은 평생 동안 그의 눈을 피해 도망다닐 건가요?"

"글쎄, 한동안은 그래야 할지도 모르지."

"당신하고 함께 도망 다니고 싶진 않을 것 같은데요."

"상관 안 해."

난 말했다.

"내가 널 데리고 있지 않으면 그들이 널 죽이거나 네가 자살할 거니까."

빈센트는 말없이 차창 밖을 바라보았다. 난 라디오를 켰다. 그가 만든 음악 한 곡이 흘러나왔다. 우리 둘 다 채널을 돌리려고 손을 뻗었다.

136

아파트 건물 앞에 차를 세웠을 때 모니카는 주차장에서 우리를 기다리고 있었다. 난 차에서 내려 여행가방을 들어주었다.

"당신 눈이 왜 그래요?"

그녀가 물었다.

"싸우기라도 했어요?"

"다 설명해줄게. 일단 차에 타요."

빈센트가 차에서 내려 모니카를 앞에 타게 했다. 내가 여행가방을 트렁크에 넣자, 그가 내게 다가왔다.

"저기요. 예전에 그 압생트, 남은 것 있어요?"

빈센트가 물었다.

"응."

"가지고 가면 안 될까요?"

"당장 여길 빠져나가야 돼. 나중에 위스키 사줄게."

"온갖 일이 다 터지고 나니 신경이 견뎌내질 못해요. 뭔가 센 게 필요해요. 빨리 가서 갖다주면 안 돼요?"

나는 서둘러 아파트로 가서 압생트를 찾아냈다. 모든 사태가 벌어진 뒤에, 빈센트는 나에게 어떤 것이라도 요구할 수 있다는 걸 알게 되었다.

난 밝은 파란색 볼보에 뛰어들듯 탄 후 술병과 깨끗한 흰 드레스셔츠를 뒷좌석에 던져주고 은행으로 돌진했다. 그리고 내 구좌를 닫고, 남은 현금을 모두 찾은 후, 빈센트한테도 그러라고 말했다. 호주머니와 보조석 콘솔박스를 돈으로 가득 채운 후, 우리는 로스앤젤레스를 떠났다.

137

어디로 갈지도 정하지 못한 채 난 계속 룸미러를 쳐다보며 동쪽으로 차를 몰았다. 빈센트는 굳이 말을 꺼내지 않는 눈치였다. 뒷좌석에 앉아 완강하게 입을 다물고 있는 그의 존재감이 가슴이 뻐근할 정도로 의식이 되었다.

내가 압생트를 가져오는 동안, 모니카와 함께 있을 때만 해도 그는 이 정도로 말이 없진 않았다. 나중에 그녀의 말로는 그가 우리 집에 온 남자에 대해 물어봤다고 했다. 그녀가 촌스러운 옷을 입고 있었고 머리가 마스크 아래까지 긴 남자라고 말하자 빈센트는 프롬프츠의 용병이 그해 초에 그를 공격했던 남자와 동일 인물이라는 결론을 내렸다.

그런 후 빈센트는 모니카에게 그의 문학세계에선 언제나 고정악상과도 같았던 어머니를 잃은 것이 말할 수 없을 정도로 슬프다고 했단다. 고전음악 애호가이기도 한 모니카는 내게 고정악상이 서로 다른 악장을 연결해주는 반복된 멜로디라고 설명해주었다.

내가 차에 타자마자 빈센트는 모니카와 하던 이야기를 멈췄다. 그러고는 셔츠를 갈아입고 압생트를 한 모금 마신 후 아무 말도 하지 않았다.

난 모니카에게 우리가 도망치려는 대상과, 그들이 필경 빈센트와 날 죽이려는 이유를 설명했다. 죽음의 위협에서 점점 더 벗어나게 되자 그녀도 나 못지않게 빈센트의 정신 상태에 대해 걱정하기 시작했다. 불과 몇 시간밖에 안 되는 시간 동안 빈센트의 머릿속 세상은 묵시록적인 변화를 겪고 있었다.

"살인도 저지를 만한 상태예요."

모니카가 말했다.

"알아요, 하지만 그앤 강해."

나는 말했다.

"그는 견뎌낼 거야. 나를 만나기 전 그는 아이스크림 한 그릇 때문에 울음을 터뜨리던 애였지만 나를 만난 후 지금까지 난 그가 이런 날이 와도 견뎌낼 수 있을 정도로 그애의 삶을 철저히 억눌렀어."

138

그다음 날 오후가 될 때까지 계속 차를 몰고 가다보니 모니카와 난 허기를 참을 수 없을 지경이 되었다. 애리조나 어딘가에서 우린 빈센트가 택한 버거킹에 들어가 배를 채웠다. 공교롭게도 버거킹은 다섯 달 전 〈신 오즈의 마법사〉 홍보를 했던 곳이었다.

빈센트는 플레인 햄버거와 소금이 잔뜩 들어간 프렌치프라이를 먹는 내내 고개도 들지 않았다. 모니카는 나를 보며 '말 좀 걸어봐요'라고 입만 벙긋거렸다.

"빈센트?"

내가 물었다.

"기분이 어떠니?"

그는 어깨만 으쓱할 뿐 계속해서 음식만 내려다보고 있었다.

"빈센트, 얘, 어떤 거라도 좋으니 우리가 뭐 해줄 수 있는 게 없을까?"

모니카가 물었다.

그는 마침내 고개를 들었다.

"됐어요, 고마워요."

그가 말했다.

"무례하게 굴었다면 죄송해요. 지금 머릿속이 엉망진창이라서요."

"무슨, 미안하단 말은 입 밖에도 꺼내지 마. 별별 일을 다 겪었잖니. 뭐든 하고 싶은 대로 해. 그리고 어떤 것이라도 좋으니 이야기를 하고 싶으면, 할런과 나한테 해."

"고마워요."

그는 다시 먹기 시작했다. 모니카는 날 한번 보고 빈센트를 보았다. 다시 한번 그에게 말을 걸라는 뜻이었다. 난 손으로 파리를 날려보내고 나서 헛기침을 했다.

"빈센트, 너에게 모든 걸 다 얘기하고 싶지만 너무 심한 짓 같다. 지난 십오 년간의 세월에 대해 너와 내가 서로 마음을 터놓고 얘길 한다고 해서 해결할 수 있는 게 아니란 걸 알아. 하지만 지금 내가 말도 못할 정도로 미안한 마음을 갖고 있다는 건 알아줬으면 좋겠다, 그리고 이제부턴 네게 정직하게 대할게. 모니카 말이 맞아. 어떤 것이라도 좋으니 얘기할 마음이 생기면, 우리한테 얘기해. 어떤 거라도 좋으니 나에게 묻고 싶은 게 있으면. 하나도 남김없이 다 이야기할게. 물어보고 싶은 게 정말 많다는 것 알아. 나한테 묻고 싶은 것 없니?"

빈 쟁반을 보던 그가 쌀쌀맞은 눈을 들었다.

"햄버거 하나 더 먹어도 돼요?"

그가 물었다. 난 웃었다.

"물론이지. 내가 할 수 있는 최소한의 일이로구나."

139

세븐일레븐에서 난 칫솔 몇 개와 치약, 아스피린, 면도기를 샀고, 빈센트의 작품에 참여한 뮤지션들과 가수들의 기사가 실린 『롤링스톤』 『피플』 『스타』 지도 샀다. 계산원이 내 멍든 눈에 대해 한마디 한 덕분에 언젠가 꼭 써먹어보고 싶었던 말을 할 수 있었다.

"상대편 얼굴을 보셨어야 하는데 아쉽네."

기름탱크를 가득 채우고 졸음이 밀려올 때까지 줄곧 운전을 하다보니 새벽 한시즈음이 되었다. 뉴멕시코 어딘가에 있는 데이즈인에서 난 딕킨슨이란 이름으로 숙박계를 썼다. 방은 하나만 달라고 했다. 빈센트를 보호하기 위해 모두 한 방을 쓰고 싶었다.

빈센트가 이를 닦는 동안 모니카는 버거킹에서 내가 햄버거를 하나 더 사는 동안 빈센트가 한 말을 내게 전해주었다. 처음부터 지금까지 내가 그에게 거짓말을 한 걸 안 순간, 그는 어머니와 그리고 아버지까지 잃어버린 것 같은 기분이 들었다고 했단다. 그녀는 내게 더 말을 걸어보라고 했지만 그가 화장실에서 나왔을 때 다만 그에게 잠을 잘 거냐고 묻는 것 말고는 아무 말도 할 수 없었다. 그는 고개를 끄덕이고 이불 속으로 기어들어갔다. 모니카와 난 각자 다른 침대에 누워 불을 껐다.

"잘 자, 빈센트."

모니카가 말했다.

"잘 자요, 모니카."

"잘 자요, 할런."

"잘 자요, 모니카, 잘 자라, 빈센트."

나는 말했다.

"잘 자요."

두꺼운 암막暗幕 커튼을 치자 호텔방 안은 천정에서 깜빡이는 붉은 조명을 빼곤 한치 앞도 보이지 않았다. 이따금씩 바깥 복도 쪽에서 들려오는, 둔중하게 문 닫히는 소리를 빼면 고요했다. 어렸을 적 가족들과 여행을 하면서 호텔방에 묵었을 때 불이 꺼지고 난 후 형과 함께 장난치며 놀던 게 기억났다. 우린 뱃속이 더부룩할 때 들리는 소리나 실베스터 스탤론 흉내를 내며 하루 종일 보지 못한 사람들처럼 떠들어댔다. 결국 아빠가 '이제 됐다. 그만 해라'라고 말씀하셨지만, 그 말에 우린 더 많이 웃어댔다.

"긍정적으로 생각해. 그나마 이제 결핵은 없잖니."

난 어둠 속에서 혼자 중얼거렸다.

"그러니까 이젠 그 약을 안 먹어도 된다고. 가짜였으니까."

난 킬킬거렸다.

우리가 누운 침대 건너편에선 아무런 반응도 없었다.

"이렇게도 생각해보렴."

난 계속해서 말했다.

"생각해봤는데, 널 고통받는 예술가로 만드는 게 우리의 목적이라면, 우리 관계처럼 완벽한 관계도 없을 거야."

그는 여전히 입을 열 생각이 없어 보였다.

"무슨 뜻이에요?"

모니카가 물었다.

"대부분의 고통받는 예술가들은 자기 아버지와 사이가 좋지 않았어. 내 업무에 관해 조사할 때 알아낸 사실이야."

둘 다 아무 말 하지 않았지만, 난 아직 잘 생각이 없었다.

"조사를 하면서 알아낸 것 중에 제일 마음에 와닿았던 게 달리에 관한 거야. 그가 아내 갈라에게 성을 지어준 이야기를 읽었는데, 달리는 자신까지도 아내가 초대하지 않으면 출입할 수 없게 하려고 했어. 그녀는 그의 뮤즈였고, 그래서 그녀에 대해 스스로 절제하는 것으로 좀더 자극을 받고 싶었던 거야."

"달리가 한때 월트 디즈니와 일을 같이 했다는 얘기는 읽어본 적이 있어요."

모니카가 말했다.

"맞아. 그런데 빈센트, 달리 같은 예술가라면 돈을 써서라도 나 같은 못된 매니저를 뒀을지도 몰라. 예술학교에 가면 나 같은 사람을 부릴 수 있는 부잣집 애들이 한둘이 아니야. '고뇌, 그건 바로 나' 란 식의 애들 말이야."

빈센트가 계속 침묵을 고수했기 때문에 난 체념했다.

"그래, 알았다."

나는 말했다.

"잘 자라."

140

"난 아버지를 몰라요."

어둠 속에서 갑자기 빈센트가 말했다.

"알아."

내가 대답했다.

"그러니까 존재하지도 않는 아버지와 사이가 안 좋았다고 하면 안 돼요."

"난 그냥, 지금 넌 날 증오하고 있고, 그간 난 네 보호자와 비슷했다는 말을 하고 싶었을 뿐이야."

"대단한 보호자였죠."

빈센트가 말했다.

"애, 그래. 믿거나 말거나, 난 언제나 널 성심으로 보호했어. 네 주변 상황을 조작하던 때도, 동시에 널 지켰어. 내 나름대로, 모든 아버지가 그럴 수밖에 없듯이, 네가 탈선하지 않도록 노력했어."

"당신은 내 개를 죽였어요."

"죽음의 고통에 대해 가르치려고 했어. 넌 죽음을 가볍게 생각하고 있었으니까."

"당신 때문에 온몸에 발진이 돋았어요."

"크리스티나 고메즈 같은 말도 안 되는 족속이랑 어울리려고 했으니까. 내 모든 행동은 선의에서 비롯된 거였어. 이런 말이 얼마나 우습게 들릴지 모르겠다만, 나보다 더 헌신적이고 진심으로 걱정해주는 매니저를 만날 수 있을 거라고는 생각하지 않아."

"진심으로 하는 말이야."

모니카가 말했다.

"언제나 말로 다 할 수 없을 정도로 할런은 널 걱정했어, 빈센트. 우리가 처음 사귀기 시작할 때에도 나보다 네가 더 우선이어서 질투가 다 날 정도였어. 할런은 널 사랑해. 자신이 생각하기에 좋다고 생각한 일을 한 거야. 난 그걸 믿어, 그렇지 않으면 이 사람과 결혼할 수 없었을 거야."

"질투를 불러일으켜서 죄송해요."

빈센트가 말했다.

"어머, 그런 말이 어디 있니." 모니카가 말했다. "이제 그런 거 없어."

"빈센트, 내가 한 행동이 선의에서 나온 거라고 말하면 내 말 믿겠니?"

"믿어요, 하지만 무슨 상관이죠. 당신은 내 세계관을 짓밟았어요."

"너무 심한 말이다. 내가 어떻게 그랬다는 거니?"

"난 늘 나 자신이 사람들의 증오를 여과해주는 존재라고 생각했어요. 누군가 나에게 가증스러운 짓을 저지르면, 난 그것을 자극으로 여겼고, 그래서 내 안에서 글쓰기의 형태로 표출했어요, 긍정적이고 아름다운 것이었죠. 그것이 내 세계관이었고, 그렇게 내 인생에서 일어나는 불운을 정당화했고, 그거면 족했어요. 하지만 지금 난 다른 사람이 나와 똑같은 방식으로 날 봤다는 걸 알게 된 거예요. 당신은 날 당신의 여과장치로 이용했을 뿐만 아니라, 그 일로 돈까지 받았어요."

"그래, 하지만 그 일이 좋았던 건 아니야. 그건 나에게도 고통이었어, 미안하다."

무슨 말을 더 해야 할지 알 수 없었지만, 그래도 빈센트와 말을 텄다는 안도감으로 그날 밤은 잠을 이룰 수 있었다. 조만간 불을 환하게 켜놓고도 이야기를 나눌 수 있기를 바랐다.

141

셋 중 어느 누구도 푹 잠들지 못했다. 우리는 호텔에서 아침을 먹고 여덟시쯤 출발했다. 난 숙박비를 현금으로 지불했고, 다른 곳에서도 그랬다.

빈센트와 모니카는 앞으로의 계획에 대해 궁금해했다. 난 그들에게 계획이란 없다고 말했다. 다만 계속 동쪽으로 가서 은둔하고 이름도 바꾸겠다고 했다. 난 그들에게 다른 계획이 있다면 기꺼이 받아들이겠다고 했다. 모니카는 켄터키에 있는 그녀의 가족이나 미주리에 있는 내 가족과 사는 게 어떻겠냐고 했지만 나는 그녀에게 당분간 뻔히 짐작 가능한 곳으로 가는 건 너무 위험하다고 대답했다.

나는 교통위반딱지를 떼지 않으려고 속도유지장치를 시속 65마일로 고정해놓고 텍사스의 북쪽 블록을 생기 없는 속도로 가로질렀다. 내가 피해망상에 사로잡힌 건지 모르지만 프롬프츠가 여전히 IUI-글로브터너의 세계적인 네트워크를 마음껏 좌지우지할 수 있다는 사실을 생각하면, 미 전역의 경찰력이 우리의 일거수일투족을 감시하고 있다고 해도 놀랍지 않은 일이었다.

난 음악도 듣고 싶지 않았고, 우리 셋 모두 거의 말을 하지 않았다. 텍사스 어딘가에 이르렀을 때 모니카가 마침내 입을 열었다.

"괜찮니, 빈센트?"

"네. 왜 물어보세요?"

"표정이 안 좋아 보여서."

"정말 아무 말이 없네." 나도 한마디 거들었다. "뒤에 있는 것조차 까먹을 뻔했어."

"사람들이 그렇게 말할 때 정말 화나요." 빈센트가 말했다. "넌 정말 말이 없구나라고 할 때."

"맞는 말이야. 미안하다."

"생각할 게 많아서 그런 거예요." 모니카가 말했다. "말이 없다고 해서 뭐라는 건 아니야."

"생각 자체를 안 할 수 있으면 좋겠어요."

빈센트가 말했다.

"잠에서 깬 순간부터 내가 살아온 날들을 돌이켜 생각하면서, 단 하나도 빠뜨리지 않고 이해해보려는 중이에요."

"정리할 게 정말 너무나 많지, 알아."

모니카가 말했다.

"그래도 분명히 알고 싶은 게 있다면 할런이 도와줄 수 있지 않겠니?"

"그래. 확실히 알고 싶은 게 뭐니?"

내가 물었다.

"몰라요. 학교에 있을 때 애들한테 날 따돌리라고 돈을 줬는지 이야기해줄 수 있을까요?"

"아니. 그건 나랑 상관없이 일어난 일이야."

"당신이 먼저 그간 나한테 어떤 짓을 했는지 다 자세히 이야기해준다면, 전 좋은 의미에서 놀랄 것 같거든요. 내가 생각하는 것만큼 거짓말을 많이 한 게 아닐 수도 있으니까."

"그래, 알았다. 어디서부터 시작해야 할지 모르겠지만."

나는 말했다.

"그러니까, 그게 내가 고등학교 때 인간혐오주의자가 되어가던 때부터인 것 같은데……"

142

헤아릴 수 없을 정도로 많은 송전선을 지나쳐가면서 나는 빈센트에게 그의 인생역정을, 〈할런과 나〉에 잘못 기록된 이야기를 해주었다. 일곱 살의 그애에게 내가 처음 선택의 기회를 준 구체적 정황부터 프롬프츠와 마지막으로 나눈 얘기까지, 하나도 빼놓지 않고 이야기했다. 난 그의 연애생활을 조종한 것은 맞지만 그가 여드름이 난 건 나와는 상관없는 일이라고, 그에게 암페타민을 주어 글을 더 쓰게 한 건 맞지만 그를 우울증에 빠뜨리려고 신경안정제를 준 건 아니라고, 그가 결핵에 걸렸다고 거짓말한 건 맞지만 임질에 걸리게 의도적으로 원인 제공을 한 건 아니라고 말했다. 그리고 자살에 대해서라면 절대 내가 계획한 게 아니라고 말했다.

"이제 내가 너에게 질문을 해도 될까?"

모든 거짓말에서 해방된 후 내가 물었다.

"그러시던가."

"단 한 번도 나에 대해 의심한 적이 없니?"

"결핵에 관련한 일이라면 제가 전혀 이해하지 못했던 걸 아시잖아요. 그리고 제가 여자친구를 사귀는 문제에 대해선 늘 반대한다고 생각했어요."

"미안하다."

"그날 제인이랑 있던 날 밤 세븐일레븐에 당신이 온 건 진짜 이상하다고 생각했어요. 사실, 당신이 그애에 대해 이야기를 한 순간, 그전에 있었던 일이 떠올랐어요. 그애는 나한테 당신이 무슨 짓을 하려고 했는지 분명히 말해줬는데도 그때 난 너무 취해 있어서 잊어버리고 말았어요. 당신 운이 좋았던 거예요."

"갠 너한테 이야기할 생각이 없었어. 그애가 네게 그 사실을 말했다는 걸 알았으면 그애에게 수표를 보낼 일도 없었지."

"속는 기분이 그리 좋진 않죠, 그렇죠?"

빈센트가 물었다.

"아, 빈센트, 제발. 너한테 무슨 말을 들어도 싸지만, 내 말도 좀 들어줘. 대부분의 고통받는 예술가들은 그들 생전엔 완전한 패배자들이었고, 그들의 작품은 그들이 땅에 묻힌 뒤에야 세상에 알려졌어. 내가 더할 수 없이 못되게 군 건 사실이지만, 난 네가 계속 살아갈 수 있게 한 거고, 그래서 넌 계속 성공할 수 있었던 거야."

"날 계속 비참하게 만들었죠."

"그래, 알아. 난 끔찍한 인간이야. 아주 나쁜 놈이야. 그래서 네 목숨을 구하려고 이렇게 널 데리고 도망치고 있잖니."

"그 사람들이 날 죽일 거라고 어떻게 확신하죠?"

"예전에 프롬프츠가 나에게 몇 번 암시한 적이 있으니까, 그리고 네가 절대로 뉴르네상스에 협조하지 않으리라는 걸 알고 있는 지금이야말로 그 어느 때보다 그럴 명분이 있으니까. 널 상품화할 수 있는 유일한 길은 네가 죽는 건데, 그건 그가 어떤 식으로든 원하는 것이거든. 그게 최후의 단계라고 그가 말했어. 죽은 예술가는 더 많이 팔리니까. 처참하게 죽었을 경우는 훨씬 더 잘 팔리지. 넌 즉시 전설이 될 테니까."

"그가 우릴 찾아낼 거라고 생각하지 않아요."

"그는 세계 최고의 미디어 회사 중역이야. 전기가 들어오는 곳이면 어디든 자기 끄나풀이 있는 사람이야. 네가 죽게 그냥 내팽개쳐줬으면 좋겠니?"

"아뇨. 상품이 되긴 싫을 것 같아요."

143

오클라호마 경계를 가로지른 후, 우리는 점심을 먹기 위해 맥도널드에서 차를 세웠다. 줄을 서서 기다리는 동안 난 우리 뒤에 모자가 달린 방한 운동복 안에 'Apology Accepted' 라고 씌어진 티셔츠를 입고 있는 소년을 보았다. 나이키를 입은, 여드름투성이의 평범한 소년이었다.

"믿지 않겠지만, 여기 이 사람이 그 밴드의 음악을 만들었어요."

나는 빈센트를 가리켰다.

"거짓말."

소년이 말했다.

"맹세할게. 이분 이름이 빈센트 스피네티야. 그 앨범의 속지 곡 목록에 보면 이름이 나와 있을 거야."

"진짜예요!?"

소년이 소리치며 빈센트를 쳐다보았다.

빈센트가 고개를 끄덕였다.

"무슨 노래를 작곡했는데요?"

"〈페이소스란 이름의 개〉 그리고 〈차창에 비친 신의 이마〉."

"내가 제일 좋아하는 노래예요."

"고마워."

빈센트가 말했다.

"그냥 물어보는 건데, 그 밴드가 왜 좋은 거니?"

내가 물었다.

"몰라요." 그애가 말했다. "죽여주잖아요."

우리가 주문할 차례가 왔다. 음식이 나올 때까지 기다린 후 우리는 금연석의 딱딱한 플라스틱 의자에 앉았다. 피시휠레를 먹기 시작하면서 비로소 난 모니카가 한동안 아무 말도 하지 않았음을 알아차렸다.

"여보, 괜찮아요?"

"네."

그녀는 나를 쳐다보지 않고 말했다.

"모니카, 왜 그래?"

그녀의 사랑스러운 얼굴이 울상짓는 건 나로선 견딜 수 없는 일이었다.

"당신은 내게도 거짓말을 했어요."

"내가?"

"안 그러겠다고 말한 뒤에도, 내 등 뒤에서 빈센트를 괴롭혔어요."

"아."

그제야 난 아까 차에서 그 사실까지 얘기했다는 걸 알아차렸다.

"프롬프츠가 날 궁지로 몰아넣었다고 말했잖아요?"

"그래요, 하지만 그 이야기도 내게 해줬으면 좋았을 거예요."

"정말 미안해. 그것 때문에 늘 힘들었지만 빈센트와 내가 모든 것에서 빠져나오기 위한 기회였어. 용서해줘요."

난 그녀의 손을 잡고 힘을 주었다.

"용서할게요."

그녀가 슬픈 목소리로 말했다.

"내 사랑, 정말 미안해요."

난 그렇게 말하고는 플라스틱 부스 사이로 들어가 그녀를 끌어안았다. 우리는 키스를 했고 다시 먹기 시작했다. 빈센트가 우리 둘을 바라보며 미소 지었다.

144

맥도널드에서 나온 우리는 시트고 주유소에서 기름을 가득 채운 후 다시 주간고속도로로 진입해 오클라호마를 가로질러 계속해서 동쪽으로 향했다.

"맞다, 빈센트." 모니카가 말했다. "기름 넣는 동안 나한테 한 이야기를 할런에게도 해줘."

"듣고 싶어하지 않을 것 같은데요."

"당연히 듣고 싶지 왜."

내가 말했다.

"그냥 뉴르네상스와 그 극비 프로젝트란 게 둘 다 본질적으로 결함이 있다고 말했어요."

"이런. 왜 그렇게 생각하는데?"

내가 물었다.

"먼저, 뉴르네상스는 엔터테인먼트와 예술이 동일하다는 개념 하에 운영되는데, 그게 아니라는 거죠."

"맞아, 하지만 우리의 목표는 그 둘을 합치는 것이었어."

"작가와 화가의 후원자가 됐으면 몰라도 영화 시나리오 작가나 팝송 작곡가는 아니죠."

"우리가 생각하는 청중은 주류였어. 작가와 화가들은 옛날과 달리 현재의 주류에 대한 영향력이 없어. 그들을 대신한 게 배우와 운동선수와 래퍼들이야. 문화를 개선하는 가장 좋은 방법이 스타들의 작품을 향상시키는 거라고 생각했던 거야."

"그게 얼마나 작위적인 건지 이야기해드려."

모니카가 말했다.

"당신이 날 예술가로 키우는 방식은 너무 작위적이었어요."

빈센트가 말했다.

"우리 엄마가 잡지 광고에서 당신네들을 발견하고, 그런 다음 당신이 전화 인터뷰로 날 찾아냈잖아요. 예술가를 그런 식으로 발굴해선 안 돼요."

"그건 내 생각이 아니었어."

내가 말했다.

"그런 다음에 당신네들의 극비 프로젝트니, 실험이니 뭐니 하는 것, 말도 안 돼요. 실험이란 과학적인 거예요. 과학에 예술은 존재하지 않아요. 당신들은 날 학교에서 내준 프로젝트마냥 연구를 하고 조종해서 예술가로 만들려고 했죠. 예술은 유기적으로 성장하는 거예요. 제작되어선 안 돼요."

"동의한다. 그런데도 우리 실험이 성공한 건 왜일까?"

내가 물었다.

"그건 엔터테인먼트가 거대한 사업이기 때문이고, 사업은 제작이 가능한 것이니까요. 스타들도 그렇고. 하지만 난 그 실험이 성공했다고 보진 않아요."

"왜?"

"내가 다시는 글을 쓸 수 없을 테니까요. 그리고 그게 당신들이 바라던 건 아닐 테니까."

145

여덟시쯤 되자, 더는 탁 트인 도로에서 버틸 수 없었다. 아칸소를 횡단하자마자 나는 갓길로 빠져 베스트 웨스턴에서 플라스란 이름으로 체크인했다. 모니카와 빈센트가 호텔방에 여장을 풀자, 난 얼음통에 얼음을 가득 채우고, 자판기에서 바가지 가격을 매겨 놓은 콜라 세 캔을 샀다. 그런 후 모두 신발을 벗고, 빈센트는 한쪽 침대에, 모니카와 나는 다른 쪽 침대에 누워 밤새도록 텔레비전을 보았다.

난 빈센트에게 리모컨을 일임하자고 했다. 호텔엔 케이블티브이가 설치되어 있어서 '예술 티브이'도 볼 수 있었다. 그러나 그날은 월요일이었고, 빈센트는 WWE 레슬링의 폭력쇼를 선택했다. 그의 선택은 탁월했다. 우린 비로소 다시 웃을 수 있을 것 같았다. 레슬러들은 훌륭한 엔터테이너들이었다.

광고가 나올 동안 빈센트는 채널을 돌리다가 그가 대본을 쓴 프로그램을 발견했다. 〈빈집〉이라는, 정신병동을 배경으로 한 어두운 시트콤이었다. 빈센트는 이미 두번째, 세번째 시즌의 대본까지 다 마친 상태였다. 배경의 반은 집이고 반은 교외였는데, 자살에 실패한 정신이 불안정한 알코올중독자가 겪는 고난을 담은 이야기로 이후 배경은 매 시즌마다 바뀔 예정이었다. 그 작품은 지적이면서도 유쾌했고, 대스타 조시 하트넷이 주연을 맡은 덕도 있어서 시청률이 높았다. 난 시리즈를 만들어낸 작가가 사라져버린 후 앞으로 남은 에피소드는 누가 쓰게 될지 궁금해졌다.

〈빈집〉을 본 후 또 채널을 돌리던 빈센트는 연예뉴스에서 스티브의 이야기가 나오자 채널을 고정했다. 스티브의 집에서 시신이 담긴 자루가 실려나오는 광경이 화면을 채웠다. 기자회견중 한 경찰이 사인을 자살이라고 밝혔다.

해설자는 스티브가 생애 마지막으로 맡은 역할을 탁월하게 연기해 화제가 된 것을 이야기했다. 수요일 극장 개봉을 앞두고 있는 〈있을 수 없는 여자〉의 주요 장면이 나왔다. 우리는 그날 밤에 묵을 도시에서 무조건 그 영화를 보기로 했다.

그런 다음 〈데이비드 레터맨 쇼〉를 보고 웃다가, 잠자리에 들었다.

146

데니스에서 일찌감치 아침을 먹고 우린 계속 동쪽으로 갔다. 점심을 먹을 때까지 난 여섯 시간 정도를 운전했다. 점심은 테네시에 있는, 이름은 잘 기억나지 않는 작은 바비큐 식당에서 먹기로 했다.

점심을 먹으면서 모니카와 난 서로 그레이스랜드*에 가는 게 늘 소원이었다는 이야기를 나누었다. 빈센트도 마찬가지라고 해서, 마침 멤피스 근방까지 온 김에 함께 가기로 했다. 점심을 먹고 차를 몰아 멤피스까지 갔지만, 그 유명한 곳의 위치를 찾지 못해 한참 애를 먹었다. 그러다 겨우 도착해보니 화요일엔 관광객들에게 개방하지 않는다는 것이었다. 그래도 상관없었다. 여정에 지친 나머지 쓰레기 만도 못한 암살자에게 쫓기고 있다는 두려움마저 가라앉은 상태였다. 휴가철이기도 해서 우린 멤피스에 좀더 머물기로 했다.

난 '엘비스 프레슬리즈 하트브레이크 호텔**'을 숙소로 정하고 싶어 안달이 났다. 빈센트는 호텔에 특별 테마 객실이 있다는 소리를 듣자 흥분했고 '불타는 사랑***'이란 객실에 묵자면서 자기가

---

* 엘비스 프레슬리의 생가로, 테네시 멤피스에 있다.

** 멤피스 그레이스랜드 근방의 유명한 부티크 호텔로, 엘비스 프레슬리 관련 물건들이 전시되어 있다.

*** 엘비스 프레슬리가 1972년에 발표한 곡.

숙박비를 내겠다는 말까지 했다. 난 그의 돈을 써선 안 된다고 말하고, 울프라는 이름으로 '불타는 사랑' 객실에 투숙했다.

우리 셋 모두 호텔방의 키치적인 화려함에 입을 쩍 벌렸다. 마치 만취한 케루빔 천사가 날아다니며 온 사방에 피를 토해놓은 것처럼 보였다. 모든 게 새빨개서 사탄의 유년시절 침실이라고 해도 믿어질 정도로, 터무니없이 로맨틱하고 퇴폐적이었다.

밤이 되었고 HBO* 채널을 무료로 볼 수 있었지만, 어느 누구도 텔레비전을 보고 싶은 기분이 아니었다. 내가 밖에 나가자고 제안하자, 모니카와 빈센트 둘 다 동의했다. 우리는 '엘비스 익스프레스' 셔틀버스를 타고 블루스 음악으로 명성이 높고 곧잘 록큰롤의 탄생지로 일컬어지는 멤피스의 번화가 빌 스트리트로 갔다. 밥은 하드록카페에서 먹었다.

저녁을 먹은 후 우린 빌 스트리트의 다른 유흥가를 돌아다녔다. 몇몇 클럽에 들어가 평소에 즐겨 마시는 맥주를 시켰다. 블루스 클럽 중 한 곳에서 빈센트가 '변소에 물 빼러**' 간 동안 모니카와 나는 중대한 이야기를 나눴지만, 삼 분 후 빈센트가 오는 바람에 중단해야 했다.

---

* 타임워너 사 소속의 프리미엄 티브이 채널. 지적이면서도 도전적인 티브이쇼와 프로그램으로 명성이 높다.

** 원문은 christen the latrine로 직역하면 '임시변소에 세례를 주다'이다. '소변을 본다'는 뜻으로 미군들의 속어인데, 영화 〈여인의 향기〉에서 대령으로 나오는 알 파치노가 써서 유명해졌다.

"한 방울도 남김없이 잘 빼고 왔어?"

내가 빈센트에게 물었다.

"네."

그는 웃음을 터뜨렸다.

"기분 어때?"

모니카가 물었다.

"모르겠어요. 여기가 좋긴 한데 전 블루스 음악은 별로라서요. 블루스를 들으면 슬퍼져요."

모니카와 난 웃었다.

"할 말이 있다, 빈센트."

내가 말했다.

"모니카와 이야기하던 중이었는데, 너에게 한 가지 제안을 하려고."

"좋아요."

"아직 나 때문에 세상만사에 분노해 있다는 것 안다, 그럴 만해."

"용서해줄게요."

"뭐, 진짜?"

"네."

그가 그렇게 관대해진 건 쿠어스라이트 맥주 때문이었겠지만 그래도 난 기꺼이 받아들였다.

"제안하려는 게 뭔데요?"

빈센트가 물었다.

“모니카와 내가 정착을 하면—그게 언제, 어디일지는 나도 모르지만—어쨌거나 그러고 나면, 우리와 같이 살자.”

빈센트는 미소를 지었다.

“생각해볼 문제네요. 그래도 그렇게 되면 좋겠네요.”

우리는 미래를 위해 건배했다.

147

다음 날 오후에 우린 슈퍼월마트에 가서, 빈센트의 새 셔츠와 바지, 속옷, 데님 재킷을 샀다. 그는 닷새째 같은 옷만 입고 있었다. 그런 다음 우리는 그레이스랜드로 갔다. 앞 잔디밭에서 우린 예수 탄생 그림과, 어마어마하게 큰 산타클로스 위에 ‘메리 크리스마스, 엘비스’라고 쓴 간판을 구경했다. 한 시간 가량 정글 룸, 지하실, 트로피 진열실 등을 관광했는데, 발 디디는 곳마다 포인세티아가 가득했다. 엘비스의 무덤에서 빈센트가 킬킬거리고 웃는 바람에 모니카와 나도 덩달아 웃었다. 관광 가이드가 우리를 쳐다보기에 내가 말했다.

“됐어, 고만해, 빈센트.”

그날은 모든 게 평소와 다름없게 느껴졌다. 우린 큰 소리로 웃을 수 있었고, 알고 지내던 사람이 머리에 총을 맞아 죽은 일 따윈 일어나지 않은 것처럼, 우리 중 어느 누구도 몇 년 동안이나 극비리에 고통을 받은 일 따윈 없었던 것처럼 지낼 수 있었다. 평범한 가족들이 으레 그렇듯 우리 역시 심각한 얘기는 입 밖에 꺼내지 않았다.

'불타는 사랑'으로 돌아온 우리는 빈둥빈둥 놀다가 엘비스의 영화를 스물네 시간 틀어주는 호텔의 특별 채널을 보았다. 그날 밤에는 룸서비스로 저녁을 먹었고, 그런 후 난 모두를 데리고 극장에 갔다. 일곱시 이십분에 상영하는 〈있을 수 없는 여자〉의 좌석은 점잖은 관객들로 만원을 이루고 있었다. 빈센트는 뒤쪽 자리에 앉고 싶어했다. 관객들의 반응을 확인하고 싶었던 것 같다.

소문은 사실이었다. 스티브는 그 역할을 위해 태어난 배우처럼 눈부시게 연기해냈다. 결말에 이르러 스티브의 캐릭터가 어떤 여자와도 이루어지지 않았을 때 여기저기에서 코를 훌쩍이고 손수건을 꺼내 눈물을 훔치는 게 보였다.

모니카는 흐느끼기까지 했다. 극장을 나가려고 자리에서 일어섰을 때 그녀는 빈센트를 끌어안았다.

"정말, 너무나 아름다운 영화였어."

그녀가 말했다.

"넌 천재야."

"고마워요."

난 그의 손을 잡고 흔들며 축하의 말을 건넸다.

"너무 좋았다."

"팔아줘서 고마워요."

빈센트가 말했다.

"써줘서 고맙다."

내가 말했다.

148

진홍빛 호텔방으로 돌아온 후 빈센트는 뭔지 심사가 좋지 않은 표정으로 모니카와 나를 보았다. 우리 중 한 명이라도 돌아볼라치면 그는 재빨리 시선을 거두었다.

"괜찮니, 빈센트?"

내가 물었다.

"왜 물으세요?"

"심기가 불편해 보여서."

"아, 별다른 건 아니고요…… 술이라도 한잔하면서 영화 개봉을 축하하면 어떨까 해서요."

그는 얼굴을 붉히고 있었다.

"좋지."

내가 말했다.

"아무렴."

모니카도 동의했다.

난 룸서비스로 위스키 한 병을 주문했다. 위스키는 신속하게 왔다. 모니카는 위스키에 콜라 섞어마시는 걸 좋아해서, 자판기에서 바가지 요금으로 콜라를 사왔다. 난 술에 물을 섞어마셨고 빈센트는 얼음을 넣어 스트레이트로 마셨다.

위스키를 마시면서 우리는 영화가 정말 탁월했고, 조역으로 나온 무시무시한 랩 스타와 『플레이보이』의 플레이메이트*까지도 괜찮았다는 말을 했다. 모니카는 빈센트에 경외감까지 느낀 듯 아낌없는 찬사를 퍼부었다. 그는 화제의 중심이 된 걸 만끽했다.

밤이 깊어가고 술병은 비었는데, 빈센트는 계속해서 날 쳐다보며 눈을 꿈벅거렸다.

"왜 계속 날 보고 눈을 꿈뻑꿈뻑하냐?"

내가 물었다.

"아, 콘택트렌즈를 너무 오래 끼고 있었나봐요. 눈이 너무 아프네. 당장 빼야 할 것 같은데 콘택트렌즈가 이게 다거든요. 렌즈액도 안 가져왔고."

"렌즈액 사다줄까?"

* 『플레이보이』 지가 매달 뽑는 플레이보이 모델.

"아뇨. 제가 차를 운전할게요. 제 건데 제가 사야죠."

그는 내가 절대 보내주지 않으리라는 걸 알고 있었다.

"한 눈으로만 운전한다니 말이 되냐. 그리고 술도 나보다 더 많이 마셨잖아."

내가 말했다.

"내가 운전할게."

"그래주실래요?"

"그렇다니까."

"그럼 전 여기 있어도 될까요? 속이 너무 울렁거려서요."

"그럼."

난 상관하지 않았다. 생각해보니 나도 렌즈액이 필요했다.

"모니카, 다녀올게 그동안 빈센트 좀 봐줘요, 괜찮죠?"

그녀는 술 때문에 트림을 하며 그러마고 대답했다.

"아니다, 빈센트, 네가 모니카를 봐줘야겠다."

렌즈액 파는 가게를 찾는 데는 시간이 좀 걸렸다. 다시 호텔로 돌아온 건 한 시간쯤 지난 뒤인 열한시였다. 호텔 스위트룸으로 가면서 열쇠를 꺼내는데 복도 끝 쪽에서 엘비스의 노랫소리가 들려왔다.

난 안으로 들어갔다. 셋이 함께 술을 마시던 거실엔 아무도 없었다. 텔레비전이 그대로 켜져 있었다. 볼륨을 터무니없이 크게 해놓은 가운데 엘비스의 영화가 방영되고 있었다. 커피테이블 위에 집에서 가져온 압생트 병이 거의 빈 채 놓여 있는 게 보였다. 그 순간 신경이 팽팽히 곤두섰다.

침실 문 쪽으로 걸어가자 빨간 시트 사이로 희끄무레한 몸뚱이가 물결치듯 움직이는 것이 눈에 들어왔다. 나는 지금까지 단 한 순간도 그 광경에서 자유로울 수 없었다.

한 삼 초 정도 바라보다가 나는 다시 거실로 나왔다. 빈센트의 렌즈액을 바닥에 내려놓았고 그들 몫으로 지갑과 호주머니 속의 현금을 전부 꺼내 커피테이블 위에 올려놓았다. 내 몫은 차 안 콘솔박스에 충분히 있었다.

짐은 전혀 꾸리지 않았다. 문을 열고 건물 밖으로 나왔다. 나는 차에 올라타고 그곳을 떠나, 도로 위를, 조금 후엔 고속도로를 질주해 자유롭고도 비참하게 그 주州에서 빠져나왔다. 그로부터 십육 년이 지난 지금도 변함없이 나는 자유롭고, 또 비참하다.

XII. 노마 진

149

내 이름은 할런 조셉 아이플러 4세다. 올해로 쉰네 살이 되었다. 나의 부친은 은행가였고 모친은 초등학교 국어선생님이었다. 난 미주리 주 세인트루이스에서 성장했다. 내 삶의 행복은 열여섯 살 때 아버지가 돌아가시면서 막을 내렸다. 그때 기타 연주를 배웠고 밴드를 시작했다. 난 스타가 되고 싶었는데, 그러면 최고의 삶을 영위할 수 있다고 생각해서였다. 지나치게 술을 많이 마신 것 때문에 대학에서 제적당했다. 밴드와 함께 캘리포니아에 갔지만 내 음악은 어디에서도 성공을 거두지 못했다. 난 매문賣文을 시작했다. 그러다 미국의 문화를 육성한다는 목표를 가진 진보적인 엔터테인먼트 회사 뉴르네상스에 취직하게 되었다. 내 업무는 회사가 발굴한 최고의 재능을 가진 신동의 삶을 조종해서 그들이 우리의 상품을 창조하는 데 필요한 창조적 자극을 지속적으로 받도록 하는 것이었다. 일을 시작한 지 십오 년째에 신동은 내 정체를 알게 되었고, 그러자 그는 내 아내를 유혹했다.

그후 나는 차로 이곳저곳을 떠돌다가, 세인트루이스로 돌아갔다. 어머니께 사드린 대저택에서 일 년 동안 어머니와 함께 살았다. 형제들과 그들의 가족도 그 집에서 함께 살았다. 조카들과 더 잘 알고 지내게 되었다. 그들은 빈센트가 쓴 티브이쇼 중 몇몇을 좋아했는데, 괴짜 삼촌이 왜 텔레비전에 그 쇼가 나오기만 하면 자리를 뜨는지 궁금했을지도 모르겠다.

암살자가 날 찾으러 고향까지 올지도 모른다는 것은 충분히 각오했지만, 사실은 언제나 두려움에 떨고 있었다. 밤늦게 자동차 문이 닫히는 소리에도 오금이 저렸다. 자주 블라인드 틈새로 창밖을 보며 무시무시한 그림자가 숨어 있는 건 아닌지 확인했다. 잊을 만하면, 처참하고 말로 설명이 불가능한 방식으로 살해당하는 꿈을 꿨다.

하지만 살인자는 한 명도 오지 않았고, 그제야 피해망상에서 조금이나마 벗어날 수 있었다. 다시 내 실명을 쓰기 시작했고 여권도 발급받았다. 늘 열망했던 유럽으로 여행을 가기도 했다. 경제적 여유 덕에 유럽에서 살게 되었고 이 호텔 저 호텔을 전전하면서 독일, 이탈리아, 스페인, 프랑스 등지에서 살았다. 그러다 십 년 전 런던에 정착해 지금까지 살고 있다. 거처는 힐튼 트라팔가 호텔이다.

해마다 어머니와 형과 형의 식구들이 찾아왔고, 나도 주기적으로 세인트루이스에 가서 얼마간 머물렀다. 최근, 비록 가족과 멀리 떨어져 지내더라도 런던을 나의 마지막 거처로 결정했다. 이 호텔방에 뼈를 묻겠다고 작정한 것이다. 그렇다 해도 죽은 곳도, 태어난 곳도 호텔방이었던 유진 오닐보다는 덜 슬플 것 같았다.

몇 년 동안은 숨가쁘게 인출해 자동차에 숨겨둔 돈으로 연명할 수 있었다. 어쨌거나 다른 곳에 갈 일이 거의 없었던데다 배를 곯는 느낌을 즐기기도 했다. 근 몇 년 동안은 프란츠 샌들러란 필명으로 출간한 책의 인세로 충분한 수입을 얻고 있다. 현대 및 동시대 화가들과, 작가들과 그 밖의 다른 창작자들에 관해 개괄해 묶은 책이었다. 담당 편집자는 책 제목을 『예술가 열전 두번째 편: 신세대』로 짓자고 했다. 조르조 바사리*가 르네상스에 대해 쓴 기념비적인 저서의 후속편이라는 허위광고와 함께 책이 팔렸다. 탐탁지 않았지만 그게 주효한 것 같다. 매해 수많은 부수가 팔리는 덕에 계속 이런 스위트룸에서 살 수 있게 되었으니 말이다.

나는 길고 무사안일한 세월의 대부분을 외풍이 센 오래된 도서관에 틀어박혀 몇 년에 걸쳐 책에 수록된 예술가들 각각의 생애를 조사하는 데 소일했다. 각 소개글은 각 예술가의 유년시절과 학창시절과 연애 관계와 장애와 비극과 신경증과 중독과 질병에 집중

* 이탈리아의 화가, 건축가로 미켈란젤로의 제자. 『예술가 열전』을 집필했다.

하고 있다. 글의 오락성을 최대한 높이기 위해, 카임 수틴*은 엄청나게 불결한 생활을 감내하다 귓속에 빈대까지 살게 되었다는 식으로 예술가의 사적인 고통을 세세하게 설명했다.

책을 쓴 건 소일거리를 찾고, 또 내 나름의 목적이 있어서였다. 이 특이한 주제를 택한 건 예술가에 대한 경외감 때문이었다. 예술가들이야말로 그 어떤 CEO나, 대통령이나, 왕보다 훨씬 우월하다는 관점을 견지했다. 비록 대부분의 평범한 여자들만도 못한 존재이지만.

현재 『예술가를 학대하라』라는 가제의 책을 일 년 삼 개월째 쓰고 있다. 출간을 할 수 있을지는 모르지만, 이 책을 내 여생의 유일한, 마지막 책으로 완성하는 것이 목표이다. 이 책이 실제로 읽힌다면, 도서관 사서나 출판편집자나 혹은 편집자의 부하직원이 내 원고를 수락하거나 거절할 요량으로 읽고 있는 게 아닌 한, 제대로 출간이 되었다는 뜻이다. 팔릴 만한 성격의 글이 아니기 때문에 출간 자체가 놀라울 것 같다. 유머와 페이소스, 코미디와 드라마, 고급 취향과 저속 취향이 모두 섞여 있어서 출판하기엔 위험부담이 지나치게 큰 '트위너'로 분류될 소지가 크다. 그런데다 빈센트에겐 탁월한 중개업자들이 있었지만 나에겐 내 작품을 대변해줄 인맥 탄탄한 사업가도 없다. 난 『예술가 열전 두번째 편』의 에이전트

* 리투아니아의 화가로 수육獸肉이나 미친 여인 같은 도발적 주제로 고통받는 인간의 표정을 예술적으로 형상화했다.

를 해고했다. 그는 얼마간은 나의 가장 친한 친구였지만, 나중에 가선 그를 증오하게 되었다.

이쯤해서 이 책을 읽고 있는 여러분께, 빈센트에게서 독창적인 영감을 발견한 우리 여섯 명이 살아생전 이 프로젝트에 관련한 그 어떤 것도 공개하지 않겠다는 내용의 계약서에 오래전에 서명했던 사실을 재삼 상기시키고 싶다. 이 책에 등장한 모든 사람은, 나와 빈센트까지 포함해 지금 현재 이 세상에 없다. 살아 있다면 이 책의 합법적 출판은 불가능하기 때문에, 독자분들이 우리의 성과와 우리의 치부를 인쇄물의 형태로 읽는다는 것은 있을 수 없는 일이다. 그렇기 때문에 내 글이 세상의 빛을 본다고 해도 믿기 힘들 수밖에 없는 것이, 책이 서점에 깔리기 전에 나는 이미 죽어 흙 속에 묻혀 있을 것이기 때문이다.

하지만 지금 이 순간, 나는 살아 있다.

십육 년을 살면서 나는 은둔자가 되었고 나에겐 적역이었다. 내겐 학자적인 면모가 풍겼다. 철테 안경이 좋아져서 콘택트렌즈를 끼지 않게 되었다. 이젠 머리를 빗어넘기지 않고, 희끗희끗해진 머리를 양옆으로 단정히 내려빗었다. 여전히 정장을 고수했는데, 호텔방 밖을 나가지 않는 낮 시간에도 마찬가지였다. 요즘 들어 조끼가 좋아져서 가끔 스리피스 정장을 입기도 한다.

호텔방에서 글을 쓰지 않을 때면 책을 읽는다. 세상을 떠난 거장들의 케케묵은 고전들이다. 종종 슈팽글러*와 토마스 만의 작품을 다시 읽고 있는데, 마음의 여유가 생기면 에드윈 얼링턴 로빈슨**의 시도 읽어볼 생각이다. 영화나 텔레비전은 보지 않고, 스테레오도 갖고 있지 않다.

나는 웃지 않는다. 웃을 수가 없다. 심지어 얼굴을 찌푸리지조차 못한다. 내 입은 그저 그 자리에 달려 있을 뿐이다. 하품은 많이 한다. 정해놓은 시간에 자는 게 좋다. 잠은 요새 유일하게 즐기는 소일거리이다. 하지만 나는 언제나 선잠을 잔다.

이제 "안녕하세요"라는 말을 하지 않는다. 그러지 말아야 할 때에만 "안녕히 가세요"라고 말할 뿐. 누구를 만나고 싶은 생각도 들지 않는다. "어떻게 지내세요" "무슨 일이죠"처럼 대답이 따라오게 돼 있는 말의 가치를 믿지 않게 되었다. 어떻게 지내냐는 말을 들으면 견디지 못할 것이다.

내겐 이제 감정의 동요가 없다. 어떤 것에도 감흥이 생기지 않는다. 내 마음은 아물지 않을 것이다. 기능을 하지 못할 것이다. 난 아내조차 사랑할 수 없었다.

나는 살기 위해 먹는다. 처음 런던에 뿌리를 내린 후 얼마간 살기 위해 술을 마셨다. 내밀한 절망감을 안주 삼아 만취했던 어느

* 독일의 역사가, 문화철학자. 『서구의 몰락』에서 문화형태학을 근거로 서양문명의 몰락을 예언, 토인비 등의 철학자에 영향을 주었다.

** 미국의 시인으로 실의와 소외의 와중에서 인간의 영위營爲를 노래한 작풍으로 높이 평가받고 있다.

날, 심통맞게 신문의 광고란을 훑다가 한 예술가가 낸 구직광고를 보게 되었다. 그에게 전화를 걸어 내가 운영하는 술집에 벽화를 그려달라고 말했다. 그에게 실제로 있는 술집의 주소를 알려주면서 그다음 날 그곳에서 만나자고 했다. 그곳이 분위기가 험악하고 허름한 게이바라는 사실은 말하지 않았다. 어린 친구가 일거리가 생긴 것에 대놓고 좋아하는 바람에 그를 속인 뒷맛이 썼다. 포트폴리오를 들고 바에 들어섰다가 가죽옷을 빼입고 춤추는 남자들을 보고 경악하고, 그곳 어느 누구도 전화를 한 적이 없음을 알고 얼굴이 붉으락푸르락해질 그를 상상했다. 그런 후 얼마 지나지 않아 난 술을 끊고 글을 쓰기 시작했다.

난 고독을 받아들였다. 몸서리쳐질 정도로, 이가 갈릴 정도로 서러워지는 것에도 익숙해졌다. 총을 한 자루 가지고 있지만 두려워서 손도 대지 못한다. 나의 인생은 곧 나의 작품이다. 그 작품도 이제 막바지에 이르렀다.

150

코미디 장르가 특히 그런데, 영화에서 손쉽게 막을 내리는 방법이 경쾌한 음악이 흐르는 가운데 인물들 각자의 삶을 한 줄 내지는 세 줄의 문장으로 요약하는 것이다. 〈애니멀 하우스〉와 〈리치몬드 연애소동〉이 그런 식으로 결말을 맺은 초창기의 사례다. 나 역시 그런 편의를 누리게 된 것에 감사를 표하고 싶다.

베로니카 자푸쉬콘부틈을 살해한 자의 신원은 아직 밝혀지지 않았다. 그녀의 영세민 장례식에 참석한 사람은 한 명도 없었다.

빈센트의 형 딜런은 강간죄로 형무소에 수감됐다. 동생 벤은 마약 밀매중 살해당했다. 여동생 사라는 수년간 오빠가 재정적으로 도와준 것에 감사의 뜻으로 다섯 아이 중 한 명의 이름을 빈센트라고 지었다.

스티븐 실베인은 이제 〈블러드 러스트〉 시리즈뿐만 아니라 〈있을 수 없는 여자〉에서 보여준 마지막 연기로도 기억되고 있다. 그의 살해범의 신원도 아직 밝혀지지 않았다. 오스카 시상식 무대화면에서 타계한 스타들의 몽타주가 흐를 때 그는 가장 많은 박수갈채를 받았다.

대프니 설리번은 두 번 결혼했다 두 번 다 이혼했고, 두 자녀를 두고 있고, 현재는 간호사로 일하고 있다.

카리 듀브로는 뉴르네상스 아카데미를 그만두고 닐 엘거트와 결혼했다 이 년 후 닐의 외도를 이유로 이혼했다. 현재 카리는 고등학교 교사이고, 닐은 플라스틱 공장에서 일한다.

제인 피어슨은 소설 판매가 신통치 않다는 이유로 글로브 북스사와의 거래가 끊긴 후로는 단 한 작품도 출간하지 못했다. 그녀는 도서관 사서가 되었고 현재 독신이다.

크리스티나 고메즈는 현재 마흔일곱 살로 예전만큼 예쁘지 않다. 지난 몇 년간 특히 배 부위를 가리기 시작하면서 그녀의 명성은 시들해졌다.

채드 카터는 빈센트의 음악 없이도 십 년 더 승승장구했다. 터너 브라더스가 그에게 영화 계약을 주선해주었고, 그는 우주여행의 기회까지 잡을 뻔한 적도 있었다. 하지만 크리스티나 고메즈처럼 그 역시 최근 들어 앨범 판매량이 점점 줄고 있다. 그는 현재 갱생원에 있다.

그 밖에 빈센트의 음악 덕에 데뷔를 했던 다른 가수나 밴드들도 이삼 년도 못 되어 쇠락했다. 그들이 이후에 발표한 앨범들은 당대의 전형적인 팝음악이 그렇듯 기껏해야 범작에 지나지 않았지만, 반짝 성공으로 실속은 차릴 수 있었다.

빈센트의 티브이 작품 중 몇몇은 상대적으로 자질이 떨어지는 작가들이 뒤이어 쓰면서 인기를 잃었다. 다른 작품들은 계속해서 높은 시청률을 기록했다. 〈주유소〉라는 노동계급 드라마나, 스타들이 야하게 차려입은 모습을 찍은 사진을 열람하는 것 말고는 아무것도 보여주지 않는 '핫 티브이' 채널 등등, 그의 성공작을 뒤따른 아류작들이 원작의 값어치를 깎아내렸다.

〈신 오즈의 마법사〉는 여전히 인기가 있는데, 몇몇 예술학교에서는 다다이즘의 사례로 채택할 정도다. 〈있을 수 없는 여자〉〈생애 최고의 날은 처음 도망친 날이었다〉를 비롯해 빈센트가 쓴 네 편의 영화는 시장성과 예술성에서 공히 성공을 거두었고, 수많은 후속편이 제작되었다.

IUI-글로브터너는 지금도 전과 다름없이 막강하다. 몇 년간 회사가 재정난에 시달린다는 말이 있었지만, 여전히 어디나 장악하고 있고 계속 성장하는 중이다.

빈센트와 내가 캘리포니아에서 도망친 지 일 년이 지났을 때 뉴르네상스가 매체에 모습을 드러냈다. 그것은 완전한 실패였다. 어마어마한 마케팅 공세에도 불구하고 사람들은 관심을 보이지 않았다. 같은 해에 뉴르네상스 아카데미는 학기 중에 폐교했다.

전 직원에게 보낸 메일에서 드류 프롬프츠는 뉴르네상스 사의 폐업을 선언했다. 그는 IUI-글로브터너의 마케팅 업무로 되돌아갔다. 그는 삼 년 전에 에이즈로 죽었으니 더는 내 신변의 위협은 없을 거라 생각한다.

운이 좋아 작품을 판 천재들이 간간이 등장한 것 말고는 연예계는 해를 거듭할수록 더 끔찍해졌다. 예술과의 거리는 더더욱 멀어졌다.

몇 안 되는 사람들이지만 그들이 보고 듣기에 한 일이 년 정도는 연예계가 발전하고 있었다고 말하기도 한다.

151

모니카의 삶마저 세 줄로 끝낼 수는 없다.

내가 멤피스를 떠난 다음 날 그녀는 우리 어머니에게 전화를 걸어 내게서 소식이 있었는지를 물었다고 한다. 그녀는 몇 주 동안 계속해서 어머니에게 전화했다. 내가 집에 갔을 때 어머니는 당시 켄터키에서 장모와 함께 살고 있던 아내에게 전화하라고 하셨다.

"나예요."

"세상에, 할런. 어디 갔었어요? 그동안 뭐 하고 지냈어요?"

"차타고 여기저기 돌아다녔어요."

"왜 떠난 거예요?"

그녀의 목소리는 떨리고 있었다. 모니카는 울고 있었다.

"빈센트와 한 침대에 있는 걸 봤으니까."

"난 취했어요. 정말 말도 못 하게 취했어요. 그애도 취했어요. 그애가 정말 막무가내였어요. 별별 짓으로 날 유혹하는데 더는 견디기가 힘들었어요. 하지만 우린 안 했어요. 맹세해요, 안 잤어요."

"헛소리 마. 다 봤어."

"그가 하려고 했지만 못 했어요. 조루였어요."

"그래도 당신은 그와 진심으로 잘 생각이었잖아. 그래서 걔한테 키스하고 몸을 더듬었잖아. 다 봤어."

"잘못했어요, 할런. 미안해요. 자살도 할 수 있을 것 같아. 내가 혐오스러워요. 변명이 안 될 거라는 것 알지만 그때 난 제정신이 아니었어요. 내가 아니었어요."

"아하, 당신이 그짓을 하기 전에 그애를 쳐다보던 것, 그애의 영화에 대해 알랑방귀 뀌던 걸 내가 못 봤을까봐 그래? 개랑 끝까지 가고 싶었겠지. 개랑 함께 살자고 얘기한 게 무리도 아니야."

"아냐. 그렇게 말하지 말아요. 당신만이 내 일생일대의 사랑이야. 당신 없는 지난 몇 주 동안 정말 지옥이었어."

"그래요, 나한테도 지옥이었어."

"나 당신한테 가도 돼요?"

"빈센트는 어디 있지?"

"몰라요. 완전히 정신을 잃고 나서 다음 날 깨어보니 없었어요. 당신들 둘 다 없어진 거예요. 너무 무서웠어요."

"커피테이블 위에 돈은 있던가요?"

"엄청나게 많이. 당신이 놓고 간 거예요?"

"그래요. 그애, 내가 사다준 콘택트렌즈액은 가져갔던가요?"

"네……"

"그럴 줄 알았어."

"나 그리로 갈게요."

"안 돼. 아직 당신을 볼 자신이 없어."

"그럼 언제?"

"몰라. 이혼을 생각중이야."

그녀는 비명을 지르며 울음을 터뜨렸다.

"안 돼, 안 돼, 왜?"

"당신이 나한테 할 수 있는 가장 끔찍한 짓을 저질렀으니까. 경계를 풀고 당신을 신뢰하기까지가 나한테 얼마나 힘든 일이었는지 당신도 알고 있었지. 당신이 다른 인간들과는 다르다고 생각했기 때문에 그럴 수 있었던 거야. 하지만 아니었어. 인생에서 유일하게 사랑한 사람인 당신이 내 아들이나 다름없는 애랑 나뒹굴다니. 미안해, 내 사랑, 하지만 이건 아니야. 난 절대 그 모습을 지울 수가 없어."

그녀는 울고 또 울었다.

"제발, 안 돼, 왜."

"당신 잘못만도 아니야."

나는 말했다.

"아무래도 난 혼자 살 운명인가봐."

이혼 서류는 우편으로 보냈고 다시는 그녀를 보지 못했다.

152

지금까지 언급한 인물 외에도 유령 하나가 내 곁을 떠돌고 있다. 빈센트 스피네티는 서른여덟 살이다. 그의 부친은 신원이 밝혀지지 않았다. 그의 모친은 창녀였다. 그는 일리노이 주 크램든과 인디애나 주 코코모에서 성장했다. 그의 나이 일곱 살 때 그의 모친은 금전적 이익을 목적으로 하는 진보적 엔터테인먼트 기업에 돈을 받고 아들을 팔았다. 한 야심가가 내놓은 말도 안 되는 마케팅 전략에 다른 야심가들이 그럴듯하다고 속아넘어가는 바람에 그는 장장 십오 년 동안 삶을 조종당했다. 그 십오 년 동안 빈센트는 전국의 라디오, 텔레비전, 영화관에 수편의 작품들을 내놓았다. 작품의 의도는 미국의 정신을 고양하는 것이었고, 실제로도 그랬고, 무의미하고 덧없는 방식이지만 그랬다고 나는 믿고 있다. 다행히 그의 작품들은 여전히 세상에 존재하고 있으니 어느 누구에게나 판매 가능한 형태로 영원히 살아 있을 것이다.

멤피스에서 용납할 수 없는 광경을 본 순간 나는 빈센트를 내 인생에서 완전히 지워버렸다. 그는 제대로 보답했다. 그럼에도 난 그를 떠올리며, 살아 있는지, 어디에서 살고 있는지, 뭘 하고 지내는지, 어떻게 지내는지, 글은 쓰는지 안 쓰는지, 나를 증오하는지 하지 않는지 생각할 때가 많았다. 난 그를 증오하고 있지 않았다. 한편으론 그와 얘길 나누고 싶기도 했지만, 고작 시도한다는 게 도서관에서 인터넷으로 '빈센트 스피네티'란 이름을 검색해본 게 전부였다. 가끔 모니카 이름으로 검색한 적도 있지만 뭘 하고 사는지는 알아낼 수 없었고, 우연으로라도 모니카나 빈센트와 다시 마주치게 될 날은 오지 않을 것 같다.

일 년 삼 개월 전쯤 난 우편으로 편지 한 통을 받았다. 나에겐 거의 드문 일이었다. 편지 안에도 주소가 적혀 있지 않았다.

사랑하는 할런,

당신이 동의하지 않을 수도 있다는 걸 알아요. 하지만 난 우리가 고통받기 위해 이 세상에 태어났다고는 생각하지 않아요. 그리고 당신과 내가 충분히 고통받았다는 것도 알아요.

얼마 전까지만 해도 당신에 대해선 포기하고 있었어요. 대신할 사람을 찾아보기도 했지만 짐작했던 대로 내게 다른 사람은 있을 수 없어요. 세상 사람 모두가 싫어요. 나의 친구, 그들은 당신 발치에도 못 오는 존재들인걸요.

치가 떨려 사람들과 섞이지도 못하는 지경에 처하기 전에 옛정을 나눠봐요. 이번 추수감사절 때 올 수도 있다고 들었어요. 우리 결혼기념일 오후 한시에 세인트루이스 공항 중앙광장 A수하물구역에서 만나요.

제발, 우리 행복을 되찾아요.

불멸의 사랑

아아, 그래요, 자애로우신 하느님. 정말 가고 싶었습니다. 하지만 그럴 수 없었다. 가지 말아야 할 이유는 백 가지나 됐지만, 그 중에서도 유독 두 가지가 걸렸다. 단 하나의 진정한 사랑이 내게 진실하지 않았다. 그건 내가 자초한 것이다. 추수감사절 날, 난 호텔방에 처박혀 있었다.

153

추수감사절의 다음 주 어느 날, 난 호텔방 문의 방범구멍을 통해 빈센트를 보고 있었다. 그는 우리가 마지막으로 본 후 한 세대는 지났다는 걸 전혀 알지 못하는 것 같은 태도로 방문을 두드렸다.

내가 문을 열자, 빈센트는 미소를 지었다. 그의 두 눈은 휘둥그렜고, 수심이 가득한 눈썹은 아래로 누그러뜨려져 있었다. 입을 벌리고 멍하니 있는 그에게 난 미소로 화답했다. 그게 내가 할 수 있는 전부였다.

그는 스물두 살 때와 별로 달라지지 않았다. 짧게 친 머리 때문에 훤히 드러난 이마가 전보다 넓어진 것 말고는 나이가 들어 보이지 않았다. 여전히 풍성한 검은 머리가 흰 머리를 뒤덮고 있었다.

머리 말고 변한 게 있다면 입고 있는 옷 정도였다. 그는 검정 운동화를 신고, 해진 청바지에 검정 티셔츠 그리고 여전히 옛날의 그 검정 모직코트를 입고 있었다. 그의 뒤로 검은 머리칼의 꼬마 여자애가 그의 다리를 붙잡고 서 있었다.

"안녕, 할런."

기운 없고 다정한 것이 그는 목소리도 예전 같았다.

"안녕, 빈센트."

심장이 두근거렸다. 이렇게 흥분하다니 정말 오랜만이었다.

"이렇게 찾아와도 되는 건지 모르겠네요."

"그럼. 난 정말— 아, 들어와."

그들이 방 안으로 들어서자, 난 문을 닫았다.

"앤 누구니?"

난 턱끝으로 여자애를 가리키며 물었다.

"노마 진 스피네티. 제 딸이에요. 노마 진, 이분은 오래전에 아빠의 매니저였던 분이고, 아빠 친구이기도 해. 할런 아저씨야."

"안녕, 노마 진." 내가 인사했다. "이름 멋진데."

"고맙습니다."

그애가 방긋 웃는데 이빨이 하나 빠진 게 보였다. 큰 갈색 눈을 한 여자애였다. 아이는 자꾸 아빠 뒤로 숨었다.

"애 엄마는 마릴린 몬로라고 짓고 싶어했는데, 제가 고집을 부려서 마릴린의 진짜 이름을 붙여줬어요."

"몇 살이야?"

난 그 수줍음쟁이 어린 친구에게 물었다.

그애는 손가락 다섯 개를 펴 보였다.

"좋은 때네."

내가 말했다.

"자, 앉지그래. 뭐 마실 거라도 갖다줄까?"

"아뇨, 괜찮아요."

빈센트가 말했다. 그들은 스위트룸의 거실 소파에 앉았다.

"이렇게 불쑥 쳐들어와서 죄송해요. 전화로는 이렇게 다시 만나게 된 것의 의미를 쓸데없이 심각하게만 만들 것 같더라고요."

난 웃음을 터뜨렸다.

"내가 여기 있는 건 어떻게 알았니?"

"담당 편집자한테서요. 쓰신 책 정말 좋던데요."

"고맙다. 내가 쓴 건 또 어떻게 알았어?"

"노마 진이랑 한 주에 한 번씩 서점에 가서 각자 책을 한 권씩 사거든요. 어느 날 괜찮아 보이는 책이 있기에 집에 와서 펼쳤다가 저한테 쓰신 헌정사를 보고 깜짝 놀랐어요. 당신이라는 걸 딱 알 수 있었어요."

내 첫 책의 헌정사는 이랬다. '빈센트 자푸쉬콘부틈 스피네티께, 늘 죄송스러운 마음으로 바칩니다.'

"글은 계속 쓰고 있니?"

내가 물었다.

"아뇨. 일도 있고 또 노마 진을 돌보다보니 통 시간이 안 나네요. 손도 안 댄 지 몇 년은 됐어요. 한동안 끼적대다가 원고째 맥주병에 쑤셔넣어 해만海灣에 집어던져버렸어요."

"해만?"

"네. 해클이라고 플로리다 멕시코 만의 작은 도시에서 계속 살았거든요. '그날' 이후 거기로 가서 한 일 년 남짓 살았는데 생전 처음으로 마음에 드는 곳을 만났다 싶어 계속 살았죠. 런던에선 어떻게 살게 되신 거예요?"

"너랑 똑같지 뭐. 그냥 여기가 좋더라. 모든 것에서 외따로 떨어져 있다는 게 좋아."

"하긴 미국을 그리 좋아하지 않으셨죠."

빈센트가 한마디 거들었다.

"모르겠어. 그런 건 아닌데. 요새는 어딜 가나 다 똑같아. 여기로 온 후론 거기가 다 거기 같아지더라고."

노마 진은 꿈쩍도 하지 않고 앉아 이야기를 나누는 우리를 번갈아가며 빤히 쳐다보고 있었다. 애한테 더 관심을 보이지 않은 것이 마음에 걸렸다.

"그래 노마 진, 뭐 하고 먹고사니?"

그애는 고개를 갸우뚱하더니 찜찜한 표정이 되었다. 빈센트는 소리내어 웃으면서 장난스레 딸의 머리칼을 헝클어뜨렸다.

"아무것도 안 하는데요."

그애가 말했다.

"정말, 나도 그래. 진짜 신나지? 먹고사는 건 괜찮니, 빈센트?"

"소비자 신용조합에서 일해요, 열받은 소비자들이 전화하면 상대해주는 게 주 업무죠. 그전엔 공장 몇 군데를 전전했어요."

"너도 너한테 들어오는 로열티를 받지 않고 살았다는 말이구나. 맞지?"

"네. 몇 년 동안은 저금해놓은 걸로 살았는데, 누구건 날 찾아내면 어쩌나 싶어서 돈을 더 받아볼 생각은 안 했어요."

"나도 그랬어. 더 받을 게 있는지도 모르겠다."

나는 말했다.

"그 돈에 대해선 별 생각 없어요. 더러운 돈이란 생각이 들어서요."

난 고개를 끄덕였다.

"프롬프츠 소식은 들었냐?"

"아뇨."

"죽었어."

"그래요?"

"응."

빈센트가 씩 웃었다.

"뭐야?"

나는 물었다.

"당신한테 말하지 말라고 했는데, 이젠 뭐 상관없겠네요. 리포비츠 장례식 때 그 사람, 나한테 추근대더라고요."

난 소리내어 웃었다.

"무덤 한복판에서, 눈앞에 비석이 버티고 있는데."

그는 계속해서 말했다.

"내 목 뒷덜미를 어루만지면서 온수욕을 좋아하냐는 거예요."

"유난스레 생각할 것 없어. 바로 그날 리무진 안에서 나한테도 추근대더라."

우린 함께 웃었다.

"뭐 그런 남창 자식이 다 있죠?"

빈센트가 말했다.

"우리 딸, 텔레비전 볼래? 텔리 볼까? 영국에선 텔레비전을 텔리라고 한단다."

노마 진은 얼굴을 들어 아빠를 쳐다보더니 고개를 끄덕였다.

"텔레비전 좀 보여줘도 될까요?"

"괜찮다마다."

난 침실로 가서 티브이의 전원을 켰다. 빈센트가 노마 진을 데리고 들어왔고, 그앤 침대 위로 깡총 뛰어올라갔다. 난 아이에게 리모컨을 주었다.

"좀 이따 집에 가자, 알았지?"

빈센트가 말했다.

"알았어요."

빈센트는 소파로 되돌아와 비스듬히 걸터앉았다. 난 의자에 앉았다.

"할런?"

"왜."

"저한테 화나셨어요?"

"아냐. 몇 년 동안은 그랬어, 그러다가 널 용서했다. 아까 방범 구멍으로 널 보는데 마음이 놓이더라. 네가 죽었을까봐 걱정 많이 했어."

"오늘 찾아온 이유는 무엇보다 제가 저지른 짓에 대해 사죄드리려고요. 너무 죄송해요."

"그게, 나도 오랫동안 그 문제에 대해 생각해봤는데, 서로 비긴 것 같다."

"그래도 죄송해요."

빈센트가 말했다.

"내가 너한테 저지른 걸 보면 내가 더 많이 잘못했어. 그런 일을 당해도 할 말 없어. 그래도 그때 왜 그랬는지 말해줄 수 있겠니?"

빈센트는 머리를 긁적이다 한숨을 내쉬었다.

"제가 그랬다는 게 아직도 믿기지가 않아요. 한평생 그렇게 잔인한 짓은 해본 적이 없을 거예요. 그때 제 심리 상태가 어땠는지 생각나세요? 세상을 증오했고, 그게 다 당신 때문이라고 생각했어요. 말할 수 없을 정도로 당신이 미웠어요. 그래서 당신에게 제대로 상처를 준 후에 자살하겠다고 마음먹었어요."

"그런데 죽지 않은 건?"

"좀더 살고 싶어지더라고요. 그레이하운드 버스에 올라타 파나

마로 가서 난봉꾼처럼 파티를 전전하며 흥청망청 돈을 쓰고 살다가 해클을 발견하곤 눌러살기로 작정했어요. 노마 진의 엄마를 만나고 나선 그 친구 때문에 살고 싶어지더라고요. 결혼했어요."

"지금 같이 살아?"

"아뇨. 이혼했어요."

그는 의심스러운 눈으로 날 쳐다보았다.

"이런, 혹시 제 결혼생활이 파탄나게 뒤에서 뭐 하신 거 아니예요?"

입이 열 개라도 할 말이 없었다.

"농담이에요."

그렇게 말하고 그는 웃음을 터뜨렸다. 난 고개를 절레절레 젓고는 미소를 지었다.

"우리의 결혼은 완전히 재앙이었어요."

그가 말했다.

"서로 깊이 사랑했지만, 집사람은 제정신이 아니었거든요. 진짜 말 그대로 제정신이 아니었어요. 그것도 폭력적으로요. 게다가 약이라면 사족을 못 썼죠. 노마 진이나 저보다 약을 더 좋아했던 것 같아요. 제가 사랑니를 뽑은 적이 있는데, 제가 먹을 진통제를 전부 훔쳐서 자기가 먹고 친구한테도 나눠주더라고요. 그런 사람하곤 못 살 것 같더라고요."

"그래서 노마 진의 양육권이 너한테 간 거구나."

"네. 그때 집사람이 정신병동에 있어서 양육권은 문제도 아니었어요. 그래서 노마 진하고 저 이렇게 남았고요. 둘이서 참 알콩달콩 재미나게 살아요. 제 목숨보다도 소중한 애예요."

그는 다시 한번 환하게 미소지었다.

"정말 잘됐다."

내가 말했다. 진심이었다.

"하지만 글 쓰는 걸 관뒀다니 마음이 아프구나."

"알아요. 하지만 두 마리 토끼를 다 잡을 순 없잖아요. 제 생각엔 한평생 쓸 글을 어렸을 때 다 쓴 것 같아요. 우리 딸, 잘 놀고 있니?!"

그가 큰 소리로 말했다.

"네!"

아이도 큰 소리로 대답했다.

"어쨌거나,"

빈센트는 말을 이었다.

"이렇게 찾아뵌 또다른 이유는 당신이 과거에 하신 일에 대해 억하심정이 없다는 말씀을 드리고 싶어서예요. 어떻게 받아들이실지는 모르겠지만 정말 진심으로 당신을 용서했어요."

"고맙다. 나도 날 용서할 수 있다면 좋을 텐데. 난 모든 사람의 인생을 망쳐놨어."

"아, 할런, 망쳤다고 할 만큼은 아니었어요. 당신과 그 사람들이

제게 잔인하고 비상식적으로 행동한 건 맞지만 누구나 살다보면 자기만의 생지옥을 겪는 것 아니겠어요? 고통받는 예술가들에 대해 말씀하신 적도 있지만 예술가들만 고통을 독점한 것도 아니잖아요. 매일 등골이 휘도록 지쳐 집에 기어들어오는 노무자들은 어떻고요? 학교에서 따돌림을 당하는 장애아들은 어떻고요? 배우자를 잃고 혼자가 된 노인네들도 있죠. 그래도 전 절 때리거나 추행하는 부모는 없었잖아요. 용돈 좀 더 받아보려고 애걸복걸한 적이 있나요, 생면부지의 이국땅에 가서 전쟁을 치르길 했나요, 고통 없이 사는 사람은 없어요. 전 그래도 다른 사람들보다 나았어요. 저의 불행으로 중요한 뭔가를 할 수 있었으니 행운이라고 말할 수 있죠. 그점을 명심하셔야 해요. 대부분의 사람들은 그런 행운을 누리지 못하잖아요."

154

우린 지난 십오 년간 있었던 일을 하나도 빼놓지 않고 이야기했다. 빈센트가 나보다 할 이야기가 더 많았다. 그에겐 노마 진이 나고 자란 역사라는 이야깃거리가 있었다. 난 그저 책 한 권을 쓰고 가끔 교회에 갔을 뿐이었다.

대화가 거의 다 끝날 무렵, 그는 나에게 새로운 소식을 하나 더 전해주었고, 이후 그것은 내 삶에 막대한 영향을 끼치게 되었다.

"할런, 제가 온 이유가 또 하나 있어요."

"그래."

"추수감사절 다음 날 오시기로 하고 왜 안 오셨는지 여쭤봐도 돼요?"

"네가 그 편지를 보낸 거니?"

"네. 하나는 당신한테 다른 하나는 모니카한테요. 왜 안 오셨죠?"

"나한테 과분한 여자야."

나는 무뚝뚝하게 내뱉듯 말했다.

"뭐가요?"

"그때 난 정말 개념 없이 굴었어. 그게 잘못이라는 건 늘 알았지만, 작정하고 그랬어."

"제가 용서한다고 말씀드렸잖아요."

"그건 중요하지 않아. 어쨌든 그 사람을 믿을 수가 없었어. 내 아내였던 여자야. 내 절대적 존재였어. 그런 사람도 못 믿는데 다른 누굴 믿을 수 있겠니? 그냥 여기 떨어져 사는 게 나아."

우리 대화가 끊기자, 건넌방 티브이에서 나는 만화의 효과음이 들렸다.

"그러면?"

빈센트가 물었다.

"그러면 뭐?"

"모니카가 왔는지 안 왔는지 알고 싶지 않으세요?"

"됐어."

"정말요?"

"그래. 애써준 건 고맙다만, 이게 내가 선택한 인생이야."

"성취는 없고, 좌절만 있는 인생 말인가요? 그런가요?"

난 고개를 끄덕였다.

"그나마 하는 일이 있으니까 괜찮다, 이건가요?"

난 또 고개를 끄덕였다.

"괜찮네요. 하지만 제가 경험해봐서 아는데, 잠잘 때도 일거리를 끌어안고 잘 수는 없어요. 얼마든지 일을 사랑할 수는 있지만, 일이 그 사랑에 보답해주진 않아요."

"그만 하면 됐다, 빈센트."

"죄송해요."

그는 미소를 머금고 조용히 천정을 바라보았다. 그제야 그의 안색이 예전처럼 창백하지 않고 더 건강해 보인다는 것을 알았다.

"그래 요샌 어떤 글을 쓰세요?"

"안 써."

"왜요?"

"뭘 써야 할지 몰라서."

"그럼 자신이 더더욱 무가치하게 느껴지죠, 그렇지 않나요?"

"그렇더라."

"당신과 내 얘기를 써보시죠?"

빈센트가 물었다.

"십오 년치의 드라마가 있잖아요."

"못 해. 우린 계약서를 썼잖아. 함구령을 깨게 될걸."

"그렇다면 당신 자신을 위해 쓰시면 되잖아요?"

"그건 의미 없어."

"전 그렇게 생각 안 하는데. 당신의 글을 인정해줄 독자가 필요하다면 사후에 원고를 출판해줄 만한 에이전트를 찾아보시죠."

"네가 써보는 건 어떠냐?"

내가 물었다.

"전 이미 썼잖아요. 기억 안 나세요? 하지만 완전히 잘못 썼죠. 게다가 전 글에선 손 뗐다고요."

"모르겠다. 쓴다고 해도 아무도 안 믿을 거야."

"소설이라고 하면 되죠."

빈센트가 제안했다.

"생각 좀 해볼게."

155

할 이야기가 거의 남지 않았다. 빈센트는 소파에서 천천히 일어섰다.

"정말 모니카 소식 듣고 싶지 않으세요?"

"정말로."

"알았어요. 두 분의 관계를 짓밟아서 정말로 죄송해요."

"안 그랬어. 어쨌거나 내가 사랑을 믿지 않았어."

"그렇게 말하니까 슬퍼져요. 어렸을 때의 저를 보는 것 같잖아요."

"미안하다."

"괜찮아요."

빈센트가 자리에서 일어서자 나도 따라 일어섰다.

"노마 진! 가자!"

그가 소리쳤다. 아이는 텔레비전을 끄고, 자길 안아주려고 허리를 굽힌 아빠한테 달음질쳐왔다. 그가 아이를 안아올리자 아이는 아빠의 앙상한 목에 팔을 감았다.

"맞아주셔서 감사해요."

빈센트가 말했다.

"와줘서 고맙다. 런던엔 오래 있을 거니?"

"아뇨. 오늘밤 떠나요. 회사에 가야 해서요."

빈센트는 아이를 안지 않은 팔을 뻗어 내 손을 잡고 흔들었다. 내 손을 쥔 그의 손에 힘이 느껴졌다.

"절 미워하지 않으셔서 기뻐요, 할런."

"날 미워하지 않아서 기쁘다."

내가 대답했다. 난 노마 진의 고사리 같은 손을 잡았다.

"만나서 즐거웠어요, 노마 진."

"만나서 즐거웠어요."

꼬마가 말했다. 아이에게 삼촌 같은 존재가 될 수 있을 거라고, 수시로 놀러가고, 선물도 보내줄 수 있을 거라고 생각해봤지만, 결국 상처만 주고 말거란 결론에 생각을 접었다.

"빈센트, 얘 버릇없이 키울 거라고 나랑 약속해줘."

"그러고 싶은데, 돈이 별로 없어요."

"상관없어. 얘는 어떻게든 버르장머리 없이 키워야 돼."

"그럴게요."

난 문을 열어주었다. 문지방을 넘어선 빈센트가 뒤돌아 나를 보았다.

"앞으로 십오 년 사이에 한 번쯤 또 뵐 날이 있겠죠."

딸아이를 힘차게 부여안으면서 빈센트가 말했다.

"함께 낚시를 갈 수도 있고요."

"그럴 수도."

그렇게 말하며 난 웃었다. 정말 그러리라고는 기대하지 않았다. 그도 다르지 않았을 것 같다. 우리의 인연은 여기에서 끝난 거다. 게다가, 여자아이에게 향후 십오 년은 그 어떤 때보다도 아빠가 절실한 때다.

"안녕히 계세요, 할런."

"잘 가."

난 문을 닫고 자물쇠를 걸어잠갔다.

그후로 빈센트를 보지도, 소식을 듣지도 못했다. 딱 하나, 그날 밤 문 아래 틈새로 쪽지 한 장을 발견하기는 했다. 호텔 편지지를 접은 쪽지였다. 거기엔 이렇게 씌어 있었다.

그녀는 왔었어요. 다섯 시간 동안 당신을 기다렸어요. 당신이 그녀를 울렸어요. 아집 좀 버리세요.

빈센트

156

일 년 삼 개월 전인 그날 밤 난 상념에 잠겼고, 그래서 슬퍼졌다. 난 또다른 우주를, 나와 내 필생의 사랑이 분리되지 않은 채 존재하는 또다른 영역을 마음속에 그려보았다. 그 세계에서 나는 하루도 빠짐없이 그녀의 미소를 바라보고, 그녀를 웃게 만들고, 그녀를 끌어안고, 그녀에게 입을 맞추고, 두 손으로 그녀의 입술을 만지고, 그녀의 밤색 눈동자를 들여다보고, "사랑해"라고 말한다. "사랑해"란 말을 듣는다, 그녀가 분홍빛 입술로 그 말을 하는 걸 바라보면서. 행복한 날도 있고 슬픈 날도 있지만, 우리에겐 서로가 있다. 우울해져도 우린 혼자가 아니다. 우리는 파티 같은 데는 가지 않는다. 우리는 어질러진 집 안 소파에 함께 누워 텔레비전을 본다. 우리의 몸은 언제나 따뜻하다. 우리는 늙는 것이 두렵지 않다. 우리는 서로의 손을 잡고 같이 늙어간다.

난 그 세계를 내가 지금까지 알고 있던 우주, 끊임없이 비가 내리고, 아는 사람 하나 없는 이곳, 술에 취해 있는, 나 혼자 이 호텔 방에 앉아 술에 취해 있는 이곳과 비교해보았다. 한마디 말도 꺼내지 않는 가운데 하루하루가 흘러간다. 내가 하는 것은 생각하는 것뿐이고, 생각은 상처가 된다. 그녀는 지금 무얼 할까? 누구와 함께 있을까? 오늘 하루를 잘 보냈을까? 나는 램프 옆 방구석에 앉아, 책을 읽고, 글을 쓴다. 날 위로해주는 건, 스스로 빠져나온 이 세상이 날이 갈수록 우매해지고 고유의 가치를 상실하면서, 오르가슴에 겨운 신음 소리만이 유일한 언어인 거대한 난교파티로 점차 변질되어가고 있다는 점에서 이제 운이 다했음을 알고 있다는 것뿐이다.

그러자 다시금 또다른 삶이 보인다. 그 삶에서 나의 신부와 내겐 환히 빛나는 아이가 하나 있고, 갑자기 휴일이 오기만 고대하는 심정이 된다. 우리의 아이는 완벽하다. 딸아이가 울음을 터뜨린다. 우리가 안아주면 딸아이는 언제 울었냐는 듯 방긋 미소 짓는다. 우리는 아이를 달래고 아이는 우리를 평온하게 해준다. 그렇다 해도 아이 때문에 우린 늘 노심초사다. 우리 아이에게만큼은 어떤 좋지 않은 일도 일어나선 안 된다. 안 그러면 우린 죽어버릴 것이다. 그러나 딸아이는 언제나 아무 일 없이 잠자리에 들고, 우리는 아이에게 이불을 덮어주며 "잘 자라, 사랑한다"라고 말해주는 것으로 하루가 저문다. 아이는 기업 독재란 말이 무슨 뜻인지 알지 못하고, 나도 굳이 아이에게 얘기해줄 필요를 느끼지 못한다.

지금 이 세상에서 난 훌륭한 정장을 입어도 존중받지 못하는데다, 너무 늙어서 자식을 둔 아비도 될 수 없는 신세다. 난 옛 친구, 한때 알고 지냈던 예술가를 만나서 얼마나 기뻤던가를 생각했다. 그와 내가 이 불모지를 개척하려고 얼마나 노력했으며, 그럼에도 결국 실패한 것을 생각했다. 이런 생각을 했다니 새삼 반갑다.

"파멜라 앤더슨 얘길 하며 사람들은 그 방을 들락날락했다. 나는 우리에게 희망을 안겨준 한 남자아이를 발견했다. 난 그의 손과 발을 금발머리와 갈색머리로 짠 밧줄로 묶었다. 난 그 예술가를 고문했다. 난 가혹하게 그 예술가를 고문했다. 그리고 그의 고통을 할리우드에 팔아넘겼다."

나의 예쁜 언어들. 내가 가진 전부였는데도, 난 그것을 이용해 먹기만 했다.

그날 밤 나는 행복이 실현 가능한 또다른 세계, 아내와 아이와 여름휴가와 함께 사랑이 존재하는 세계에 대해 생각했다. 그런 후 나는 내가 선택한 이곳, 그나마 자식에 가깝다고 할 수 있는 내 책이 있는 이곳에 대해 생각했고, 그래서 바로 하나 더 낳아야겠다고 마음먹었다.

난 자신을 슬픔에 침잠시켜 잉태했다. 뱃속의 아이를 낳는 데는 구 개월보다 시간이 더 걸렸다. 열다섯 달이나 걸렸다. 하지만 그 덕에 내 안을 깨끗이 비워냈다. 어쩌면 태반 잔여물로 피범벅이 된 아이를 씻어 외투에 둘둘 말아 창밖의 구경꾼들에게 내주는 것으로 끝날지도 모른다. 아니면 사산아가 되어, 나 말고는 기억해주는 이 하나없이 내 정신이 죽으면서 같이 잊혀질 수도 있다. 그렇다고 해도 내 안으로부터 생겨나 끝을 맺은 것이기에 상관하지 않는다. 일단 끝을 내면, 운명이 허락한다면, 난 그녀를, 지금보다 더 멋진 아까 그 우주의 존재를 찾으러 갈 것이기 때문이다. 그녀를 만나면 그녀가 나 같은 폐인을 구원해준 뮤즈였음을, 나에게 품격을 부여해준 뮤즈였음을 얘기해줄 것이다. 지금에야 비로소 세상에 띄우는 이 편지를 어떻게 끝맺을 건지를 알게 되었기 때문이다.

난 다시 사랑할 것이다. 저잣거리의 창녀들 사이를 헤치고 나아가 그녀를 찾아내고 말 것이다. 애타는 마음으로 비행기에 올라 내내 창밖만 바라보다가 비행기 계단이 놓이기가 무섭게 난 한달음에 뛰어내려가 새로 포장한 활주로에 발을 내디딜 것이다. 그리고 그녀를 찾아낼 것이고, 내가 가진 모든 걸 바쳐 그녀를 사랑할 것이다. 이제 이 책을 다 썼으니, 죽음을 동경하는 태양이 계속 뜨고 지는 한 나는 사랑할 수 있을 것이다.

한국 독자들에게

『예술가를 학대하라』가 처음 발표된 건 2004년 10월 미국이지만 내 고향 켄터키에서도 주목을 끌지 못했다. 일 년 뒤 독일에서 『빈센트』라는 제목으로 출간이 되면서 비로소 나는 소수의 독자를 만나게 되었다. 초판 출간 오 년 후에도 미국에서의 상황은 마찬가지였다.

현상이라고 할 수도 없을 정도지만 내 나름대론 소수의 지지를 얻었다고 자부하고 있고 같은 마음으로 한국의 새로운 독자와 만나길 기대한다. 최소한 이 책을 읽는 한국인 독자라면 그들 못지않게 미국 주류 문화에 대한 분노를 참기 힘든 한 미국인과 만날 수 있을 것이다. 그 '분노한 미국인'은 물론 이 책의 내레이터이자 신화 타파주의자 할런이고, 나 역시 그와 이래저래 비슷한 데가 많다는 것도 고백해야겠다.

『예술가를 학대하라』가 세상의 빛을 본 후로, 독자들에게서 '내로라하는 스타들을 그렇게 씹어대는데 도대체 좋아하는 사람이 있긴 하냐'는 질문을 받은 적이 몇 번 있다. 그럴 때마다 나는 할런의 취향이 곧 나의 취향이라고 말했다. 말 그대로, 내가 가장 좋아하는 밴드도 데드 밀크맨이고, 가장 좋아하는 티브이쇼도 〈새터데이 나이트 라이브〉고, 가장 좋아하는 영화 역시 〈펀치 드렁크 러브〉이다. 아, 『예술가를 학대하라』를 쓰는 동안 픽시즈가 밀크맨에 대한 애정을 상당부분 가져가버렸다는 점도 고백해야겠다. 아, 또, 하늘이 무너진다 해도 절대 바뀌지 않을 내 인생 최고의 영화는 〈폭력탈옥Cool-Hand Luke〉이라는 것도 덧붙인다.

미국의 대중음악, 영화, 티브이에서 좋은 점을 찾고 싶어질 때면 난 대체로 과거 지향적이 된다. 가령, 저스틴 팀벌레이크 같은 섹스광 머저리 열 명을 합쳐도 과거의 밥 딜런 한 명에 필적하지 못한다. 1980년대에 등장한 언더그라운드 밴드에 대해서도 나는 각별한 애정을 갖고 있다. 그땐 너무 어려서 몰랐지만 이후 자라면서 리플레이스먼츠, 데어 마이트 비 자이언츠, 데드 케네디즈 같은 밴드들을 발견하게 되었다.

물론 요새도 스트록스 같은 총아들이 가끔이나마 등장하는 것은 알지만, 할런과 마찬가지로 나 역시 미국 문화가 퇴락의 기로에 있다고 생각한다. 어느 정도냐면 대중이 사람 병신 만드는 재주 말곤 아무것도 할 줄 아는 게 없는 릴 웨인이나 케이티 페리 같은 인간들한테 열광하는 짓거리만 그만둬도 현상 유지는 할 거라고 생각한다. 그것이 곧 『예술가를 학대하라』의 근간을 이루는 생각이며, 내 책 도처에 아이러니가 넘쳐나는 이유를 설명하고, 결국 내 나라가 걷게 될 파국의 말로까지 지적하고 있다고 믿는다.

이 역시 아이러니지만, 이 책이 정말로 소용이 될 독자들은 정작 이 책을 볼 일이 절대 없으리라는 소견으로 마지막 인사를 대신하겠다. 그런 사람들은 필경 미국의 풍경이라는 이름의 무지몽매한 댄스플로어의 어두운 구석에서 MTV가 좋은 음악이라고 틀어준 음악에 맞추어 몸을 부대끼며 노느라 바빠 책 같은 건 거들떠도 보지 않는 족속일 테니.

조이 고블

옮긴이의 말

"내 인생은 곧 나의 작품이고, 그 작품은 이제 거의 다 끝났다"

할런 아이플러

예술사에서 작품과 작가를 엄격하게 분리하기 시작한 게 언제부터일까. 알 수 없지만 여전히 많은 예술 애호가들은 예술가와 작품을 하나로 보고 싶어한다. 그럴 때 작가의 작품은 작가 자신의 '고백'이다. 그리고 '고백'은 곧 '자의식'의 표명이다. 대중음악 비평가 존 랜도John Landoe의 말을 빌리면, 예술가 개인의 '자의식'은 '예술적 지위의 척도'가 될 수 있다. 『예술가를 학대하라』에서 천재 예술가들의 후원자를 자임하는 르네상스 재단의 수뇌 포스터 리포비츠는 그 앞에 '고통받는'이라는 말을 덧붙인다. 고통받는 예술가야 말로 예술의 진정성을 보증하는 최후의 심급이다.

예술가의 인류학에서 '고통받는 예술가'만큼 낭만화된 대상도 드물 것이다. 자살을 찬미했던 고백파Confessionalists의 스타(?) 시인 실비아 플라스부터 한국 포크의 뉴웨이브(?) 김광석에 이르기까지, 그들의 잘 알려진 고통스러운 삶은 그들의 예술에 더 많은 진실과 감동을 부여한다. 예술가와 작품을 독해하는 데 다분히 퇴행적인 접근방식이지만, 많은 독자들에게 여전히 예술가의 불행한 삶은 곧 '저주받은 천재' 혹은 '예술혼'으로 귀결되는 절대적인 기호이다.

『예술가를 학대하라』에서 포스터 리포비츠의 실험도 바로 그 지점에서 시작한다. 고통이야말로 걸작의 탄생에 필요한 예술가의 내적 긴장이라 믿어 마지않는 그는 현대의 예술에서 고통이 사라진 것에 개탄한다. 이어 자신의 부와 권력을 발판으로 고통받는 예술가를 위한 환경을 조성해 현대 대중문화사에 이바지하겠노라 선언한다. 그러나 그것이 충족하는 건 의고적인 예술가의 가치에 대한 데카당한 향수가 아니다. 오히려 스타(예술가)의 고통까지도 잘 팔리는 상품으로 만들어버리는 문화자본주의의 공고함이다.

사회 부적응자와 낙오자의 대변자 조이 고블

『예술가를 학대하라』의 작가 조이 고블은 1980년 켄터키 주 태생으로 2003년 장편 소설 『변태들The Anomalies』로 데뷔했다. 저부가가치한 삶들이 결성한 이색 펑크록밴드의 이야기를 담은 『변태들』로 켄터키 주가 제정한 문학상Kentucky Award 후보에 오른 그는 이듬해인 2004년 『예술가를 학대하라』를 발표한다. 『예술가를 학대하라』로 고블은 또 한 차례 켄터키 문학상 후보에 오르고, 영어권 국가의 문학가들을 대상으로 한 딜런 토마스 상Dylan Thomas Prize 후보에 오른다.

『변태들』과 『예술가를 학대하라』에서 고블의 이른바 '펑크문학'의 진면목을 보여준다. 이는 실제로 기타리스트로 언더그라운드 펑크록 밴드 멀리츠Mullets의 멤버이기도 했던 그의 이력과 무관하지 않다(참고로 '마이스페이스'의 멀리츠 페이지 http://www.myspace.com/kywaterfall에 가면 고블과 그의 밴드의 음악을 감상할 수 있다). 제도와 관습을 부정하고, 거칠고 다듬어지지 않은 아마추어적인 사운드를 선호하는 펑크 음악의 미학을 고스란히 문학으로 옮긴 것이 『변태들』이라면, 두번째 작품인 『예술가를 학대하라』에 와서 그는 적에 대한 경계를 늦추지 않은 채, 스타시스템과 미디어 그리고 대중심리에 대해 좀더 성숙한 사회학적 고찰을 시도한다. 순수한 예술혼을 상징하는 빈센트와, 비주류적인 감식안을 가졌고 한때 록밴드의 일원을 꿈꿨지만 좌절한 할런의 관계를 거쳐 저자는 작가와 작품을 분리하지 않았던 모더니즘 예술의 진정성을 현대 쇼비즈니스 문화가 어떻게 상업화했는지를 지극히 예시적이고 일상적으로 그려낸다. 그리고 『예술가를 학대하라』를 읽는 재미와 소설적 가치는 바로 그 예시성과 일상성에서 발견된다.

고블은 영화와 음악과 티브이 매체를 근간으로, 최소한의 인성도 문화도 증발해버린 채 오로지 시장과 제도의 메커니즘만 남은 미국 문화의 천태만상을 '리얼리티쇼'를 찍듯 조명한다. 미국 변방문화 가운데서도 최전방의 수호자를 자처하는 듯한 저자의 취향과 이야기가 보편적인 공감대를 얻는 것은, 그가 극화하고 있는 미디어의 현실에서 우리 역시 한 발짝도 떨어져 있지 않기 때문이다. 내러티브는 사라지고 기술만이 난무하는 블록버스터 영화와, 저급한 리얼리티쇼와, 천편일률적인 MTV 음악이 일상이 된 소설 속 현실은 곧 우리의 현실이다. 날마다 쏟아져나오는 '미드'와 스타를 앞세운 다큐멘터리들이 스물네 시간 내내 재방송에 재방송을 거듭하는 티브이의 생태에 진력을 느끼면서도 리모컨을 내려놓지 못했던 경험이 한 번이라도 있었던 독자들이라면 더더욱 할런의 독설에 쾌감을 느낄 것이다.

『예술가를 학대하라』가 독특한 임상실험을 곁들인 사회학 에세이 이상의 문학적 재미를 갖추고 있음은 말할 것도 없다. 화자 할런은 일지를 적듯 건조하지만 구체적으로 빈센트와 함께한 반생을 회고한다. 가식과 진실의 경계가 모호한 우정 어린 관계와 비극적인 이별, 그리고 먼 훗날의 재회로 이어지는 일련의 과정 끝에 그는 용서와 구원의 가능성이라는, 익숙하지만 쉽지 않은 문제를 독자들에게 제시한다. 마치 '다이렉트 시네마' 기법을 글로 형상화한 듯, 철저하고 냉소적으로 관찰자적인 시점을 유지하는 저자답지 않게 몽상과 희망으로 가득 한 소설의 결말은 그래서 유효한 힌트가 될지도 모르겠다. 독자들이 직접 넓은 행간 어디엔가 저자가 숨겨둔 열쇠를 발견할 수 있기를 기대해본다.

번역은 능력에 닿는 한 원문의 구조와 의도에 충실하려고 노력했다. 미흡하기 짝이 없지만 각자 다르게 연출된 어투로 인물들의 성격을 차별화하고 드러내려는 시도도 했다. 모든 오역과 오류는 전적으로 역자 탓이다. 이 책을 만드는 과정에서 가장 심한 고생을 한 분은 편집자 김지연, 장선정씨다. 믿고 기다려주며 꼼꼼하게 교정을 봐주신 데 진심으로 감사드린다. 문학동네와의 인연을 터준 김소영 편집자와 문학동네 출판사 여러분께도 감사드린다. 마지막으로 살인적인 스케줄의 짬을 내어 한국 독자들에게 보내는 개성 넘치는 서신을 보내준 저자 조이 고블에게 특히 감사드린다. 서신으로 만난 그는 할런 아이플러, 그 자체였다. 독자들 역시 그 특권적인 재미를 만끽할 수 있으리라 믿어 의심치 않는다.

2008년 가을, 최세희

옮긴이 **최세희**

국민대학교 영문과를 졸업했다. 전문번역가, 대중음악평론가로 활동하며 현재 EBS 라디오 〈English Bookcafe〉의 작가로 활동하고 있다. 『발칙한 한국학』 『커밍 홈』 『에미넴의 고백』 『Eminem: Angry Blonde』 등을 우리말로 옮겼다.

문학동네 세계문학

예술가를 학대하라

초판인쇄 2008년 9월 10일 | 초판발행 2008년 9월 20일

지은이 조이 고블 | 옮긴이 최세희 | 펴낸이 강병선

책임편집 김지연 장선정 | 디자인 윤종윤 이원경
마케팅 장으뜸 방미연 정민호 신정민 | 제작 안정숙 차동현 김정후

펴낸곳 (주)문학동네 | 출판등록 1993년 10월 22일 제406-2003-000045호
주소 413-756 경기도 파주시 교하읍 문발리 파주출판도시 513-8
전자우편 editor@munhak.com | 전화번호 031) 955-8888 | 팩스 031) 955-8855

ISBN 978-89-546-0667-7 03840

www.munhak.com

예술가를 학대하라

TORTURE THE ARTIST

★빈의 젊은 비평가들이 뽑은 청소년소설 상 수상작★

"너무 신랄하지만,
이 소설 안의 모든 것이 사실이라 분노할 수도 없다.
다만 티브이를 켜볼 필요가 있을 뿐이다."

심사평 중에서

만약 카프카가 21세기에 살고 존 스튜어트만큼 웃긴 사람이라면 『예술가를 학대하라』와 같은 소설을 썼을 것이다. **쿠리에 저널**

극악하고, 야비하다. 그러나 이 소설은 곧 실현될 '우리의 현실'이다. 당신은, 준비되어 있는가? **테체트 뮌헨**

대담하게 축조된 작품인 동시에 상상력이 넘치는 이야기. 존 어빙과 T. C. 보일을 떠올린다. **슈바이처 일러스트리에르테**

만약 우리가 조이 고블의 상상력을 병조림해 판매한다면 우리는 모두 갱생원행일 것이다. 『예술가를 학대하라』는 이야기한다, 와인프레스 안에 포도를 넣고 짜내듯 온갖 방법으로 예술가를 쥐어짤 수 있다고. 『예술가를 학대하라』는 새 빈티지 포도주처럼 놀라움으로 가득 차 있다. 조이 고블은 미국 현대소설계의 분더킨트다. **에드 맥클라너한**(소설가)

완벽하게 포스트-포스트 모더니즘적으로 파괴되고 또 파괴된 소설 플롯을 체험하고 싶다면 조이 고블을 읽어야 한다. 『예술가를 학대하라』에 이르러 고블은 시적 논리로 구성된 퍼즐게임을 완성시켰다. 편지, 시나리오, 단편소설, 신문 광고, 전화 대화 등을 차용함으로써 고블은 무적의 성대모사로 작가적 재능을 드러낸다. **디 차이트**